Em busca do Barão Corvo

TÍTULO ORIGINAL
The Quest for Corvo

TRADUÇÃO
Fernanda Drummond

PROJETO GRÁFICO
Rádio Londres

REVISÃO
Shirley Lima
Eliza Menezes

ILUSTRAÇÃO DE CAPA
Giovanni Esposito

Dados Internacionais de Catalogação na Publicação (CIP)
(Câmara Brasileira do Livro, SP, Brasil)

Symons, A.J.A. 1900-1941
    Em busca do Barão Corvo: biografia / A.J.A. Symons;
tradução de Fernanda Drummond.
Rio de Janeiro: Rádio Londres, 2018.

    Título original: The Quest for Corvo.
    ISBN 978-85-67861-06-7

    1. Biografia inglesa   I. Título.

18-17329   CDD-813

Índices para catálogo sistemático:
1. Romances : Literatura inglesa 813

Todos os direitos desta edição reservados à
Editora Rádio Londres Ltda.
Rua Senador Dantas, 20 — Salas 1601/1602
20031-203 — Rio de Janeiro — RJ
www.radiolondres.com.br

A.J.A. Symons

Em busca do Barão Corvo

ROMANCE

Tradução de Fernanda Drummond

Para Shane Leslie

Índice

Nota de introdução à edição original   9

1. O problema   11
2. As pistas   27
3. O ataque do jornal   42
4. O irmão relutante   56
5. O estudante de Teologia   69
6. O padre rejeitado   89
7. O "Zero" de Hollwell   101
8. O historiador incomum   131
9. As crônicas   150
10. O amigo divino   160
11. Uma estranha colaboração   173
12. Interregno   193
13. O intervalo feliz   206
14. Robert Hugh Benson   222
15. O exílio voluntário   241
16. O pária veneziano   256
17. O último benfeitor   275
18. Epitáfio   291
19. O desejo e a busca pelo todo   300
20. O fim da busca   313

Notas   331

Nota de introdução à edição original

A qualquer leitor das páginas a seguir, será evidente a dívida que tenho para com muitos amigos e correspondentes. Em parte, expressei minha gratidão ao longo da narrativa, de forma explícita ou indireta. Algumas pessoas, contudo, merecem um agradecimento separado e especial. Portanto, aproveito esta oportunidade para agradecer aos senhores Vyvyan Holland e Vincent Ranger, que leram com tanta atenção as provas deste livro e contribuíram para sanar muitos erros; ao senhor Shane Leslie, ao senhor Desmond MacCarthy e ao Sir John Squire, que há muitos anos reconheceram o talento de Barão Corvo como escritor e me encorajaram em meu trabalho; ao senhor D. Churton Taylor, que fez um imenso esforço para vasculhar os arquivos de seu escritório e as recordações de sua mente; ao senhor Stephen Gaselee, que se empenhou para que eu pudesse examinar certos documentos a respeito de Corvo guardados no Foreign Office e no Consulado de Veneza; à senhorita Kathleen Rolfe, que me deu permissão para publicar cartas escritas pelo pai dela; ao senhor John Holden, por uma carta que possuía, com a qualidade e o tamanho de um ensaio; à minha esposa, que me escutou com paciência e constância; ao senhor J. Mandy Gregory, pelos muitos favores e pelo papel que ele teve na Busca; ao senhor Trevor Haddon, por sua "interrupção" interessante; ao senhor e à senhora Philip Gosse, em cujo jardim escrevi o último capítulo; ao senhor Brian Hill e ao doutor Geoffrey Keynes, que me deixaram examinar os documentos sobre Corvo que pertenciam ao falecido A.T. Bartholomew; ao doutor G.C. Williamson e ao senhor R.H. Cust, por suas sugestões e pelo material que me emprestaram; ao senhor G. Campbell, ex-cônsul em Veneza; ao senhor Grant Richards, ao professor R.M. Dawkins, à senhora van Someren, ao senhor Sholto Douglas, ao cônego Ragg e a todos aqueles que me ajudaram com suas recordações, especialmente o senhor Harry Pirie-Gordon; e, por último, ao senhor Ian Black, sem cuja assistência prática a preparação deste texto teria sido adiada por, no mínimo, um ano. A única pessoa que aparece no texto sob um nome falso é o reverendo Stephen Justin. Ousei definir *Em busca do Barão Corvo* como uma "biografia experimental", ou seja, considero-o uma tentativa de aplicar aquelas normas que tentei fixar num ensaio sobre a tradição biográfica, publicado pela Oxford University Press em 1929.[1]

1
O PROBLEMA

Minha pesquisa em torno de Barão Corvo começou por acaso, numa tarde de verão em 1925, enquanto eu estava na companhia de Chistopher Millard. Sentados preguiçosamente em seu jardim, conversávamos sobre livros que não haviam obtido sucesso nem a influência que mereciam. Mencionei *A mão de Wylder*, de Le Fanu, que, em relação à trama, é uma obra-prima, e as *Fábulas fantásticas*, de Ambrose Bierce. Após uma pausa, sem comentar meus exemplos, Millard perguntou: "Você leu *Adriano VII*?" Então, confessei que nunca tinha lido e, para a minha surpresa — meu amigo só raramente, e sempre com alguma relutância, emprestava seus livros —, ele me emprestou a cópia dele. Eu conhecia a amplitude de seus conhecimentos acerca de literatura marginal, e aceitei sem hesitar. Foi o primeiro passo em uma trilha que me levaria a lugares muito estranhos.

O nome de Millard se repetirá mais de uma vez neste livro; portanto, uma digressão rápida a seu respeito seria útil. Na verdade, fico feliz em prestar homenagem à sua memória através dessas palavras, pois, para mim, naquela época, morando no campo por opção e trabalhando em Londres, ele era uma das compensações da cidade, como deve ter sido para muitas outras pessoas. Sua personalidade bizarra e seu estilo de vida excêntrico ofereciam, a qualquer observador inteligente, infindáveis contradições e inquietações: entretanto, eu podia contar com ele para ter conversas literárias e beber uma taça de Val de Peñas a praticamente qualquer hora do dia ou da noite. Opor-se a tudo, por princípio, talvez fosse sua característica mais marcante. Em Oxford, ele zombava das autoridades, abandonando-se a atitudes de baderna; no começo da vida adulta, ele se tornou um fã fervoroso da Casa de Stuart, a ponto de depositar todo ano, ostensivamente, uma rosa branca aos pés da estátua de Carlos I e reconhecer o príncipe Rupert de Bavária como seu único soberano legítimo; mais tarde, depois de se tornar um socialista convicto, usava gravatas flamejantes e (para o choque dos caipiras) cantava em voz alta o Hino da Internacional Socialista em tranquilos pubs do interior. Ainda assim, a despeito do seu trejeito excêntrico, conseguiu se formar em Oxford; apesar de sua simpatia pela Casa de Stuart, ele lutou muito lealmente por Rei Jorge; e suas ideias socialistas não o impediram de encarnar a maioria das virtudes conservadoras.

Millard não tinha o costume de reclamar, mas eu sabia que sua experiência de vida era triste. Atuou habilidosamente em muitas profissões. Ele foi sucessivamente: diretor de escola, editor-assistente da *Burlington Magazine*, secretário de Robert Ross e até arquivista no Departamento de Guerra. Sob o pseudônimo de Stuart Mason, compilou uma bibliografia dos escritos de Oscar Wilde e, usando seu nome verdadeiro, catalogou a obra de Lovat Fraser; e ambos esses trabalhos continuam sendo um modelo de seu estilo. Mas aquilo que tinha sido apenas excentricidade de um aluno de Oxford tornou-se contravenção criminal e ele sentiu o peso da lei na vida adulta: Millard ficou preso e, de fato, foi na prisão que aprendeu o ideário socialista e a ter empatia pela classe trabalhadora. Depois da guerra, montou um pequeno comércio de livros raros e incomuns; e, com essa renda, uma pequena pensão e uma herança de cem libras por ano, deixada por seu amigo Ross, ele vivia. No entanto, era (para um homem desse tipo) dolorosamente pobre. Ele morava completamente sozinho (a não ser que os potros que alimentava contassem como companhia), numa casinha escondida atrás de um casarão vitoriano em Abercorn Place, à qual se chegava descendo uns poucos degraus e circundando a lateral do casarão. Sua casa consistia em uma sala de estar (com estantes de livros no estilo de Aubrey Beardsley), na qual ele guardava suas coisas, um quarto pequeno, também cheio de livros, uma minúscula cozinha/banheiro e uma espécie de abrigo coberto, onde, nas estações mais amenas, ele dormia ao ar livre.

Se Millard pudesse ter mantido essa residência sem preocupações financeiras, teria sido completamente feliz; mas, embora seus gostos fossem simples, sua simplicidade era do tipo que se satisfazia apenas com coisas de qualidade. Para o jantar, costumava comprar salmão embrulhado em papel manteiga, e cozinhá-lo ele mesmo; mas tinha de ser escocês e de excelente qualidade. Pão e queijo eram o suficiente para almoçar, mas o queijo tinha que ser um Stilton, da melhor marca. Ele costumava ficar muito decepcionado com a qualidade da cerveja moderna; e detestava, em igual medida, carne importada e contas a pagar. Em matéria de vinho, era menos severo: satisfazia-se com um modesto Val de Peñas, que comprava a um bom preço de um amigo transportador, e bebia na hora que bem entendia. Pensando bem, apesar de sua pobreza de doer, ele conseguia viver quase como queria. Levantava cedo ou tarde, trabalhava ou ficava de folga, conforme o seu humor. Quando a venda bem-sucedida de um livro lhe rendia algum lucro, ele passava a viver em grande contentamento até o dinheiro acabar; não começava a procurar por mais antes que se tivesse esgotado. Passava a maior parte do tempo se correspondendo com americanos literatos a respeito de questões bibliográficas: ele tinha tanto apetite e tanta aptidão para esse passatempo antiquado que parecia um homem do século XVIII. Mas estava sempre disposto a interromper qualquer trabalho por uma boa conversa com um amigo; seu amor pela poesia e sua familiaridade com a literatura inglesa do século XIX tornavam nossas conversas agradáveis especialmente para mim.

Pessoalmente, esse filósofo nato era uma figura imponente. Tinha mais de um metro e oitenta de altura, nunca usava chapéu, vestia-se com uma camisa azul-marinho, calça cinza de flanela e jaqueta verde (todos esses itens eram remendados e retalhados por ele mesmo quando necessário). Além disso, tinha uma presença e um ar de dignidade que nunca o abandonavam. A voz profunda e os cabelos acinzentados, abundantes e encaracolados, confeririam-lhe um porte altivo; ele talvez tenha sido o homem com mais personalidade que já conheci. Certamente, era o mais autossuficiente: não só vivia sozinho, como também fazia a própria cama, lavava a própria louça, preparava as próprias refeições e, às vezes, acredito, até fazia as próprias roupas. Na Londres moderna, era um personagem único; e é a ele a que devo meu primeiro contato com a vida e a obra de Barão Corvo. Infelizmente, Millard não viveu para ver o fim dessa história.

Na página de rosto de *Adriano VII*, destacavam-se uma data, 1904, e um nome, Fr. Rolfe, de quem nunca tinha ouvido falar. Comecei a lê-lo, com muita curiosidade, perguntando-me por que Millard quebrara seu princípio segundo o qual alguém que quisesse ler um livro deveria comprá-lo; mas, antes que eu tivesse chegado à vigésima página, essa curiosidade se tornou gratidão pela recomendação do livro e eu senti em meu íntimo aquele estremecimento interior que todos nós reconhecemos quando deparamos com uma experiência vital e transformadora. Assim que terminei o romance, eu o li outra vez, o que só intensificou minha primeira impressão. Pareceu-me, e ainda parece, uma das obras mais extraordinárias da literatura inglesa. Uma obra marginal, é verdade, mas, mesmo assim, tratava-se de um feito literário sem paralelos; original e cheia de refinada inteligência, essa era certamente a obra de um homem de letras nato, cheia de frases e cenas magistrais, um texto quase atordoante no seu modo de revelar uma personalidade vívida e profundamente incomum.

Já que não havia qualquer indicação em contrário na capa da primeira edição emprestada por Millard, já bem desgastada, deduzi que esse notável experimento de ficção era o primeiro livro do autor: ou pelo menos sua primeira obra de ficção. Embora bem planejado e executado, o enredo revelava, aqui e ali, a inexperiência de um escritor a quem faltava prática. Contudo, a narrativa é estonteante, profunda e vigorosa, e não se reduz ao presente resumo, embora isso se faça necessário para dar conta do efeito que a história teve sobre mim quando a li pela primeira vez.

O *Prooimion* nos apresenta George Arthur Rose, que está sofrendo com uma dor no braço, dez dias depois de ter sido vacinado, tentando, em vão, trabalhar. Seu trabalho é escrever e, pela descrição detalhada de seus pertences e do ambiente que o rodeia, fica claro que esse sofredor solitário e misantropo, dentro do seu "quarto e sala" de periferia, é um homem fora do comum e um verdadeiro rebelde, além de ser um aspirante a escritor, lutando por reconhecimento. Há muitos personagens na literatura construídos com a intenção de gerar no leitor essa mesma imagem, porém poucos conseguem. George Arthur Rose, que sofre com as dores, assim como se sofre com uma afronta pessoal, é um deles. Sentado em sua poltrona baixa, de brocado surrado, ele segura, inclinada na altura dos joelhos, uma prancheta de desenho, na qual seu gato amarelado dorme. Ao alcance da mão, tem dois protótipos de livro: o primeiro, um compêndio de suas frases transcritas em caligrafia arcaica; o outro, um dicionário feito por ele, formando compostos eruditos do grego e do latim, para enriquecer seu vocabulário inglês, que inclui neologismos simples e expressivos, como "hubrista" e "gergelismo". Enquanto ele janta sopa, feijão branco e uma maçã cozida, diverte-se em contar os erros de gramática do jornal da manhã; cuidadosamente, guarda as pontas de cigarro para depois desfazê-las e enrolar um cigarro novo quando juntar uma quantidade suficiente; sobre o consolo da lareira, entre outros objetos estranhos, há cartões de visita de cinco agentes literários diferentes e um sexto com a inscrição *"Verró precipitevolissemevolmente"*; as janelas do teto estão sempre escancaradas; ele vive ansioso na expectativa de ouvir o carteiro bater à porta; Rose está instantaneamente vivo nas páginas de Rolfe, e está vivo por uma razão evidente (como descobri mais tarde): Rose é ninguém menos que o próprio Rolfe.

A ação de verdade começa com uma visita inesperada que um cardeal e um bispo fazem a esse homem solitário, pobre e excêntrico. Na conversa que se segue, longa e densa, muitas coisas vêm à luz. George Arthur Rose é católico; é um aspirante a padre ainda magoado com a injustiça sofrida vinte anos antes, quando seus superiores deliberaram contra sua vocação religiosa. Apesar disso, Rose nunca deixou de acreditar nesse chamado divino, que os outros nunca quiseram reconhecer ou tolerar. Depois de deixar a faculdade de Teologia, ser abandonado pelos colegas de fé, ele conseguiu sobreviver de expedientes. Ainda assim, vinte anos depois, ele nutre uma imorredoura crença de que tem uma vocação divina para o sacerdócio, e tem uma determinação inabalável para alcançá-la. Tudo isso, mais do que dito ao leitor, é sugerido ao longo da discussão entre Rose e os dois padres, conduzida por Rolfe com uma habilidade não muito distante daquela das melhores obras de Meredith. A figura felina de Rose — hipersensível, desconfiado, pronto a se ofender com qualquer expressão que lhe soe desrespeitosa e completamente convencido da justiça da sua causa, fica bem na nossa frente, como se fosse viva: chegamos até mesmo a ouvir sua voz.

O motivo da visita dos dois padres vai se tornando clara aos poucos. Um velho amigo de George Arthur Rose, ciente do tratamento vergonhoso que lhe fora reservado, e movido por compaixão, havia solicitado a revisão de seu caso. Induzido, dessa forma, a reavaliar essa antiga questão, o cardeal tinha ficado comovido pela tenacidade da fé de Rose, pela sua vocação, e convencera-se de que uma grande injustiça tinha sido cometida vinte anos antes, quando a ordenação fora recusada a alguém que, desde então, vinha notoriamente demonstrando, através da devoção, que merecia ter esse sacramento. Portanto, o amigo viera para pedir desculpas tardiamente e para convidar o recluso a se preparar para ser finalmente recebido na hierarquia da igreja.

Rose, até então, a figura dominante durante toda a cena, acolhe a proposta com uma frieza grandiosa. É ele quem dita quais são as condições. Exige uma confissão por escrito das injustiças cometidas contra ele, e a quantia que tinha deixado de ganhar por seus serviços grátis aos católicos que o haviam enganado. O cardeal, já preparado para esse pedido, aceita ambos. Os dois pedidos são concedidos. A partir de então, Rose é finalmente tirado de sua gélida reclusão. Ele queima o reconhecimento das injustiças, já que não quer, como ele mesmo diz, guardar o registro da humilhação feita por seu superior, e acaba doando à caridade metade do dinheiro que lhe foi restituído. No dia seguinte, concorda em receber as quatro ordens menores. "Enquanto isso, diz ele, vou tomar um banho turco e meditar sobre minha nova – não – minha velha condição." Com essas palavras, termina uma das mais incomuns conversas de toda a literatura.

Mas o fim do capítulo não é menos desconcertante. O candidato é admitido ao sacerdócio. Escutamos a confissão e o exame, palavra por palavra. Ouvimos a expressão de seus pensamentos íntimos, sua confissão de fé; e recebemos, junto com ele, a bênção: *"ego te absolvo in nomine patris et filii et spiritus sancti. Amen.* Vá em paz e ore por mim". As preliminares correm sem maiores obstáculos e o noviço está prestes a celebrar sua primeira missa na capela particular, com a assistência do bispo e tendo o cardeal para servi-lo. Para o homem que fora ofendido de uma forma tão grave, essa é a calma, a paz depois da tempestade.

A cena muda abruptamente para Roma, onde o conclave está reunido para eleger o novo papa. A descrição que se segue, embora não seja única na história da literatura, com certeza é excepcional. O procedimento é descrito em minúcias, voto a voto; os cardeais que participam da reunião são citados pelo nome e, embora eu não estivesse familiarizado com a história moderna da religião, dei-me conta, sem dificuldade, que muitas das figuras habilmente desenhadas eram retratos de pessoas reais.

Depois de muitas tentativas vãs, ainda estamos em um beco sem saída: nenhum membro do Sagrado Colégio consegue a maioria de votos necessária. Portanto, o regime do escrutínio secreto é abandonado e um regime de compromisso é adotado: nove cardeais são sorteados como compromissários e são investidos de um "poder absoluto e da faculdade de providenciar um padre para a Santa Igreja Romana". Mas eles ainda depararam com conflitos de interesses que impedem a decisão: nenhum dos outros cardeais (os nove compromissários desistiram das próprias candidaturas ao aceitarem o ofício) parece particularmente digno de se tornar pontífice. Então, a Providência intervém. Impressionado com a semelhança de Rose com um dos compromissários, o cardeal inglês conta a história daquela incrível persistência na sua vocação, apesar de ter sofrido vinte anos de dificuldades e provações. A história causa uma impressão profunda: muito mais do que o cardeal imagina enquanto está narrando. Para aqueles que ouvem falar de suas aflições e de sua persistência, Rose parece mais do que um simples mortal. "Você deve isso àquele homem", diz um dos ouvintes, "propô-lo ao Papado"; e o homem ao qual por tanto tempo fora negado o sacerdócio é escolhido como pedra angular: George Arthur Rose é eleito papa.

Resumida assim, a história parece mais inverosímil do que no conto de Rolfe, que resolve com habilidade o problema de conferir verosimilhança a uma história tão improvável. Quando Rose, ao visitar o cardeal em Roma, sem saber o que estava à sua espera, descobre, com surpresa, que fora escolhido, o leitor compartilha sua admiração; pois, embora ele tenha assistido, passo a passo, à falência dos escrutínios à nomeação dos compromissários, o segredo da decisão final é revelado somente no momento em que, na Capela Sistina, uma voz profunda faz, em latim, a pergunta ritual: "Padre Reverendo, o Colégio Sagrado vos elegeu para ser o sucessor de Pedro. O senhor aceita a vossa pontificação?"

E aqui começa a farsa. Embora a decisão seja inesperada, Rose instantaneamente se enquadra e demonstra a sua vontade de segurar as chaves de São Pedro. Ele não se sente nem um pouco embaraçado com a dignidade extraordinária que lhe é conferida, e se move com uma equanimidade enigmática ao longo de toda a demorada cerimônia de consagração. Na hora de conferirem a ele o anel episcopal, ele contraria os cardeais ao exigir uma ametista em vez da esmeralda oferecida. Quando indagado a respeito de que nome pontifício iria escolher – "*Adriano VII*" –, a resposta vem sem hesitação ou titubeio.

"A Sua Santidade preferiria ser chamada de Leonardo, ou Pio, ou Gregório, como se costuma fazer hoje?", o cardeal-decano pergunta com suavidade imperiosa.

"O último pontífice inglês foi Adriano IV: o presente pontífice é Adriano VII. Isso Nos agrada; e por isso, por Nosso Próprio impulso, Ordenamos."
Nesse momento, não havia mais nada a ser dito.

O próximo ato de Adriano é pedir que abram uma janela bloqueada com vista para a cidade, uma dessas janelas que haviam sido cerradas em 1870 em uma disputa entre o poder papal e o Estado italiano, e que, desde então, nunca haviam sido reabertas. E, apesar dos protestos dos cardeais, a janela é aberta e, através dela, uma figura miúda coberta de prata e ouro, radiante ao sol, oferece a Bênção Apostólica à Cidade e ao Mundo.

Não é preciso prosseguir com a história em detalhes até o fim da narrativa. Durante as duas décadas que passou na miséria, George Arthur Rose, mergulhado em si mesmo, teve muito tempo para pensar em suas teorias e em seus desejos; agora ele tem a chance de realizá-los e ninguém será capaz de impedi-lo. Ele rompe com a obrigação papal que os cardeais tinham imposto a si mesmos de permanecer dentro do Vaticano e sai em procissão pela cidade. Surpreende o mundo redigindo uma Epístola a todos os cristãos e emitindo uma bula pontifícia em que diz textualmente "Meu Reino não é deste mundo", e com isso renuncia incondicionalmente a todos os poderes temporais. Ele denuncia o socialismo e o princípio de igualdade em sua Epístola aos ingleses; e como ulterior demonstração do caráter ultraterreno do ministério divino, chega a vender o tesouro do Vaticano por uma quantia exorbitante, a qual, em seguida, é doada aos pobres. Tão interessante quanto as outras partes dessa seção do livro é a entrevista que ele concede ao embaixador italiano, discutindo o futuro político do mundo. Algumas das previsões de Rolfe são muito distantes da realidade, mas, reavaliando-as, depois de vinte anos, a verdadeira perspicácia da sua observação se torna muito clara.

É claro que uma história como essa que acabei de descrever dificilmente é capaz de chegar a uma conclusão verossímil; e Rolfe, e essa é a menos plausível das suas invenções, conta com as manobras de uma mulher decepcionada e de um corrupto agitador socialista. A conspiração, uma chantagem baseada no conhecimento de fatos da juventude de Adriano, acaba falhando; mas, num ataque de fúria, o agitador atira no papa enquanto ele está voltando para o Vaticano. "A luz do sol brilhara nas pedras cinzentas, na pele dos romanos, no vermelho e lavanda e azul e alvo e verde e dourado, na escuridão grotesca de duas manchas no branco apostólico e no rosado do sangue." As palavras finais são dignas de seu autor: "Rezem pelo repouso de sua alma. Ele estava muito cansado."

O estilo em que o livro é escrito é tão original quanto a história em si. Rolfe tem a mesma predileção por palavras compostas que seu herói; e suas páginas são cheias de neologismos e extravagâncias, como "tolutiloquência", "contorceduplicar", "encoroamento", "indiferentista", "ocessão" e "digladiador".[2] Na construção de suas frases, Rolfe coloca o advérbio tão longe do verbo quanto possível; e, apesar de frequentemente cometer lapsos de aprendizagem e pequenos erros de latim, não desdenha as expressões mais cotidianas, fazendo-as aparecer nos seus parágrafos muito elaborados. No entanto, essas peculiaridades não comprometem a beleza de sua prosa. Por exemplo, quando Rolfe descreve a visita privada de Adriano à basílica de São Pedro:

> Eles andaram por inúmeras passagens e escadas, chegando a uma capela na qual as luzes iluminavam um tabernáculo folheado a bronze e lápis-lazúli. Ali ele parou enquanto seu acompanhante destrancava a cancela da pequena balaustrada. Após cruzá-lo, mandou que o guarda voltasse para seu posto; depois ele mesmo

avançou em direção à grande escuridão da basílica. Ele andava muito devagar: era como se os Seus olhos estivessem embrulhados em veludo negro, tão intensa e arcaica era a escuridão. E então, num canto bastante remoto, à direita, ele viu uma espécie de estrela esmaecida brilhando – pareciam estar no chão. Ele se encontrava na grande nave; as estrelas eram as tochas sempre acesas que cercavam o confessionário. Lentamente, ele foi se aproximando. Enquanto ele passava pelas tochas, pegou uma de seu suporte dourado e desceu os degraus de mármore. Então, estendeu o manto no chão, depositou a tocha ao seu lado, e começou a oração. Lá fora, na Cidade e no Mundo, os homens brincavam, ou trabalhavam, ou pecavam, ou dormiam. Do lado de dentro, exatamente no Túmulo do Apóstolo, o Apóstolo rezou.

Rolfe também domina o segredo do ritmo brilhante, das frases que dizem por si só, o que outros dizem em longos parágrafos; tem o dom de expressões concisas e fantasiosas, como "aquela voz cândida, alva, fria que era mais cáustica do que nitrato de prata e mais assustadora que um grito"; "multidões misturadas enchiam os espaços com olhos tumultuosos"; "suas intenções são boas, mas seu objetivo é servir a Deus sem fazer desaforo a Mamon."

Talvez, acima de todas as grandes surpresas de *Adriano VII*, eu deva considerar sua capacidade de revelar o temperamento de um personagem. Adriano, tal como seu criador o apresenta, é um super-homem no qual sentimo-nos compelidos a acreditar. A agilidade de sua réplica, seu pronto domínio sobre as palavras, sua amplitude de visão, suas crenças e comportamento nobremente celestiais, sua fusão de orgulho e humildade, de caridade bondosa e implacável repreensão dos erros, sua sensibilidade à beleza e seu desgosto pela feiura, sua fé firme e comovente em Deus e em si mesmo; todas essas coisas se unem para criar um personagem tão inigualável quanto a história de seus feitos.

Aqueles que se mostram suscetíveis à influência literária não vão ter dificuldade para imaginar o efeito que *Adriano VII* gerou em minha imaginação e como despertou meu interesse. Qualquer outra ocupação parecia sem vida comparada à necessidade de aprender mais sobre Rolfe. Ele estava vivo ou morto? O que mais havia escrito? Por que eu nunca tinha ouvido falar de um homem capaz de escrever um livro como *Adriano VII*? Muitos anos antes (embora, é claro, eu não estivesse ciente das circunstâncias), Robert Hugh Benson fora tomado por um entusiasmo semelhante após a terceira leitura de *Adriano*. A admiração de Benson o levou a escrever ao autor uma carta cheia de elogios, que acabou por unir os dois numa relação de amor e ódio. Algo parecido aconteceu comigo; mas primeiro eu fui ver Millard.

Millard ficou satisfeito com o meu entusiasmo e começou a falar com seu jeito de palestrante. Perguntou se eu tinha percebido que o livro era, na verdade, uma autobiografia, que Rose era o próprio Rolfe, que metade dos incidentes se baseava nas experiências dele, e que a maior parte dos personagens era inspirada em personagens reais. Na verdade, eu não sabia disso, mas, com aquela hipocrisia da qual não conseguimos nos livrar nem com nossos amigos mais próximos, consegui disfarçar minha ignorância. Falamos por um bom tempo. Assim, eu soube que Rolfe havia morrido, que ele havia sido um padre falido e, o que é meio misterioso, que tinha escrito outros livros sob um pseudônimo ou o título de Barão Corvo. A notícia de que Rolfe e Barão Corvo eram a mesma pessoa despertou em mim, lá no fundo, uma memória: a vaga lembrança de ter lido um conto desse autor, que eu achava tão excepcional que pensei em procurar outras obras suas, mas esqueci.

Enquanto isso, Millard, que era um homem excelente para arquivar coisas em caixas e pastas, e conseguia encontrar qualquer pedaço de papel ou livro rapidamente, apesar da aparente desordem de suas estantes e das coisas espalhadas pelo chão, tirou de dentro de uma das caixas de lata uma encadernação de marroquim. "Já que você está interessado no Rolfe, tem que ler isto também", comentou. Assim que passei os olhos, algumas frases já me chamaram a atenção; eu começaria ali mesmo a leitura; mas, com seu jeito ao mesmo tempo gentil e autoritário, Millard insistiu em que eu prestasse atenção às suas observações, e não ao livro, que eu podia ler num momento de lazer. Então, saí daquela pequena casa semiparalisado de tanta curiosidade.

Lembro-me perfeitamente daquela meia-noite, quando, sozinho no meu escritório minúsculo, me sentei para ler o livro misterioso de Millard. Continha uma cópia datilografada de vinte e três longas cartas e dois telegramas, formando uma série de correspondências de Veneza, entre os anos de 1909 e 1910, a um destinatário não nomeado; e, enquanto lia, eu ia ficando de cabelo em pé. Ali, não havia vestígio algum do idealismo de *Adriano VII* nem dos sentimentos generosos e das aspirações humanas de George Arthur Rose. Pelo contrário, havia uma descrição em linguagem direta e detalhada dos prazeres ilícitos que esperavam em Veneza o personagem vicioso a quem as cartas eram endereçadas. Provavelmente, se não fosse pela falta de dinheiro, o autor poderia ter tido uma vida que faria a existência de Nero, comparativamente, parecer inocente, notável e sem graça: e, na verdade, tinha-se a impressão de que, mesmo sem dinheiro, ele havia descido tão baixo na depravação que dificilmente seria possível pensar em emergir daquilo. O fio condutor das cartas era a constante e insistente exortação dirigida ao destinatário para que gastasse sua fortuna em um mercado do qual ele tiraria o máximo proveito. Rolfe garantia a qualidade das mercadorias que lhe oferecia: ele mesmo as experimentara e, de bom grado, poderia ser um guia nesse paraíso na terra. Na série de cartas, havia uma tendência a pedir ajuda imediata, pedidos recorrentes de dinheiro misturados em todas as cartas, com fragmentos estranhos de belas descrições, e, de repente, ataques de amargura direcionados a indivíduos com os quais Fr. Rolfe, por algum motivo, tivera alguma relação. Pareceria impossível que essa fosse a correspondência privada do mesmo autor de *Adriano VII*, se não fosse pela marca de seu estilo que ressoava em cada frase. O que me chocou nessas cartas não foi simplesmente a confissão de perversidades sexuais: esse fenômeno não surpreende nenhum historiador. Mas me impressionou que um homem culto, de ideias refinadas, alguém perto da genialidade, tenha se aproveitado, sem culpa, de corromper a inocência da juventude; que, por dinheiro, traficasse o seu conhecimento no submundo de Veneza; que ele tivesse seguido o caminho da depravação com tamanha tenacidade delirante: essas coisas me chocaram e me deixaram com raiva e pena. Tive pena porque, por trás do mau gosto dos autoelogios e das propostas que fazia, essas cartas eram a história de um homem desesperado, tão pobre que não podia pagar por seu vestuário, luz e comida; vivendo como um rato, naufragando sozinho, arrastando-se furtivamente pelas vielas de Veneza, amaldiçoando seu talento inútil e suas chances perdidas, sem dinheiro no bolso e de barriga vazia, alguém que, enfim, se convenceu de que todos agiam contra ele. Junto com as cartas, havia dois telegramas, um de um cônsul inglês dizendo "Fr. Rolfe no hospital muito doente pede dez libras necessidades urgentes". Naquela ocasião, ele recebeu a extrema-unção, mas acabou por se recuperar da doença, causada pela fome e pelo frio. A última carta talvez fosse a mais triste. À medida que o desespero se intensificara no coração desse inglês perdido em Veneza, suas exigências diminuíram; e, no fim, ele conteve toda a sua persuasão para implorar por cinco libras. "Pelo amor de Deus, me mande cinco libras", assim terminava a última carta. Cinco libras... Uma anotação de Millard acabava com a história: "Rolfe morreu dois anos depois, em 1913, *aetat* 53".

Levei duas horas para ler aquelas cartas extraordinárias e, quando terminei, não consegui dormir. Não conseguia parar de pensar naquele intelectual talentoso, arruinado por causa da extravagância de seu comportamento, comportamento que o condenara a morrer na humilhação, na miséria e no exílio. E, por mais horríveis que as cartas fossem, continham todas as graças do livro que havia me encantado tanto: o espírito e o conteúdo eram diferentes, mas não o estilo. Enquanto eu me revirava na cama, percebi, de repente, que a minha curiosidade ainda não estava saciada. Quais haviam sido as causas e a trajetória de Rolfe em seu declínio trágico? Em *Adriano VII* e nas cartas, eu tinha os dois polos extremos de uma experiência de vida. Mas qual história se escondia entre esses dois extremos? O desejo de saber me inflamou tanto que quase levantei para telefonar para Millard e avisar que estava voltando a sua casa; só me detive porque, certamente, seria xingado de todas as maneiras, e com toda a razão, com aquele vozeirão dele. Mas eu fui lá na manhã seguinte.

2
AS PISTAS

Millard Estava bem-disposto a me contar tudo o que sabia sobre Fr. Rolfe, cuja vida e cujos livros foram, por muitos anos, alguns de seus principais passatempos. Mas ele me avisou que não dispunha de muita informação e que tudo o que sabia fora usado por Shane Leslie, para uma nota biográfica publicada no *London Mercury*. Primeiro, ele mostrou os originais das cartas de Veneza, que eu li datilografados. Elas eram tão surpreendentes em sua materialização física quanto em seu conteúdo: eram escritas em papéis de tamanhos e formatos dos mais esquisitos, com a caligrafia mais bonita que eu já vi, em tintas vermelha, azul, verde, roxa e preta, presumivelmente escolhidas de acordo com a ocasião. No que dizia respeito à aparência, elas eram dignas de ter sido escritas pelo autor de *Adriano*, mas eu não pude evitar que um calafrio me acometesse à vista daquelas letras, que eram como o eco de uma invocação proveniente de um abismo. Em seguida, Millard me entregou as provas de um artigo de Leslie a respeito de Rolfe; e, por último, um punhado de cartas e recortes de imprensa que haviam sido mencionados por Leslie em seu trabalho. Meu amigo me garantiu que, quando eu lesse todos esses documentos, saberia tanto quanto ele, e provavelmente tanto quanto qualquer outra pessoa, a respeito do homem que tanto despertou minha curiosidade. Ele estava errado em pensar isso: havia muito mais a ser descoberto, mas eu sempre serei grato a ele por ter me dado as primeiras pistas. Não perdi tempo e fui logo examinar o dossiê. A data mais antiga que havia lá era um recorte do jornal *Star*, de 29 de outubro de 1913, que dizia:

> Uma personalidade interessante e quase completamente envolta em mistério faleceu: trata-se de Frederick Rolfe, que foi encontrado morto em sua cama em Veneza, algumas manhãs atrás. Rolfe foi autor, assinando sob o próprio nome, de vários romances, em que exibia, desordenadamente, uma quantidade extraordinária de conhecimentos heterogêneos, e retratava a vida do clero italiano, tanto o rural, como o da cúria romana, com uma visão e um aparente domínio de conhecimento que impressionaram os críticos. Sob o nome de Barão Corvo, um título italiano que ele afirma haver adquirido através de uma ex-duquesa de Sforza-Cesarini, que lhe deu algumas terras, ele escreveu versos e artigos controvertidos sobre ritos católicos e política italiana. Afirmava que, em determinada época, tinha feito parte de uma ordem de padres, mas, isso, acreditamos foi negado pelas autoridades da sua Igreja. Devoto da doutrina católica, ele divergia da hierarquia no que dizia respeito aos assuntos da Itália, já que se opunha fortemente ao poder temporal do pontífice. Compôs uma tabela genealógica acurada para mostrar que o rei da Itália era legitimamente também o rei da Inglaterra, e, por mais que essa ideia possa parecer fantasiosa, a pesquisa e a erudição envolvidas nela foram amplamente reconhecidas pela crítica especializada em antiguidades e heráldica.
> O senhor Rolfe residiu por alguns anos, tendo assumido o nome de Barão Corvo, em Christchurch, Hampshire, onde eram notórios seus surtos de gastos com artefatos refinados, gastos que se alternavam com um ascetismo extremo. Mais tarde, em Veneza, ele passou a levar uma vida que

tinha exclusivamente essa última característica. Ele talvez seja lembrado, no futuro, principalmente por suas *Histórias que Toto me contou*, um volume de contos que é marcadamente uma ilustração da vida camponesa na Itália.

Em seguida, li com atenção o artigo de Leslie e encontrei uma explicação para o tom levemente sarcástico que percebera enquanto lia a reportagem do *Star*. Expressões como "curiosamente interessante" e "quase misterioso" são eufemismos quando se referem a Rolfe. Sua vida era tão extraordinária quanto seu livro, se não mais; suas aventuras se equiparavam às de Gil Blas. Comecei a entender por que o nome dele não era lembrado: aparentemente, ele tinha passado pela vida em constante conflito e num estado de exasperação, ofendendo e sendo ofendido sem motivo ou escrúpulos, até que mesmo seus amigos passaram a temê-lo e a evitá-lo. Apesar do tom satírico e do ímpeto divertido no estilo de Leslie, a história das dificuldades de Rolfe, embora, em grande parte, esses empecilhos fossem causados por ele mesmo, era uma leitura muito triste. Ali estava, na verdade, uma comédia trágica, mais sombria e incrível do que eu podia imaginar. Desde o começo, seu temperamento e as circunstâncias haviam atrapalhado seu talento. Tanto seus anos de juventude, como seus últimos anos de vida haviam passado sob a ameaça da pobreza e da falência. As aulas particulares e alguns empregos ocasionais eram o real quinhão desse sonhador, que, em sua imaginação, havia dominado o mundo. Não tinha sido só em Veneza que ele passara fome. Essas dificuldades e decepções teriam levado a maioria dos homens à loucura; não é de se surpreender que, no fim das contas, uma amizade com Rolfe se tornasse, no longo prazo, uma espécie de experiência infernal. Então, concluí, junto com o veredicto de Leslie, que se tratava de "uma alma derrotada, que criava suas torturas e que podia ter feito muita coisa se tivesse nascido em um lugar propício e na época certa". Mas, embora eu concordasse com esse veredicto, havia inúmeras lacunas naquela narrativa que desafiavam minha curiosidade. Em que família Rolfe tinha nascido? Como havia sido criado? Como terminara tão estranhamente isolado em Veneza? Será que nada mais poderia ter sido feito para ajudar um homem cujo talento parecia óbvio? E quão tenaz podia ser esse talento se, durante uma vida à qual poucas se comparam – em matéria de incerteza e desconforto –, Rolfe havia conseguido escrever pelo menos quatro livros além de *Adriano VII*; e todos quatro soavam, nas descrições de Leslie, tão interessantes quanto aquele que eu já conhecia. Havia, por exemplo, o *Don Tarquinio*, um relato sobre as vinte e quatro horas de um jovem nobre na companhia de Bórgia, em 1495; uma história composta – assim concluí – numa linguagem ainda mais elaborada e afetada do que aquela que está em *Adriano*, e com um enredo quase tão impressionante quanto. Rolfe devia ser um especialista em medievalismo, porque também tinha escrito as *Crônicas da Casa de Bórgia*, uma narrativa histórica repleta de informações obscuras e sátiras mordazes. Soava-me ainda mais atraente aquele volume de *Histórias contadas por Toto*, mencionado no obituário do *Star*, descrevendo-o como "o livro mais incrível, fabuloso, fantasioso, bizarro, errático e desmiolado de todos", escrito num vocabulário "orquidáceo", cheio de neologismos extravagantes e ortografia idiossincrática. Rolfe, inclusive, traduziu Omar Khayyam (da edição francesa de Nicolas, não a partir do original persa) usando um verso que ele apelidou de "diafótico", com o propósito de enfatizar a comicidade e o sarcasmo do original.

 Meu apetite fora aguçado com *Adriano*; indícios de que alguns prazeres ainda estavam por vir se tornaram um novo estímulo para a minha sede não saciada. Recorri aos últimos recortes da pequena coleção de Millard para maiores esclarecimentos. O mais substancial deles foi uma resenha extremamente acurada, publicada no *Times Literary Supplement*, por ocasião de uma nova edição das *Histórias de Toto*, livro ao qual o artigo de Leslie tinha servido de introdução. A crítica era elogiosa ao trabalho de Rolfe, e nela havia uma previsão: "Esse católico desventurado e errante sobreviverá, e talvez sua fama aumente progressivamente. O prato que ele nos oferece, assim como Huysmans, é um caviar: não se pode deixar de provar algo tão refinado. Um homem que consegue desnudar a própria alma como Rolfe fez nos capítulos de abertura de *Adriano VII* não pode temer ficar sem leitores". Esse artigo, lembrado pela introdução de Leslie, provocou, por sua vez, uma troca de correspondências, que Millard, do seu jeito metódico de sempre, guardou. No dia 25 de dezembro de 1924, Harry Pirie-Gordon escreveu ao editor:

> Senhor,
> Na resenha do livro de Frederick Barão Corvo, publicado na edição da semana passada, há menção a alguns outros livros do mesmo autor. Entretanto, há outros dois a serem adicionados à lista, livros que ele escreveu em colaboração com outros autores. Um deles, intitulado *O destino do andarilho*, foi publicado em 1912 e assinado "Próspero e Calibã"; o outro, chamado *Artur de Hubert*, uma biografia fictícia atribuída a Artur, duque da Britânia, ainda era um manuscrito por ocasião da morte de Rolfe. O manuscrito foi confiado ao gentil clérigo anglicano de quem Rolfe se tornara amigo durante as últimas semanas de vida em Veneza; peço que publique esta carta, na esperança de entrar em contato com esse último dos muitos que tentaram ser benfeitores de Frederick Rolfe.
> Harry Pirie-Gordon

Uma semana depois, outra carta apareceu no *The Times*, dessa vez de Frank Swinnerton:

Senhor,
Harry Pirie-Gordon se refere a um romance não publicado de Frederick Rolfe, intitulado *Artur de Hubert*. Certa vez, vi o manuscrito dessa peça de virtuosidade; e também vi um romance acabado (escrito antes desse) que tinha por título *O desejo e busca pelo todo*. Essa última obra estava nas mãos de Ongania, o livreiro de Veneza. Era uma história linda e muito cativante. Infelizmente, de acordo com a minha memória, que é apenas vaga, uma vez que dez anos – se não mais – se passaram desde que li o livro, ele contém trechos difamatórios de pessoas cujos livros Rolfe afirma ter escrito. Mas, se houver qualquer pesquisa dos manuscritos de Rolfe, seria bom que esse livro não passasse despercebido.

Atenciosamente,
Frank Swinnerton

Depois de ler essas cartas, uma decisão que ficara latente na minha cabeça desde que eu fora apresentado a *Adriano* tomou uma forma definida. Eu encontraria esses manuscritos perdidos, e escreveria sobre a vida de Frederick Rolfe.

Primeiramente, pensei em escrever cartas para todas as pessoas que podiam me fornecer pistas.

Escrevi a Swinnerton, e anexei uma carta para ser reencaminhada a Ongania; escrevi para Millard, pedindo a ele que me conseguisse os outros livros de Rolfe; escrevi a Leslie, a Pirie-Gordon e a Charles Kains-Jackson (esse último, de acordo com Millard, era um dos amigos pessoais de Rolfe). Então, muito contente, esperei o desenrolar dos eventos. O primeiro dos meus correspondentes a me responder foi Swinnerton:

Caro Senhor,
Gostaria imensamente de ajudá-lo, mas receio não poder fazê-lo. Em primeiro lugar, não conheço o endereço atual

de Ongania, livreiro de Veneza. Sou compelido, portanto, a lhe devolver a carta que havia sido encaminhada a ele. Tenho a impressão de que Ongania morreu, mas não tenho certeza. Em segundo lugar, devo explicar como tive a chance de ver alguma vez alguns manuscritos de Rolfe, e por que escrevi ao *Times Literary Supplement*. Farei isso agora. De 1910 a 1925, trabalhei como "leitor" para a empresa Chatto e Windus. No começo desse período, pelo menos dois manuscritos de Rolfe foram submetidos à análise à Chatto e Windus, e foram rejeitados. Acredito que esses manuscritos (que estavam mesmo escritos com a letra do autor) foram, ambos, enviados por Ongania, a quem haviam sido confiados por Rolfe, como um seguro-caução para empréstimo financeiro. O primeiro deles, se não me engano, foi *O desejo e a busca pelo todo* — um lindo livro, mas muito longo e em um tom difamatório (difamatório, pelo menos na minha opinião, porque Rolfe apresentava seu personagem masculino central como se fosse o autor de livros pelos quais outras pessoas facilmente identificáveis haviam recebido o crédito). Por essa razão, o romance não pôde ser publicado. O segundo era um romance pseudo-histórico intitulado *Artur de Hubert* que pretendia contar a verdadeira história de como, supostamente, Hubert havia cegado Artur. O manuscrito desse livro foi enviado, segundo entendi, com autorização do autor, a um cavalheiro americano que — presume-se — ainda o possui. Isso é tudo o que eu sei, e foi com o mero desejo de registrar a existência desses manuscritos que escrevi ao *Times Literary Supplement*.
Subsequentemente à publicação da minha carta, recebi um cartão-postal de um senhor italiano que me disse acreditar que alguns manuscritos de Rolfe haviam estado na posse de uma senhora que agora já é falecida. Ele pediu mais informações, mas o tal senhor não soube dar. Eu também tinha uma carta longa do irmão de

Rolfe — um diretor de escola australiano — na qual ele me informava que, quando Rolfe morreu, ele não pudera executar seus últimos desejos pois, para tanto, teria de contrair suas dívidas, as quais ele mesmo não poderia liquidar. Ele me pediu para fazer o possível para encontrar os manuscritos de Rolfe, de modo que pudesse, então, se beneficiar com o testamento. Chatto e Windus, sob meus apelos, fizeram mais perguntas e conseguiram descobrir que outros direitos, específicos ou implícitos, existiam. Mas foi, ou pelo menos pareceu, impossível descobrir quem detinha os direitos de suas obras ainda inéditas; assim, o assunto foi encerrado. Não tenho mais em meu poder a carta do irmão de Rolfe da Austrália; mas acredito que o Sr. Rolfe tem outro irmão, um advogado que agora está na Inglaterra.

Mas ignoro como entrar em contato com qualquer um dos dois irmãos e, caso o senhor consiga fazê-lo, não sei como eles poderiam ser-lhe úteis. O senhor poderia, talvez, perguntar à empresa Chatto e Windus se poderia ajudá-lo nessa empreitada; mas essa é a única pista que me ocorre.

Pessoalmente, não sei mais nada sobre Fr. Rolfe. Uma vez eu o vi de relance, porém nada mais que isso. Também não conheço mais ninguém que tivesse qualquer contato com ele. Monsieurs Chatto e Windus publicaram dois de seus romances – *Don Tarquinio* e *Adriano VII* –, porém ambos foram publicados antes de eu começar a "ler" para eles. Tudo o que posso dizer-lhe é que *O desejo e a busca pelo todo* e *Artur de Hubert* existiram em manuscrito; e isso já se inferiu da minha carta ao *Times Literary Supplement*, se é que o senhor não sabia por outro meio. Teria sido um grande prazer colocar-me ao seu dispor para dar qualquer informação que pudesse ajudá-lo a fazer um livro que considero que será valoroso e interessante. Sinto muito por não poder fazê-lo.

Com meus melhores cumprimentos,
Frank Swinnerton

Essa carta, como se verá, me abriu muitas novas vertentes a serem exploradas. Pareceu-me bastante claro que os srs. Chatto e Windus deveriam saber algo; então, eu contatei C. H. C. Prentice, sócio deles, com quem eu tinha uma relação superficial mas muito cordial. Prentice estava disposto a ajudar, embora duvidasse de sua própria capacidade. A correspondência da empresa com Rolfe fora destruída havia muito tempo, e nenhum dos membros atuais da empresa o conhecera. Por outro lado, descobri, para meu assombro, que o manuscrito de *O desejo e a busca pelo todo* estava, naquele momento, no cofre do sr. Chatto, onde havia sido deixado e esquecido desde a morte de Rolfe. Disfarçando minha impaciência, pedi permissão para ler o original; mas, nesse aspecto, o cuidado tradicional dos editores bloqueou meu caminho. Prentice também tinha visto a carta de Swinnerton ao *The Times*, com suas referências às difamações e, em decorrência disso, não queria mostrar o manuscrito sem autorização. Qual autorização ele aceitaria, isso não estava claro. O irmão advogado de Rolfe, pelo que me disse, era vivo e estava em Londres; mas havia uma grande incerteza sobre quem detinha os direitos do livro que caíra no esquecimento: se era o irmão ou aquele clérigo anglicano citado por Pirie-Gordon. Ele me aconselhou a procurar Herbert Rolfe, e eu decidi fazê-lo. Escrevi logo a ele e, depois de algumas cartas, a resposta que me trouxeram foi a seguinte:

Caro Senhor,
Estou disposto a revelar ao senhor fatos a respeito do meu irmão Friedrick William Rolfe, mas temo não dispor de muito tempo livre. Estou mesmo ansioso para que qualquer coisa que seja escrita sobre ele esteja correta.

Você pode, talvez, mandar-me uma lista dos fatos que deseja. Ou preferiria me encontrar no meu escritório? Se assim for, por favor venha antes do início das sessões do tribunal. Podemos, por telefone, marcar uma reunião. Provavelmente estarei lá a partir de umas onze e meia até quatro da tarde na maior parte dos próximos dias. Suponho que o senhor me permita ver uma prova daquilo que possa vir a escrever. Você conheceu meu irmão pessoalmente?
Devo avisar que talvez eu não seja capaz de lhe fornecer datas precisas para todos os seus movimentos.

Atenciosamente,
Herbert Rolfe

Antes que eu pudesse responder ao Sr. Rolfe sobre sua oferta moderada, outra carta chegou:

Caro Senhor,
Meu irmão abriu a sua carta por engano, e só agora a encaminhou. Coloquei tudo o que pude reunir a respeito de Barão Corvo num artigo do *Mercury*. Seu romance *Adriano VII* foi descoberto por R. H. Benson, e influenciou enormemente a todos em Cambridge, vinte anos atrás. Fui completamente arrebatado por seu estilo barroco. Grant Richards tinha um livro de cartas do Corvo. Com a falência de sua empresa, ele foi repassado à empresa More & Co., que me mostrou uma pilha de manuscritos coloridos. Dirija-se a Grant Richards, que publicou o livro de Bórgia para o Rolfe. O senhor terá de conseguir a permissão dele para usar as cartas.

Com os melhores cumprimentos,
Shane Leslie

Escrevi imediatamente para "More & Co.", a qual não tive dificuldade em identificar como De la More Press, editores de uma série de King's Classics que me haviam sido muito familiares durante a infância. Enquanto estava aguardando uma resposta, mais um caminho tinha sido aberto para mim:

> Caro Senhor,
> Se me disser qual dia é mais adequado, eu o chamarei às 17 horas nesse dia para falar sobre o Barão Corvo.
> Atenciosamente,
> Harry Pirie-Gordon

Olhando em retrospecto, encontro, em cada uma dessas cartas, um reflexo do seu escritor, desde a cautela legal do Sr. Rolfe, a imediata disposição de ajudar de Swinnerton, o uso, por Leslie, da palavra "barroco", a brevidade de Pirie-Gordon. A carta mais urgente parecia ser a do Sr. Rolfe; e, obedecendo ao seu conselho, telefonei para marcar uma reunião para o dia seguinte. Mas, enquanto isso, um novo peixe caiu na minha rede: Kains-Jackson apareceu para responder pessoalmente à minha carta.

Meu visitante, um homem de cabelos brancos, tinha uma história bem interessante para me contar; ele conhecera Rolfe intimamente, e, como descobri mais tarde, quase todos que encontravam Rolfe achavam-no o homem mais singular que já haviam conhecido. Essa amizade, em particular, surgiu por acaso, no comecinho dos anos 1890, quando Jackson, que era então um advogado, estava em suas tradicionais férias em Christchurch, Hampshire, naquela época, uma cidade calma, bem longe de Bournemouth, que, por sua vez, no verão, era invadida pela classe artística. Por razões tanto pessoais como profissionais, Jackson fora chamado por um cliente local, o falecido Gleeson White, que era então um conhecido crítico de arte; e, na casa de Gleeson White, ele conheceu um homem magro, barbeado e com um jeito levemente clerical, que lhe foi apresentado como o Barão Corvo. Barão Corvo, apesar do seu título estrangeiro, não tinha sangue italiano. Ele se autoproclamava inglês e artista. Quando conhecido mais de perto, ele demonstrava ter muitos dons: era um excelente remador, nadador e pescador, um talentoso músico, fotógrafo e escriba, um homem de bom gosto e com um modo de falar agradável. Gleeson White era um bom conversador, até mesmo para aqueles dias em que a conversação era praticada apenas por diversão; mas, quando ele ficava em silêncio, o barão sempre tinha um novo assunto na ponta da língua, e conseguia entreter sua companhia com lendas da Itália e da Inglaterra ainda melhores que as do seu anfitrião. Corvo devia seu título, ou dizia que o devia, a uma senhora inglesa idosa, a Duquesa de Sforza-Cesarini – que, assim como ele, era uma católica convertida. Essa mulher o conhecera na Itália e praticamente o adotou como neto, e cedeu-lhe uma pequena propriedade, a qual carregava o título baronial do mesmo modo como certas propriedades rurais inglesas acarretam o direito ao título senhorial. Não parecia haver razão alguma para duvidar de suas afirmativas. Ele certamente recebera remessas de dinheiro da duquesa na Itália, porque Jackson se lembrava de descontar os cheques dele em lira, os quais o barão recebia com uma periodicidade praticamente mensal. Corvo estava morando de aluguel numa casa que fora transformada em apartamentos por um mordomo aposentado; fizera um atelier no primeiro andar, e normalmente estava ocupado com sua arte. A igreja católica local havia sido generosamente adornada com seu pincel em afrescos que continham figuras que ainda seriam analisadas pelos curiosos, e disseram que as igrejas de outros lugares também se haviam regozijado com seu trabalho. Talvez seu método de pintura fosse a coisa mais estranha a respeito do barão enquanto ele trabalhava e morava em Christchurch. Consciente de sua pouca habilidade em desenho anatômico, ele costumava fotografar seus modelos e fazer projeções das fotografias com as lanternas, para que, com a projeção na parte da parede a ser pintada, ele pudesse esboçar o contorno. O ícone bizantino era seu modelo ideal, e algumas de suas pinturas a óleo eram trabalhadas com bordado ou enfeitadas com lantejoulas brilhantes. O Corvo parecia ser um católico muito pio — alguém que precisava que seus pincéis fossem abençoados antes de usá-los. Seus temas eram quase invariavelmente eclesiásticos, e Jackson me deleitou e me divertiu com a reprodução de um dos quadros mais ambiciosos de Rolfe. Alguns anos depois, mostrei a Ricketts e Shannon um retrato de São Guilherme de Norwich, pintado pelo Corvo, e eles acharam que o quadro tinha um toque interessante. O afresco na igreja de São Miguel, em Christchurch, embora esteja danificado por causa da umidade, é ainda, a seu modo, bem impressionante.

Foi surpreendente descobrir que, no começo, Rolfe não era minimamente considerado um escritor: ele se apresentava e era visto como um pintor; na verdade, fora sua promessa no campo das artes que levara a duquesa a sustentá-lo. Entretanto, ele escreveu realmente alguns versos, ocasionalmente, em sua maioria inspirados por sua própria pintura.

O barão continuou, por algum tempo, a aproveitar os prazeres da condição de membro da alta sociedade local – participava de piqueniques com outras pessoas, e retribuía essa hospitalidade modesta. Embora sua amizade com Jackson tenha aumentado, e este achasse a companhia de Rolfe cada vez mais inspiradora, foi interrompida por causa de uma transação infeliz que encurtou a permanência de Corvo em Christchurch. Gleeson White era proprietário de um estabelecimento que era livraria e biblioteca ao mesmo tempo, e que ocupava dois imóveis, conhecidos como Caxton House; o barão lhe propôs comprá-los. Jackson passou a se encarregar desse negócio em nome de White; no desempenho de suas tarefas profissionais, ele não pôde deixar de notar o estado crítico das finanças de Barão Corvo.

Rolfe também foi representado por um advogado, que ele convocou de um modo inusitado. Ao ouvir que John Withers era um bom advogado, ele enviou um telegrama nos seguintes termos: "Por favor, venha a Christchurch, Hampshire, imediatamente para importante operação imobiliária. Estarão à sua espera na estação em carruagem com cavalo branco. Barão Corvo". O jovem advogado correu para lá, imaginando que veria um cliente importante, mas suas ilusões foram desfeitas quando descobriu que a "carruagem com cavalo branco" era apenas a carroça da estação, puxada por um pangaré cinza e pulguento.

Corvo havia proposto concretizar a compra com a venda de suas propriedades em Bristol e Oxford; mas, no final das contas, os imóveis já estavam hipotecados ao máximo; então, o acordo foi revogado. Além disso, começaram a circular muitos rumores com o nome do Barão. Suas dívidas com os comerciantes locais estavam quase no limite; a mesada da duquesa cessara; dizia-se que o Barão Corvo não era, na verdade, barão coisa nehhuma, mas, sim, Frederick Rolfe. A fofoca só piorava; e, em algum momento entre dezembro de 1891 e junho de 1892, o "Barão Corvo" sumiu de Hampshire, deixando sua pintura, seus pincéis e suas dívidas para trás, para que se resolvessem por si mesmas.

Mesmo assim, o barão se enxergava como a parte que fora vítima da situação. A última vez que Jackson ouviu falar a respeito dele tinha sido no excerto de uma carta a um amigo, escrita por Rolfe dez anos depois:

> Se for escrever para Kains-Jackson, deve dizer isto: ele me fez uma afronta terrível; e não me parece que tenha manifestado a intenção de consertá-la. Se eu tivesse notado nele uma atitude diferente, estaria disposto a perdoá-lo. Mas, no presente momento, ele me parece

uma pessoa evitável, que expressa opiniões com base em nenhuma garantia segura, e é obviamente falso em relação aos fatos. Sinto muito por isso; porque, apesar de ter vivido dez anos de inferno por causa dele, gosto de sua personalidade. Por favor, não lhe dê a menor informação, desnecessária que seja, sobre mim ou sobre o que ando fazendo.

A história de Christchurch trazia implicações inquietantes. Jackson parecia não ter dúvida de que o plano de Rolfe não havia sido honesto; ele mencionou que considerara necessário avisar seus amigos para não entrarem em negociações financeiras com "o Barão". Ainda assim, eu tinha ouvido apenas um lado da história; precisava de mais informações para emitir qualquer julgamento. O material estava em mãos. Jackson tirou dois longos recortes do jornal *Aberdeen Free Press*, datados de 1898, de dentro da pasta em que guardara as cartas do Corvo. Ele os notou justamente na hora em que foram publicados, e os guardou como raridades. Esses recortes eram, para mim, quase tão fascinantes quanto as cartas de Veneza de Millard: um maravilhoso golpe de sorte no começo do meu trabalho. Ali havia um relato detalhado, através dos olhos do inimigo, das primeiras aventuras do ser errático cuja vida me propus a rastrear. Enquanto o lia, comecei a entender os amargos anos finais de Rolfe, entrevendo a miséria interna da sua vida.

3
O ATAQUE DO JORNAL

Os artigos que Jackson deixou comigo para que eu examinasse eram a resposta às memórias fantásticas de Rolfe, publicadas na *Wide World Magazine*, uma revista mensal que, por um breve período, e muito superficialmente, declarara garantir a veracidade de seus colaboradores. No entanto, as histórias incríveis de Louis de Rougemont que apareceram nas páginas da revista tornaram tão ridícula e inverossímil a declaração da revista de que oferecia aos leitores nada menos que a verdade, que essa pretensão foi rapidamente retirada. No último número em que a declaração ainda aparecia, podia-se ler o conto inofensivo que vou mencionar daqui a pouco, o que proporcionou ao inimigo de Rolfe seu argumento de abertura. O título da primeira parte do ataque era *Barão Corvo. Novas aventuras do Wide World: a incrível história de um cavalheiro em Aberdeen*, e começava assim:

> Recentemente o mundo ficou estarrecido com a descoberta, da revista *Wide World Magazine* (um novo periódico dedicado à promulgação de testemunhos autênticos de aventuras emocionantes), de um herói mais extraordinário do que Robinson Crusoé: trata-se de Louis de Rougemont; pouco depois dessa descoberta, o público foi entretido, não em menor medida, ao descobrir o tipo de

homem que esse grande aventureiro e antropólogo realmente é. Já que o caso Rougemont tinha quase arrefecido, a *Wide World Magazine* encontrou outro personagem. Dessa vez, trata-se de um aristocrata e, na edição da revista deste mês, ele foi apresentado com o tradicional floreio editorial, que tem o objetivo de tornar a história mais interessante. O novo autor conta a história de suas experiências com grande minúcia, mas, em sua vida real, há muitas outras experiências mais impressionantes do que as relatadas na *Wide World Magazine* que mereceriam ser conhecidas pelo público. O artigo em questão é intitulado *Como eu fui enterrado vivo* e é assinado por "Barão Corvo" – embora, no texto, não haja vestígio algum de aspas ao lado do seu nome que indiquem que esse título é falso. A própria revista, ulteriormente, endossa esse título de nobreza definindo o artigo como: "A amedrontadora experiência de Barão Corvo, descrita em detalhes por ele mesmo e ilustrada com desenhos feitos sob sua própria supervisão". A imagem de um homem jovem aparece na frente do artigo como uma foto de Barão Corvo. Pode-se dizer que é uma boa foto, a qual tem sido reconhecida por muitas pessoas que, em Aberdeen e vizinhanças, poderiam contar histórias sobre o Barão bem mais interessantes do que aquelas que aparecem na *Wide World Magazine*. Já falamos que o mérito daquela história reside no fato de que é uma experiência verdadeira desse cavalheiro, e... será, portanto, útil demonstrar, até que ponto Sua Excelência, o ilustríssimo Barão Corvo, deve ser levada a sério. Comecemos pelo título. Em vão, as pessoas procurarão os documentos da aristocracia deste ou de qualquer outro país para visualizar a árvore genealógica de Barão Corvo. Não é a primeira vez que "o Barão" utiliza esse título e nem se pode dizer que ele não foi avisado sobre os problemas que teria caso insistisse em usá-lo. Não haveria problema, contanto que empregasse o título em conversas com aqueles que soubessem dar-lhe o devido valor, mas a questão é que ele usou várias vezes em correspondências formais nas quais assinava "cordialmente, Corvo", e até "Frederick Barão Corvo". Os que o conheciam apontaram a loucura desse tipo de coisa.

Até aí o ataque procedera em um tom ameaçador, mas com certa prudência; mas agora o autor soltava de vez a mão. Evidentemente, ele devia ser muito bem informado, porque, passando a falar do incidente de Christchurch, relatou exaustivamente como "o Barão" havia tentado comprar as propriedades de Gleeson White e como fora "levado a sério nas negociações – a princípio". Ele também oferecera o texto de uma carta cheia de sarcasmo e desprezo na qual White expressa a Rolfe sua reprovação:

> Quanto à sua absurda insistência em reafirmar que poderia comprar meu imóvel, só espero que se deva a um mal-entedido. Nenhuma outra desculpa pode justificar o incômodo grave e desnecessário que nos causou. É verdade que vai embora no sábado? Chegou a mim uma informação, que eu achei absurda, segundo a qual todos seus bens serão vendidos em um leilão e você irá para um abrigo. Se isso for verdade, espero que o seu velho amigo T. e o padre católico venham resgatá-lo – mas o que aconteceu com aquelas cem libras que você, repetidas vezes, afirmou ainda ter no banco em Londres, sob o seu verdadeiro nome, Frederick Rolfe? Por falar nisso, permita-me lhe dar um conselho para o futuro: recomece a usar seu nome verdadeiro, porque foi justamente pelo fato de o senhor assumir um título estrangeiro que levantou as primeiras suspeitas, aqui e em outros lugares. Lamento profundamente que o senhor tenha tornado impossível que nós o ajudássemos ainda mais etc. etc."

"Essa carta", continua o artigo, "mostra, de algum modo, a natureza do Barão; quanto a nós, podemos acrescentar que o título "Barão Corvo", como ele próprio declarou várias vezes, 'é uma distinção aristocrática obtida na Itália'." Tendo assim (muito habilmente, deve-se admitir) jogado água fria "na distinção de Sua Excelência", o autor desconhecido pergunta: "Quem é, então, Barão Corvo?", uma pergunta puramente retórica à qual ele fornece uma imediata resposta:

> Este senhor é Frederick William Rolfe, e sua vida anterior, antes da chegada a Aberdeen, pode ser brevemente resumida. Enquanto era vice-diretor na Grantham School, converteu-se ao catolicismo e foi obrigado a abandonar sua posição. Isso aconteceu em 1886. Mais tarde, como ele mesmo diz, "passou fome em Londres", alternando esses momentos com curtos períodos em que trabalhava como tutor particular. Foi então que a marquesa de Bute, quando fundou uma escola para meninos abandonados em Oban, pensou em nomear Rolfe como professor. Havia dois padres com ele e logo surgiram entre eles várias divergências. Depois de um mês ou dois, Rolfe foi demitido. Passado um mês, ele decidiu abraçar o sacerdócio. O bispo de Shrewsbury foi encorajado a averiguar o caso dele, e disso resultou que, no final de 1887, ele foi admitido no colégio católico Oscott como seminarista: mas em apenas dois meses ele foi expulso. Depois de mais um período "passando fome em Londres", ele conheceu o Ogilvie-Forbes, de Boyndlie, em Aberdeernshire, e ficou em Boyndlie por três ou quatro meses. Trabalhou de novo, temporariamente, como tutor, até que o falecido arquebispo Smith de Endimburgo, conhecido pela sua indulgência nesse tipo de caso, foi induzido a acolhê-lo, mandando-o para o Scots College em Roma, para que fosse treinado para o sacerdócio. Cinco meses depois, foi

expulso. Isso aconteceu por causa de sua falta de vocação. Mas também (como foi declarado por uma fonte que o barão não teria coragem de desmentir) porque sua presença era nociva para todo mundo, para não falar coisa pior. Em Roma, Rolfe também contraiu dívidas consideráveis que, segundo ele, seriam quitadas pelo Lorde Archibald Douglas, o qual teria concordado em pagar, mas o Lorde Archibald não sabia nada a esse respeito. Entretanto, Rolfe sempre foi descrito como uma pessoa cortês, com algum talento para música e para pintura e com uma competência notável como fotógrafo amador. Quando ainda era estudante, conquistou a simpatia de uma senhora aristocrática inglesa que era católica e tinha um título italiano, a Duquesa Carolina Sforza, com quem ele conseguiu somas consideráveis em dinheiro; foi ela quem o sustentou por algum tempo depois de sua expulsão do Scots College. Entretanto esse — como muitos outros atos de gentileza ao Rolfe— não durou muito. Rolfe voltou à Inglaterra por volta do final de 1890 e, declarando que a duquesa lhe prometera uma pensão que, conforme a ocasião, ele afirmava ser de cento e cinquenta ou trezentas libras por ano, para ele continuar seus estudos artísticos, foi para Christchurch.

A seguir, mais uma referência a respeito do episódio das propriedades de Gleeson White, que aborda fatos que, evidentemente, escaparam até a Jackson:

> A duquesa decidiu, contudo, não intervir naquela ocasião, embora Rolfe tivesse continuado a escrever para ela por anos a fio, implorando por sua ajuda, até que as cartas ou não tinham mais resposta ou eram respondidas através de comunicados em que não havia nem o pronome de tratamento "Sr.", nem "Ilmo. Sr.", nem muito menos o título de nobreza de "Barão", o qual ele, em

breve, passaria a usar constantemente. É possível notar, apenas de passagem, que o título que o barão havia escolhido tem a seguinte significação: latim, *corvus*; em italiano, *corvo*; em francês, *corbeau*; em escocês, *corbie*; em inglês, *crow*.³

Até mesmo esse bem-informado crítico parecia não conhecer a origem familiar de Rolfe. Mesmo assim, considerei a matéria interessante; e, durante a leitura, me dei conta de que essa fora, em larga medida, a fonte de Leslie sobre os primeiros anos do Corvo.

E agora — continuava o artigo — chegamos a 1892, quando esse senhor começou a honrar a cidade nórdica de Aberdeen com sua presença. Depois de ficar sem dinheiro em Christchurch, passou fome de novo por alguns meses (foi mantido por caridade pelos padres da Igreja Católica de Ely Place, em Londres). Em meados daquele ano, entretanto, e continuando a buscar ajuda entre as famílias católicas de bem, deram-lhe o posto de tutor do jovem Laird de Seaton, na Seaton Old House, Aberdeen. Por um breve período, ele viveu como um rei, rodando a cidade e o campo de carroça, convidando seus amigos para o desjejum, exatamente como um lorde; deveria ser dito que, por algum tempo, ele seguiu o conselho de White e se apresentou pelo próprio nome, Frederick William Rolfe... Entretanto, ele foi obrigado a ir embora de Seaton, a propósito, pode-se contar uma anedota curiosa que mostra, de forma muito clara, como ele era visto naqueles lugares. Alguns meses após a sua partida, ele deu um jeito de entrar nos jardins da propriedade de Seaton. Ninguém o viu entrar; mas, quando já ia saindo de novo por um portão diferente, o portão estava trancado. "Portão!", gritou para a velha senhora na guarita. Ela olhou para fora, perguntando quem era, e, quando lhe disseram, "Bem", observou ela secamente, "acho que posso deixá-lo sair, mas tenho ordens para não o deixar entrar." Rolfe, procurando à sua volta por amigos que pudessem ajudá-lo, conseguiu encontrar um: Gerry, um padre católico, natural de Strichen (agora chamada Dufftown), que o hospedou por algumas semanas. O padre Gerry achou muito difícil se livrar do hóspede, com certeza não era o único, porque, no dia de sua partida, Rolfe costumava, inevitavelmente, ficar doente e era impossibilitado de ir embora. Por volta do início de novembro de 1892, Rolfe entrou em contato com os fotógrafos G. W. Wilson & Co. para ser contratado em sua empresa. Naquela ocasião, afirmou não ter preocupação com dinheiro. Tudo o que ele queria era uma oportunidade para aperfeiçoar sua técnica fotográfica. Disseram-lhe que não estavam contratando estagiários, mas ele não desistiu, e finalmente, depois de lhe dizerem que havia disponível uma vaga de ajudante, e que podia ser dele se ele quisesse e se sujeitasse às regras costumeiras do setor, ele aceitou. Por três meses inteiros, ele trabalhou na oficina da empresa G.W. Wilson & Co. por doze xelins e seis pence por semana. Mas ficava só de brincadeira, entrando e saindo na hora que bem entendia. Enquanto isso, contava invenções aos seus companheiros de trabalho sobre as imensas propriedades de seu pai na Inglaterra e no exterior – e, a essa altura, ele havia voltado a usar o título baronial. No final, o pessoal da empresa perdeu a paciência e Rolfe foi demitido. Porém, mais uma vez, a dificuldade era livrar-se dele. Apesar de lhe terem dito para não voltar mais, no dia seguinte ele voltava para o trabalho, sorridente como sempre. Achou-se recomendável, então, enviar uma notificação formal para o seu domicílio (cujo aluguel ele não pagava havia meses), dizendo que a situação não podia continuar mais assim, e ele tinha de ir embora.

A resposta imediata de Rolfe foi enviar uma carta ao senhor Wilson com o seguinte teor: "Caro senhor, por conta de uma curiosa coincidência, no momento em que recebi sua correspondência, eu estava prestes a lhe dizer das minhas intenções de investir uma quantia pequena, digamos mil libras, em sua empresa, e assegurar, dessa forma, um emprego fixo e adequado às minhas habilidades. Talvez essa proposta seja inoportuna agora, mas achei por bem mencioná-la". Mesmo depois disso, ele continuou a parecer na oficina, e chegou ao ponto de ser ameaçado de expulsão pela polícia se não se afastasse espontaneamente. Então, Rolfe processou a firma. Ele foi a um dos principais escritórios de advocacia de Aberdeen e conseguiu que eles escrevessem à G. W. Wilson & Co., intimando-os a pagar cerca de trezentas libras por ele não ter recebido, declarou, itens de sua propriedade, e por quebra de contrato. Obviamente, uma única visita do senhor Wilson ao escritório de advocacia foi suficiente para mostrar aos advogados qual era o tipo de homem com quem estavam lidando, e eles desistiram do caso. Rolfe procurou outro advogado, pedindo-lhe que aceitasse seu caso, mas essa tentativa também fracassou e, assim, o assunto foi dado por encerrado.

A expressão "dar por encerrado" era muito usada pelo autor da matéria; graças a essa e outras repetições de expressões idiomáticas que Rolfe devia ter identificado seu obstinado inimigo..

O barão continuou "saindo à caça", como ele próprio dizia, dos católicos de bem, começando pelo duque de Norfolk, em busca de dinheiro para continuar seus experimentos de fotografia colorida, fotografia submarina, um novo tipo de iluminação para fotografia instantânea, e todo o resto. Mas ele não restringiu sua atenção aos católicos: não hesitou, por exemplo, em alçar até mesmo voos mais altos, como esta carta pode mostrar: "O Barão Corvo oferece os melhores cumprimentos ao Sir Henry Ponsonby e deseja ofertar à Sua Majestade, a Rainha, uma pequena imagem que representa a Natividade. Foi feita por ele mesmo e é uma peça singular que foi fotografada de um modelo vivo com luz de magnésio. Ele seria muito grato ao Sir Henry Ponsonby se lhe desse indicações das formalidades que precisam ser observadas nessas ocasiões". Mas, em geral, era principalmente aos católicos que Corvo fazia seus apelos epistolares. O falecido bispo católico de Aberdeen, Hugh Macdonald, estava entre aqueles a quem ele deu mais atenção. Quando, certa vez escreveu ao bispo agradecendo pelo empréstimo de 1 libra, que o gentil bispo lhe enviara, Rolfe escreveu a seguinte nota: "Monsenhor – sinto muito se me enganei sobre os recursos de que Vossa Senhoria dispõe, mas eu fui informado de que o bispado tinha herdado, 'para auxílio aos pobres católicos, a quantia de quatro mil e seiscentas libras'. Desculpo-me novamente por ter incomodado Vossa Senhoria a respeito de um assunto no qual fui mal informado". O bispo respondeu, não sem um toque de humor eclesiástico: "Meu caro Rolfe, como lhe disse no sábado, não disponho de recursos para auxiliar católicos pobres. Nenhuma quantia desse valor foi doada ultimamente com esse objetivo, então o senhor deve ter sido mal informado mesmo. Que o Senhor o ajude em suas dificuldades atuais, pois não tenho confiança na fotografia submarina. Hugh, Bispo de Aberdeen". Mas as próximas aventuras do Barão Corvo devem esperar até outro dia.

Não por muito tempo, contudo. Um só artigo não era suficiente para a raivosa malevolência do primeiro biógrafo de Rolfe. Ele voltou a atacar na edição seguinte de *Aberdeen Free Press*, começando com a afirmação, de sua maneira típica, de que "não seria inútil" fornecer mais informações específicas sobre o período em que o Barão ficou em Aberdeen. Demoraria demais citar, uma a uma, as formas como Rolfe lutou para se virar. Ele pediu apoio em todo lugar para financiar invenções das quais não há mais qualquer registro. De uma delas, é possível ter uma ideia a partir da carta enviada ao Sir Henry Ponsonby, e de outra carta, enviada a W. Astor, em que Rolfe alega haver "inventado uma luz portátil graças à qual posso prescindir da luz do sol". Evidentemente, ele se refere à fotografia por luz de magnésio, que, naquele tempo (o começo dos anos 1890) ainda era uma novidade. Não seria estranho nem irrazoável supor que Rolfe, que, segundo o autor da matéria era um fotógrafo "competente", tivesse esbarrado em algum avanço ou melhoria dos métodos até então empregados. Mesmo as suas invenções deviam dar a impressão de novidade, se inclusive o próprio comandante Littledale, então responsável pelo navio de guerra *Clyde*, se deixou persuadir pelos planos de fotografia submarinas para o United Service Institution. Mas até esse pequeno triunfo logo foi usado como desculpa para Rolfe pedir dinheiro: a notícia foi, é claro, instantaneamente comunicada aos amigos, com a informação adicional de que Rolfe estava precisando de recursos "para conduzir os experimentos na presença dos especialistas, o que seria para mim uma sorte dupla". Mas esse assunto também foi dado por encerrado.

Ele também fez uma tentativa com o Lorde Charles Beresford, conseguindo marcar um encontro com ele:

> Imediatamente uma enxurrada de cartas foi enviada para os destinos mais diferentes: uma ao bispo de Shrewsbury, outra ao bispo de Aberdeen, outras para o duque de Norfolk, outra a W. T. Stead, outra a Gleeson White etc. etc., anunciando que o Lorde Charles Beresford havia manifestado interesse na invenção, convidando, em tom solene, os destinatários a ajudarem na questão das

finanças. Mas nenhum deles atendeu a proposta. O barão também não foi bem-sucedido ao propor à *Illustrated London News* e ao *Graphic*, que o enviasse para Tripoli para fotografar o navio *Victoria*, que tinha naufragado perto daquela cidade.

Não é minha intenção transcrever todo o texto da matéria. O autor foi cuidadoso em registrar cada mínimo delito de Rolfe e em destacar ações que seriam bastante comuns, quando praticadas por outros, mas que assumiam tons sombrios quando praticadas por Rolfe. Alguns episódios são, deve-se admitir, definitivamente difamatórios. Por exemplo, o barão passou um cheque de cinco libras para acertar umas compras, pedindo que eventual saldo fosse pago a ele em dinheiro; mas uma rápida análise revelou que o cheque "era, no mínimo, muito longe de ser satisfatório". Quanto aos seus esforços para vender às pessoas de Aberdeen, que não os apreciavam, seus quadros em "estilo medieval", eles eram patéticos em sua infantilidade. Depois de tentar, de todas as formas, atrair todos os católicos conhecidos de Aberdeen, ele os ofereceu ao prefeito, com a ingênua, porém irônica, recomendação: "Permita-me, meu caro senhor prefeito, sugerir que sejam um presente apropriado da cidade para o casamento real, especialmente porque um local é a obra de um artista que se fixou em Aberdeen por ser perfeitamente adequado para o seu trabalho". Mas nem assim conseguiu despertar o interesse alheio por seu trabalho. Há um tom bem-humorado até mesmo nas mais sinistras aventuras de Rolfe no norte. Cito novamente o artigo:

> O barão morou com uma família na Skene Street, de outubro de 1892 ao começo de agosto de 1893. O dono da casa era um comerciante muito trabalhador, e ele e sua esposa haviam comprado uma casa grande com o propósito de abrigar pensionistas de alto nível. Ele havia

considerado Rolfe um inquilino ideal: mas, quando eles conseguiram finalmente se livrar dele, e de uma forma quase dramática – Rolfe os devia uma soma de trinta e sete libras, dois xelins e nove pence e meio. Os proprietários demoraram muito tempo para perceber que suas esperanças de receber algum pagamento fixo pela alimentação e pelo alojamento eram completamente infundadas. Rolfe causara todo o tipo de problema: ele era vegetariano e, quando se tratava de culinária, tinha exigências de gourmet. Assim, todos os dias escolhia seu cardápio a partir de um livro de culinária. Portanto, eles resolveram se livrar dele. Mas, quando o barão se deu conta de que estavam prestes a despejá-lo, a princípio começou a não sair mais do quarto e depois a não sair mais da cama, para que não acontecesse de ser expulso à força. Uma noite, por volta das 18 horas, o proprietário procurou a ajuda de um auxiliar. Juntos, entraram no quarto de Rolfe e lhe deram dez minutos para se vestir e sair. Ele se recusou a se mover, e, quando os dez minutos se passaram, agarrou-se ao ferro da cabeceira da cama e se pendurou obstinadamente. Então, foi arrastado para fora do quarto só de pijama, levado até a escadaria, onde se segurou nos corrimãos e outra luta teve início. Dali ele foi carregado até o andar de baixo pela longa escadaria e foi atirado à calçada, e ali mesmo ficou, para a surpresa dos transeuntes. Sua roupa foi jogada para fora, logo depois dele, e, por fim, ele a vestiu – essa foi a última vez que o Barão Corvo foi visto naquele lugar.

Pobre Rolfe! Seu detrator chama isso de uma "experiência pitoresca", mas, sem dúvidas, foi bem mais dolorosa do que pitoresca para o homem que a sofreu. No momento do seu despejo, ele recorreu ao bispo, que lhe ofereceu jantar e abrigo durante a noite. Dois meses depois, desesperado, pediu ao médico de um hospital para declará-lo louco, para ter, pelo menos no hospício, comida e moradia gratuitas. Procurou recomendações para uma vaga como bibliotecário da Universidade de Aberdeen, mas sem sucesso; a essa altura, diante da sequência de seus infortúnios, a Associação para Melhoria das Condições dos Pobres de Aberdeen o acolheu. Ele recebeu os produtos químicos com que pôde dar continuidade a seus experimentos, e conseguiu até um pouco de dinheiro. Do dia 2 de setembro de 1893 ao dia 16 de novembro, ele recebeu a quantia total de cinco libras e dezenove xelins. Esse parece um valor não muito grande, especialmente se diluído por um período de dez semanas, como confirmado pela contabilidade da Associação que registra contribuições de meia coroa no dia 11 de setembro e de seis pence no dia 26 do mesmo mês: uma caridade aos pingos. Mas, mesmo assim, Rolfe era visto como um caso sem esperança e a Associação suspendeu o apoio. Suas desventuras não haviam acabado. "Era um sábado à tarde", assim continua o implacável anjo da vida de Rolfe, "o barão achou um modo de contatar o senhor Champion, que, naquela época, era um conhecido líder do partido trabalhista... O senhor Champion e um amigo estavam jantando e Rolfe o chamou – usando um conjunto com calças curtas, e de modo geral, apresentando-se como uma pessoa respeitável, ele foi levado até a sala de jantar. Reparando que o senhor Champion não estava sozinho, ele parou na porta e fez um sinal para Champion o seguir. Depois, contou para ele uma história recheada de desgraças. Ele não sabia muito bem o que achar do seu visitante inesperado, mas, seguindo o conselho do amigo, logo ofereceu ao barão um farto almoço." (O comentário do autor do artigo sobre essa ação razoável é bem característico: "Isso foi, em si, um inestimável ato de generosidade". Sem dúvida, foi, para um homem faminto como Rolfe, inestimável.) Depois dessa apresentação não convencional, Rolfe trabalhou como secretário para

Champion por algum tempo, e foi tratado por ele como um amigo tanto em Londres como na cidade inóspita de Aberdeen, até fevereiro de 1894, quando Champion foi embora para a Austrália. A crônica singular da vida de um homem ainda mais singular é interrompida mais ou menos a essa altura; mas o final merece ser citado inteiramente:

Não estamos interessados na sorte do barão em Londres, depois da partida de Champion. Basta dizer que ele logo estava passando fome de novo, com ocasionais momentos de sorte de vez em quando. Mas, ao menos uma vez, no verão do ano passado (1897), o intrépido Rolfe apareceu de novo em Aberdeen, na companhia de um senhor que supostamente queria comprar algumas propriedades na cidade. Mas, por ora, terminamos com Barão Corvo. Como já mencionamos, há tanto material sobre esse personagem que poderíamos entreter os leitores por semanas a fio. De qualquer forma, acreditamos que o suficiente já foi dito para induzir o senhor Rolfe a seguir o conselho razoável de seus melhores amigos, entre os quais o autor do artigo com certeza não estava, no sentido de parar de usar esse título estrangeiro e lançar-se em alguma carreira. E a *Wide World Magazine*, que trouxe à tona o barão e suas aventuras, e que declarou, desde o começo, que nada além da verdade constaria em suas páginas, poderá enxergar na história do barão uma nova e surpreendente confirmação do lema que ainda hoje aparece em sua capa: "A verdade é mais estranha que a ficção".

4
O IRMÃO RELUTANTE

Depois de ler este artigo fascinante (do qual transcrevi pouco mais da metade), saí para uma longa caminhada, com o objetivo de meditar sobre os fatos e a personalidade que o texto me revelava. O testemunho do senhor Jackson a respeito do assunto de Christchurch corroborava a versão do autor do artigo, até onde era possível verificar; mas não pude deixar de pensar que, através daquela crônica hostil, uma espécie de desejo de vingança havia sido satisfeito. Mas também era evidente que não dava para avaliar essa intuição sem ter acesso a mais informações. As informações que o artigo fornecia cobriam o período entre 1886 e 1898. Doze anos; nesse tempo, Rolfe havia passado de pintor excêntrico e curioso a um escritor excepcionalmente talentoso. Como? Aí estava o verdadeiro problema da minha pesquisa e o motivo do suspense. Não podia esquecer que o malandro tão brutalmente exposto na matéria tinha escrito *Adriano VII*. Se eu não conhecesse esse fato, poderia ter lido o artigo da mesma forma como se leem muitos artigos que aparecem em todos os jornais, com um leve sorrisinho que se dá a um impostor pitoresco, mas o autor de *Adriano* não podia ter sido um simples impostor e caloteiro de senhorios. Mesmo que eu não levasse em conta a fase passada em Veneza, havia em sua vida alguns episódios sinistros; mas ele tinha sobrevivido a todos eles; a figura maltrapilha que caminhava furtivamente pelas ruas de Aberdeen enriquecera, com sua obra, a literatura inglesa. Tenho de descobrir mais. E esperei, com impaciência, o momento em que poderia falar com Herbert Rolfe.

Nem é preciso dizer que cheguei ao encontro no escritório do senhor Rolfe, em Temple, com absoluta pontualidade. O advogado Rolfe se revelou um homem grande e alto; cordial, eu achei, diante do fato de ter de lidar com um encontro — como no meu caso — com alguém que lhe lembrava acontecimentos que, evidentemente, ele preferia esquecer. Como sua carta já tinha antecipado, ele não se opunha a me passar informações, mas também não ficava particularmente feliz por isso. O que é que eu queria saber?

Não era preciso me aprofundar muito mais para ver que o advogado Rolfe estava dividido a respeito de quanto devia me dizer ou não; e logo descobri a razão de sua relutância. Ele estava indignado com o tom e a imprecisão do artigo de Leslie, especialmente com a afirmativa de que os restos mortais do irmão estavam depositados numa cova para indigentes. Ele próprio me disse que partiu pessoalmente para Veneza no dia em que a morte do irmão tinha sido anunciada no *Times*, e que assegurara um sepultamento cristão decente para seus restos mortais, além de haver recolhido as taxas devidas. Naquela época, o município se recusara a ceder um jazigo perpétuo, razão pela qual ele fora obrigado a fazer uma locação de dez anos. Quando esse prazo expirou, depois de muita negociação, ele procurou um local permanente para depositar o corpo de seu irmão, no cemitério da ilha de San Michele.

Era uma situação embaraçosa. Eu estava morrendo de medo de ofender a pessoa que podia me ajudar mais do que qualquer outra; mas, com todas as insinuações do ataque do *Aberdeen Press* ainda na minha cabeça, eu receava que algo que eu falasse pudesse ofendê-lo. Fiz as minhas perguntas com toda a diplomacia de que eu era capaz, e o senhor

Rolfe me ouviu com uma paciência irretocável. Resumo suas respostas.

Frederick William Rolfe, o mais velho de cinco irmãos, nascera em Cheapside, em 22 de julho de 1860. A família Rolfe atuava no ramo de fabricação de pianos desde o século dezoito; mas, apesar de serem alguns dos pioneiros nesse ramo, foram perdendo terreno para os concorrentes de 1850 em diante. Frederick era, desde a infância, talentoso mas com uma personalidade bizarra. Ele fora mandado para uma boa escola em Camden Town (que já deixara de existir havia muito tempo, segundo me contou o senhor Rolfe) e avançara nos estudos, ao menos quando resolvia se empenhar. O desenho e a diversão apelavam mais a ele do que os exercícios de Latim, mas, mesmo assim, revelou-se um bom aluno. Contrariando os desejos do pai, aos quinze anos, Frederick abandonou a escola. Não consegui descobrir se houve alguma razão, além de "desobediência e descontentamento", para essa tomada de decisão repentina. Ele ficou à toa por um tempo, a princípio, depois frequentou Oxford como estudante sem vínculo, e então (assim como eu já sabia) tornou-se primeiro diretor escolar e, em seguida, se converteu ao catolicismo e entrou no seminário. Cada um desses passos ia, um de cada vez, aumentando a decepção e a reprovação da família, acentuando a lacuna entre o filho pródigo e os pais. Rolfe pai, um protestante convicto, não conseguia saber se lamentava ou se regozijava com o fracasso do seu filho mais velho em se tornar padre católico. Daí em diante, à medida que suas condições de vida iam se agravando, Fr. (que queria dizer Frederick, não *Father*, como se podia acreditar)[4] Rolfe escrevia cada vez mais rara e brevemente. Ele nunca perdeu o contato por completo; mas, daquele momento em diante, a família de fato apenas observava de longe a sua carreira e, por isso, o advogado Rolfe não podia me fornecer mais detalhes. Quanto ao episódio de Christchurch, ele falou que não sabia de nada, mas ficou surpreso com a notícia de que seu irmão chegara a possuir alguma propriedade imobiliária, fosse financiada ou comprada à vista. Ele tampouco sabia dar mais alguma informação sobre a Duquesa. Ele via o baronato apenas como uma piada de mau gosto. Mas, a respeito do ataque do *Aberdeen Press*, que fora reproduzido em outros jornais, o advogado Rolfe expressou sua indignação de forma muito direta. O ataque tinha sido feito num momento em que o irmão, buscando deixar o passado para trás, estava tentando construir uma nova carreira como escritor, e seus efeitos – não só na opinião pública, mas também no próprio Rolfe – haviam sido desastrosos. Em consequência, Rolfe passou anos sem dar notícias, com a impressão atormentadora de que todas as pessoas com quem tinha contato haviam lido e acreditado naquelas acusações. Ele nunca se recuperara totalmente desse golpe. Mas ele tinha escrito uma resposta formidável no final de *Adriano VII*, na conversa entre o papa e seus cardeais.

Perguntei se o artigo continha alguma calúnia evidente. O advogado Rolfe acreditava que não; mas alguns episódios relatados, que nem sempre eram escandalosos em si, haviam sido apresentados para causar uma impressão pior. Ele achava que a melhor resposta seria ler para mim uma carta do doutor E. G. Hardy, que, como ex-professor de Rolfe na Grantham School, passou a ser vice-diretor do Jesus College em Oxford:

Applegarth, Bardwell Rd,
Oxford, 22 de julho de 1904

Frederick William Rolfe é meu amigo próximo e querido há mais de vinte anos; e, se há qualquer coisa que eu possa dizer, ou qualquer testemunho que eu possa dar, referendando sua habilidade e seu valor, que possa ajudá-lo em sua atual situação difícil e em sua posição completamente imerecida, ficarei mais do que feliz em fazê-lo. Desde que conheci Rolfe, ele sempre foi um homem de muitos interesses e gostos variados, os quais cultivava de acordo com a ocasião, com muita energia e entusiasmo. Devido às circunstâncias, contudo, ele foi-se tornando, aos poucos, cada vez mais atraído pela literatura e, por causa dela, durante anos, recusou, peremptóriamente, todo prazer e toda recreação que pudessem distraí-lo do sucesso. Eu não seria, enquanto seu amigo, uma pessoa adequada para julgar em que medida ele chegou a alcançar esse sucesso. Gostaria, no entanto, de me debruçar em um assunto – e falo com um grande conhecimento de sua vida como um todo: a devoção inabalável com a qual se dedicou ao seu trabalho. Ele tem passado, segundo me consta, por muitas dificuldades nos mais variados campos. Ele não contou com amigos influentes para o apoiarem e o encorajarem; e está quase reduzido ao desespero. Mas, ainda assim, nunca desanimou. Apesar da solidão e da pobreza, e, lamento constatar, de muito frequentemente passar fome, ele continuou, ano após ano a lutar pela própria sobrevivência. Eu não tenho condições, como disse, de reconhecer o valor do seu trabalho; mas sei que representa um esforço que exigiu muita abnegação – abnegação que, em grande parte, não contou com recompensa –, e que, em quase todas as outras profissões, teria certamente levado ao sucesso. Mas não é somente aos incansáveis esforços, perseverança e cuidado exaustivo com seu trabalho que devo minha admiração e meu respeito. Gostaria também de registrar minha total confiança em que Rolfe seja um senhor culto e honrável, cuja personalidade moral é irrepreensível, além de ter caráter genuíno e boa-fé em todas as suas relações, do que não tenho a menor dúvida. Rolfe foi meu hóspede com relativa frequência, tanto no passado como recentemente: nos últimos cinco anos, ele passou comigo várias semanas e meses ajudando-me com alguma parte do meu trabalho, já que minha pouca visão tem me incapacitado; e, mesmo que eu não tivesse tido outras ocasiões, durante os anos de nossa amizade, de formar uma opinião segura acerca de suas capacidades, de sua simpatia e de suas qualidades morais, poderia, sem dúvida, submeter este que espero que seja considerado nada mais que um sincero testemunho de seus méritos. Mas, na realidade, posso dizer que estou falando sob a perspectiva de um conhecimento muito mais completo de toda a sua carreira do que talvez qualquer outro de seus amigos teria.

E. G. Hardy
Vice-Diretor e Professor do Jesus College, Oxford
ex-Diretor da Grantham School

Mais uma vez, Rolfe me deixara perplexo. Quem teria pensado que o aventureiro — que definitivamente não tinha causado uma boa impressão aos residentes de Aberdeen — teria merecido esse testemunho ardente de um doutor de Oxford? Fiquei devaneando até o Sr. Rolfe me chamar à realidade presente, sugerindo que, já que nossa entrevista tinha durado tanto tempo, eu deveria levar e estudar algumas cartas do seu irmão, que ele trouxera para que eu visse, e então consultá-lo novamente. Ele enfatizou a necessidade de ser discreto quanto a qualquer coisa que eu fosse escrever. Frederick Rolfe fizera muitos inimigos durante a vida, e nem todos tinham morrido; havia ainda eventos que, se eu reavivasse, poderiam trazer à tona uma nova rodada de ataques à sua pessoa, algo que a família de Rolfe desejava urgentemente evitar. Por essa razão, por ora, ele não iria me ajudar, mesmo que pudesse, a ter em mãos o volume de *O desejo e a busca pelo todo*. Mais tarde, ele discutiria, de bom grado, sobre tudo isso, mais uma vez; naquele momento, eu devia me satisfazer com o material que me era oferecido.

Essa última decisão foi decepcionante; no entanto, eu me senti profundamente grato ao Sr. Rolfe; e, depois de agradecer cordialmente a ele, deixei a sua sala com um pacote de cartas pegando fogo por baixo do meu braço. Antes de ler as cartas, porém, recorri, mais uma vez, à resposta que me lembrara que eu encontraria em *Adriano*. Ela ocupa a maior parte do Capítulo XXII naquele livro estranho. Quando li pela primeira vez, não entendera o verdadeiro significado, porque não sabia, ali, do ataque no *Aberdeen Free Press*. Rose, como seu criador, foi brutalmente atacado por um jornal; e juntou os cardeais para confutar as acusações.

"Digo o que estou prestes a dizer não por ter sido provocado, caluniado, traído, atacado com insinuações, falsas declarações ou mentiras: não porque minha vida tenha sido levada ao ridículo e ao desprezo: não porque as mais absurdas histórias tenham sido inventadas para me denegrir, e tenham sido divulgadas, e porque acreditaram nelas. Não. Por favor, entenda que eu não falarei em minha própria defesa, nem mesmo a você. Pessoalmente, e de preferência, as opiniões dos outros não me afetariam. Mas preciso, por causa do meu ofício, corrigir alguns erros".

E ele corrige. Explica seu afastamento da Grantham por causa de sua conversão à fé católica, e não por desonra. Ele dá razões para o fim do seu emprego em Oban. Suas dívidas em Roma foram perdoadas porque eram insignificantes, além de terem sido contraídas graças aos conselhos do vice-reitor. Quanto à questão do calote aos senhorios, ele exclama (em uma "explosão de raiva"):

> Você acha que um homem como eu sairia por aí dando calotes em seus senhorios por simples esporte? Não é uma ocupação divertida, posso garantir. De qualquer forma, não dei calote em nenhum proprietário, se é isso que você quer saber. Nunca. Eles viram que eu

trabalhava tanto quanto dezenove burros de carga; e, em troca, confiaram em mim. Eu expliquei exaustivamente a minha exata posição e minhas reais perspectivas. Fui bastante tolo em acreditar que vocês, católicos, manteriam suas promessas... Então, aceitei o crédito. Preferia ter morrido a ter feito aquilo... Quando fui privado dos meus salários, meus locatários perderam a paciência (pobrezinhos – eu não os culpo), me hostilizaram, se reaproximaram e, no fim, me expulsaram, impedindo-me assim de fazer o pagamento. Eu saí do fundo do poço com as minhas próprias mãos muitas vezes; então recomecei, para ganhar o suficiente a fim de pagar as minhas dívidas. Dívidas! Por vinte anos, elas nunca deixaram de me sufocar, não importa o que esses mentirosos vis digam. Eles dizem que eu me fartei com banquetes suntuosos nos grandes hotéis. Certa vez, depois de muitos dias de completa inanição, consegui um muito aguardado guinéu; saí e comi uma omelete e consegui uma cama num lugar que chama a si mesmo de grande hotel. Não era lá muito "grande", no sentido corrente do termo; e minha hospedagem lá me custou tanto quanto teria me custado em qualquer outro lugar, mas foi infinitamente mais barata e mais saborosa. Dizem que eu comi vorazmente, e tive quem cozinhasse pratos elaborados tirados de um livro de receitas meu. As receitas (deve ter havido muitas delas) eram recortes de uma revista barata, comum entre a classe trabalhadora. Os pratos eram feitos de lentilhas, cenouras, qualquer coisa que fosse mais barata, mais limpa, mais fácil e que medeixasse mais saciado – nutrido –, com o melhor custo-benefício. Cada prato custava um pouco menos de um centavo; e às vezes eu comia um prato desses por dia. Essa é a história do meu estilo de vida luxuoso. Deixe-me acrescentar, no entanto, que eu tinha gostos extravagantes para o que eu ganhava, mas apenas em um aspecto. Quando eu ganhava um pouquinho, reservava uma parte para artigos de higiene pessoal, sabão, banhos, pasta de dente, assim por diante. Não tenho vergonha disso. Por que usei o crédito? Porque me ofereceram; porque tinha esperança... Nunca fiquei ocioso. Trabalhei numa coisa após outra; cortejei a privação e a própria fome, escrupulosamente evitava beber, nem mesmo olhava para mulheres; e trabalhei como um escravo. Não: eu nunca fiquei à toa. Mas fui um grande tolo. Costumava pensar que essa vida diligente e ascética seria benéfica para mim. Cometi o erro de não dar a devida importância à palavra "própria" naquele ditado "A virtude é a sua própria recompensa". Não tinha recompensa alguma, exceto a minha virtude inata, que não cultivei por vontade própria, mas que é inegável. Repito, nunca fiquei à toa. Trabalhei numa coisa após outra. Retratei santos e serafins e pecadores, principalmente santos: uma série de demônios interessantes e com muitos nomes. Trabalhei como um escravo no ramo da fotografia profissional, produzindo (a partir de impressões francesas) um conjunto de negativos para slides da Terra Sagrada, que foi anunciado como feito "a partir de negativos originais"... Fui jornalista, repórter de notícias policiais, por dezoito pences. Trabalhei para revistas, escrevi livros. Inventei muitas coisas. Os especialistas costumavam me dizer que havia uma fortuna à minha espera com essas invenções: que qualquer capitalista me ajudaria a explorá-las. Eles mesmos eram pessoas pequenas, esses especialistas, — pequenas, já que não eram obrigadas a pagar imposto de renda, nem tinham capital para investir, mas me recomendaram e me aconselharam a procurar muitas pessoas que tinham capital — deram-me o nome dessas pessoas, e os endereços, ditaram cartas de candidatura, as quais escrevi. Confiei neles, porque eram "homens de negócios", e eu sabia que eu não era da mesma espécie. Aquietei minha repugnância; e apresentei invenções e mais invenções, esquemas e mais esquemas, trabalhos e mais trabalhos, diante de capitalistas e mais capitalistas. Asseguraram-me que eu estava certo em fazer isso. Eu detestava e desprezava a mim mesmo por estar fazendo isso. Corri o mundo atrás de um "patrono". Essas eram as minhas cartas de mendicância... Eu sabia que dera a uns e outros invenções novas: que eu tinha me exaurido e acabado com os meus recursos no processo e que minha façanha tinha sido aprovada por especialistas que conheciam o assunto perfeitamente. Eu me envergonhava de pedir ajuda para fazer minhas invenções rentáveis, mas era bastante honesto e generoso: sempre ofereci uma parte nos lucros – sempre. Não esperava nem pedia algo em troca de nada. Eu tinha feito tanto; e queria tão pouco: mas eu queria aquele pouco – algo para os meus credores, para que dessem alívio a outros escravos como eu. Eu era um tolo, um tolo ignorante, esperançoso e abjeto! Nunca aprendia com minhas experiências. E continuava. Um indivíduo extenuado, maltrapilho, tímido e com um rosto de padre como eu não podia esperar ganhar a confiança de homens que diariamente eram abordados por pedintes consumados. Meus pedidos eram muito acanhados, bastante modestos. Cometi o erro de apelar-lhes ao cérebro, e não às entranhas, à razão, no lugar do sentimento... Gradualmente eu passava pela humilhação de ver outros chegarem a descobrir aquilo que eu tinha descoberto anos antes. Eles conseguiam transformar tudo aquilo em dinheiro e fama. Desse modo, minhas invenções se tornavam, umas após as outras, nulas para mim. Quando penso em todas as coisas excelentes e incrivelmente fátuas que eu fiz freneticamente ao longo das minhas lutas árduas e contínuas para conseguir sobreviver honestamente! Fico doente!... Ah sim, eu fui ajudado. Deus me perdoe por me manchar com essa culpa indelével. Certa vez, um bruto me disse que ele achava que eu via o mundo como se estivesse aos meus pés. Eu não via. Eu trabalhava; e queria minha recompensa. Quando os pagamentos eram retidos, as pessoas me encorajavam a continuar a ter esperanças, e me ofereciam, por ora, um guinéu. Eu aceitava o maldito guinéu. Deus me perdoe por ter ficado tão degradado. Degradado não porque eu quisesse aceitá-lo: mas porque eles diziam que se magoariam se eu o recusasse. Mas não podemos pagar todas as nossas dívidas, e levar para sempre uma vida sóbria e reta em nome de Deus, com um só guinéu. Ofereceram-me ajuda, mas era ajuda em colheres de chá: somente o suficiente para me manter vivo e acorrentado à lama, nunca o suficiente para possibilitar que eu mesmo saísse dela. Pedia que me empregassem e eles me davam um guinéu – e um pedido tácito para sumir dali e ir agonizar em outro lugar... A respeito dos meus pseudônimos – meus inúmero pseudônimos – pense nisso: eu era um padre, cuja intenção era persistir em minha vocação, mas fui forçado por um tempo a me engajar em buscas seculares tanto para me sustentar como para pagar minhas dívidas. Eu tinha uma repugnância estremecedora de associar meu nome, o nome pelo qual, eu, algum dia, seria conhecido no sacerdócio, a essas buscas seculares. Acho que isso era um tanto quanto absurdo: mas estou certo de que isso não era algo desonesto. Entretanto, por esse motivo, adotei pseudônimos... Na verdade, eu dividi minha personalidade. Na qualidade de Rose [Rolfe], eu era um padre; como Rei Clemente [Barão Corvo], eu escrevia, pintava e fotografava; como Austin White, eu projetava decorações; como Francis Engle, eu era jornalista. Havia pelo menos quatro de mim... E é claro que meu uso de pseudônimos foi mal compreendido pelos burros, e também deturpado pelos hostis. A maioria das pessoas não conseguiu desenvolver mais que meia personalidade.

Parecia tão anormal que um homem dividisse a sua personalidade em quatro ou mais, ou que desenvolvesse cada uma separada e perfeitamente, que muitos normais não conseguiram entender. Então, quando fui acusado de viver sob "falsas aparências", outras tolices do gênero foram divulgadas aos quatro cantos, eles também se alarmaram e gritaram. Mas não houve falsas aparências.

A defesa de Rolfe era curiosa, mas não inteiramente convincente. E, quanto aos cheques sem fundos, às tentativas de comprar a casa de Gleeson White, à sugestão de que ele poderia investir mil libras na empresa de fotografia de Aberdeen? Mesmo assim, falando "sob a perspectiva de um conhecimento muito mais amplo da sua carreira inteira do que talvez qualquer de seus amigos teria", o doutor Hardy tinha falado, sem hesitar, em favor de Rolfe. Buscando encontrar uma luz mais à frente, comecei a examinar as cartas.

Elas me ajudaram muito pouco. Como eu já esperava, foram escritas com aquela mão fascinante que eu já conhecia; e abrangiam o período desde 1894, talvez seis meses depois da provação de Aberdeen ter acabado, até onze anos mais tarde, logo depois da publicação de *Adriano VII*. Mas as cartas tinham principalmente a ver com as atividades literárias de Rolfe no fim de sua vida, e não com o período do ataque e do começo de sua carreira como escritor, no qual eu estava mais interessado no momento. Se eu fosse publicá-las aqui, elas confundiriam o leitor, tanto quanto me confundiram: devo, então, guardá-las para seus lugares cronológicos. Entretanto, elas confirmaram a minha sensação de que devia haver outro Rolfe além daquele patife que fora revelado no *Aberdeen Free Press*.

Não acidentalmente, disso eu estava certo, essas cartas selecionadas para mim por Herbert Rolfe não lançavam luz sobre o fim que seu irmão levara em Veneza.

Evidentemente, os mesmos motivos que o tinham obrigado a essa escolha estavam também por trás da recusa de me mostrar *O desejo e a busca pelo todo*; e, lembrando as cartas de Millard, não foi difícil adivinhar quais eram esses motivos. Mas, de qualquer modo, parecia inútil tentar bater de frente com a relutância do senhor Rolfe até descobrir tudo o que havia para ser descoberto, graças aos meus outros correspondentes. Shane Leslie era uma fonte óbvia: ele deve ter feito muitas perguntas a respeito de todo o território antes de registrar sua pesquisa biográfica. Talvez ele tivesse anotações que me colocassem em caminhos novos. Escrevi para ele.

5

O ESTUDANTE DE TEOLOGIA

Em resposta recebi um convite cortês, por escrito, para um almoço na semana seguinte. Eu queria que o intervalo entre a carta e o almoço fosse mais breve; mas, como não havia um meio de encurtá-lo, me mantive ocupado, revendo as anotações que eu tinha feito. Até 1894, as informações de que eu dispunha cobriam a maior parte dos movimentos de Rolfe; ele nunca estivera fora do alcance da vista por muito tempo. Desde o seu nascimento, em 1860, até o fim da sua vida escolar, em 1875, eu só tinha uma descrição breve, feita pelo irmão dele, é verdade; mas, me parecia suficiente: suficiente por ora, pelo menos. Meu interesse pelos primeiros anos de vida dos grandes homens é muito menor do que o que os biógrafos tradicionais impõem aos seus devotos. Os fatos havidos durante a sua infância podem ser vitais quando dizem respeito a um *enfant prodige* como Mozart, podem ser interessantes quando são relevantes à história de um rebelde como Shelley, podem ser preciosos para acompanhar o desenvolvimento de um homem fora do próprio ambiente (esse é o caso de Poe); mas no caso de Rolfe, eu sentia que a sua infância era, de longe, a parte menos interessante da sua vida. Além do mais, é possível pensar em retrospecto, assim como é possível prever o futuro, para inferir que tipo de criança gera o homem; era o que eu propunha fazer. Sabia o suficiente para imaginar o menino atraente e brilhante, um católico inato numa família de protestantes, interessado em desenho, música e artes, não muito voltado aos esportes, e com aquele interesse pela experimentação que frequentemente é interpretado, na juventude, como instabilidade. Por trás de seu repentino abandono dos estudos, devia estar o desejo de ver o mundo de mais perto: Rolfe era um menino precoce (embora não na capacidade de ser aprovado nos testes), com uma personalidade já nitidamente formada. Por outro lado, o período entre sua saída da escola e seu retorno como professor me parecia mais interessante; e eu esperava um dia descobrir mais coisas sobre esses anos de formação. Mas agora, mais uma vez, poderíamos até certo ponto inferir retrospectivamente o que acontecera: o fato de haver se tornado professor era extremamente significativo para um homem que tinha abandonado a escola precocemente. Que tipo de professor ele tinha sido? Provavelmente excelente, ao menos no que dizia respeito à Grantham School; caso contrário, seu chefe Hardy não teria falado tão bem dele, anos depois. Sem dúvida, eu deveria encontrar mais pistas em suas outras escolas.

Eu podia compreender facilmente sua conversão à religião católica. A atração pelo catolicismo, pelo temperamento artístico, é um fenômeno que tem sido abordado em muitos romances, e é também um fato estudado pela psicologia. Mesmo alguns dos contemporâneos imediatos de Rolfe, como Francis Thompson, Aubrey Beardsley, Ernest Dowson e Lionel Johnson, seguiram esse caminho, um terreno que tinha sido preparado por Joris Karl Huysmans. Rolfe se tornou católico aos vinte e seis anos; e, logo em seguida, quis ser padre. Isso, sem dúvida, era mais incomum que a sua conversão; ainda assim, talvez não seja surpreendente que uma pessoa em quem a natureza não tinha implantado o amor pelas mulheres acabe por abraçar uma carreira celibatária. Assim, Rolfe, como os seus livros demonstraram, era um medievalista, um artista com um temperamento acadêmico; desse modo, para ele, a tradição da Igreja Católica, com sua característica missão de cultura e beleza, deve ter sido uma coisa real e viva. Pensando bem, parecia bastante razoável que ele desejasse aliar-se com mais afinco do que um leigo, a uma instituição que representava o melhor de sua personalidade e de suas esperanças. Ainda assim, de algum modo, ele havia passado por desgostos em Oscott, do qual acabou por sair às pressas; apesar disso, os desgostos não tinham sido graves o suficiente para o privarem da chance de ser ordenado; caso contrário, não teria nunca sido mandado para Roma. Sua expulsão do Scots College era obviamente um assunto que eu deveria investigar. Quanto à assunção à classe do baronato, pode ter sido uma piada de mau gosto, como o seu irmão disse, inspirada por um senso de humor malicioso e uma atração pelo pitoresco; ou talvez a história que ele contara a Kains-Jackson fosse verdadeira. Em todo o caso, sabemos que sua carreira clerical, de 1887 a 1890 (dos vinte e sete aos trinta anos), era datada e documentada. O período que passou em Christchurch, e suas vicissitudes em Aberdeen, que duraram de 1891 a 1894, também já tinham sido esclarecidos. Desse ponto em diante, o que eu sabia era nebuloso. Ele conseguiu chegar ao País de Gales: como ou por quê, isso eu não sabia; ele se tornou escritor; e, quatro anos depois do fim de suas aventuras em Aberdeen, sofreu o ataque do jornal. Quais foram as consequências? Fora o artigo a causa das suspeitas e da hipersensibilidade que haviam obscurecido seus últimos anos? Eu sabia muito pouco sobre a sua vida de autor além do que podia conjecturar a partir das suas cartas à família. Em 1904-1905, ele estava muito engajado e ocupado em escrever; em 1913, morreu.

    Tentei ordenar da mesma maneira seus livros também. O primeiro foi *Histórias contadas por Toto*, publicado em 1898, depois de sair no *Yellow Book*; o sucesso deste último, tinha encorajado Rolfe a escrever outro: *À sua imagem*. No mesmo ano (1901), publicara as *Crônicas da Casa de Bórgia*. Depois, em 1903, em 1904 e em 1905, foram publicadas, sucessivamente, as traduções de Omar Khayyam, *Adriano VII* e *Don Tarquinio*. De 1905 a 1912, havia um vazio correspondente em sua biografia; em 1912, saíra seu último livro, *O destino do andarilho*, mas sem sucesso algum. Aos poucos, comecei a ver mais claramente as perguntas que faria a Leslie.

Ansioso, toquei a campainha de sua casa. Conhecia-o bem de nome, tinha lido o que escrevera, ouvira falar dele por intermédio de alguns amigos, mas nunca tínhamos nos conhecido pessoalmente. Depois da desconfiança do advogado Rolfe, ser recebido com um sorriso foi algo tranquilizador e, eu me dei conta, com prazer, durante o desjejum, de que meu anfitrião (apesar de ter me decepcionado por não ter nem tocado no seu excelente vinho do Reno) compartilhava meu mesmo gosto pela ironia verbal, e não reservava sua inteligência aos seus escritos, nem toda a sua cordialidade só para aqueles que conhecia intimamente. Além do mais, sempre dei muita importância à voz das pessoas antes de iniciar uma nova amizade, e a de Leslie encantou meus ouvidos.

Embora acreditasse que a vida de Rolfe fosse impossível de se escrever, ele se colocou inteiramente à minha disposição para qualquer tipo de coisa em que pudesse me ajudar. O que eu queria saber? Organizei minhas perguntas em duas partes: a primeira era sobre a vida de Rolfe em Oscott e em Roma; a segunda, sobre seus últimos anos. A respeito da segunda questão, Leslie disse que não sabia mais do que eu. E que as notícias que ele podia me passar sobre os dias de Rolfe em Veneza eram mais ou menos as mesmas que eu já tinha inferido daquelas cartas de Milllard. Quanto ao período em Roma e Oscott, entretanto, revelou-se mais útil. Ele me entregou um manuscrito de muitas páginas, confeccionado por um contemporâneo de Rolfe no Scots College, e muitos endereços de pessoas que haviam conhecido Rolfe em algum momento da sua vida. Recomendou, particularmente, que eu entrasse em contato com o padre jesuíta Martindale, biógrafo de Robert Hugh Benson. A respeito de Benson, Leslie me deu alguns detalhes, que eu guardo para o capítulo apropriado. Saí da casa dele com a sensação de que minha busca pelo Corvo me rendera um amigo.

Não vou atravancar essa narrativa relatando aqui todas as cartas que escrevi para obter informações sobre Rolfe, a todos aqueles que o haviam conhecido durante uma de suas experiências no seminário. Algumas das cartas voltaram com os dizeres "Mudou-se"; algumas pessoas a quem escrevi tinham morrido; outras se recusaram a me ajudar. Mas, como se pode ver, nem todas as tentativas foram murros em pontas de faca.

Abbot's Salford
Próximo a Evesham

Caro senhor,
Sinto não poder passar muitas informações úteis a respeito de Frederick Rolfe.
No entanto, direi o que consigo me lembrar, na esperança de que isso possa confirmar ou completar o que o senhor já conhece.
Saí do Stonyhurst College em 1885 e vim para Oscott naquele mesmo ano, enquanto ainda era uma escola católica comum, sob a direção do monsenhor Souter. Foi por volta dessa época, antes de Oscott tornar-se um seminário, que Rolfe chegou e se juntou aos *divines*. Os *divines* eram os estudantes de Teologia que usavam birreta e batina, e frequentavam o colégio para se tornar sacerdotes. Até onde posso me lembrar, Rolfe esteve conosco somente por um curto período – um jovem bonito mas magro e um tanto macilento. Ao longo da sua primeira semana, ele nos surpreendeu durante o jantar

exclamando em voz alta, num momento de silêncio: "Ah! que pernas bonitas!" Naqueles tempos distantes, uma exclamação desse tipo era considerada muito escandalosa para sair dos lábios de um seminarista, e um de nós, Frederick McClement o censurou. Mas descobriu-se que as pernas a que ele se referia eram àquelas de um inseto pequeno que estava se aproximando do seu prato de sopa. (Fr. McClement ainda está vivo, pelo que eu saiba. Ele veio comigo de Stonyhurst para Oscott e, depois de ser ordenado a uma diocese escocesa, mudou o nome para McClymont.) Muitos de nós são reconhecíveis em *Adriano VII* – eu, por exemplo, era o Sr. Whitehead, já que, naquele tempo, tinha cabelos louro-claros; mas não me lembro de mais detalhes. Também figuramos em alguns desenhos dele, que podiam ser excelentes, retratos muito fidedignos. O de John Jennings como um Anjo era particularmente bem-sucedido. (Jennings, que depois se tornou cônego em Flint, morreu faz um tempo.)

Na verdade, há muito poucos contemporâneos de Rolfe ainda vivos. Pode ser que o padre Grafton, de Blackmore Park, em Hanley Swan, perto de Worcester, talvez se lembre de algo sobre ele. Rolfe saiu de Oscott sem que ninguém sentisse saudade dele e, desde aquele tempo, achei que nunca mais ouviria alguém falar dele. Mas, pouco tempo depois, eu e meu irmão fomos visitar algumas pessoas em Seaton, Aberdeen, cujo sobrenome era Hay, e ali eu o encontrei mais uma vez. Ele era tutor dos dois meninos, Malcolm e Cuthbert Hay, mas estava indo embora exatamente naquele dia, então não tive a oportunidade de conversar com ele. Lamento não poder dar mais informações. Ouvi dizer que Rolfe esteve muitos meses em um abrigo para pobres, em algum lugar perto de Southport, onde passava os dias escrevendo contra os jesuítas, que se haviam recusado a aceitá-lo como

seminarista, mas não posso garantir a exatidão dessas
informações.
Atenciosamente
Gerald G. Jackson

Padre Grafton se revelou uma decepção, mas, com padre
McClymont, tive mais sorte:

Ardcolm, Kingussie,
Inverness-Shire

Prezado Senhor,
Recebi sua carta a respeito da biografia de F. W. Rolfe que
você está escrevendo. Não acredito estar em posição de
dizer mais do que o padre Jackson, mas, mesmo assim,
vou tentar reunir todas as minhas lembranças. Como
o senhor certamente já sabe, Rolfe só esteve em Oscott
por um curto período. Ele era visto por nós, estudantes,
como um excêntrico e alvo de chacota, talvez por ser tão
diferente de todo mundo. Era muito reservado, e parecia
mais interessado em arte do que em teologia. Eu me lembro de ele estar engajado em pintar um quadro de algum
assunto histórico, e que costumava chamar alguns estudantes do externato que era parte da escola Oscott para
posar como modelos. Minha impressão sobre o quadro
era de que era excepcionalmente bom para alguém que
não era um pintor profissional. Ele também se dedicara
ao artesanato de objetos de metal. Imagino que o senhor
saiba que, antes de vir para Oscott, o falecido Lorde Bute
o chamou para dirigir o Coral Católico de Oban. Entre
seus livros, havia a tradução do *Breviário* feita por Lorde
Bute e que o próprio Lorde Bute devia ter dado a ele. Sua
excentricidade mais notável era carimbar tudo o que era
possível com seu brasão: o Corvo. Porém, o que mais
me chocou era um corvo embalsamado que ele colocara

bem visível em sua mesa. Ele me explicou que seu nome vinha de "Rollo", antepassado que ele tinha em comum com William, o Conquistador. Ele era muito vaidoso. De humor taciturno, falava que, entre seus passatempos, estava a quiromancia, e nós nos divertíamos ao consultar os nossos destinos. Se não me engano, acredito que eu estava predestinado a ter uma doença mental – devo dizer que tal doença ainda não se manifestou. Acho que não posso dizer mais que isso. A principal coisa é que sempre me perguntei por que ele tinha resolvido estudar para ser padre.

Com os melhores cumprimentos,
F. B. McClymont, O.S.B.

O bispo de Shrewsburry também pôde me dizer alguma coisa:

Bishop's House
Shrewsbury

Meu caro Senhor Symons,
Temo que não possa dizer muito sobre o pobre Rolfe da época em que morava em Oscott, embora ele ocupasse um quarto próximo ao meu. Para falar a verdade, nós, meninos, o víamos como um *poseur*. Antes de ele vir para Oscott fora formalmente apresentado como um "oxfordiano", e a nossa expectativa era, com muita curiosidade, que chegasse um jogador de críquete; quando descobrimos que ele não nutria interesse algum por esportes, com boatos de que ele nem mesmo frequentara a Universidade, mas tinha simplesmente morado em Oxford por um período curto, o crédito dele caiu por terra. Pessoalmente, sempre me tratou com muita gentileza, mas a maioria dos seus colegas, estudantes de

teologia, tinha medo de sua língua ferina e de seu inconfundível complexo de superioridade.
Rolfe saiu de Oscott para Roma no início de 1889 (acho) e viveu por um breve período no Scots College. Já que tanto os alunos do Colégio Inglês como os do Scots College frequentavam a mesma universidade, às vezes eu o encontrava; achei-o idêntico à última vez que o tinha visto. A manhã de que me lembro mais vividamente foi depois de ele ter tido uma conversa tempestuosa, na noite anterior, com o reitor do colégio, o monsenhor Campbell. Acredito que Rolfe não havia pagado pela sua pensão e recebera um aviso para sair às pressas. "O homem é muito bem pago", me disse Rolfe naquela ocasião, "Ele confiscou um cachimbo de sepiolita cujo valor avalio em quarenta libras."
Naquela semana, ele foi morar com a família Sforza-Cesarini. Um membro da família, Mário, era seu companheiro em Oscott. Acho que nunca mais o vi depois disso. Acredito que essas sejam apenas trivialidades, mas são as únicas memórias que tenho dele. Ele esteve em Oscott por menos de um ano.

Sinceramente
Ambrose
Bispo Adjunto de Shrewsbury

A última surpresa foi esta carta, que me deixou muito feliz:

Oscott College, Birmingham

Prezado Sr. Symons,
Fui contemporâneo de Rolfe em Oscott, embora não fôssemos do mesmo ano: eu ainda era estudante, ele tinha chegado aos últimos dois anos antes de se tornar sacerdote. Isso foi em 1887-1888, acho. Mais tarde, passei

a conhecê-lo bem melhor, quando ele estava morando em Holywell. Isso deve ter sido uns dez anos depois. Rolfe certamente causou espanto e despertou fofocas tanto em Oscott como em Holywell, mas eu não tenho certeza se seria uma boa ideia contar por escrito minhas memórias. As pessoas têm a tendência a se lembrar das bizarrices de um homem que conheceram e provavelmente sairia uma caricatura em vez de um retrato. Entretanto, se você achar conveniente vir a Oscott (onde ficaria muito feliz em encontrar o senhor), eu poderia falar por algumas horas sobre Rolfe, e você poderia peneirar o que parecer mais necessário para seus devidos fins. De Birmingham, você pode encontrar facilmente o caminho para cá, e realmente acredito que você aproveitaria mais a nossa conversa se ela acontecesse depois de um almoço, em vez de eu tentar explicar minhas impressões através da escrita.

Cordialmente
J. Dey

Aproveitei logo essa oportunidade de visitar Oscott, que eu conhecia bem pela descrição de outro ídolo meu, George Moore. Moore, assim como Rolfe, tinha sido um estudante mal-sucedido no famoso colégio católico. Escrevi ao monsenhor, o então reitor de Oscott, para propor uma data para o nosso encontro; e, quando esse dia chegou, fui de carro, cheio de esperança de poder talvez encontrar, em algum depósito ou sótão, alguns dos quadros mencionados por meus correspondentes. Cheguei e fazia um sol lindíssimo. A Oscott College é uma estrutura grande de tijolos vermelhos, gótica, ao estilo de Pugin, soberbamente situada no topo de um platô que dominava um longo trecho em direção ao sul. A entrada fica nos fundos, alcançada por um longo passeio de carro, serpenteando entre arbustos e jardins à sua frente, e eu estava um tanto despreparado para o panorama que me esperava no fim da minha viagem. De costas para a entrada do College, fiquei observando a paisagem de cima do platô, abarcando desde uma fazenda pequena, com seus campos e casas, até uma vista completa dos telhados de ardósia de Erdington, subúrbio de Birmingham. Comparado com a avenida harmoniosa, com o gramado e os arbustos bem-cuidados ao meu redor, comparado à fazenda lá embaixo, o local parecia um enorme acampamento, construído às pressas por uma empresa de mineração desprovida de qualquer senso de forma e de decoro, preocupadas somente em fornecer um abrigo temporário, enquanto o minério durasse. Essas vistas, infelizmente, se tornavam, bastante comuns na Inglaterra. A indignação causada pela vista de Erdington ainda estava bem vívida em mim quando o monsenhor Dey veio ao meu encontro: alto, bonito, digno, vestido com a batina, sorrindo com os olhos, assim como com a boca, bem-humorado. Comentei como o panorama desagradável que se descortinava diante de nós me deixara triste; ele respondeu com um suspiro que não havia uma só casa à vista quando ele e Rolfe tinham chegado para morar em Oscott.

Antes de chegar ao escritório do reitor para conversarmos, caminhei com ele pelas instalações do colégio. De um ponto de vista arquitetônico, não é grande coisa, mas, dentro do prédio, estão reunidas peças refinadas, provenientes da herança de um antigo Conde de Shrewsbury. A biblioteca conserva alguns bons manuscritos iluminados, e o museu, um punhado de vestimentas vistosas dos séculos XV e XVI; veludos pesados sobre os quais o ouro da urdidura ainda brilha e ornamentos preciosos desenham cenas da vida e das paixões dos santos. Como Dey explicou, elas estavam expostas lá desde os tempos de Rolfe; imaginei como a sua mente medieval deve ter-se deleitado nessa rica e ostentosa mostra. Fomos atravessando aqueles longos corredores repletos de quadros até o escritório do monsenhor

Dey e, ali, sem preliminares, ele me contou tudo o que lembrava sobre Rolfe.

Eles se haviam conhecido em 1887, em Oscott, que então era (como havia descoberto por meio da carta de Jackson) um colégio católico aberto aos leigos, e não, como é agora, exclusivamente um seminário para aqueles que se preparam para o sacerdócio. Mas Rolfe era um *divine*, ou seja, um desses últimos. Suas mensalidades eram pagas pelo bispo de Shrewsbury; o monsenhor Dey não sabia dizer como o bispo havia deixado de patrociná-lo. Rolfe certamente se revelara um estudante fora do comum: ele tinha uma paixão caótica pela pintura, e três paredes do seu quarto foram cobertas por um notável painel que retratava o enterro de São Guilherme de Norwich, no qual o corpo era carregado por cento e quarenta pessoas vestidas com as mais variadas roupas, mas todas com traços modelados nos de Rolfe! Até o santo (pelo menos a parte que podia ser vista) tinha o mesmo nariz de Rolfe. Outra excentricidade de Rolfe eram os fantásticos cachimbos de sepiolite, os maiores que Dey já tinha visto. Os outros estudantes caçoavam impiedosamente dele, embora ele tivesse amigos, que incluíam o monsenhor Dey. Menos de um ano depois, Rolfe teve de sair de Oscott, pois o bispo não estava satisfeito com o progresso do seu protegido e não estava disposto a pagar para que ele pudesse cultivar o hobby da pintura. Até onde o monsenhor Dey sabia, nenhum dos seus quadros ficou no colégio.

Alguns anos depois, o padre Dey ficou incrivelmente surpreso por ter recebido uma carta de um tal padre Austin, de quem não se lembrava, dizendo que fora amigo dele em Oscott e convidando-o para uma visita. Ele acabou por descobrir que esse pseudônimo encobria a identidade do seu antigo amigo, Rolfe, e, curioso com a mudança de nome, foi para Holywell, no País de Gales. Lá, ele encontrou o antigo aluno enfurnado numa sala de aula, ocupado com a pintura de estandartes para o padre local. Ele vivia em condições miseráveis, suas queixas eram muitas e a maior delas era que seu trabalho lhe pagava muito mal e que seu empregador-padre era uma pessoa mesquinha. Aparentemente, o cardeal Vaughan também tinha desapontado (a palavra usada por Rolfe era "defraudado"), o pintor desafortunado, ao abandonar uma comissão de alguns quadros com motivo eclesiástico, com a desculpa de que todos os seus recursos tinham sido gastos na Catedral de Westminster. Eu estava particularmente interessado nessa parte da narrativa do monsenhor Dey: ela preenchia o intervalo mais importante da carreira pré-literária de Rolfe, e explicava a posição de George Arthur Rose na abertura de *Adriano VII*, em que ele é retratado como um homem forçado a ficar numa situação de indigência, justamente por causa dos desfalques de seus empregadores católicos. Rolfe, portanto, ruminava rancores profundos, e, se eles tinham algum fundamento, meu informante não sabia dizer. Tudo o que ele podia acrescentar era que, mais tarde, Rolfe se mudara para uma pensão, de onde, da varanda do seu quarto no primeiro andar, ele podia apontar o dedo acusador para o padre responsável pelo seu sofrimento.

Naquele momento, Rolfe saiu da vida de monsenhor Dey por alguns meses, até o fim de 1898, quando o ataque de Aberdeen fora reimpresso quase *ipsis litteris* no *Catholic Times*. Indignado com o preconceito expresso no tom da matéria, o monsenhor Dey escrevera ao editor, destacando a injustiça de se remexer numa história antiga para atacar um homem sem sorte que pagara caro por suas excentricidades e que estava tentando, arduamente, se sustentar por meio de sua pena. A carta foi revisada e cortada; mas Rolfe a tinha notado, e escreveu a ele para agradecer. Mais tarde, ele expressou novamente sua gratidão de uma forma mais duradoura, representando-o, em *Adriano VII*, como o cardeal Sterling, retratando-o em todos os detalhes, do seu sinal no nariz até a maneira de falar. Os dois amigos nunca mais voltariam a se encontrar novamente. Em 1913, o monsenhor Dey ficou sabendo (enquanto estava na África do Sul) da morte de Rolfe em Veneza. Infelizmente, ele não havia guardado nenhuma carta e eu descobri que, infelizmente, não havia mais registros da Oscott do tempo em que ainda não era um seminário. Procuramos em vão nos álbuns de fotografias antigas. Mas, mesmo assim, o monsenhor Dey conseguiu me passar algo muito precioso na minha busca. Tratava-se de uma série de testemunhos a favor dele que talvez Rolfe tivesse usado com seus superiores para defender suas aspirações clericais e que me forneceram informações exatas de sua carreira como professor:

TESTEMUNHOS A FAVOR DE FREDERICK ROLFE

1) Frederick William Rolfe teve uma conduta satisfatória enquanto foi meu aluno nesta Escola, e deixou uma boa lembrança de si ao sair dela. Ele tem um temperamento firme, aplicado e perseverante, e acredito que fará o melhor para gerar-lhes satisfação.

Chas. Wm. Williams
Doutor em Teologia
Trinity College, Cambridge

2) Tenho muito prazer em recomendar o senhor Frederick Rolfe, que foi meu assistente por um ano e meio. O trabalho de Rolfe consistia inteiramente em ensinar aos meninos mais novos da Escola, e ele cumpriu essa tarefa à perfeição. Suas perguntas eram sempre simples, mas estimulantes, e ele nunca recuava diante da trabalhosa necessidade de repetir os conceitos até se tornarem familiares para os muitos jovens. Rolfe ama trabalhar, é metódico e responsável em desenvolver as tarefas que lhe são confiadas, e além do mais a sua habilidade de manter

a disciplina é suficiente para conseguir lidar com uma grande turma de meninos calouros. Ele deu uma valiosa contribuição para o treino de um coral jovem, e assumiu com sucesso uma turma de iniciantes em desenho. Devo acrescentar que o Sr. Rolfe chegou a mim com ótimas recomendações do senhor Isbister, diretor da Stationer's School, de quem também foi empregado previamente, e cuja opinião positiva me parece inteiramente justificada.

R.M. Luckock
(Corpus Christi College, Cambridge)
Diretor da King Edward VI Grammar School,
Saffron Walden, Essex

3) O senhor Frederick Rolfe lecionou nesta escola por dois trimestres. Foi com pesar que recebi sua demissão, já que o considerava constante e metódico no seu trabalho, e acredito que tenha tido razões válidas para sair. Durante a sua permanência nessa instituição, ele lecionou História para todos as séries e, para os calouros, Latim, Francês, Inglês, Aritmética e Teologia. Ele nos ajudou consideravelmente com a preparação do coral, regendo o ensaio dos meninos e tocando órgão na capela. O senhor Rolfe exerce boa influência sobre os alunos, tanto pela consciência que demonstra em seu trabalho como pela amigável participação em suas brincadeiras e atividades fora da escola.

John M. Ogle
(Clare College, Cambridge
Diretor da Winchester Modern School

4) O senhor Frederick Rolfe tem sido um professor assistente não residente e tem me acompannhado desde a Páscoa de 1882. Seu engajamento foi temporário. Ele era responsável pelo segundo ano. Eu tive ampla oportunidade de observar sua habilidade de lecionar e de manter

a disciplina, e posso dizer, com segurança, que ele é excelente tanto como professor quanto como disciplinador. Ele é organizado e metódico em seu trabalho, e regular e pontual em relação à frequência.

J. Atkins
(Trinity College, Dublin)
Diretor da S. Bartholomew's
Grammar School, Newbury

5) Conheço o senhor Frederick Rolfe há mais de três anos e, mais recentemente, ele me ajudou trabalhando como assistente. Ele sempre desenvolveu suas tarefas assiduamente, e conquistou uma boa reputação como professor. É um disciplinador excelente, e mereceu a confiança dos meninos, por manifestar grande interesse por eles fora da escola.

George Howes
(Pembroke College, Cambridge)
Balsham Manor, Cambridge

Minha visita a Oscott não podia ter sido mais frutífera. Antes de partir, mais uma lembrança ocorreu ao monsenhor Dey: que o poeta Vincent O'Sullivan, que estivera entre os amigos de Oscar Wilde e conhecera a maior parte dos escritores dos anos 1890, também tinha sido contemporâneo de Rolfe em Oscott, e talvez ainda tivesse alguma lembrança de uma pequena rixa com ele. Por sorte, O'Sullivan tinha sido meu correspondente mais ou menos assíduo por vários anos, e eu pude, sem dificuldade, obter mais detalhes com ele:

Hotel Bristol, Biarritz, França

Caro Symons,
Fico contente com o fato de que Dey tenha uma lembrança

tão carinhosa de mim. Eu também não me esqueci dele e guardo por ele grande estima. Você me pergunta a respeito de Rolfe (que se pronuncia como se fosse Rofe). Qualquer "rixa" que eu tenha tido com ele, disso não me lembro, e só pode ter sido algo muito leve, já que a nossa era uma relação entre professor e aluno. Nunca o vi depois de ter saído de Oscott. Meu irmão era muito mais amigo dele e, após sair da escola e voltar para os Estados Unidos, nunca mais o viu. Entretanto, acredito que ele tenha se correspondido com Rolfe por algum tempo e que o tenha ajudado financeiramente, coisa que a situação financeira da nossa família naquele tempo lhe possibilitava fazer.

Quando o conheci, Rolfe tinha cerca de vinte e seis ou vinte e oito anos. Ele tinha um rosto sensível e bonito. Apesar de nunca ter sido membro daquela universidade, ele tinha passado, de alguma forma, um bom tempo em Oxford, adquirindo, de forma muito evidente, o que era conhecido como "o sotaque de Oxford". Tinha um tom de voz extremamente agradável e um jeito encantador, depois que superava a instintiva timidez. Lembro que, num Natal, meu irmão e eu ficamos sozinhos na escola, porque estávamos muito longe de nossa casa, e Rolfe foi encarregado de nos levar para um tour pelas catedrais da região – Worcester, Lichfield, Lincoln etc. – e se revelou uma excelente companhia. Ele tinha um jeito de fazer os garotos terem uma autoestima elevada, o que, porém, atrapalhava quando precisavam avaliar as próprias forças para enfrentar as dificuldades da vida.

Suas leituras não eram muito amplas, mas eram bastante originais. Um de seus livros preferidos era *O claustro e o lar*, de Reade. Ele também gostava dos livros de Ewing, e tinha um ou dois exemplares em seu quarto, lendo-os de vez em quando em voz alta. Os escritores que estavam na moda na época – Stevenson, Meredith, Hardy, Henley

etc. –, ele não conhecia mesmo. Eu tinha obras desses autores no meu quarto, mas Rolfe nunca me pediu nenhuma emprestada. Ele adorava as operetas de Gilbert e Sullivan e costumava cantarolar e tocar os acompanhamentos ao piano. Tinha muitos pequenos talentos do tipo que fazem um homem ser bem-vindo em pequenos vilarejos nos quais as pessoas e a vida são entediantes. Ele escrevia versos deploráveis de tão ruins, na maioria dos casos. Eu decorei alguns de seus poemas e ainda me lembro de partes deles. Eram sobre meninos e santos, geralmente, os dois ao mesmo tempo, e eram, em sua totalidade, bastante superficiais. Pensando bem, Rolfe era um homem que só tinha um vago senso da realidade. Não sei nada sobre sua família ou de que classe social ele era. Naquele tempo, eu não me interessava por essas coisas. Ele certamente era inglês, mas não descarto a possibilidade de que tivesse ascendência judia. Tenho, desde então, conhecido alguns judeus parecidos com ele. Não sei onde nem como vivia antes de ir para Oscott, nem qual diocese o tinha mandado para lá. Ele era capaz de falar por horas a fio sobre pessoas que nunca tínhamos visto ou ouvido falar, conseguindo torná-las interessantes. Acredito que ele tenha vivido por um longo período de vida com amigos mais ou menos ricos até ter, eventualmente, brigado com eles.
Ele nasceu para a Igreja, esse era o seu principal interesse, e se os católicos o tivessem deixado tornar-se um padre, ele teria feito um grande bem a eles, e lhes teria sido útil. Ele não era adequado, é claro, a uma paróquia cheia de problemas, mas podia ter feito muitas outras coisas bem. Talvez os jesuítas o tivessem entendido melhor. Até onde eu sei, sua principal ofensa perante o povo de Oscott fora sua propensão a contrair um monte de dívidas que ele não tinha como pagar. Mandava encadernar seus livros, breviários etc. do jeito mais caro. As coisas feias

realmente o machucavam. É bem possível que ele tenha uma origem familiar bastante modesta. Conheci alguns parecidos com ele, vendedores de livros. Em circunstâncias ideais, ele teria levado uma vida como a de Pater. Mas ele não tinha a curiosidade de Pater. Se ele tivesse sido rico, acabaria sendo lesado pelos administradores. Suponho que você já tenha sondado a questão relativa a seu título de barão. Caso contrário, não posso ajudá-lo muito. Em uma das poucas cartas que escrevi a ele depois de ter deixado Oscott, comecei como de hábito, "Caro senhor Rolfe". Ele respondeu "Barão Corvo, por gentileza – é uma distinção que consegui na Itália". Minha explicação é esta: o duque Sforza de Santafiore frequentava Oscott ao mesmo tempo que eu. Ele era amigo do meu irmão e, por intermédio do meu irmão, passou a conhecer Rolfe. Fiquei sabendo que Rolfe foi à Itália com Sforza como um tutor, ou algo parecido, e que ficou instalado por um tempo num dos palácios do duque, onde se viu livre para fazer o que queria. Acredito que os nobres italianos tenham a possibilidade de conferir a quem eles quiserem um de seus títulos menores, e Corvo recebeu um deles.
Imagino que você saiba que Rolfe não nasceu católico. Se ele era anglicano ou protestante, isso eu não sei dizer. Mas sei que ele era muito piedoso. Não sabia nada sobre a doutrina da igreja e não tinha nenhuma das reservas mentais típicas dos membros do clero. Sua vida era sem culpa e não havia malícia dentro dele. Ele era tão inocente a respeito dos caminhos do mundo quanto uma criança de três anos. Ele também tinha inimigos no meio eclesiástico: um homem como ele escandaliza as ideias de camponeses irlandeses ou de donos de lojinha ingleses. Uma das acusações contra ele era que carregava uma poltrona consigo sempre que mudava de domicílio. Quando, mais tarde, conheci Andrew Lang, notei que sua

voz e algo em seu comportamento me faziam lembrar de Rolfe. Outro ponto em comum com Rolfe era a devoção à Casa de Stuart. Certa vez, durante uma aula de História dele, eu fiz uma observação negativa a respeito de Carlos I, inspirado em Carlyle. Rolfe ficou mais perturbado do que com raiva, mas ficou de fato incomodado. Ele dizia que adorava mergulhar nas brigas, mas, na realidade, era tudo menos prepotente e seguro de si: ele era tímido e reservado. Quando alguns contatos o ofendiam, ele preferia evitá-los. Isso era interpretado como desdém pelos alunos de teologia, ou *divines*. Segundo me consta, ele chegou a receber algumas ordens sacerdotais. Lembro que ele raspou a coroa da cabeça de uma forma parecida com a que eu às vezes vejo nas cabeças dos seminaristas espanhóis por aqui. "Quando vêm os horrores, eu paro de escutá-los e começo a desenhar", isso era tudo o que eu o ouvia dizer nas palestras sobre teologia moral. Com "horrores", ele queria dizer questões sexuais. Mas ele era muito devoto. Disseram-me que ele costumava descer à capela tarde da noite e às vezes ficava lá rezando por horas a fio, quando achava que não era observado.
Lembro-me de ter lido, alguns anos atrás, um artigo escrito por D. H. Lawrence elogiando *Adriano VII*. Outro que me falou bem do livro foi Charles Whibley. Ele gostava especialmente daquilo que chamava da descrição de uma vida "podre" em Londres. Apesar disso, Whibley não tinha nada de bom para dizer a respeito de George Gissing, que tinha feito esse tipo de coisa extremamente bem.
Espero que estas anotações aleatórias sejam úteis de alguma forma. Lembrar-me de Rolfe me fez esquecer, por uma hora minha triste condição e de todos os meus problemas.

Com todos os bons cumprimentos
Vincent O'Sullivan

6
O PADRE REJEITADO

Tudo o que eu sabia sobre a primeira tentativa de Rolfe de ser tornar sacerdote vinha das cartas que transcrevi no capítulo anterior. Quanto ao manuscrito que Leslie me dera, continha uma crônica de muitas páginas sobre a vida do "Reverendo F.W. Rolfe" em Roma, escrita por uma testemunha ocular. Fora escrito pelo cônego Carmont de Dalbeattie, e contradizia, dramaticamente, as impressões de Vincent O' Sullivan. Entretanto, eu não me surpreendi com a inconsistência entre os dois testemunhos: evidentemente, a maneira como os conhecidos de Rolfe reagiam a ele dependia menos do que ele fazia e de como ele era e muito mais do temperamento do observador. O'Sullivan, que também viria a ser escritor e na época já se interessava por literatura e arte, simpatizava com o gosto de Rolfe pela forma e as aparências das coisas; por outro lado, o cônego Carmont, como padre, rejeitava o jeito dele, julgando-o manifestação fútil de uma personalidade cujos interesses ele não podia partilhar de forma alguma.

Meu contato com F. W. Rolfe remonta a mais ou menos outubro de 1889 e durou cerca de seis meses após essa data, ou seja, o período no qual ele esteve no Scots College, em Roma. Sei pouco sobre a vida dele depois desse período, além do que pode ser intuído a partir de uma leitura superficial de um ataque feito a ele no

Catholic Times, de um artigo assinado por "Barão Corvo" no *Wide World* e de um ou dois de seus livros, especialmente *Adriano VII*, no qual ele me fez o favor de me transformar num cardeal. Sei que antes de ter vindo do Scots College, ele havia ficado por um tempo em Oscott; antes disso, trabalhara como tutor numa escola para meninos em Oban, fundada pelo falecido Lorde Bute. Ele tinha sido admitido como candidato ao sacerdócio pelo falecido arcebispo W. Smith — naquela época, arcebispo metropolitano em Edimburgo — e foi mandado a Roma para estudar. A essa altura, ele devia ter por volta de uns 30 anos. Diante de seus insistentes pedidos para ter completa liberdade para visitar seus amigos em Roma, o reitor, o doutor Campbell, de uma forma um pouco imprudente, o autorizou a usar a batina negra, o que o tornava isento de todas as regras do colégio, exceto as fundamentais. (Os outros estudantes vestiam, como talvez você saiba, uma batina roxa e uma estola preta). Com esse privilégio, Rolfe podia viver no colégio praticamente sem ter contato com os outros estudantes. Mas, longe disso, ele fez de tudo para se misturar com eles. A primeira coisa que nos impressionou foi sua tendência a blefar — uma palavra detestável mas que não posso deixar de usar, porque é bastante apropriada. Ele aludia, de forma deliberadamente vaga, à importância e ao status da sua família, que aparentemente tinha cortado relações com ele quando ele havia decidido se tornar católico. Algumas semanas após a sua chegada, Rolfe sofreu uma crise de algo que ele se divertia em diagnosticar como gota, e lembro que, durante as fases agudas das dores, ele exclamava coisas do tipo: "Oh, aquele demônio de avô". Achávamos que ele era vegetariano, já que invariavelmente se recusava a comer carne nas refeições. Mais tarde, descobrimos que, na verdade, ele não desgostava de carne bovina, simplesmente achava

que a carne servida no colégio era de cavalo. Esse jejum era compensado pelas visitas aos frequentes restaurantes de Roma, que eram bancadas por um homem chamado Thirstanes, tutor de uma família inglesa ou americana que, naquela época, estava em Roma. Ele tinha um grande repertório de histórias e anedotas contra os anglicanos, algumas de um gênero que lembrava o de Rabelais; já havia algumas piadas sobre a religião anglicana no meu tempo, mas nenhuma dela era tão bem construída quanto as dele. Algumas de suas histórias eram excelentes como uma certa história de "queijos" que estava quase par a par com Mark Twain. Costumava criticar a Igreja Católica no que dizia respeito à sinceridade e à sua tendência a classificar as mentiras. Ele mesmo, tendo sido criado como um anglicano, tinha horror à mentira e a qualquer descrição equivocada — ambas características típicas dos anglicanos. Ele parecia levar isso muito a sério, o que nos surpreendeu, pois era visto por todos como o maior mentiroso que nós conhecíamos.
A impressão que ele dava era de alguém com muitos interesses, mas sem nunca se aprofundar em nada. Seu quarto era um museu em miniatura. Uma câmera com tripé de alta qualidade sugeria que ele era um fotógrafo entusiasta, mas não me lembro de tê-lo visto tirando nenhuma foto. Ele possuía muitos quadros que dizia terem sido pintados por ele. Eu não era, e não sou, um especialista, e não sei qual seria o valor artístico deles, mas, mesmo assim, posso dizer que havia algo neles, uma espécie de afetação, que me repelia. Rolfe cantava com alguma graça, com uma voz tenor agradável, mas não muito potente, e sabia tocar piano. Nesse campo, eu podia julgar seu valor. Ele tinha um "bom ouvido", e sabia ler um pouco de música; mas havia uma dissonância na forma como ele improvisava os acompanhamentos que

me fez entender que seu conhecimento técnico de harmonia era praticamente nulo, e que sua compreensão de música era muito superficial. Ele costumava se divertir com triolés e bobagens desse tipo. Escrevia artigos semanais para o extinto *Whitehall Review*. Sua ostentação do grego no *Adriano VII*, na minha opinião, é falsa; acredito que ele não soubesse nada da língua. Quanto ao Latim, presumo que ele tivesse base suficiente para conseguir entender as aulas de teologia. Mas, também sobre esse ponto, eu tinha minhas dúvidas na época. Certa vez ele chegou para mim com um exemplar de Gury na mão, querendo saber o significado de *"eccur"*. Eu expliquei, e Rolfe perguntou: "Então por que ele não pode dizer '*et cur*'?".

Acho que ele não estava muito interessado nos cursos que frequentava; sua frequência nas aulas deixava a desejar. Ele dizia e fazia inúmeras coisas curiosas, dentro e fora do colégio; e, por algum tempo, conseguiu ser interessante. Mas nós eramos um bando de jovens novatos, ignorantes e convictos de nossas opiniões, e sem a tolerância e a compreensão que a idade e o contato com o mundo trazem. Assim, aos poucos, certo incômodo e um desprezo contra Rolfe foram crescendo entre os estudantes. Quando começamos a receber, por parte das pessoas, notícias de fatos que aconteciam fora do colégio indicando que a sua presença entre nós tornava-nos alvo de fofocas e comentários maldosos, o incômodo se tornou raiva, e então percebemos que o fim não tornaria a chegar.

Rolfe não era um autêntico estudante de teologia. Ele não demonstrava religiosidade real sob a superfície, se é que havia alguma coisa sob a sua superfície. Ele não era sério e suas intenções não eram puras, nem manifestava interesse verdadeiro pelos outros. Sua lassidão e falta de cuidado rebaixavam o crédito do colégio. Sendo assim, não surpreende que surgisse a inevitável pergunta: "O que esse homem está fazendo aqui?". Falamos para o reitor o que achávamos dele e o reitor o expulsou. O colégio lhe concedeu duas semanas para organizar sua partida, depois mais uma semana, depois mais três dias, mais um dia, e então ele deixou o colégio. Eu concordei com a iniciativa dos meus companheiros, embora não tivesse participado ativamente dela, e, olhando em retrospecto, não me arrependo disso e não faria diferente. Mesmo que Rolfe tivesse alguma vocação para o sacerdócio (o que eu não acredito), certamente não tinha vocação para o trabalho missionário na província escocesa, onde teria, na melhor das hipóteses, se tornado um estorvo e um incômodo. Depois, da sua expulsão, o padre Mackie o abrigou por três dias. Então, Rolfe foi atrás de um contemporâneo seu em Oscott, um príncipe italiano cujo nome esqueci, talvez o Sforza-Cesarini.

Minha perspectiva pessoal a respeito de Rolfe é que ele parecia ter sensibilidade especificamente para o aspecto exterior das coisas, mas nenhuma capacidade de penetrar nelas. Ele pintava, fotografava e escrevia, concentrando-se unicamente na exterioridade das coisas. Ele se divertia em compor seus triolés porque eles são um estilo, uma forma e nada mais, não conseguindo expressar nada. Estou convencido de que uma leitura crítica dos seus livros, que são muitos, serviria para mostrar que a única qualidade dele era uma sensibilidade para valores externos e formais. *Don Tarquinio*, por exemplo, ficou dentro de mim como se fosse um filme. Da verdadeira natureza e dos sentimentos do protagonista e do jovem cardeal, não há vestígio algum em minha memória e, lamento dizer, nem nos livros. Formas, maneiras, cores, sons, formatos e, além disso, uma série de sombras vagas e desinteressantes, uma espécie de miopia espiritual e intelectual: aí está, acredito, a chave para entender tudo sobre Rolfe. Tudo o que ele disse, fez ou escreveu deve ser ponderado com isso em mente. Em seu desejo tenaz de aceder ao sacerdócio, não havia nada sinistro, mas também nada elevado ou puro. A verdade é que Rolfe enxergava o sacerdócio como algo pitoresco. Em *Adriano VII*, ele me ficcionalizou em um cardeal, não porque fôssemos íntimos ou cordiais um com o outro – não éramos – e nem porque tivesse encontrado algo fora do comum em minha personalidade ou em minhas habilidades – coisa que não seria verdade –, mas acredito que tenha sido porque viu algo em mim que satisfazia seu senso artístico – algo que nem mesmo eu poderia adivinhar o que seria – e que havia cutucado sua sensibilidade artística. Esse limite da sua imaginação para o aspecto externo das coisas e das pessoas deve ter fortalecido sua capacidade de manipular os dados do mundo sensível, porque não parece haver dúvida de que ele era um homem bastante talentoso.

Havia nele pouco orgulho, no bom sentido do termo e ele não tinha vergonha de pedir as coisas aos outros. Ele parecia achar que tinha o direito de esperar ajuda e favores daqueles que pudessem oferecê-los — eu o ouvi dizer isso. Já a respeito de sua capacidade de expressar gratidão, quanto menos eu disser, melhor.

Havia uma espécie de egoísmo sem escrúpulos nele que o levava a explorar os outros, sem respeito pelos interesses ou sentimentos alheios. Vi muitos exemplos desse traço de sua personalidade também em coisas pequenas. Ele era estiloso e cuidadoso com sua aparência. Quanto às questões da Igreja, parecia considerá-las meramente questões estéticas. Havia pouca ou nenhuma cordialidade, ou afeto nele. Talvez por isso fosse tão egocêntrico. Nenhuma genialidade. Sua inteligência era mais do tipo sutil e sarcástico. Não sei se ele pode ser chamado de vingativo, talvez não: as breves descrições de seus companheiros, em *Adriano VII*, não são amigáveis, e, à primeira vista, parece que foram escritas como um acerto de contas. Duvido disso. Entretanto, acho que ele detestava a maior parte deles pela mesma razão pela qual parecia gostar de mim: por uma questão de sensibilidade artística. No fim das contas, ele não era um homem de verdade: era um tipo de subespécie. Devia ser muito resistente e flexível para não ter sido destruído por seus opositores e inimigos, a quem ele fazia de tudo para provocar. Haveria nele um elemento de grandeza para explicar esse fato? Ou seria algo que lembra aquele dito horrível de Parolles: "Se meu coração fosse grande, explodiria. Só porque eu sou o que sou posso viver?" Essas são apenas anotações apressadas, escritas num só fôlego, no meio da noite. Se houver algum aspecto que você considere que eu possa aprofundar um pouco mais, não hesite em dizer. Farei de bom grado o que me for possível.

O manuscrito do cônego Carmont é uma prova de sua memória excepcional, e da grande impressão que Rolfe causava naqueles que o conheciam. E, apesar da evidente falta de simpatia do cônego para com seu excêntrico contemporâneo de estudos, o retrato que ele oferece é o de um homem extraordinário. Eu conseguia imaginar muito claramente esse estudante de teologia excepcional, com sua paixão por roupas refinadas, seus quadros, seus bizarros acompanhamentos musicais, seus versos, seus artigos, suas fotografias, suas histórias fabulosas e sua sensibilidade artística. Deslocado também, sem dúvida, no Scots College e, inadequado, como Vincent O'Sullivan tinha dito, para os trabalhos pesados numa paróquia grande, mas, com certeza, era um homem de valor, o que não é fácil de encontrar, alguém que seria um precioso ornamento para a corte de um príncipe medieval, ou de um papa, e que teria recebido muita estima em um mosteiro menos rígido, nos tempos em que um belo manuscrito seria visto como uma ocupação digna de uma vida inteira. Ele estava consciente, é claro, de seus múltiplos talentos, e achava que merecia ser recompensado por eles: "ele parecia achar", dizia o cônego, "que tinha uma espécie de direito de ser mantido e protegido por aqueles que estavam em condição de fazer isso". Eu não concordava com muitas das opiniões que o cônego Carmont expressava em seu diagnóstico. Ele me pareceu severo demais ao falar sobre os triolés; severo demais com a sensibilidade que Rolfe tinha quanto aos valores formais; pareceu-me falsamente modesto quando afirmou não entender por que Rolfe gostava dele, e incrédulo demais a respeito do conhecimento de Latim de Rolfe (Rolfe dera aulas na Winchester Modern School e, em Oscott, compusera pelo menos um poema latino);além disso, ele se enganava ao pensar que não havia "cordialidade ou afeição" no atormentado autor de *Adriano VII*; equivocado também em sua perspectiva segundo a qual "não havia nada de elevado ou puro em seu desejo de seguir o sacerdócio". Manifestei essas minhas ressalvas em uma carta para o cônego Carmont e ele admitiu, com grande senso de justiça:

> Com o passar dos anos, adquiri uma capacidade melhor de ver as coisas. Na época em que eu encontrei Rolfe, dificilmente seria capaz de formar algum juízo objetivo a seu respeito. Eu não tinha experiência com a humanidade, e era levado por preconceitos impulsivos e imaturos. Cheguei à conclusão de que ele entrara na vida religiosa como um aventureiro e, portanto, não podia encontrar nele nada de bom ou interessante. Cerca de dezoito anos atrás, quando o padre jesuíta Martindale estava escrevendo a biografia de R. H. Benson, escrevi para ele um testemunho igualmente severo sobre Rolfe,

e o padre Martindale reclamou pela falta de caridade sugerida no tom.

Em uma carta posterior, o cônego Carmont concordou em esclarecer mais dois pontos.

No colégio, havia preconceito generalizado contra Rolfe. Seu comportamento excêntrico tornava nosso colégio alvo de comentários desfavoráveis em outros colégios. Vou mencionar um episódio. Rolfe encomendara roupas de um alfaiate chamado Giomini por vinte libras, usando-me como intérprete. Quando Giomini percebeu que não seria pago, veio ao colégio e confiscou vinte libras em bens de Rolfe. Os outros alunos consideraram essa transação uma humilhação para o colégio. Outro fato que lembro é que Rolfe tinha, em seu quarto, uma grande folha de papelão, na qual tinha desenhado a caneta quadrados, cada qual contendo um lema, um epigrama feroz, selecionado da hinologia anglicana ou católica. Certa vez, Cary-Elwes (o falecido bispo de Northampton) e eu fizemos uma visita às escondidas ao quarto de Rolfe enquanto ele estava fora, a fim de examinar essas inscrições curiosas. Eu as lia em voz alta enquanto Cary-Elwes as anotava. Algum tempo depois, Cary-Elwes me deu sua cópia, que eu provavelmente ainda tenho; estou aterrorizado só de pensar que vou ter de desenterrá-la, Rolfe tinha 1,70m de altura – talvez um pouco menos. Ele era pálido, com a expressão um tanto sério e asceta, usava óculos e fumava muito.

O doutor Clapperton, do Scots College, me deu uma lista dos contemporâneos de Rolfe que ainda eram vivos (escrevi uma carta a cada um deles) e também uma nota de um ou dois desses motes mencionados pelo cônego Carmont; o primeiro era uma referência à comida da faculdade "E, naqueles dias, ele não comeu nada", e o segundo era uma referência aos seus companheiros de curso: "E ele viveu com umas bestas". No Scots College, todos também lembravam que Rolfe alguma vez dissera que ele era como Newman, que não tinha nada para aprender quando se converteu à religião católica.

Do padre Stuart, de Fauldhouse, recebi uma carta bastante interessante:

St. John's, Fauldhouse
West Lothian

Caro Senhor Symons,
Não acredito que eu possa acrescentar muita coisa ao que o cônego Carmont disse ao senhor sobre Rolfe. Ele certamente contou sobre muitas de suas excentricidades; de seu talento para a música e para o canto, de seus sermões inquietantes no refeitório, cheios de alfinetadas sobre o jeito grosseiro dos escoceses, do respeito escasso que ele tinha por nós; de seu hábito de recitar o ofício durante o banho e assim por diante. Acredito que Rolfe era alguém no limiar da genialidade. Sinto não poder fornecer mais detalhes, mas esses são fatos que aconteceram muito tempo atrás.

Com os melhores cumprimentos e desejo de sucesso em seu empreendimento

Sinceramente,
John L. Stuart

Talvez a pessoa que conseguiu definir melhor, e com poucas palavras, a figura de Rolfe tenha sido o reverendo preboste Rooney de Peeble, que era o vice-reitor do Scots College quando Rolfe foi expulso: "Rolfe era muito amigável, apesar de suas excentricidades; em sua personalidade evasiva, sempre havia um elemento de mistério."

Mesmo antes de ser expulso do Scots College, Rolfe adotara as dignidades eclesiásticas, e se matriculara na Royal Historical Society e na Royal Society of Literature como "Reverendo F. W. Rolfe". No começo de 1890, Elkin Mathews anunciou em seus "novos lançamentos":

> Será publicado em breve, *in octavo*, impresso em papel artesanal, em edição limitada, com gravuras em água-forte: A HISTÓRIA DE SÃO GUILHERME: O MENINO MÁRTIR DE NORWICH, reconstruída conforme quarenta crônicas da época e posteriores, todas em edição completa, com detalhadas notas e traduções etcetera etcetera, sob a curadoria de REV. FREDERICK WILLIAM ROLFE, antigo Professor de Literatura Inglesa e História no S. Marie's College, em Oscott.

Esse estudo histórico nunca apareceu, e provavelmente nunca foi escrito.

Rolfe deixou um registro de sua passagem no Scots College no capítulo XV de *Adriano VII*, quando George Arthur Rose revisita, como Papa, o St. Andrew's College, o lugar no qual sofreu sua segunda humilhação.

> Eis que surgia em sua mente a odiosa lembrança de cada canto e recanto, nos quais, na condição de estudante, ele tinha sido tão terrivelmente infeliz: a capela falsamente suntuosa onde ele tinha sido humilhado; o refeitório horrível no qual ele recebera uma afronta; o corredor em que o Reitor tinha feito piadas grosseiras sobre sua higiene pessoal; a biblioteca, local em que ele encontrara livros impossíveis de ler, cobertos de poeira, as escadas pelas quais se arrastara, cambaleante; o quarto minúsculo e odioso que tinha sido seu lar, sem ser seu lar; a pestilenta, pretensiosa atmosfera de loucura que todo o edifício exalava.

No mesmo capítulo, Rolfe traçou seu próprio perfil como Jameson, o estudante tímido e reservado, zombado pelos outros alunos por seu excessivo senso de higiene, alguém que vive de pão e de água e ovos cozidos porque viu a cozinha do colégio. Jameson, que, assim como seu criador, é espantosamente solitário.

7
O "ZERO" DE HOLYWELL[5]

A vida de Rolfe nos meses que se seguiram ao seu desligamento do Scots College, em meados de 1890, é um mistério. Está claro que ele encontrou abrigo na família Sforza-Cesarini, mas qual foi a duração de sua estada e qual era a sua função na casa, não é claro. Podemos inferir de uma de suas cartas que, naquele período, ele começou a escrever um livro. É possível que ele tenha trabalhado como arquivista, como afirmou várias vezes mais tarde? Não resta dúvidas quanto à duração de suas férias romanas, menos de um ano, mas, ainda assim, esse tempo foi suficiente para ele formar uma ideia precisa dos italianos e da história daquele país. Mais tarde, em 1891, armado com a mesada da duquesa e com o título de Barão Corvo, o padre rejeitado reapareceu em Christchurch.

O leitor já está ciente, graças ao texto do Jackson, do que aconteceu naquele lugar e do desdobramento desagradável que aquela aventura teve no ano seguinte, quando, de modo muito parecido com o que os jovens se filiam à Liga Estrangeira, o barão se refugiou em Aberdeen. O prolongamento daquela farsa trágica e pueril que foi descrita no *Free Press* o manteve no norte até 1894. Naquele ano, o leitor lembrará que a partida de Champion para a Austrália o deixou em Londres em uma situação extremamente difícil. O tempo estava passando e Rolfe já estava com 34 anos.

Pelos meses seguintes , a única fonte segura é *Adriano*

VII: "Comecei minha vida de novo com nada mais do que a roupa do corpo, um breviário e oito xelins no bolso. Recebi de um certo prelado, cujo nome não preciso mencionar, uma encomenda para pintar uma série de quadros que ilustrassem um projeto que ele havia concebido para se contrapor aos anglicanos. Ele vira um quadro meu, ficara satisfeito com minha habilidade, me arranjara material para começar o trabalho e improvisara um cantinho para eu usar como estúdio; mas, depois de algumas semanas, ele mudou de ideia e decidiu investir seu dinheiro na construção de uma catedral."

Eu sabia, por intermédio do monsenhor Dey, que o prelado cujo nome não era mencionado era o cardeal Vaughan, e que a catedral era a de Westminster. O abandono daquele contrato deve ter sido um duro abalo para o pintor sem dinheiro; em *Adriano VII*, ele se refere a isso várias vezes, sempre com amargura. "Não sei como me mantive vivo até conseguir a próxima encomenda. Só sei que aguentei aquele terrível inverno entre 1894 e 1895 em roupas leves de verão, que não podia trocar".

Preocupados com sua situação miserável, os irmãos de Rolfe tentaram ajudá-lo, mas ele recusou.

"Logo depois, um padre degenerado e irresponsável me pediu para fazer uma série de quadros. Trabalhei por dois anos e minha produção foi avaliada em mil e quinhentas libras; ele a vendeu exatamente por esse preço. Bom, eu nunca recebi um centavo."

Por meio de uma série de coincidências, consegui reconstruir este episódio:

A cena: em Holywell, perto de Flint. Desconheço qual impulso — ou qual raciocínio — levou o Barão Corvo ao norte de Gales; mas é certo que, em meados de 1895, um artista desleixado, piedoso e itinerante apareceu diante dos monges franciscanos de Pantasaph, pedindo ajuda e trabalho. Ele foi acolhido como um peregrino à procura de solidão e, ao mesmo tempo, foi encarregado de limpar o grande crucifixo de bronze. Ambos os planos acabaram mal: o segundo, quando os monges descobriram, alarmados, que o crucifixo deles estava para ser limpo com uma mistura não testada e secreta que Rolfe havia preparado a partir de uma receita medieval; o primeiro, quando o andarilho, depois de três dias de retiro, foi flagrado lendo um romance de Kingsley, e não o livro edificante que o seu diretor espiritual o mandara ler. De Pantasaph, o padre Austin seguiu para a cidade vizinha, Holywell, onde falaria de suas necessidades ao reverendo jesuíta Sidney de Vere Beauclerk, que estava encarregado do poço milagroso de St. Winefride. O padre Austin estava faminto, não tinha um centavo, e apostrofou "aqueles falsos franciscanos", que o tinham rejeitado. A caridade da Igreja não fora invocada em vão: o estranho forasteiro foi encarregado de pintar alguns estandartes com imagens sagradas para a capela (ele mesmo que fez a proposta) e, em troca, ele teria asseguradas suas necessidades básicas. Providenciaram-lhe acomodação numa pensão mantida por uma senhora gentil que vinha de Lancashire, e improvisaram um estúdio para ele na sala de aula de uma escola que não estava sendo usada. Arranjaram tinta a óleo e pigmentos, e, depois de seus pincéis serem formalmente abençoados, o recém-chegado pôs-se a trabalhar.

Em um conto escrito mais tarde, Rolfe descreve a impressão que imaginara ter suscitado em Holywell, que, naquela ocasião, em alusão ao fato de não haver sistema de esgoto, ele chamou de "Recanto do Bueiro."

> O Zero era um mistério. Ninguém sabia quem ele era e de onde vinha. Ele chegara ao "Recanto do Bueiro" vindo de algum país do outro lado do mundo, se estabelecera lá, trabalhara como um escravo, sem fazer amizade e falando muito pouco. Suas roupas não só eram desgastadas, como

também terrivelmente modestas e cheias de manchas. Ele não tinha nenhuma bagagem, nenhuma muda de roupa e nenhum pertence. Ele era orgulhoso e reservado e, quando resolvia falar, sabia como despertar a atenção de uma sala cheia de pessoas. Havia algo na delicadeza meticulosa de seus hábitos, em sua voz e sotaque, que o revelava como uma pessoa culta e fora do comum. As pessoas no "Recanto do Bueiro" começaram a inventar histórias romantizadas sobre ele, espalhando rumores de que ele era um aristocrata que tinha decaído; anuviado pela cerveja, ele tentou dizer a verdade, mas ninguém acreditou. Na cabeça daqueles caipiras, não havia espaço para verdade e fantasia ao mesmo tempo: consequentemente, o Zero foi obrigado a praticar a sutil arte de falar tolices para acompanhar a tolice alheia e, depois de um breve período, acabou despertando nas pessoas um terror sagrado por sua reticência cheia de mistério e por sua extrema simplicidade na maneira de falar.

Uma testemunha ocular que conheceu Rolfe naquele período o viu de uma maneira bem diferente. Algumas semanas depois de o acordo com o padre Beauclerk ter sido fechado, John Holden, o jovem sobrinho da senhora de Lancashire, em cuja casa Rolfe estava morando, chegou a Holywell para se recuperar de uma doença séria, e se viu hospedado na mesma casa que o "Zero" de Holywell.

O padre Austin parecia ter por volta de trinta e cinco anos. (Nunca descobri sua verdadeira idade.) Ele era um pouco mais baixo do que a média, com ombros largos e pernas muito tortas. Seu rosto me lembrava o de um monge, e uma vez, o vi em trajes de franciscano, achei que lhe caíam perfeitamente bem. Ele tinha a testa larga e lisa, o nariz bem anguloso, o queixo de alguma forma agressivo. Seus cabelos eram castanho-claros, já se tornando grisalhos, mas era careca acima das têmporas e da coroa. Sempre estava de barba feita, mas acredito que, se a deixasse crescer, ela teria um tom castanho-avermelhado. A boca era pequena, seus lábios, principalmente o lábio superior, finos. Era míope e usava um par de óculos com lentes bem grossas. Suas roupas eram muito desgastadas. O que me impressionou mais foi, sobretudo, a boca dura e cruel; para usar uma palavra que ele amava, eu o achei "antipático". Suas maneiras impressionavam. Ele falava enquanto caminhava e se concentrava nas palavras como se o mundo inteiro não existisse. (Certa vez eu lhe disse que ele me lembrava um padre voltando à sacristia depois de ter celebrado a missa.) A boca imóvel e as lentes grossas, que escondiam seus olhos tornavam sua expressão quase inescrutável. Quase todo mundo o temia. Os empregados da minha tia ficavam até mesmo aterrorizados na sua presença.

Apesar dessa aparência temível, o padre Austin se revelou uma companhia agradável à mesa de jantar, e até convidou seu novo amigo para fumar um cachimbo com ele, em seu estúdio. Assim, teve início uma das mais bizarras entre as muitas amizades estranhas de Rolfe. Holden continua:

> Fui para o estúdio dele e passamos uma noite bastante agradável, a ponto de considerá-lo menos repugnante. No momento em que nos separamos, Corvo me pediu que fosse visitá-lo quando eu não tivesse nada melhor para fazer. A companhia das senhorinhas bondosas no andar de baixo com certeza não era o ideal para mim, de modo que peguei o hábito de passar as noites com ele; se o tempo estivesse ruim, eu o visitava durante o dia também.
> Sua visão era muito ruim e, sem seus óculos, ele ficava

perdido. Quando pintava à noite, com a ajuda de um lampião a óleo de parafina, ele colocava nas lentes um protetor escuro. Quando íamos tomar banho na piscina que ficava embaixo da fonte, ele costumava entrar primeiro na água, e eu tinha de ficar na beira, gritando as direções para ele, para que soubesse quando se virar.

Ele era um fumante inveterado. A cada dois dias, eu comprava um maço de Capstan Navy Cut, do tipo Forte, que ele fumava quase por inteiro. Ele acumulava o que sobrava do tabaco em um vaso e, quando ele ficava cheio, espalhava o conteúdo num jornal e deixava secar ao sol, em cima da estufa. Estava rapidamente ficando careca. Comprou uma pomada de algum preparado que deveria fazer o cabelo parar de cair e que cheirava a limpa-móveis; e, depois de lavar a cabeça com água quase fervente, ele a lambuzava com o preparado. Depois de muitas aplicações, pediu-me que visse se havia qualquer sinal de cabelo nascendo; examinei o seu couro cabeludo e disse que estavam aparecendo manchas vermelhas, mas que eu não conseguia saber se era cabelo debaixo da pele ou se era um princípio de erisipela.

Aparentemente, ele não se importava com o que acontecia ao seu redor, mas eu nunca conhecera um homem que tivesse um apetite tão insaciável por fofocas quanto ele. Ele sabia de tudo que acontecia na cidade. Qualquer escândalo era matéria de mexerico. Um dia, comentei superficialmente sobre um fato e ele me atormentou com tantas perguntas que eu perdi a paciência e disse a ele que não conseguia entender como um homem inteligente podia interessar-se por essas trivialidades. "Eu uso para meu trabalho de escritor", respondeu ele. "Além disso, conhecimento é poder." Entendi depois, à minha custa, o que ele quis dizer.

Lembro-me muito bem do som que fazia com o nariz, uma espécie de grunhido. Era inconfundível. Exprimia surpresa, impaciência, contentamento e uma gama variada de outras coisas ao mesmo tempo. Ele conseguia expressar mais coisas num som inarticulado do que outras pessoas conseguiam expressar com muitas palavras. Talvez o mais extraordinário a respeito de Austin era que ele nunca falava nada que não pudesse dizer por escrito. Morávamos na mesma casa, que não era muito grande, mas, mesmo assim, ele sempre se comunicava comigo através de bilhetes se eu não estivesse no mesmo cômodo que ele. Ele tinha dúzias de pastas, nas quais guardava as cartas e aproveitava qualquer oportunidade para escrever cartas e se dedicava a todas com o mesmo cuidado, não importando se a carta fosse para uma editora ou para um operário. Quando terminava uma carta remetida a alguém insignificante, sobre uma questão sem importância, ele diria: "E isto é literatura, *Giovanni*, isto é literatura". Nunca o via tão feliz como quando tinha de responder a uma carta desagradável. Antes de se sentar e escrever, eu o ouvia resmungar e bufar por algum tempo, depois exclamava: "Vamos lá!" "Vou acabar com esse senhor com a minha sátira.". "Eu cultivo a arte sutil de fazer inimigos", dizia também. E: "Um amigo é necessário – mas um inimigo, ainda mais. Um inimigo mantém a gente alerta". Acredito de verdade que ele fizesse inimigos para o único prazer de "acabar com eles com sua sátira."

Tudo isso era bastante estranho, mas a coisa mais estranha era a história que o padre Austin contara sobre si mesmo ao seu jovem amigo. Primeiro ele inferiu, e depois admitiu abertamente que Austin não fosse seu nome verdadeiro, pelo contrário: ele era o Barão Corvo, italiano por nascimento e parente de algumas das mais nobres famílias italianas. Mas não era só isso: ele deu a entender que as razões para sua presença incógnita naquela cidade eram tanto numerosas quanto misteriosas. Em primeiro lugar, ele se escondera de inimigos muito poderosos e implacáveis, que já haviam arruinado sua vida, impedindo-o de se tornar sacerdote; era possível apenas imaginar o que mais eles poderiam ter feito com ele quando o encontrassem; mas parece que seu maior medo era ficar preso; certos dignitários católicos o perseguiam sem tréguas; até a sua família e a maioria dos seus amigos o haviam abandonado quando ele se converteu à fé católica. Mas, apesar das maquinações de seus oponentes, e da indiferença de seus parentes, ele estava decidido a se tornar escritor, pintor, escultor ou inventor, e ele não tinha dúvida acerca do resultado dessa luta desigual: Corvo, apesar da opinião contrária do universo inteiro, apostava em Corvo. Suas descobertas na área de fotografia em cores não resultaram em nada, mas seus quadros começavam a se tornar mais conhecidos; várias revistas publicaram, regularmente, seus artigos; seus manuscritos estavam sendo avaliados por editoras bem-sucedidas.

Isso tudo era o que ele falava; mas ainda havia pistas vagas que levavam mais longe. Muitas vezes ele aludia ao seu "padrinho", enfatizando um pouco a palavra. Um dia, Holden relatou a ele algo que ele lera num jornal a respeito do Kaiser alemão, e Corvo tinha exclamado: "Então, meu padrinho andou aprontando de novo, não é?"

Continuo o conto de Holden:

> Algumas vezes, antes de me dizer algo sobre si mesmo, hesitava um pouco e declarava: "Isso deve ficar estritamente entre nós dois, você entende". Outras vezes, ele me pedia para jurar que eu não iria falar a absolutamente ninguém o que ele estava prestes a me dizer. Eu dava a minha palavra e a cumpria; mas nem todo mundo conseguia ser igualmente sincero e, na época em que cheguei a Holywell, já circulava certo halo de mistério em torno de Corvo.
>
> Quanto a mim, contei a ele minha história: eu também

havia passado alguns anos no seminário, até perceber que não tinha vocação alguma para o sacerdócio. Tomei muito cuidado para não dizer mais sobre mim do que ele provavelmente já sabia. Algo me dizia que não podia confiar nele. Conhecia Austin ou Corvo, tanto fazia, havia um mês quando, um dia, ele disse que tinha uma proposta para me fazer. Perguntei do que se tratava. Depois de refletir por alguns minutos, ele respondeu: "Você é o homem que eu estava esperando. Somos complementares. Eu preciso de você e você precisa de mim. Minha proposta é que eu e você nos tornemos sócios". Estava chocado demais para responder qualquer coisa. Olhei fixamente para ele por alguns instantes: não havia dúvida, ele estava falando sério. "Esse homem é maluco", pensei e depois perguntei: "Qual seria o objetivo dessa sociedade?". "Trabalhar juntos e dividir o lucro.". "Muito bem", respondi "vamos redigir o contrato social". (Eu sabia que ia passar um bom tempo em Holywell; o inverno estava se aproximando e a companhia das senhorinhas devotas do andar de baixo não seria adequada para mim, um jovenzinho desregrado de vinte e dois anos; a parceria que Corvo estava me oferecendo me renderia um bom passatempo e, para recusar, precisaria ter algo melhor para fazer.) "Naturalmente", continuou Corvo, "você terá de escolher um nome de guerra". "Que tal John Blount?", perguntei. (Eu tinha feito algumas tentativas de publicar sob esse nome alguns contos numa revista bastante conhecida, mas minha modéstia me impedira de mencionar esse fato a ele.) "Eu gosto", respondeu ele. Depois me mostrou uma carta de Henry Harland, o editor do *Yellow Book*, aceitando o primeiro conto da *Histórias de Totó*. "Esse é só o começo", disse. "Temos muito a fazer." Mais tarde, contei à minha tia o que se passara e nós rimos muito. No dia seguinte, levei alguns dos meus livros e papéis para o estúdio dele.

Corvo estava pintando alguns estandartes e eu me encarreguei dos contornos e das letras. No fim do nosso primeiro dia de trabalho, Corvo me disse em tom casual: "Agora você vai lavar meus pincéis e acender a lareira". "Isso faz parte do contrato?", perguntei. "É claro", respondeu, "tudo tem que ser dividido". "Ótimo", disse eu. "Enquanto eu lavo os pincéis, você vai ver o fogo." Achei prudente começar com um acordo bem claro. O outro setor de nossa atividade era a literatura. Havíamos afixado nas paredes do estúdio algumas folhas grandes de papel, e até escrevíamos tudo o que se passava em nossas cabeças. Se estávamos insatisfeitos com uma palavra ou frase, deixávamos em vermelho, depois, quando encontrávamos outra que parecia mais adequada, nós a escrevíamos por cima. As noites de sábado eram dedicadas à revisão do trabalho feito durante a semana. Se discordássemos de alguma palavra ou expressão, era Corvo quem decidia. Se algo estava quase pronto, dávamos o retoque final. As melhores coisas tinham a assinatura de "Corvo": as coisas mais ou menos predestinadas à rejeição eram assinadas com "Blount". Costumávamos compor sextilhas, oitavas e palavreados, mas nós fazíamos isso apenas por prazer. E, na composição de palavreados, eu era melhor do que Corvo. Até ele reconhecia isso.
Certa vez, perguntei ao Corvo por que ele não escrevia nada para o *Pall Mall Gazette*. Ele respondeu que ele e Sir Douglas Straight (acho que era esse o nome do editor) haviam brigado, e que o Sir Douglas não era um cavalheiro.

Essa colaboração, da qual Holden ria com sua tia, era vista por Rolfe de um modo bem diferente. Fazia parte da forma como Rolfe concebia a amizade e foi uma característica constante de suas relações durante toda sua vida turbulenta, mas, na época do testemunho de Holder, eu ainda não podia saber disso.

Depois de um dia de trabalho, com frequência líamos juntos até a meia-noite. Líamos Marlowe (uma seleção de suas obras, feita por Gleeson White), as peças dramáticas de W. S. Gilbert, uma antologia de Charcer, a *Bíblia* (principalmente *Livro de Provérbios, Eclesiastes* e o *Cântico dos Cânticos*), as *Memórias de Benvenuto Cellini, O claustro e o lar* e o *Diário de Pepys*. Algum tempo depois, praticamente sabíamos de cor o Livro de Provérbios, o *Mikado* e *Patience*. Ambos adorávamos as *Memórias*, de Cellini. Corvo bebia na fonte dessas obras. Acho que o seu personagem favorito da literatura era Denis de Borgonha. Todos esses livros mencionados eram meus.

Essas noites que passávamos juntos foram as mais agradáveis da minha vida; entretanto, nem todas eram igualmente serenas. Algum tempo depois, começamos a brigar.

Corvo não era um homem fácil de lidar. Sua língua ferina e, acima de tudo, seu jeito impassível costumavam me tirar do sério. Eu era jovem, cabeça-quente, acostumado a falar e agir antes de pensar; muitas vezes, brigávamos por bobagens. Acho que às vezes brigávamos só para não perder o hábito.

Depois do nosso primeiro desentendimento, eu não apareci no estúdio por quase uma semana. Uma manhã, Corvo se aproximou de mim na saída da igreja e me disse em um tom indiferente: "Pax?". "Pax, se é o que você quer", respondi. "Muito bem, então. Você só tem que me pedir perdão". "Então é guerra, e sangrenta", gritei. Minha tia nos reconciliou, mas eu não pedi o seu perdão. Depois de uma discussão, era Corvo, em geral, quem dava os primeiros passos em direção à reconciliação; às vezes, era eu quem tomava a iniciativa. A vida em Holywell era sem graça, especialmente no inverno, mas com Corvo ninguém corria o risco de ficar entediado. Aqui está o texto de uma carta que ele me mandou depois de termos uma briga: "17 de junho de 1896. Recebi sua carta do dia 8. Vamos começar do zero. Venha para cá quando quiser e vamos ter uma conversa clara com a sua tia, e dizer que você precisa de tempo suficiente todos os dias para poder escrever. Decida-se se quer me aceitar como eu sou, com meus lados positivos e negativos. Agora, você está vendo o lado negativo, mas, se tiver paciência, verá também o lado positivo. Não farei nada sozinho. Não tenho estrutura para isso. Comprei um barbeador seguro da Kampf que você pode pegar emprestado e que te dará alegrias sem fim. Corvo."

O autocontrole de Corvo quando ele estava com raiva era o meu desespero. Ele ficava pálido e sua língua ficava ainda mais ferina, mas ele nunca levantava o tom de voz e media as palavras ainda mais. Certa vez, quebrei um pauzinho que ele usava para pintar na cabeça dele: ele não mexeu um músculo do rosto e não disse uma palavra. Eu desejei que o pauzinho fosse uma vara.

Um domingo à tarde, depois de uma escaramuça, estávamos sentados lendo. A porta e as janelas estavam fechadas, e a estufa estava funcionando em potência máxima. Eu abri a porta, mas Corvo a fechou. Abri uma janela mas Corvo a fechou também. Fechei a porta da estufa para diminuir a corrente de ar, e Corvo, obviamente, a abriu (nenhum dos dois falava nada.) Senti que estava perdendo o autocontrole. O que eu poderia fazer? Bati o olho num jarro d'água no qual os pincéis estavam de molho. Peguei-o e, levantando a tampa do fogão, atirei o conteúdo em cima das cinzas ardentes. Houve uma explosão e eu fiquei encegueciado por causa do ar quente e das cinzas. Quando recuperei a visão, olhei para Corvo. Ele ficara impassível. Só interrompia a leitura para soprar as cinzas de cima do livro. Eu havia perdido mais uma vez. Para manter as aparências, fingi estar lendo por meia hora, mas, quando voltei para casa, eu queria

matá-lo. Sei que Corvo se divertia em me provocar.
Um dia, andávamos falando sobre como alguns dos nossos conhecidos se pareciam com certos animais, quadrúpedes e bípedes. "O que eu seria?", perguntou Corvo. "Um porco-espinho", respondi logo; "você é tão terrivelmente espinhoso! E eu?". "Um jumentozinho muito aquebrantado." Acho que ambos acertamos. Lembro que certa vez, nos reconciliamos de uma maneira muito estranha. Corvo me escrevera meia dúzia de cartas no seu estilo virulento. A última me levara à fúria. "Agora é a sua vez, Corvo", pensei, "você vai ver". Não poupei os insultos. Chamei-o de malandro consumado e muitas outras coisas. Terminei a carta e pensei. "Esse é o fim da nossa relação e estou muitíssimo feliz". Entreguei minha carta à empregada que estava indo arrumar o quarto de Corvo; quinze minutos depois, um garoto veio com a resposta: "Maravilhoso!", dizia ele. "Pare tudo o que está fazendo e venha para cá. Eu tenho uma garrafa de néctar te esperando. Corvo." Eu estava lívido: tinha escrito aquelas coisas esperando que ele viesse atrás de mim com um machado e lá estava ele, convidando-me para beber com ele. Fui até lá. Encontrei-o andando pelo quarto, com a minha carta na mão. Ele me acolheu com cordialidade; encheu meu cachimbo e me trouxe uma taça de Chartreuse. (O padre Beauclerck às vezes lhe dava de presente uma garrafa.) Ele leu minha carta em voz alta, rindo grotescamente dos meus insultos mais malignos. Perguntei-me se ele estava fazendo troça de mim e se deveria quebrar a garrafa na cabeça dele. Quando terminou a carta, exclamou: "Esplêndido, *Giovannino*. Eu mesmo não saberia fazer melhor". Estava verdadeiramente contente e passamos uma noite muito alegre juntos.
Sua atitude em relação às mulheres era peculiar. Aqui estão algumas de suas frases a respeito delas: "Às vezes, as mulheres são necessárias, mas, em regra, são supérfluas."

"Um amigo é necessário; conhecidos influentes podem ser úteis; mas nunca se comprometa demais com uma mulher." "A pior coisa nas mulheres é que elas esperam que você, mesmo antes de conhecê-las, esteja apaixonado por elas ou diga que está". "Não sei mesmo o que há de bonito no corpo de uma mulher. Todas aquelas curvas e protuberâncias que atraem os homens só existem para mostrar para que a natureza a criou: procriar e criar os filhos."
"Não há espetáculo mais obsceno do que o de uma mulher grávida." Mas, apesar dessas frases, e outras que Corvo encontrava nos autores cristãos que ele repetia algumas vezes durante as refeições, ele era tão interessado nas mulheres que, de tempo em tempos, fazia uma viagem a Rhyl ou Manchester para procurar aquilo que seu homônimo Arthur Symons definiria como "as aventuras casuais da ruas". Quando ele voltava, relatava-me essas experiências com muitos detalhes. Na verdade, elas não pareciam lhe dar muito prazer e, certa vez, Corvo me perguntou se eu achava que ele era impotente. Sobre esses assuntos, ele era um verdadeiro enigma e eu nunca consegui entender: ele ia à missa todo domingo e fazia confissão e comunhão todo mês, e quase tão regularmente quanto isso ele fazia suas viagens de "prazer". Quando Corvo tinha de começar outro quadro, ele ia a Rhyl para encontrar "inspiração": tomava um banho turco, almoçava e, por duas ou três horas, ele ia de carroça à beira-mar; em seguida, partia, em busca de "aventuras casuais". Mais de uma vez, eu sugeri, com malícia, que ele se daria melhor participando de um retiro espiritual. Suas competências linguísticas, até onde eu pude testá-las, estavam longe de ser substanciais. Ele afirmava saber latim, grego, francês, alemão e italiano, mas eu logo me dei conta de que ele sabia pouco ou nada de grego e alemão, e comecei a suspeitar de que também fosse assim

em relação ao resto. Quando resolvi aprender italiano (o estudo dos idiomas era um dos meus hobbies), Corvo não me encorajou de jeito nenhum; com frequência, eu pedia a sua ajuda, perguntando o gênero de um substantivo ou o tempo verbal de algum verbo irregular, mas ele nunca me respondia. "Eu já conheço o italiano," dizia; "você devia aprender línguas que eu não sei, de modo a aumentar nosso patrimônio de conhecimento das línguas estrangeiras em comum". Da mesma forma, ele se recusara a conversar em francês à mesa com um hóspede que era mais acostumado àquela língua que ao inglês. Mas talvez que lesse italiano e francês mais do que era capaz de falar essas línguas. Quanto ao latim, sabia o suficiente para ler os Missais e o Breviário sem dificuldade.

Em dada ocasião, lembro que falei, cruelmente, que ele tinha muito talento para fazer as pessoas crerem que ele conhecia a fundo matérias das quais tinha apenas conhecimento superficial. Ele tomou isso como um elogio e disse: "Essa é a arte de todas as artes".

Corvo declarava abertamente seu horror por répteis. Ele me contou que uma vez tinha entrado em transe depois de tropeçar num lagarto e que, naquela ocasião, quase fora enterrado vivo. (Esse episódio foi a inspiração de um conto que ele publicou na *Wide World Magazine*, sob o título *Como eu fui enterrado vivo*. Corvo afirmava que o primeiro parágrafo do conto, no qual fazia alusão a seu padrinho imperador, era autobiográfico.) Achei que essa era mais uma de suas invenções, mas depois me convenci de que deveria haver alguma verdade nela. Numa tarde de domingo, tínhamos saído para caminhar à beira do rio e, voltando para casa na hora da missa, não encontramos ninguém. Escalei a porta do quintal e alcancei a janela da cozinha: e, depois de destravar a porta para que Corvo pudesse entrar, fui lá para cima. De repente, ouvi um grito horripilante e corri para o andar de baixo. Nesse momento, encontrei Corvo na cozinha, branco como um fantasma, com os lábios trêmulos. Ele olhava fixamente, para alguma coisa que eu não vi de imediato. Segui o seu olhar e, embaixo da mesa, notei um pequeno sapo. Falei com ele, gritei para ele, mas Corvo não respondia. Peguei uma cadeira e o fiz sentar bruscamente nela, e ele ficou lá sentado por mais de uma hora, imóvel, exceto pela boca, que continuava a tremer. Quando ele se recuperou o suficiente para ficar de pé e caminhar, acompanhei-o até o estúdio e o deitei na cama. Então, imediatamente, caiu em sono profundo, e quando eu fui vê-lo na manhã seguinte bem cedo, para saber como ele estava, o encontrei ainda dormindo. Preferi não acordá-lo, e ele continuou a dormir até às onze da manhã sem se mexer nenhuma vez. Mais tarde, eu lhe fiz várias perguntas, mas ele disse que não se lembrava de mais nada desde o momento que vira o sapo.

Holden havia conhecido Rolfe bem de perto, e seu conto tem todo o fascínio de um testemunho direto; mas ele foi escrito por um rapaz que, na época dos fatos, era até mais jovem do que seus anos cronológicos. Consequentemente, Holden parece mais preocupado com seus próprios problemas do que com aqueles do homem estranho que o destino havia escolhido para lhe fazer companhia. Apesar disso, ele conseguira evocar Rolfe diante de meus olhos melhor do que todos os outros correspondentes e, ao mesmo tempo, respondera a minha questão mais urgente, já que Rolfe aparece pela primeira vez como um escritor, de fato, e não só nas intenções: sua mania de escrever carta após carta deve ter sido a pedra angular de seu talento literário, assim como as suas histórias fantásticas eram os sinais de uma imaginação incrivelmente fértil – embora também houvesse outras razões óbvias para elas terem existido.

A incrível amizade entre Rolfe e Holden continuou por quase dois anos; e, durante todo esse tempo, "padre Austin" continuou pacientemente a pintar os seus estandartes, que até hoje são motivo de orgulho da igreja no qual se encontram. Teria ele começado a se cansar dos seus serafins de seis asas, dos seus quatro arcanjos, dos "São Pedro em escarlate", dos "São Gregório em roxo", e (seu tema preferido) de "Santos de feições suaves", para usar as palavras de Chaucer? Parece que sim, porque, de repente, sua aventura de Holywell chegou a uma guinada perigosa. Podemos voltar para o testemunho de Holden:

> No começo de 1897, percebi que a relação entre Corvo e o padre Beauclerk ficara menos cordial. Minha tia me disse que o padre Beauclerk sempre falava do Corvo como "Meu velho lobo do mar", e estava ansioso para se livrar dele. Um dia, o padre Beauclerk veio nos visitar e, depois de ter me desejado bom dia, perguntou se eu queria dar uma caminhada de meia hora. Quando voltei, notei que alguma coisa estava errada. Assim que ficamos a sós, Corvo disse: "Logo vamos partir, eu e você". "A pé?", perguntei. "Não, numa carruagem de primeira classe", respondeu ele. Houve um longo silêncio, durante o qual Corvo parecia muito concentrado em seus pensamentos. Por fim, olhando-me de um jeito muito estranho, disse lentamente: "Você sempre estava presente durante as visitas do padre Beauclerk, e ouviu quando ele me prometeu um certo valor em libras (esqueci qual era a quantia) por cada estandarte que eu pintasse?" Então, respondi: "Muitas vezes eu estava presente quando o padre Beauclerk aparecia, mas nunca o ouvi dizer que pagaria nada por seus quadros. Sempre achei que estivesse mantendo você ocupado até recuperar sua independência. Essa é a primeira vez", continuei, "que você me fala sobre pagamento". "Então você se rendeu ao inimigo,

não é?", retrucou Corvo. Dessa vez, eu falei com muita calma. "Escute, Corvo", disse, "você sabe que, desde que o conheci, nunca perguntei nada sobre seus assuntos. Afirmo a você, com todas as letras, que não sei nada sobre nenhum acordo que você possa ter fechado com o padre Beauclerk. Se você tem uma briga com ele, não quero entrar nela". Ele me lançou um olhar que nunca vou esquecer. "Há algumas coisas neste estúdio que são suas", disse ele; "agradeço se você se livrar delas e for embora o quanto antes. Você vai voltar a ter notícias minhas." Essa foi a ruptura definitiva com Corvo.

Antes de transcrever a versão que o padre Beauclerk me passou sobre esses eventos, gostaria de citar mais uma vez uma parte do conto em que Rolfe relata o episódio da forma como o vira, ou pelo menos da maneira como tentava vê-lo; o principal vilão da história, obviamente, é o padre Beauclerk, que é descrito da seguinte forma:

> Sua religião consistia em princípios eternos que ele ia modificando para se adaptar às exigências da ocasião. Mas ele tinha um bom coração e boas intenções, e as mulheres diziam que ele era o homem mais gentil que elas já tinham visto; ele realmente foi assim até o meio dessa história, quando começou a se mexer tal qual uma marionete eletrizada... Almejava notoriedade e não ficava contente quando não podia pronunciar sermões grandiloquentes diante das pessoas; assim, ele organizava encontros religiosos nos quais andava empinado como um pavão, ou rastejando como um verme, de acordo com o seu humor, e que não eram nem reuniões como as do exército da salvação nem encontros eclesiásticos, nem uma coisa nem outra: mas ele tinha um modo de ser que era tão frenético, e tão prepotente, que conseguia monopolizar toda a atenção sobre si. Ele conseguiu que

o Zero pintasse uma série de estandartes para as procissões, com a promessa de que, se ele se contentasse por um tempo em trabalhar duro sem remuneração, a não ser a satisfação de suas necessidades básicas, mais tarde receberia um pagamento generoso. O Zero deu tudo de si nesse negócio, e trabalhou dia e noite, levando uma vida de cão à custa dos desmandos do patrão, esperando que, em algum momento, a situação melhorasse; e, passados quase dois anos, ele tinha feito uma série de pinturas eclesiásticas de um gênero que todos admitiram ser fora do comum.

Então, o vigário do Recanto do Bueiro se recusou a pagar pelo trabalho que ele havia feito. Falou que, como não havia contrato formal (o Zero sempre confiava na honra dos patronos clericais), não reconhecia qualquer obrigação de pagar os honorários, mas estava disposto a lhe dar algumas libras por caridade. Isso, o Zero recusou enfaticamente, e mandou um relato à diocese do vigário, a qual, por sua vez, convocou o clérigo para prestar as devidas explicações. Não se sabe exatamente que tipo de explicação Sua Reverência deu... mas, em seguida, instruiu o Zero a registrar por escrito sua reclamação para a análise episcopal. Seguindo esse conselho, o Zero escreveu que o vigário recebera dele obras que incluíam cento e cinco imagens; que ele (o vigário) tinha recebido dez guinéus de um doador particular por uma dessas cento e cinco imagens; e que, com base nesse cálculo, a avaliação para essa série tinha sido de mil e cinquenta guinéus. Mas, acrescentou ele, por esse trabalho incessante e doloroso de vinte e um meses, poderia aceitar honorários de setecentos guinéus; e, dessa quantia, ele faria uma oferta às instituições de caridade do vigário de duzentos guinéus. Ademais, para mostrar que estava apenas lutando pelo princípio de que tinha direito ao seu salário honestamente merecido, e não pretendia insultar as instituições de caridade às quais oferecera ajuda, ele disse que aceitaria *qualquer quantia* como honorários, até mesmo uns trocados. O vigário respondeu que ele não pagaria nem um centavo, a não ser a título de caridade e amizade; e então o Zero falou com um advogado para que enviasse uma notificação de pagamento para o valor integral da obra em questão. Depois de um mês, o vigário realmente recuou e, alegando pobreza, ofereceu a quantia de cinquenta libras de honorários. O Zero aceitou, e, de acordo com a promessa que fizera, transferiu tudo para uma instituição de caridade daquela diocese: ele obtivera o que queria e agora desejava mostrar seu desapego; e, então, sem muito alarde, ele se juntou à equipe do jornal local, pretendendo viver de jornalismo até que dias melhores chegassem.

Mas aqui ele calculou mal, sem levar em conta o vigário, que perseverou em levar a cabo suas ameaças de arruiná-lo e de se vingar: primeiro, através de conselho e depois por meio do exemplo. Começou a difamar o dono do jornal em que o Zero trabalhava, depois o próprio jornal; em seguida, continuou com o boicote evidente, recusando-se a oferecer os ritos da Igreja ao Zero. Fomentados por essa fagulha sagrada, os paroquianos do vigário retiraram seus anúncios publicitários do jornal; seus agentes literalmente roubaram o Zero e o dono do jornal e maquinaram contra seus negócios, tudo com o conhecimento e o consentimento tácito do vigário; os comerciantes se recusavam a abastecer com seus produtos... e o vigário levou o Zero ao tribunal por causa de uma dívida contraída pelo próprio vigário. Mas o Zero manteve seu equilíbrio habitual e o comportamento de sempre; e ele se limitou a publicar no jornal cada vilania que recebia do vigário e de sua gangue, e a incitá-los à fúria, recusando-se a responder às suas cartas. Ficou como sempre fora, indiferente, sem se importar com cada manifestação de ódio maligno de seus inimigos.

"O ódio maligno dos seus inimigos!" Mesmo sem as cartas que o padre Beauclerk me enviou, eu teria percebido, sozinho, quanto Rolfe era inimigo de si mesmo. As palavras de Vincent O' Sullivan voltaram à minha mente: "Um homem que não tinha o menor senso da realidade". Isso era verdade. Em um certo momento da sua vida, uma espécie de véu caiu na mente de Rolfe e ele começou a se ver como uma figura pitoresca permanentemente lutando contra os inimigos invejosos do seu talento. Dessa forma, Rolfe compensava sua exasperada sensação de fracasso, sua pobreza, sua falta de habilidade para dominar as circunstâncias do jeito que ele queria. Mas nem sempre foi assim. Na vida de quem fica à beira da insanidade, há momentos de autorrealização, momentos em que uma voz interior sussurra: "É você quem está errado. Os outros estão certos". Pelo que li nas cartas daquele período, apesar de sua convicção constantemente expressa de estar completamente certo o tempo todo, Rolfe tinha momentos de lucidez, quando, então, via as coisas como elas eram. Mas esses momentos passavam; as cortinas se fechavam de novo e, mais uma vez, ele era "o Zero", rodeado de inimigos. Em suas cartas, há o testemunho de um dilema interior bem mais profundo do que aquele que ele tinha a impressão de revelar quando escrevia.

Loyola House
15 de março de 1896

Caro padre Beauclerk,
Muito obrigado por sua carta de boas-vindas e por seus vales-postais. E também pelo desencorajamento de que eu certamente precisava. Se fiquei entusiasmado sem razão,

me desculpe. Vou tentar não fazer isso de novo. Mas não pude evitar algum contentamento com o que fiz, porque senti que superara muitas dificuldades. Ao mesmo tempo, sei que não atingi o objetivo. Eu nunca o atingirei, pois o objetivo está sempre mais alto. Tudo o que eu queria dizer é que dei um pequeno passo à frente. Também não reclamo para mim o menor crédito por isso: os santos se dignaram a deixar cair sobre mim uma parte de seu esplendor. Quanto mais correspondo de modo mais completo às graças que eles prodigalizaram, mais belas se tornam minhas obras. A verdadeira dificuldade para um miserável mundano como eu é me desprender de mim mesmo. Certa vez encontrei um hipnotizador que tentou me hipnotizar, mas eu despertei do transe cataléptico justamente por causa do meu forte egoísmo. Também não é por falta de vontade que eu fracasso em meus objetivos. Eu fracasso porque não consigo me concentrar durante todo o tempo que se faz necessário. Os rostos? Eu sei. São só a sombra do que eu já vi. Mas não consigo mais alcançar a verdadeira imagem deles, talvez por causa de pressa, respeito humano e preocupação. Eu sei, caro padre Beauclerk, que minhas preocupações mundanas são muito graves. Sinto que devo me livrar delas ou explodir. Por isso meu caráter se tornou violento e raivoso; por isso reagia explosivamente àquilo que considero pequenos aborrecimentos, e faço cobranças ao meu próximo com uma torrente de insultos, em todas as línguas. Depois eu peço desculpas por aquilo, mas a raiva me deixa enfraquecido na mente e no corpo. É o Mr. Hyde que surge dentro de mim. Mas eu me esforçarei para não pintar mais figuras com caras feias ou repugnantes; e rezarei para que elas fiquem bem. Acho que poderia melhorar se minha mente fosse límpida, na verdade eu *sei* que poderia. Mas talvez valha a pena melhorar para vencer todos os meus obstáculos! Eu tentarei de novo. Durante

a Semana Santa, haverá um retiro espiritual em Manresa.
Meu primeiro e último retiro foi em 1886.
Seu filho fiel em Cristo,
F. A.

P. S. Vejo que fracassei mais uma vez em não conseguir pôr no papel o que realmente queria dizer. É essa eterna corrente, essa incapacidade de alcançar meus objetivos que me deixa irritado: e eu fervo por dentro de raiva ainda mais, porque, exteriormente, eu insisto em manter uma postura de marmórea impassibilidade, que as pessoas interpretam como orgulho e cinismo!!! (como um de seus padres disse, de modo cortante, "Tenho medo de que ele seja um gênio"! *Medo*!!!!) Anexa está uma litania que compus. Está mal-feita *causa incapacitate mea* (não sei mais escrever em latim!), mas você devia me ouvir tocá-la. É um dueto para barítono e contratenor com um coral, e deve ser acompanhada por um conjunto de cordas. Há um magnífico instrumento denominado cítara, ou teorba, que, usado na composição, faria você desmaiar de emoção. Mas soaria adorável se fosse tocado em seis pequenas harpas numa procissão. Se você conseguir alguém bom para tocá-la para você, teria uma ideia do que estou falando; e, se você gostar dela, posso oferecê-la de presente a você. Seria um prazer. No passado, compus peças melhores que agora estão em Oscott, iluminadas sobre pergaminho; mas, na época, eu era jovem, e não tinha vivido dez anos de inferno naquele tempo.

Abaixo está a versão do padre Beauclerk:

Do presbitério de Accrington

Corvo veio a mim pedindo trabalho, atraído pelo fato de que o Santuário estava prosperando graças às minhas ações, no sentido de começar a oferecer diariamente horários públicos de missa no Poço. Fiz um acordo com ele segundo o qual eu lhe daria a oportunidade de se manter e ter abrigo e hospedagem, além de fornecer todos os materiais, se ele quisesse pintar estandartes para o Santuário. Ele ficou alojado num lugar confortável, com uma boa senhora de Lancashire, que o tratava com grande gentileza.

Ele já devia ter pintado uns dez estandartes para mim quando um dia, me pediu a soma de cem libras. Quando lhe assegurei que não podia dar essa quantia a ele, visto que eu estava seguindo ordens do meu superior na hierarquia religiosa, ele replicou dizendo que a ordem à qual pertencia (os jesuítas) tinha muito dinheiro. Então, ele me mandou uma conta de mil libras, e eu levei o caso às mãos de um advogado de Liverpool. Ele ofereceu a Rolfe cinquenta libras e cobrou dez para seus honorários; e, para a minha surpresa, Rolfe aceitou.

Mas, a partir daquele momento, ele declarou guerra. Uma revista local, a *Holywell Record*, havia sido fundada por um especulador chamado Hochheimer, e Rolfe pediu para ser contratado, o que logo aconteceu, graças ao seu talento literário. Ele derramou nessa publicação todos os seus pontos de vista e mágoas. Construiu uma história altamente ilusória sobre minha suposta hostilidade, que, de fato, só consistira na recusa de mudar os termos do nosso acordo inicial, segundo o qual minha única obrigação era fornecer-lhe apenas o que ele precisava para viver.

Sua afirmação sobre eu tê-lo "excomungado", perseguido e ameaçado é ridícula e desprovida de fundamento. Na verdade, foi ele que se gabou que havia preparado e obtido meu afastamento de Hollywell. Meus superiores me transferiram em setembro de 1898, depois de Rolfe ter escrito cartas contra mim ao bispo da diocese, e até

ao meu superior geral em Roma. Em *Adriano VII*, você pode me encontrar atuando em dois papéis. No primeiro, apareço como aquele "detestável e enganoso Black, que primeiro veio me bajulando e, depois, me roubou meses e anos de trabalho". Veja na página 15. Nas páginas 273 e seguintes, eu me torno o general dos jesuítas, o Papa Negro, Padre St. Albans (nós, do clã de Beauclerk pertencemos à família do Duque de St. Alban). A entrevista lá descrita, em que Adriano discursa contra os jesuítas, é caracteristicamente venenosa e engraçada, e se conclui com as seguintes palavras: "O padre. St. Albans parecia uma mulher gorda e anêmica"!
Na página 30, Rolfe conta como o cardeal Vaughan (que, como eu, ficara impressionado com seu aparente talento artístico) o encarregou de fazer uma série de quadros. Por alguma razão, Vaughan cancelou a encomenda e, desde então, Rolfe o coloca junto comigo no grupo dos "canalhas" que o haviam defraudado. Mais abaixo, na mesma página, você pode ler uma invectiva dele contra mim. "Um padre degenerado e sem juízo me pediu para fazer uma série de quadros. Trabalhei por dois anos e minha produção foi avaliada em mil e quinhentas libras; ele a vendeu exatamente por esse preço. Bom, nunca recebi um centavo." E qual era a verdade? Por dois anos, Rolfe morou numa casa confortável, graças à qual ele teve a oportunidade de mostrar seu talento aos muitos visitantes e padres que frequentavam o Santuário, e mais ainda, como eu disse a ele, ele tivera ampla liberdade para escrever e, assim, ganhar dinheiro por si mesmo.
E veja a maluquice do homem! Quando eu lhe perguntei como ele havia calculado a soma de mais de mil libras que ele me cobrou, ele respondeu: "eu contei as imagens nos estandartes que pintei, cheguei à conclusão de que havia cem delas. Cobrei dez libras por cada cabeça de figura." Agora os fatos são estes: havia por volta de dez

estandartes pintados e, em cada um, havia uma única figura, mas ele tinha feito um estandarte maior no qual estava retratado um grupo de pessoas ao fundo, cujas cabeças eram do tamanho de um dedal! Quando perguntei como ele justificava a valorização das figuras a dez libras a cabeça, ele me lembrou que eu lhe contara que um visitante tinha me dado dez libras por um estandarte de St. David! Na página 324, Rolfe desabafa inteiramente seu ressentimento pelas minhas inúteis tentativas de me tornar seu amigo, definindo-me como um "detestável canalha". Logo depois, há uma história completamente inventada. "O que aconteceu com o padre malvado? Quer dizer, o padre mau? Ele está arruinado, como tínhamos previsto. Persistiu em seu comportamento criminoso, até que o bispo o descobriu. Desde então, sua carreira foi interrompida e ele desapareceu por um tempo numa clínica de saúde, ou algo assim. Ele está numa das colônias, agora". Na realidade, fui mandado, por dois anos a Malta, onde atuei como capelão do exército. Graças a Deus acabei de completar setenta e seis anos e ainda estou muito ativo; tenho ainda mais compromissos agora do que tinha na minha querida e velha Holywell.
Ouvi que Rolfe cometera suicídio; isso é verdade? Na época em que o conheci, ele usava o nome de Austin. Que desperdício de talento esse homem era!

Atenciosamente,
Charles S. De Vere Beauclerk, S.J.

Holden me contou, em muitos detalhes, com quanta ferocidade Rolfe havia perseguido sua vingança após o rompimento definitivo:

Corvo fora contratado no *Holywell Record* e, por meio de suas colunas, começou a atacar todos a quem ele havia decidido chamar de inimigos. Ele atirava para todos os lados, sem distinções. Agora eu sabia o que ele queria dizer com "conhecimento é poder". Tudo o que ele tinha ouvido de forma confidencial e que foi pedido para manter em segredo foi gritado aos quatro ventos pelo *Holywell Record*, do qual Corvo, agora, parecia ser o dono, e que usava para seus próprios objetivos pessoais, causando muitos problemas em Holywell e nos arredores. Voltei a ter notícias dele, como ele prometeu. Entre as poucas coisas pessoais que eu havia dito a ele, estava uma fuga de que só a minha tia sabia. (Eu havia saído em turnê pela província por dois meses como ator. (Na verdade, mais para ir atrás de uma atriz pela qual eu estava apaixonado do que pela paixão pelo teatro.) Corvo falou do episódio no jornal e a notícia chegou aos ouvidos da minha mãe. Uma vez minha tia nos contou sobre um evento havido dez anos antes. Eu peguei essa história e a transformei num conto cômico, situando a cena na Espanha; Corvo tinha gostado dela e a usou em *Histórias contadas por Toto*. Trata-se do conto *Como alguns cristãos se amam entre si*. Minha tia é representada como a pessoa que foi ajudar a "respeitável mulher na sua hora de necessidade". Algumas pessoas envolvidas na história ainda estavam vivas a essa altura, e Corvo as informou de que ele estava ciente de seus segredos.

Fiquei furioso por causa desses ataques traiçoeiros. Nossas desavenças anteriores sempre tinham um lado bem-humorado, que, no final das contas, as tornava divertidas, mas dessa vez a questão era séria de verdade. No dia 12 de junho de 1897, Corvo escreveu à minha tia: "Cara Sra. Richardson. Pode continuar a instigar seu sobrinho a me escrever cartas ameaçadoras. Assim, fico feliz de ter a sua confissão por escrito, dizendo que você está boicotando a *Record*, seu dono e sua mulher, só porque trabalho lá. Sem dúvida, a senhora acha que sua ação criminosa arruinaria a *Record* e levaria a mim

e meu patrão para o hospício... Se essa é a sua ideia, só desejo que sirva bem a você. Mas lembre-se de que, cada iniciativa que vocês, irlandeses, fazem contra mim, ou meus amigos, será vista como se fosse incitada pelo conselho e o exemplo do padre Beauclerk, e todos os atos serão revidados com um novo modo de vilania dele. Não lutaremos contra mulheres e crianças, mas com aquele homem sem escrúpulos que se aproveita de vocês. No entanto, você é muito mais útil para meu trabalho como escritor. Aliás, você ainda não me mandou minhas roupas. Sinceramente, F. Austin."
Pedi logo que uma das garotas fizesse uma trouxa das roupas de Rolfe e a levei até o escritório de seu advogado. Então, joguei-a no chão, aos pés de um recepcionista embasbacado, e falei: "Diga ao seu mestre que eu trouxe mais roupa suja do cliente dele para ele lavar". Certa vez, na Well Street, deparei com Corvo e o detive. "Corvo, isso tem que parar", falei; "se não parar, vou fazer uma besteira com você". No mesmo dia, recebi uma carta na qual me informava que tinha mandado o seu advogado preparar uma notificação por ameaça verbal. A isso, respondi: "Diga ao seu advogado para esperar mais vinte e quatro horas e emitir uma notificação por agressão. Você só vai precisar aparecer por aí para depois ter a satisfação de me ver na prisão". Naquela hora, fui para a sede do jornal. A porta tinha sido aberta pela senhora Hochheimer, a qual me disse que Corvo e o marido dela estavam fora. Eu disse a ela a razão de minha visita. Ela se debulhou em lágrimas e disse que ela e o marido não tinham paz desde que Corvo havia entrado na vida deles, e que ele arruinara a *Record*. Fiquei perambulando pela cidade o dia seguinte inteiro à procura de Corvo, mas não o encontrei. Alguns dias depois, eu saí definitivamente de Holywell e nunca mais o vi.

Deve ter sido mais ou menos nessa época que o monsenhor Dey o vira, uma figura esquelética e sombria, apontando o seu dedo acusador contra o padre Beauclerk enquanto ele estava passando em procissão para pregar no Santuário. Um conto não publicado que deve ser da mesma época começa da seguinte forma: "Escrevo o seguinte na fervente esperança de que eu consiga atingir um jesuíta. Queria que algum de seus irmãos lesse essa história e que ela o fizesse sofrer". Muitas das cartas recriminantes que o padre Beauclerk concordou em me mostrar eram assinadas por F. W. Hochheimer, o dono da *Record*, embora a caligrafia fosse, sem dúvida, a de Rolfe. Algumas são cômicas, patéticas e infantis ao mesmo tempo; diferente do que contara na história do "Zero", Rolfe não apenas tinha respondido, como também escrevera quase todos os dias; era ele, e não o padre Beauclerk, que estava furioso com o silêncio do seu inimigo. Correndo o risco de deixar a minha narrativa mais pesada, cito mais uma carta não assinada, mas escrita, sem dúvida, por Rolfe.

The Record Publishing Co.,
Record Office, Holywell, Wales
18 de junho de 1898

Caro padre Beauclerk,
Lamento dizer que os problemas do senhor Austin passaram do ponto, então me senti compelido a voltar a ser o editor do *Holywell Record*, uma vez que já não o considero mais capaz de responder, com competência, às cartas enviadas a ele. Ele decidiu, desde quarta-feira de manhã, fazer um jejum com o único objetivo, acredito, de criar um escândalo, uma maneira de proceder que eu não aprovo. Atualmente, não estamos sem comida na casa, mas estivemos várias vezes durante os treze meses que você nos boicotou, e, portanto, não achando motivo

para tal conduta, discordo dela e quero me desassociar de qualquer consequência ruim que isso possa causar. Peço que faça uma visita pastoral a ele, mas não posso garantir que você seja bem recebido.

Frank W. Hochheimer

A virulência dos artigos de Rolfe provocou uma queda nas vendas, e, em meados de 1898, o edifício inteiro dessa estranha rixa de província desapareceu. Quando o jornal parou de funcionar, Rolfe se mudou para um abrigo, de onde continuou a espalhar, da melhor maneira possível, a história das "injustiças" que haviam feito com ele, agora totalmente fixadas em sua mente distorcida. Deve ter sido quase um alívio para o padre Beauclerk quando seus superiores, preocupados com os escândalos e as rivalidades que ameaçavam a reputação da fonte milagrosa, retiraram-no de lá e o colocaram em outra região onde podia ser útil. Rolfe tinha conseguido uma vitória sem honra e teve de pagar o preço correspondente mais tarde, naquele ano, quando a matéria dele publicada na *Wide World* deu abertura aos seus inimigos para atacá-lo. Com o desaparecimento de cena do padre Beauclerk, não havia nada mais que mantivesse o padre Austin no País de Gales e, então, com todas as suas posses numa trouxa amarrada num galho, o "católico andarilho e infeliz" começou uma caminhada de Flint para Oxford, para visitar o doutor Hardy no Jesus College — talvez o único amigo com quem, durante toda a sua vida tormentosa, ele nunca brigou.

Nos anos seguintes, Rolfe frequentemente falava de sua aventura em Holywell como o fim da sua segunda carreira. A primeira tinha sido a Igreja, e ele fora afastado daquilo; a segunda fora de pintor, e ele tinha sido roubado do quinhão que lhe cabia. Depois de deixar de lado tanto a batina como o pincel, ele decidiu dedicar-se à pena.

8
O HISTORIADOR INCOMUM

Nota

Entre os privilégios de um biógrafo, está a pretensão de onisciência a respeito da pessoa de quem conta a vida. E, quando há material suficiente disponível, é possível ter um conhecimento muito próximo da totalidade. O testemunho das cartas de um homem e suas obras e o de seus contemporâneos às vezes possibilitam, quando o material é cotejado com os fatos e analisados criticamente, escrever com segurança sobre a vida de uma pessoa. No presente estudo, foi empregado um método diferente. Até agora, coloquei diante do leitor não o resultado de minhas pesquisas mas, sim, minhas próprias pesquisas tal como estavam gradualmente se desenvolvendo; e acredito que esse método tem seu uso justificado para a vida de um homem tão excepcional quanto Rolfe. A verdade assume várias formas, e a dramática alternância entre luz e sombra em que a figura de Barão Corvo veio se formando diante de meus olhos tem mais valor como verdade do que qualquer testemunho pessoal. Tentei, de acordo com isso, não me tornar o advogado de Rolfe, mas, sim, um juiz imparcial que lança luz em todos os aspectos do caso, no interesse de um júri imaginário. Entretanto, chegou o momento em que a adoção desses métodos deixa de ser apropriada, por enquanto. As notícias sobre a vida de Rolfe depois do episódio de Holywell chegaram a mim em fragmentos, de forma esparsa, por um longo período. Apresentá-las na mesma ordem em que as recebi testaria de uma forma tão séria a paciência do leitor que o conhecimento resultante disso não seria recompensa suficiente. Nos capítulos seguintes, mesmo respeitando a estrutura original da minha pesquisa, combinei muitos testemunhos e informações obtidos por diversas fontes em um único relatório coerente e cronologicamente organizado.

Poucas vezes um homem tentou conquistar Londres em condições mais desesperadas do que Rolfe, pobre, decepcionado e sem amigos, e com um histórico de fracassos como pintor, como padre, como fotógrafo e com uma existência que se tornou ainda mais pesada, por causa de sua personalidade colérica. Malvisto pelas autoridades eclesiásticas, e ainda sob o efeito do ataque do *Free Press*, ele não tinha mais nada que pudesse ajudá-lo, nem mesmo a juventude, a única força que poderia equilibrar seus infortúnios. Ele tinha quase quarenta anos, a idade em que a maioria dos homens que são predestinados a fazer diferença no mundo já deixou suas primeiras marcas. Mas Rolfe não havia deixado marca alguma: o mundo tinha pisado nele, e não o contrário: na verdade, era difícil imaginar uma vida que tivesse deixado menos marcas do que a dele. Mesmo assim, havia três coisas a seu favor. Em primeiro lugar, estava acostumado a suportar situações bastante adversas, o que contribuiu para que aceitasse a pobreza com a serenidade e a dignidade típica de muitos artistas. Sem dúvida, é mais fácil suportar a pobreza com a qual já se está acostumado do que sofrer uma privação repentina. Se, por um lado, ele não tinha dinheiro, por outro não tinha as responsabilidades cotidianas que acorrentam a vida da maioria dos homens livres. Em segundo lugar, sua excelente e ainda intacta forma física e seu gosto pelo aspecto material das coisas lhe permitiam, quando ele não estava passando fome, vivenciar o mundo ao seu redor como algo excitante e imediato. Em terceiro lugar, ele possuía um talento verdadeiro, muito escondido por trás das moitas de suas outras aspirações, mas que agora estava prestes a se manifestar. Mesmo assim, a armação que ele vestia para se opor ao seu destino sem sorte continuara muito fina.

Seu único conhecido no meio literário de Londres (se é que o termo pode ser usado para designar alguém que ele nunca tinha visto pessoalmente) era John Lane. Lane não era um homem comum; era um autodidata e ex-funcionário da ferrovia que se tornara, gradualmente, um editor de alto nível. Ele havia introduzido novos métodos no setor editorial e publicado muitos livros bons. Talvez ele tivesse mais intuição para os homens que para a literatura; mas, graças a essa característica, junto à sua hospitalidade, ao faro natural e à boa sorte para os negócios, ele havia alcançado prosperidade e algum poder. Entre suas publicações mais memoráveis, estava *Yellow Book*, uma revista de arte e literatura que representava (na verdade, de uma forma distorcida), a nova geração daquela época. A década de 1880-1890 foi um período cheio de novas ideias e jovens talentos; qualquer novidade era levada a sério e qualquer um podia expressar a própria opinião. Talvez tenha sido exatamente por isso que Henry Harland, o editor literário do *Yellow Book*, aceitou publicar seis contos que "Frederick Barão Corvo" mandara do País de Gales.

Mas os contos mereceram essa aprovação e essa aclamação por mérito próprio. Apesar de ser o primeiro esforço literário sério de Rolfe, seu talento já era evidente. Em *Histórias que Toto me contou* há tanta originalidade em termos de estilo e prospectiva que tanto os céticos, como os devotos ficaram encantados. Basicamente, trata-se de antigas lendas sobre o folclore de santos católicos contadas por um tal Toto, um jovem camponês italiano, criativo e vivaz. Sua bizarra atribuição de características humanas a santos que desempenham funções celestiais lembrava irresistivelmente ao leitor, mesmo sem irreverência, os deuses do Olimpo. O interlocutor de Toto é seu patrão inglês, o barão. A peculiaridade de sua linguagem se expressa por uma mistura de arcaísmos e palavras distorcidas. Nenhum resumo pode fazer justiça a essas fábulas modernas que Rolfe, como ele mesmo disse ao irmão, "reescreveu nove vezes, em homenagem às nove hierarquias dos anjos". Os contos não passaram despercebidos nas páginas do *Yellow Book*; pelo contrário, a recepção deles foi tamanha que incentivaram Lane a republicá-los num livreto junto com *O hipócrita feliz*, de Max Beerbohm, que também havia despertado grande interesse em sua primeira aparição no *Yellow Book*. Lane foi mais longe que isso: encorajou o autor desconhecido a escrever um segundo conjunto de *Histórias que Toto me contou*; e foi com esse tipo de perspectiva que Corvo se preparou para sua viagem a Londres.

Numa segunda-feira de manhã, em fevereiro de 1899, o Barão Corvo se apresentou pela primeira vez aos olhos perplexos do seu editor. John Lane (que Rolfe descreve como "um um homenzinho barrigudo e redondo, vestido de forma impecável, e parecendo que tinha sido amamentado com cerveja de má qualidade") confrontou-se com uma figura magra, envolta numa capa surrada, que poderia esconder qualquer coisa ou até mesmo nada, alguém que falava com uma "frieza ártica, que contrastava estranhamente com seu traje horroroso e desleixado", em outras palavras, ele tinha muito em comum com um espantalho e nada com um Barão. Rolfe nos deixou uma descrição do encontro: "O editor estava curioso em conhecer o escritor cujo primeiro livro ele tinha publicado. O escritor, por sua vez, tinha tanto interesse nele quanto o interesse que se tem por um instrumento escolhido ao acaso para abrir o caminho da sorte; ele não tinha nenhum medo dentro de si e sabia exatamente o que queria. E "o que queria" tinha a ver com a segunda série das *Histórias que Toto me contou*, encomendadas no ano anterior, e que ele enviara já fazia nove meses. O escritor não tinha recebido notícias sobre o material desde então, e agora pedia que os "termos da publicação fossem decididos sem mais delonga". Mas, por trás desse pedido, como Lane não demorou em antever, haviam muitos pontos não esclarecidos.

Lane tinha uma personalidade impulsiva. Ele podia ser duro, mas também muito humano. Não desrespeitaríamos a memória dele se lembrássemos quantas vezes deixou os autores que publicava esperando demais por seus pagamentos; mas também é preciso dizer que frequentemente apoiava a publicação de livros que ele sabia que representariam uma perda para ele, ou patrocinava escritores cujo trabalho nunca lhe daria retorno financeiro. Diante do Barão, que era arrogante, apesar do seu aspecto abatido, que confessou a ele que não tinha amigos nem dinheiro, Lane, por piedade, elogiou os contos e passou a ele os nomes de outras editoras, colocou em sua mão uma moeda de vinte xelins, aconselhou-o a entrar em contato com Henry Harland, prometendo que, no dia seguinte, eles chegariam a um acordo em relação à publicação. Barão Corvo deixou o escritório em êxtase de euforia.

Mas, na manhã seguinte, os sonhos do dia anterior se esvaíram. Lane tinha mudado completamente seus impulsos da noite para o dia e agora ele oferecia só vinte libras como preço de compra para as novas *Histórias que Toto me contou*, em que Rolfe tinha depositado todas as suas esperanças. Ele podia e devia recusar. Mas tinha demorado quase um ano para obter essa oferta e, se ele tivesse começado a negociar com outra editora, talvez tivesse de esperar por um tempo parecido. A perspectiva de receber um cheque de imediato era irresistível. Então, escondendo seu desapontamento por trás de uma expressão impassível, Rolfe aceitou a oferta e saiu da editora dez libras mais rico; Rolfe ganharia mais dez libras quando o livro fosse lançado. Era um péssimo negócio, e ele nunca perdoou o homem que o obrigara a aceitá-lo.

Onde e como Corvo viveu nesse período? (Quase no sentimos tentados a acrescentar, e por quê?) Não há pistas que nos ajude a descobrir qual bairro de Londres o abrigou de sua pobreza e de sua raiva; mas pelo menos ele não se desesperou. O conto autobiográfico no qual ele procurou consolo para todas as injustiças que lhe fizeram nos informa que, voltando para casa depois do encontro com Lane, ele comprou uma luminária, uma lata de óleo, uma resma de papel branco comum, uma resma de papel mata-borrão, um pote grande de tinta Draper Dichroic, um caderno japonês e uma caneta-tinteiro com cem mililitros de tinta. Com essas pequenas armas, ele renovou sua guerra contra a pobreza e contra a indiferença do mundo.

Ele tinha esperanças em Harland. O diretor editorial do *Yellow Book* e seus amigos haviam ficado fascinados com o ambivalente barão, uma figura incrivelmente desleixada que havia aparecido nos chás das cinco deles, na Cromwell Road. Aquele andarilho franzino que nunca sorria, com nariz adunco, com sua barba à Vandyke, que sempre vestia calças de veludo e jaqueta, uma capa incrível e um manto murcho, com seus anéis estranhos e uma forma de falar mais estranha ainda, devia ser um homem fora do comum. Durante as conversas, ele ficava cabisbaixo, mas levantava os olhos abruptamente para desconcertar quem o interrompia. Falava sobre os assuntos mais variados, mas, apesar disso, sempre havia uma ligação sutil entre os assuntos. Num momento de sorte, você podia ouvir um surpreendente panegírico sobre os Bórgia ou uma vívida descrição da Roma moderna, uma profissão de fé católica ou uma amarga acusação aos católicos contemporâneos. Ele era uma mina de conhecimentos litúrgicos. Outras vezes, falava por horas, de seu passado, de suas privações, de suas pinturas e de seus inimigos. Ele dizia ser um sacerdote e um Barão. Admitia não ter amigos e que por por uma série de razões fora traído cinicamente por todos aqueles em quem havia confiado. Quando começava esse tópico, era difícil detê-lo, e um observador moderno logo teria enxergado nesse comportamento uma mania de perseguição. Apesar disso, evidentemente, era um homem talentoso; tanto por causa disso como por causa do mistério que envolvia suas origens, Barão Corvo foi tratado com respeito por Harland e pelo seu círculo.

Se, por um lado, isso podia satisfazer sua vaidade, por outro Rolfe continuava sem dispor de meios de sustento. Ele atormentava os diretores de jornais com artigos não solicitados, e as editoras para trabalhar como leitor (ou, nas palavras dele, "pedia uma chance de mostrar sua habilidade na avaliação de literatura comercial"). Poucos prestavam atenção nele, menos pessoas ainda o empregaram; e ele foi obrigado a viver de laranjas e mingau. Estava às portas do desespero quando encontrou Grant Richards, um jovem editor à procura de novos talentos.

De certa forma, nesse encontro, ele teve sorte. Grant Richards lera e adorara as *Histórias que Toto me contou*, e estava ansioso para avaliar mais obras do mesmo autor. Nada se sabe sobre a primeira reunião entre o jovem editor e o pseudo barão; mas dela saiu um livro, algum tempo depois. "Frederick Barão Corvo" foi contratado para escrever uma história da família Bórgia da origem até a decadência, que deveria ser mesmo uma mixórdia de retratos vivos e crônica erudita. É interessante especular como Rolfe, durante a sua vida conturbada e errática, conseguiu adquirir conhecimento suficiente sobre a história italiana. Seria esse o legado daqueles meses passados em Roma? De toda forma, ele estava em posição de garantir a Richards sua competência, pois havia estudado com os melhores mestres: seus próprios desejos e sua própria curiosidade — e, com esses mestres, aprende-se rápido.

Como pagamento, ele receberia uma libra por semana, por não mais do que sete meses), dez libras no momento da publicação e vinte e cinco libras se saísse uma segunda edição. Em troca, ele cedia, em caráter irrevogável, todos os direitos de sua obras. Não eram termos muito generosos, mas fora o próprio Rolfe que sugerira, e de qualquer forma foram as melhores condições que ele conseguiria em toda sua vida. Pelo menos esse acordo assegurava-lhe um teto sobre a cabeça por metade de um ano e, acostumado como estava com as dificuldades, Rolfe achou que podia viver com os valores propostos, os quais ele esperava complementar com alguns trabalhos extras. Assim, o contrato foi assinado, e o estranho acadêmico pôs mãos à obra.

Com qual ritmo ele procedia, isso podemos saber graças à suas próprias palavras:

Clube Hogarth, Bond St. W.

Caro senhor Richards,
Consegui sobreviver a primeira semana com apenas dezoito xelins e dez pence, o que eu considero um pequeno triunfo! Consegui isso graças a uma ideia simples: cortei o jantar. E isso me deixou cheio de vontade de trabalhar. Depois do horário de encerramento do British Museum, as noites parecem intermináveis; será que você pode me mandar algo para ler, a fim de deixá-las menos entediantes? Por exemplo, manuscritos, e não espero que você pague por esse serviço a não ser que queira fazê-lo. O que eu quero é ler, hoje e sempre.

Atenciosamente
Barão Corvo

Por semanas, o estranho e desleixado barão foi para o British Museum, lendo e anotando o dia inteiro. Mas, como escreveu logo depois, "ninguém pode trabalhar dezoito horas por dia, durante sete dias da semana, com pouca comida e sem recreação alguma." O contrato fora assinado em novembro de 1899. Três meses depois, Rolfe escreve a seguinte carta para Richards:

Jesus College, Oxon,
XXVIJ de fevereiro de 1900

Caro senhor Richards,
O livro sobre os Bórgia está progredindo. Gostaria muito de ter as fotografias dos vários retratos etc. que selecionei há algumas semanas; acredito que, com elas na minha frente, trabalharia melhor; elas tornariam a atmosfera ao meu redor mais humana e me ajudariam a trabalhar sem problemas, desde que minha saúde suporte esse esforço. Posso afirmar que viver com uma libra por semana, trabalhando tão intensamente, é uma tarefa muito difícil; posso sugerir que aumente meu salário semanal para trinta xelins? Esse aumento me pouparia de muitas preocupações mesquinhas. Naturalmente, não proponho, nem por um momento sequer, uma alteração no acordo que tínhamos feito, mas tão somente que os dez xelins adicionais sejam considerados uma antecipação do valor que o senhor me pagaria pela publicação.
Ficaria muito grato se considerasse minha proposta o quanto antes, pois o trabalho do livro é muito maior que qualquer um tenha imaginado e exigirá de mim um esforço muito mais árduo do que eu próprio havia imaginado.
Estou há alguns dias, no Jesus College, como hóspede de um velho amigo, E. G. Hardy. Pode enviar sua carta de resposta até terça-feira, aos cuidados de Hardy e endereçada a mim.

Atenciosamente
Barão Corvo

Esse pedido modesto e um pouco patético ficou sem resposta. Talvez o jovem editor, ocupado com algum negócio importante, não quisesse ou não pudesse ir além do contrato. A falta de dinheiro não era, entretanto, a única preocupação de Rolfe. Sua consciência de artista estava preocupada com o risco de redução no número de ilustrações planejadas para seu livro; ele batalhara pelos retratos e medalhões como um gato selvagem briga por sua cria, explicando em longas cartas cheias de paixão que apenas a pobreza o impedia de pagar por sua própria conta. Com uma libra por semana, certamente não teria condições de arcar com as chapas de impressão.

Enquanto isso, ele tinha encontrado uma casa. Edward Slaughter, um advogado católico de quem ele fora tutor treze anos antes, estava entre as poucas figuras com quem Rolfe tinha uma boa relação. Uma tarde, os dois amigos se encontraram casualmente na Bond Street, e Rolfe foi convidado por seu antigo aluno a jantar no dia seguinte em sua casa, em Hampstead. Os encontros se tornaram cada vez mais frequentes; a proprietária da casa de Slaughter tinha um quartinho sobrando e, algum tempo depois, Slaughter propôs a Rolfe morar lá até que a publicação do seu livro lhe trouxesse fama e dinheiro para se mudar para um apartamento adequado. Rolfe aceitou a proposta e a mudança foi feita. Rolfe trabalhava duro; de dia, pesquisava no British Museum, e, durante a noite, dedicava-se ao desenho de uma grande árvore genealógica da família Bórgia, desde a sua origem, em Aragona, até os dias de então. Essa árvore ocupava quarenta folhas de papel quadriculado, cada qual com 60 centímetros, e era escrita com tintas de várias cores e decorada com o brasão dos Bórgia. Quando as quarenta folhas foram unidas, esse trabalho amoroso media três metros por um e meio, e quase cobria o chão do quarto de Rolfe. Slaughter, voltando para casa depois de um dia de trabalho, descobria, surpreso, que seu ex-tutor escrevera um novo capítulo do livro, ou que havia acrescentado uma nova linha de descendência à gigantesca árvore genealógica. Mas aqueles dez xelins adicionais que ele havia pedido ainda não se viam:

> 69 Broadhurst Gardens,
> South Hampstead
> XVI de maio de 1900
>
> Caro senhor Grant Richards:
> Em resposta à sua missiva de hoje:
> Sugeri que me pagasse uma libra e dez xelins por semana em vez de uma libra, valor com que não conseguiria sobreviver; os dez xelins a mais podiam vir das dez libras que o senhor terá de me pagar quando eu completar minha tarefa. Era isso que falava em minha carta e achei que estivesse bem claro. Se não estava, tenho uma cópia em algum lugar. Além disso, gostaria de assegurar ao senhor que *La Borgiada* estará em suas mãos no prazo combinado. Suponho que "julho" signifique, sem querer forçar a interpretação, "31 de julho". Estou contando com essa data, porque, como você já imagina, com todos os atrasos que suportei, quanto maior prazo que eu puder arranjar melhor vai ser.
>
> Atenciosamente
> Corvo

Por sorte, Rolfe não teve de viver só com uma libra por semana. Além das contribuições de Slaughter, ele se beneficiava da bondade do chefe de Grant Richard, Temple Scott, descrito por Rolfe, com sua malícia de sempre, como um "anão narigudo com uma cara fermentada e cabelos finos e rebeldes espalhados em uma cabeça enorme". "Eu costumava visitá-lo todo sábado", escreve Temple Scott, que partilhava a admiração de seu chefe por aquele escritor não convencional e atormentado, "e geralmente o encontrava contente e entretido com a monstruosa árvore genealógica da família de Bórgia. Costumava levar para ele doze pacotes sortidos de diferentes tabacos, escolhidos por ele, os quais ele misturava para fazer seus cigarros. Ele dizia que gostava de ter doze sensações de gostos diferentes quando fumava. Ele sentava quase toda noite no meu apartamento em Welbeck Mansions e lia para mim e para minha esposa o que tinha escrito durante o dia. Sua companhia era muito agradável; ele conhecia anedotas e fatos históricos arcaicos que se tornavam ainda mais bizarros na forma como ele os contava. Ele era supersticioso e romântico como uma criança. Você pode interpretar isso como quiser, mas é fato que as crianças em minha casa o escutavam de olhos arregalados."

As semanas se passaram e se tornaram meses e, em agosto, o livro sobre os Bórgia foi terminado. Rolfe se deu conta de que, mesmo com a ajuda de seus dois amigos, seria impossível chegar ao fim do mês sem a tão falada libra semanal, então procurou outro emprego. Implorou a Grant Richards por uma nova encomenda, em cartas que revelam um misto de dignidade e tragédia. Mas o editor ganhava tempo; provavelmente, sentia que se arriscara demais com esse autor tão fora do comum. Corvo escreveu de novo para ele: "As duas semanas de que o senhor falou passaram há mais de um mês e, para mim, torna-se cada vez mais urgente que eu organize meus planos para o inverno". Quem sabe o que teria acontecido se Grant Richards tivesse encomendado mais um livro? Naquele momento, Rolfe teria aceitado qualquer emprego, por quase qualquer preço, mas, muito provavelmente, teria acabado por se rebelar, de alguma forma irracional e dramática, assim como fizera com Holywell, contra a pobreza de sua vida. Mas era destino que a paciência dele fosse testada de um modo bem diferente e que o historiador dos Bórgia não escrevesse um segundo livro para o senhor Grant Richards.

O manuscrito completo com o *pot-pourri* histórico de Rolfe foi submetido a um especialista e, inesperadamente, o relatório continha críticas e sugestões para a alteração do texto. Muitas passagens foram criticadas porque continham "jogos de palavras pretensiosos", "efeminações" e "uma estranha imperícia em relação ao pensamento e ao estilo". As observações e os pedidos do leitor foram comunicadas a Corvo, que explodiu como uma bomba. "Caro senhor Grant Richards" de repente virou "Caro senhor", e as cartas de Rolfe adquiriram um tom instantâneo de dignidade ferida:

XXVJ de setembro de 1900

Caro senhor,
Recebi sua carta datada do dia 25 com o manuscrito do livros sobre os Bórgia e o segundo relatório do seu leitor. Dei-me ao trabalho de elaborar um método e um estilo de escrita, e o senhor deve saber bem disso. Suponho que o senhor tenha gostado desse estilo e desse método, razão pela qual me encomendou o livro. Parece-me, portanto, absolutamente inacreditável que o senhor agora concorde com a opinião do seu Leitor, que pensa que o estilo é "solto", "desajeitado", que a ortografia está "incorreta" e que o método, em suma, é insatisfatório. Como se todas essas coisas não fossem relativas e somente relativas.

Com relação à avaliação de seu Leitor, enquanto eu continuo negando que *Il cardinale del Gonalla* (seu leitor insiste em escrever Gonalla com g minúsculo) é uma frase, porque não tem predicado, não posso deixar de lamentar a evidente animosidade e intolerância que ele demonstrou; e devo dizer que abjuro pronta e completamente a "mania de vitimização", de que ele me acusa, uma acusação que eu não esperava encontrar no relatório de um Leitor, agora eu estou ciente de sua futilidade. E, a respeito do relatório e da sua decisão, não tenho mais

nada a dizer. O livro deverá ser alterado, revisado e cortado de acordo com suas instruções. Calculo que levará aproximadamente dois meses desde a data de início. Essa data depende de duas coisas: a) a recuperação das minhas forças, que, no presente momento, é impossível prever, e b) de que eu obtenha um trabalho que possibilite que eu pague dívidas contraídas por ter de viver enquanto esperava por sua decisão tardia, trabalho esse que vai me proporcionar os meios de subsistência para continuar sobrevivendo.
Você está perfeitamente consciente de que eu não tenho outras fontes de renda, exceto meu trabalho como escritor.
Naturalmente, nem preciso dizer que de forma alguma vou permitir que meu nome seja associado a esse novo livro sobre os Bórgia, escrito num estilo que não é meu. Só posso acatar as responsabilidades por trabalhos que o meu próprio julgamento aprova, obras estranhas ou excêntricas, mas distinguíveis entre outras inúmeras obras. Portanto, faça-me o favor de gentilmente inventar um pseudônimo, como John Brown, ou James Black, ou St. George Gerry, e apresentar *Casa de Bórgia* como de autoria dessa pessoa.
O subtítulo, "Um conteúdo ideal", obviamente deverá ser omitido.
Entenda que o senhor poderá ter exatamente aquilo que deseja, assim que eu tiver condições de começar a trabalhar, sem nenhuma referência aos meus sentimentos, ou a futuras encomendas. Entrarei em contato diretamente com o senhor, assim que recuperar minha saúde (se algum dia recuperá-la) e quando tiver firmado um contrato que me possibilite dedicar meu tempo livre ao seu trabalho.

                        Com os melhores cumprimentos,
                              Frederick Barão Corvo

Depois de ter tomado essa atitude, Rolfe se identificou completamente com ela, e foi só com muita dificuldade que foi convencido até mesmo a discutir o assunto. Ele tinha concordado em revisar o livro; havia falado, entretanto, que reprovava essa revisão; por isso, ele havia retirado o seu nome de um livro que não considerava mais seu; o que ainda restava a ser discutido?

XVIIIJ de outubro de 1900
Caro senhor,
De acordo com seu pedido, irei visitá-lo na segunda-feira; embora, como a minha saúde está piorando e não melhorando, essa semana também seria boa para mim. Já que sua misteriosa reticência não me permite antever o assunto desse encontro, acho de bom-tom tentar definir mais claramente do que antes a posição que tomei a respeito das *Crônicas da Casa de Bórgia*.
Eu teria aceitado com prazer uma crítica inteligente a uma obra que me custou tanto trabalho, com a correção de pequenos desvios de escrita e gralhas em que eu possa ter incorrido; mas você não parece se dar conta da triste injustiça que fez tanto ao livro como a mim ao submetê--lo não à sua consideração, como havíamos combinado, mas ao julgamento de uma pessoa tão manifestamente incompetente quanto o seu Leitor. Não posso aceitar, sem me sentir ofendido, a opinião de uma pessoa que não sabe ler a passagem sobre Varchi sem cometer as maiores besteiras e que define como "desajeitada" uma frase que nunca escrevi; que demonstra um conhecimento limitado de ortografia; que chama um adjunto adnominal sem predicado de uma "frase"; que não tem nada a dizer sobre os termos em grego e latim (justamente onde meu conhecimento clássico enferrujado pode ter me levado ao erro); que alega, para mitigar a brutalidade de suas

críticas, que seu relatório é o relatório de um ajudante de gráfica, mas é melhor parar por aqui.

Rolfe achava ter "colocado o editor em seu devido lugar", (para usar as palavras dele); mas a reunião marcada aconteceu e não resultou em nada. O impasse foi inesperadamente interrompido quando Rolfe recebeu uma carta do conde César Bórgia, então chefe da família, que ofereceu a Rolfe ajuda e as informações necessárias para tornar sua crônica ainda mais completa, perguntando se ele não queria ir à Itália para examinar os arquivos da família. Essa proposta levou Rolfe ao céu. A Itália sempre fora o porto de suas esperanças; a ideia de ser hospedado pelos Bórgia acentuou ainda mais as fantasias românticas que a carta tinha evocado. Logo escreveu para Grant Richards para lhe fazer uma proposta entusiástica: a publicação do livro sobre os Bórgia deveria ser postergada por um tempo, para que ele investigasse o novo material na Itália, e (obviamente) um novo contrato seria assinado para que Rolfe contasse com os fundos financeiros para prosseguir na sua investigação. Quanto isso custaria?, foi a pergunta óbvia do editor. Em sua resposta, escrita como sempre com uma linda caligrafia, e uma pontuação afetada, mas eficaz, Rolfe prometia tornar "seu livro tão completo que não haverá nada para os futuros historiadores dizerem sobre os Bórgia/até que dois meninos/um de quatorze anos/o outro de três anos/ tenham chegado à vida adulta/e tenham subido ao trono da Inglaterra/e o outro ao trono de Pedro/na forma que os Bórgia gostam"; em troca, ele receberia um "honorário adequado" de duzentos e sessenta guinéus na assinatura do contrato, e dez guinéus semanais pelas seis semanas seguintes; "Nesse caso, ficaria bem feliz em permitir que o livro seja publicado sob o meu nome.", escreveu o autor, otimista.

Pobre Rolfe! Era mais uma vez o blefe de Holywell; e surtiu, naturalmente, o mesmo efeito. Uma editora que já lhe pagara quarenta e oito libras para escrever um livro não iria pagar duzentos e setenta e três libras para revisá-lo. A proposta foi recusada; mas Rolfe, completamente exaltado, fez outra proposta. Sugeriu que ele mesmo procuraria uma editora que quisesse comprar o livro, pagando a Grant Richards a quantia que ele havia adiantado. "Imagino", escreveu, "que o senhor apreciaria a oportunidade de se livrar de um manuscrito que estou determinado a alterar ou refutar e que não pode trazer ao senhor nada além de irritação e fracasso". Entretanto, Richards não estava disposto, de modo algum, a permitir que Rolfe mandasse seu livro para outro lugar. Mais uma vez, Rolfe rompeu o impasse de um modo bastante inesperado:

Broadhurst Gardens, 69,
South Hampstead
VJ de março de 1901

[6]Caro senhor,

Por favor, faça a gentileza de notar que eu desaprovo formalmente o modo "peridicolo" [7] como o senhor Edward Joseph Slaughter se ocupou dos meus negócios e me dissocio de qualquer iniciativa dele. Já cancelei a autorização dele para agir em meu nome, a qual tinha sido dada formalmente por um desejo dele mesmo, já que ele era meu credor de uma quantia pequena.

Vejo que, mais uma vez, minha boa-fé foi abusada por um católico estúpido e desonesto; quanto à sua consciência, não duvido de que o instituto do Slaughter e sua argumentação sofista possibilitarão que ele crie para sua confissão semanal uma historinha tão bem elaborada e tão cheia de sutis observações que justifique sua traição, ou pelo menos a rebaixe da categoria de pecado mortal para a de pecado venial conseguindo, desse modo, salvar a integridade de seu estúpido amor-próprio.

Se esses são os métodos dos assim chamados homens de negócios (e por mais de um ano eu pus na cabeça que são mesmo) só posso dizer que agradeço a Deus e à Glória por não terem feito de mim um homem "de negócios".
Não sei o que o senhor achou, mas, se não fosse por seu desejo evidente de negociar por intermédio do senhor Slaughter, e se ele não tivesse afirmado com tanta segurança que me considerava uma espécie de aposta promissora, eu nunca teria me submetido às suas direções, nem teria deixado meus negócios ficarem tão envolvidos e enredados pela sua preciosa competência comercial, na qual ele considera que se deveria acreditar, como se acredita em um dogma. Imagino que você esteja muito enojado dele também; quanto a mim, estou *usque ad nauseam*...
E agora, por favor, esteja avisado de que, a partir desta data, eu me ocuparei dos meus próprios negócios e que, portanto, as correspondências devem ser endereçadas a mim diretamente. Considere esta carta minha ruptura definitiva com Slaughter e com sua gangue, e com os católicos em geral. Acho que a fé católica é uma grande religião, mas os que a professam são insuportáveis. Em dezessete anos nunca encontrei um católico, "à exceção do Bispo de Menevia", que não fosse um macaco diligente, um esnobe traidor, um opressor ou um mentiroso; e eu vou tentar evitá-los.

Sinceramente,
Frederick Barão Corvo

A resposta a essa carta reveladora, que reavivou o senso de humor de Richards, foi um convite para um almoço, que Rolfe aceitou em um tom com o qual normalmente se dão ordens:

XVIIIJ de março de 1901
Caro senhor,
Não quero parecer ingrato, mas não costumo almoçar e interromper meu trabalho até mesmo por duas horas pois para mim é um sério inconveniente; na verdade, eu não saio de casa desde o funeral da rainha Vitória, mas acredito que deva algo a você, por conta das exasperações que o comportamento absurdo de Slaughter talvez lhe tenha causado; portanto, se você aceitar me encontrar em termos amigáveis, lembrando, o tempo todo, que a minha mente está mais no século dezesseis que no vinte, e se você concordar comigo, no sentido de que nossa conversa seria um privilégio, e não uma obrigatoriedade, estarei no Romano's entre uma e duas da tarde, na próxima terça ou quarta-feira.
Com os melhores cumprimentos
Frederick Barão Corvo

É de se esperar que o almoço tenha sido agradável para ambas as partes. Mas, agradável ou não, não pacificou o desconfiado Rolfe por muito tempo. Novas dificuldades exigiram sua presença no escritório da editora; mas ele fugia de um convite como uma mosca diante de uma teia de aranha.

VIIJ de abril de 1901
Caro senhor,
Não posso me ausentar do meu trabalho na próxima terça-feira; o caminho até Henrietta Street é muito longo e, de qualquer forma, não teríamos nada para conversar, já que, até hoje, não recebi nenhuma proposta concreta.
Atenciosamente
Frederick Barão Corvo

9
AS CRÔNICAS

Rolfe dissera a Vincent O'Sullivan que ele "adorava entrar numa briga"; agora ele bem que poderia afirmar que estava envolvido até o pescoço em uma série delas. Sua relação com Grant Richards era tensa; ele rompera completamente com Slaughter; não estava falando com Harland; estava desconfiado de John Lane; e só era amigável com Temple Scott, pois o "anão narigudo com cara de massa fermentada", que, depois de ter deixado de trabalhar com Grant Richards, estava se ocupando dos negócios de Lane nos Estados Unidos, aceitara ajudá-lo a publicar seu livro naquele país. Por que Corvo era tão irrazoavelmente áspero com aqueles que o haviam ajudado? "Nunca fui capaz de entender o comportamento estranho dele", escreve Temple Scott, "só consigo atribuir isso a uma personalidade atormentada pelos fracassos e por uma megalomania que não encontrava satisfação naquilo que o mundo tinha a oferecer. Era perigoso elogiar seu trabalho, pois, quanto mais se elogiasse, mais elogios Corvo exigia. Sua vaidade intelectual era colossal". Esse diagnóstico é essencialmente verdadeiro. A megalomania e a vaidade de Rolfe eram inegáveis; mas eram, em parte, um desabafo, por causa da raiva que ele devia sentir ao ver outros muito menos talentosos que ele gozando dos prazeres da vida aos quais ele não tinha acesso. As palavras do próprio Corvo sobre o assunto são reveladoras: "A todas as pessoas que lhe faziam declarações de amizades, ele respondia: 'Antes das palavras, as ações. Se você realmente gosta de mim, empregue-me, me ajude a conseguir um emprego bem remunerado e a me tornar socialmente igual a você; só então, poderemos falar de amizade'. Ele não conseguia entender como alguém podia se declarar seu amigo sem se empenhar e dar tudo de si para ajudá-lo". Rolfe nunca escreveu nada mais verdadeiro que essa última frase.

A relação com Grant Richards ficava cada vez mais complicada. Depois de trocar cartas cheias de tensão, Rolfe propôs fazer o trabalho de revisão por cinquenta libras mais "as despesas de datilografia que você economizou graças a mim em outubro e novembro, por eu ter copiado o manuscrito"; aproveito a oportunidade para lembrar à editora (formulando um axioma que deveria aplicar a si mesmo) que "esse é um comércio, e não um jogo de trapaças". Mas essa proposta não surtiu efeito algum, e logo Rolfe ficaria mais ácido do que nunca:

XXIIIJ de Abril de 1901

Caro Senhor,
Sua carta de jeito nenhum pode ser considerada uma resposta direta à minha proposta, portanto, o senhor não me deixa alternativa senão procurar um advogado.

Atenciosamente,
Frederick Barão Corvo

Mas nem o conselho de um advogado servira para nada, e o livro saiu sem ulteriores correções de seu autor. Sem dúvida, sua publicação (em outubro de 1901) encheu de alegria o coração de Rolfe (que enviou para a editora o seguinte postal: "O autor de *Crônicas da Casa de Bórgia* atenta para o fato de que as cópias que, de hábito, são reservadas ao autor ainda não foram recebidas."); de qualquer forma, está certo que a publicação lhe forneceu mais material para seu hobby epistolar:

> Broadhurst Gardens, 69, Hampstead
> XIIJ de outubro de MCMI
>
> Caros senhores,
> Fiquei surpreso ao ver, no *Athenaeum*, que os senhores promovem o livro sobre os Bórgia usando meu nome.
> Peço licença para vos lembrar que, mais de um ano atrás, retirei meu nome do livro sobre os Bórgia, em decorrência do vosso pedido para alterar o estilo, de acordo a avaliação do vosso Leitor.
> Desde então, várias vezes avisei aos senhores que o livro é uma teia de inexatidões históricas, devido à vossa recusa em me proporcionar condições para consultar o material que o Conde César Bórgia colocou à minha disposição, após meu acordo com vocês expirar.
> Portanto, vejo-me obrigado a intimá-los formalmente a parar de associar meu nome ao livro, não apenas pelas razões enumeradas acima, mas também porque me recuso a me responsabilizar pelas mutilações e pelos cortes impostos ao meu manuscrito; não há nenhuma cláusula em nosso contrato que me obrigue a emprestar meu nome a uma obra que considero vergonhosa e que, no decurso do último ano, reneguei várias vezes.
> Sem prejuízo algum para os meu direitos; e todos os direitos desta carta estão reservados a mim.
>
> Com os melhores cumprimentos,
> Frederick Barão Corvo

Enquanto isso, o escopo de suas reclamações só se ampliava:

Broadhurst Gardens, 69, Hampstead
XVIJ de dezembro de 1901
Senhor,
Não sei qual lei aplicável às relações de negócios ou à mais simples cortesia pode justificar o desinteresse em relação ao meu pedido para recusar todas as cartas mandadas a mim aos seus cuidados. Trata-se de uma regra que pedi que interpretasse como absoluta, à qual circunstância alguma poderia haver uma exceção.
Era uma coisa muito pequena para se pedir e acho que não tinha nada de excepcional. Sua contínua desconsideração quanto à minha vontade me impele a lembrar ao senhor que, por causa das mutilações impostas ao meu manuscrito e do uso arbitrário do meu nome, o senhor deveria evitar que a minha presente atitude de indulgência se transforme em represália.
Vosso obediente servo,
Frederick William Rolfe [8]

O fruto do atormentado trabalho de Barão Corvo foi apresentado ao público no final de outubro de 1901. Apesar de ter sido um fracasso financeiro na época, *Crônicas da Casa de Bórgia* despertaram muito interesse e exerceram muita influência sobre os outros escritores, tornando-se logo um livro raro. No que diz respeito à forma tipográfica, é um belo volume *in-octavo*, de quatrocentas páginas; quanto ao conteúdo, é abundante em trechos de grande habilidade epigramática e de insolência, escrito na linguagem habitual de Rolfe, cheia de palavras e frases inventadas por sua criatividade excêntrica. Trata-se de uma história fascinante da grande e sinistra família de sangue real que deu à cristandade dois papas e um santo, general dos jesuítas. O Prefácio define a atitude de Rolfe, que nega ter escolhido para si o papel de advogado de defesa. Ele explica que o autor não escreve com o objetivo de defender a família Bórgia: sua ideia é que os homens são malvados demais para que valha a pena desperdiçar palavras com o propósito de defendê--los. Ademais, não escreve para agradar os católicos ou os jesuítas ou qualquer credo, corporação ou até mesmo ser humano; ele escreve porque acredita ter reunido alguns fragmentos de verdade que é forçado a vender para sobreviver. Mas, apesar de ter professado não querer encobrir as culpas dos Bórgia, Rolfe se recusa a condená-los. "Nenhum homem, à exceção de Um, desde os tempos de Adão, foi totalmente bom, mas nenhum também foi totalmente mau", escreveu ele. "No caso dos Bórgia, também, sem dúvida, a verdade está no meio. Eles são acusados de imoralidade e práticas impróprias. Bem, isso pode ser verdade. Mas quem pode pensar em julgá-los? Papas, reis, amantes, filósofos ou soldados não podem ser julgados por um código de conduta restrito, pelo padrão moral estreito do jornalista, do dono de pensão ou do pequeno comerciante. Por que homens que, daqui a pouco, se tornarão réus deveriam gastar horas de sol fingindo-se de juízes? Deixemos a Deus a tarefa de julgar os Bórgia." Essa atitude, em seu sentido mais amplo, podia voltar-se contra o seu livro, "Mas, um dia", acrescentava ele "se saberá a verdade toda sobre os Bórgia. Nesse ínterim, será mais útil e mais divertido analisar sem preconceitos aquela época violenta e confusa em que eles viveram, uma época que não impedia o desenvolvimento da personalidade e não rebaixava o homens ao nível das massas".

Rolfe se retratou no livro sobre os Bórgia, assim como fizera em *Adriano VII*. Ele trabalhava numa pensão em Hampstead, mas sua imaginação estava na Roma da Idade Média. Do século vinte em que nascera e no qual falhara, "com seu corpo desgastado e seu cérebro sofisticado", ele se voltava para o que chamava de "século quinze fisicamente forte e intelectualmente simples, quando o pó de que é feita a carne do homem era cinco séculos mais jovem e mais fresco; as cores eram mais vivas; a luz, mais brilhante; as virtude e os vícios, mais extremos; a paixão, primitiva e ardente; a vida, violenta; a juventude, intensa e sublime; e a respeitável mediocridade, uma coisa para idosos". Lendo esse livro, com sua denúncia "daquela afronta à civilização que são os livros impressos", responsáveis pela morte dos manuscritos, com sua alegria perante à "realidade e esplêndida luz" da Itália, seu culto da "magnificência dos hábitos e da forma de vestir", com seu infinito respeito pelo amor e a coragem, é fácil entender porque Rolfe se via como um contemporâneo de Cellini e sofria daquela nostalgia do passado, que é a mais devastadora entre as tentações do espírito. Considerando tudo isso, não é difícil imaginar sua atitude perante os Bórgia. Ele os admirava. O infame Alexandre, apesar de sua simonia, de seus assassinatos e de seu bastardos, era, para Rolfe, "um homem muito forte, culpado por não ter escondido nenhuma de suas fraquezas humanas", e que fez "os malfeitores sentirem o mangual que, como Osiris, ele usava juntamente com o cetro"; César Bórgia era um estadista cujos poder, justiça e inexaurível energia lhe pareciam sobre-humanos. "Ele era odiado, odiado pelas grandes casas de baronato que ele arruinara, cujos herdeiros ele havia assassinado; mas não pelo povo que governava. Não vejo nisso nada de estranho, pois o povo sempre adorou os homens fortes, os déspotas destemidos e os autocratas que trazem paz e segurança". Quanto a Lucrécia, ela era uma "pérola entre as mulheres", do mesmo nível da Lucrécia antiga, que "alcançou grande fama por meio de sua bondade perante as garotas com idade para casar, a quem doava o dote, a fim de tentá-las a ficar puras através da miragem de um bom casamento".

Esse imenso livro de retalhos não é um verdadeiro livro de história; mas é uma história fácil de ler. As frases de Corvo possuem a musicalidade de uma canção: "suntuosos brocados do mais puro linho, peles do Oriente e couro delicado e resistente adornavam esses homens e mulheres, que não costumavam trocar suas vestimentas com a mesma frequência com que mudavam de opinião; e que iam dormir simplesmente da maneira como vieram ao mundo". Outras vezes, as frases surpreendiam por sua concisão: "Naquele ano, morreu o pequeno rei excomungado Carlos VIII da França, de doze dedos dos pés e seu cavanhaque, que foi sucedido por seu primo, Luís XII, um homem magro, com um pescoço rijo, a boca carnuda e um nariz achatado, que vestia trajes requintados". Outras vezes, atinge seus efeitos através de imagens expressivas, como, por exemplo, quando relata a maneira como as notícias da derrota do exército de Cesar Bórgia se espalharam: "Colonna e Orsini estavam à escuta em seus amargos exílios, nas fortalezas construídas nas altas rochas. Assim como os lobos acorrentados no Capitólio, que sabem quando a ferrugem corroeu seus grilhões, eles levantavam suas horrorosas cabeças e esperavam até que se partisse o último elo".

Há também o relato dramático da punição de Ramiro d'Orca: "No dia vinte e dois de dezembro, enquanto o sol, ao se pôr, lançava luzes vermelho-sangue ao longo da neve, sem aviso prévio, o Duque César entrou em Cesena a cavalo, com uma escolta armada de lanceiros. Os habitantes da cidade, acuados, aparecendo do lado de fora para fazer-lhe uma homenagem, viraram as armaduras cintilantes e os estandartes com touros dos Bórgia e passaram sobre a ponte levadiça da cidadela. Da cidadela saiu o Messer Cipriano di Numai, o secretário do Duque, e foi para a casa de Messer Domenico d'Ugolini, o tesoureiro, em busca do governador da cidade. O Messer Ramiro d'Orca foi preso e conduzido até seu chefe. Naquela noite, em Cesena, todo mundo levantou várias hipóteses para explicar os fatos: uma nova vingança? Novos impostos? Novos horrores? Ninguém sabia".

Dá para reconhecer a ironia de Rolfe quando fala dos conhecimentos científicos daquela época. "O Messer

Giambattista de la Porta usa toda a sua ciência e toda a arte mágica para inventar alguns "divertimentos contra as mulheres", o que prova que a Era Borgiana era permissiva no que diz respeito a piadas. Ele dizia que, para saber se uma mulher usa maquiagem, é suficiente mascar açafrão e depois soprar no rosto dela, e logo ela ficará amarela; ou então queima-se enxofre perto dela, o que vai escurecendo a alvaiade e o mercúrio sublimado; ou se você soprar no rosto dela depois de mascar cominho ou alho, a alvaiade e o mercúrio somem. Mas, se desejar pintar uma mulher de verde, você tem que fazer decocção num camaleão dentro de sua banheira".

Uma última citação mostra a simpatia de Rolfe pela cultura clássica da Renascença:

"Por muitos anos, desde os primeiros sinais das incursões muçulmanas, os fugitivos de Bizâncio desembarcaram nas costas italianas. A Grécia havia conquistado a Roma Imperial. A grandeza de Roma Imperial tinha voltado à Bizâncio. E agora a glória de Bizâncio estava conquistando novamente a Roma cristã. Quando o perigo aumentou, acadêmicos e mestres perspicazes, *especialistas* em todas as ciências, fugiram para a Itália com seus requintados ofícios e a Itália os recebeu. Na Itália, o conhecimento, a cultura, a técnica e a arte encontraram não um exílio, mas uma pátria e um mercado para seus produtos. A cultura se tornou moda. Chegara a Era do Conhecimento. "O dialeto toscano", diz Filelfo, "mal é conhecido por todos os italianos, mas o latim foi espalhado no mundo todo. Mas o conhecimento do grego era o teste definitivo para um cavalheiro naquele tempo; e os acadêmicos gregos eram os convidados mais honrados. Não obstante, os códices e clássicos da antiguidade que aqueles acadêmicos haviam trazido consigo, os príncipes e patrícios italianos mandaram a Bizâncio, que estava sob ameaça, embaixadores, para que procurassem manuscritos, inscrições ou joias, bronze e mármore esculpidos. Gravuras gregas e camafeus adornavam os anéis, os broches, as golas, osmantos de senadores venezianos, de senhores de Florença, dos reis, dos barões e cardeais e dos papas de Roma."

Barão Corvo usa uma pontuação e uma ortografia altamente idiossincráticas. "Sistina" vira "Xystina" ao longo de todo o texto; os personagens são sempre chamados por seus títulos nobiliárquicos (César Bórgia, por exemplo, é o "Duque César de Valentinois"); e todos os papas são designados com pronomes em letra maiúscula. Outra excentricidade é o esforço que Rolfe faz no capítulo intitulado *"A lenda da peçonha de Borgia"*, para evitar a palavra "veneno, que aparece apenas nas citações. Em vez de "venenoso", Rolfe usa uma expressão arcaica, "peçonha"; em vez de "envenenado", escreve "empeçonhado", em vez de "venenoso", "venefício", e "veneficar", em vez de "envenenar". Esse capítulo sobre os venenos borgianos é o mais interessante do livro todo e é construído de forma tão engenhosa quanto a fechadura de um cofre antigo. Através de um exame farmacológico dos ingredientes e das receitas supostamente usadas pelos Bórgia, Corvo chega à conclusão de que os assassinatos por meio de anéis envenenados, e todos os outros delitos românticos dos Bórgia, eram mera fabulação; resumindo: "Os Bórgia, assim como não podiam enviar telegramas, não podiam envenenar artisticamente".

Rolfe ostenta igual destreza em encontrar argumentações favoráveis à sua teoria, segundo a qual César não era filho de Alexandre, mas, sim, do seu rival e sucessor, o Cardeal della Rovere (definido como um "epiléptico com poderes psíquicos"), usando depois essa paternidade alternativa para explicar a estranha inatividade de César após a morte de Alexandre. O livro inteiro é cheio de conjecturas engenhosas.

Os críticos reagiram de diferentes formas ao livro. Segundo um crítico, "os exageros que nos deixam sem fôlego e a liberdade de seus julgamentos representam um banho de água fria após as ablações tépidas da pesquisa histórica comum". Outro crítico definiu o livro como "uma mistura de asteriscos e histerismos". Harland, esquecendo magnanimamente a forma como fora tratado por Rolfe, escreveu: "Seu livro sobre os Bórgia é ÓTIMO. Não me refiro apenas ao trabalho e à erudição que o livro contém, mas também à imaginação histórica, à grande visão, à ironia, à inteligência, à perversidade e à ousadia de seu estilo. É como uma série magnífica de figuras em tapeçaria do século quinze. Naturalmente, acho que o senhor escolheu para si mesmo o papel de advogado do diabo, mas que advogado! Em qualquer país, menos na Inglaterra, um livro assim tornaria seu autor famoso e rico. Trata-se de um GRANDE livro."

A mesma incerteza pairava a respeito da identidade do autor. Alguns o aceitavam simplesmente como Barão Corvo; outros, mais cautelosos, como Frederick Barão Corvo, ou simplesmente Corvo; a publicação *The Bookman* se refere a ele como "o Signor Corvo", indagando-se se o autor é italiano. Todos concordam em exaltar sua cultura e a pesquisa realizada; quase todo mundo elogia a novidade e a força de seu estilo. Mesmo os críticos mais hostis reconhecem que, "a partir de agora, não será mais possível abordar a poderosa família Bórgia sem considerar esse livro como obra de referência". Talvez a observação mais inteligente tenha sido a de um resenhista que, depois de notar a óbvia intimidade do autor com a ritualística católica, levantou a hipótese de que as *Crônicas* tinham sido escritas por um homem de idade não muito avançada, detentor de uma grande experiência, e concluiu: "Barão Corvo deve perdoar seus muitos leitores se eles o considerarem um enigma quase tão interessante quanto a estranha família cuja história ele narrou". E isso era verdade.

10

O AMIGO DIVINO

No mesmo período em que a ruptura com Grant Richards estava chegando ao seu ponto culminante, Rolfe sufocou seu ressentimento e conseguiu convencer John Lane a adquirir os direitos de uma nova série de histórias de Toto por dez libras. A coleção inteira foi publicada pouco antes do livro sobre os Bórgia, com o título de *À sua imagem e semelhança*, contendo vinte e seis novos contos, além dos primeiros seis que apareceram no *Yellow Book*. Não se pode dizer que sejam tão bons quanto os primeiros, mas alguns são excelentes. Dessa vez, o assunto tem como inspiração na vida dos santos, mas o tema continua a ser a religião, e o estilo confirma a abordagem peculiar e bastante original de Rolfe, com a típica mistura de piedade paradoxal, humor fantástico e sensibilidade à luz, às cores, aos sons, às formas e às mudanças do mundo. Até mesmo os títulos têm aquele humor artificial, embora ingênuo, que é original o bastante para criar o adjetivo "corvino". Dois exemplos servem para ilustrar: *"Por que cães e gatos sempre brigam"*; *"Como fazer pouco com generosidade"* etc.

Considerada em conjunto, as histórias de Toto oferecem ao leitor uma visão bem ampla da personalidade de Rolfe de um ponto de vista que, apesar de não ser o mesmo de *Adriano VII*, não é menos fascinante. Robert Hugh Benson, por exemplo, divertia-se ao ler as histórias em voz alta para suas visitas, e se referia a elas jocosamente como "o quinto

Evangelho". Rolfe tinha o dom de desvelar, pouco a pouco, a personalidade de seus personagens; enquanto Toto narra suas lendas populares ao longo da primavera e do verão, a figura do barão se torna mais vívida a cada página. Talvez, para quem é totalmente insensível à história das religiões, esses contos não despertem grande interesse; mas quem possui fé ou, mesmo não possuindo, sente inveja ou nostalgia dela, não pode deixar de descobrir nesses contos uma espécie de atmosfera de encanto e alegria. A principal característica de Corvo é o fervor religioso, que é, ao mesmo tempo, terno e profundo como a inocência de uma criança; mas, como o personagem, seu retrato também é muito mais complexo.

Não se sabe qual era o propósito do "Barão" na Itália mas o leitor vai descobrindo, aos poucos, que ele é pintor, fotógrafo, escritor e, sobretudo, um grande observador. Ele é rodeado e protegido por um grupo de jovens que são, ao mesmo tempo, modelos e serventes; e é Toto ("um esplêndido e selvagem *discolo* da região de Abruzzi"), que conta as histórias que compõem o livro. Para esses jovens e rudes camponeses, seu mestre parece uma maravilha de sabedoria, de riqueza e de competência. O barão os trata como um déspota benevolente trata seus escravos. Mas Rolfe trai a si mesmo em inúmeros detalhes. Descobrimos que é um padre (ele fala do "clero, a quem pertenço na minha vida privada"), e, ao mesmo tempo, um epicureu. "O café da manhã estava pronto, debaixo da magnólia. Amo esses cafés da manhã ao sol do fim de primavera. Guido e Ercole, em sua simplicidade, fizeram um milagre com três grandes vasos de cobre batido: um no meio, para colocar o meu livro, e os outros dois nas extremidades da mesa, cheios de rosas de damasco frescas e da mais linda cor vermelha, exalando aromas fluidos, como se fossem essências celestiais. Parabenizei os garotos e me sento para comer. *Cocomeri ripieni*, Port Salut, azeitonas, laranjas perfumadas, vinho com aroma do campo — delicioso.") Ele é um adepto da monarquia; fica comovido olhando para uma escola fundada por Henry IX, o bispo cardeal, irmão do neto de James II Stuart, pretendente ao trono da Inglaterra. A Rainha Mary da Escócia é outra de seus ídolos. Ele odeia as "minotaurique" de Lancashire, que "até uns anos atrás" exploravam o trabalho infantil. Ele tem medo dos temporais e dos lagartos. Há uma bela descrição "do fim de uma tarde horrorosa" em Vasto d'Aimone, quando "o ar quente pulsava em paralisia e apreensão", um temporal aterrorizante que "levantou as ondas do mar e as fez morrer contra as pedras empilhadas". O barão contempla, fascinado, de uma janela os lampejos dos raios e o granizo e, nervoso e freneticamente, conta e reconta as pérolas do terço escondido no bolso das calças. É muito supersticioso, mas se dá conta dessa estranha loucura; comove-se facilmente diante da beleza, é muito generoso. Talvez o conto mais revelador de todos seja *"Como fazer pouco com generosidade"*. É a história de como "no início do verão, no comecinho das minhas excursões pela costa leste, algo aconteceu que me despertou da letargia da qual minha natural indolência me colocara depois da grande decepção da minha vida". Esse "algo" é a procissão que acontece todos os anos para a festa do Corpus Domini, na "maravilhosa cidadezinha rodeada por um muro", onde o barão estivera em uma de suas viagens. Ele participa dos preparativos e logo lhe pedem para organizá-los. Ele escolhe "moços e mocinhas nas escolas, e homens e mulheres nas associações e fraternidades", e dá a cada um deles "a tarefa de interpretar um deus ou um anjo". Ele redesenha motivos antigos, escolhe os tecidos e ele mesmo corta as fantasias. Então, depois do ensaio, escondido, ele se diverte assistindo ao esplendor do desfile, que segue avançando pelas ruas enfeitadas com flores. Mais tarde "os olhos jovens brilharam à luz das estrelas, e dentes brancos morderam a polpa dos pêssegos. A complexa beleza dos raios da lua crescente nunca se manifestara tão discretamente quanto na penumbra desse jardim, onde ciprestes escuros se elevavam para o alto firmamento costurado de estrelas e silvetas indefinidas, marcando as fronteiras de gramados verde-prateados no imperscrutável e infinito horizonte. Com essa paisagem ao fundo, os perfis dos membros cor de marfim, com a palidez de um animal marinho e as formas ternas acentuadas pela seda apertada, ou reveladas pelas dobras caídas de um quíton, moviam-se como ondas que se dissolvem e se recompõem.

Há outra alusão à "grande decepção da minha vida" em outro conto, a história de uma noite de verão em que "um fogo queimava sem razão em minha mente": "Enquanto estava deitado, imóvel como um cadáver, segurando firmemente o crucifixo e o terço, e a miniatura dos meus mortos, meus olhos fechados me viram como eu realmente era, longe do caminho certo, impedido de realizar minha única ambição, minha vida bloqueada, aprisionada, completamente inútil. Os outros homens invejavam minha liberdade e teriam abraçado a riqueza, a saúde e o poder que me foram oferecidos em troca, de modo zombeteiro, das correntes que eu desejava." Seu desejo de se tornar sacerdote não era "nobre e elevado", para usar as palavras do cônego Carmont; era com certeza tenaz.

A respeito de alguns amigos revela outra faceta da personalidade de Rolfe, a tristeza de sua solidão: "Ninguém jamais me amou o bastante para se dar o trabalho de descobrir o que me daria prazer. Ninguém, ao me encontrar na rua me disse: 'Senhor, por que você está tão triste?' Os amigos não se comportam comigo como queriam que eu me comportasse com eles. Ao meu redor, há uma impenetrável camada de gelo, que um só coração já morto foi quente o suficiente para derreter."

Ficou combinado que o conto *À sua imagem e semelhança* seria dedicado a Henry Harland; mas a briga com ele impediu que seu nome fosse usado e o livro foi publicado com a seguinte dedicatória:

> Divo Amico
> Desideratissimo
> D.D.D.[9]
> Fridericus

Essa dedicação, "Ao amigo divino, muito desejado", não passou despercebida.

Soube, não lembro como (tomei muitos atalhos sem saída durante minha pesquisa e não consigo me lembrar de todos), que Trevor Haddon, do Savage Club, podia dar informações a respeito de Rolfe. Escrevi para ele e, pouco tempo depois, recebi uma resposta proveniente de Cambridge:

> 11 Little St. Mary's Lane
> Cambridge

Caro senhor Symons,
Eu me mudei para Cambridge, onde trabalho como pintor de retratos, e lamento que meus compromissos tornem nosso encontro impossível, a não ser que o senhor esteja por estas paragens.
Tenho muitas coisas a dizer sobre Corvo; na verdade, escrevi bastante sobre ele um tempo atrás, depois que um livreiro amigo meu me pediu para preparar um folheto sobre ele que seria vendido nos Estados Unidos. Porém, fui para o exterior e fiquei fora por quatro anos, e todas as minhas coisas ainda estão guardadas num depósito; não sei onde meu manuscrito está, mas naturalmente posso escrevê-lo de novo.

Enquanto isso, vou passar para você dois fatos que você achará interessante: Rolfe me deu, para que eu lesse, o manuscrito de um romance, o diário de um padre, Dom... (Não me lembro o nome). Nunca foi publicado, mas era um livro incrível. Ele ia dedicá-lo a mim, mas nós brigamos antes de isso acontecer.

Eu também tinha uma coleção de muitas cartas dele, que seriam de grande interesse de um ponto de vista psicológico, mas minha esposa detestava tanto Rolfe que disse que não ficaria debaixo do mesmo teto que aquelas cartas, e que eu teria de destruí-las. Estupidamente, não pensei em fazer um pacote com elas e depositá-las no meu banco e as queimei. Quantas vezes me arrependi amargamente disso desde então!

Estou disposto a contar a você o que sei; essa é somente uma resposta apressada à sua carta. Todavia, há um pequeno porém: quero que as minhas recordações sejam registradas à minha maneira, não quero que outra pessoa mexa nelas e as reúna de forma diferente. O que eu escrever terá a forma de suplemento ao seu livro e será atribuído ao meu nome. Talvez eu precise de uma ajudinha com nomes, datas etc.

Atenciosamente,
Trevor Haddon

A condição de Haddon se encaixava perfeitamente em meu plano de pesquisa e, depois de alguns encontros, ele me mandou o seguinte "suplemento":

É uma experiência curiosa voltar mentalmente a fatos e pessoas de trinta anos atrás e ver o que se encontra. Os anos noventa já estavam mortos, aliás, muito bem enterrados; a fileira de *Yellow Book* estava completa na prateleira, Wilde tinha morrido em Paris, Henry James estava prestes a abandonar a época dos bigodes e das

costeletas, Aubrey Beardsley tinha queimado até o fim a chama maravilhosa de seu talento; mesmo assim, depois de todas essas obras incríveis, ainda era possível encontrar livros novos, cuja leitura representasse uma experiência excepcional: pelo menos foi o que achei de *À sua imagem e semelhança*. Uma resenha no jornal *Star* descrevia *Histórias que Toto me contou* como um livro fora do comum, atrás do qual só podia esconder-se uma personalidade fora do comum. Comprei o livro e logo me apaixonei, encantei-me com o fascínio de seu estilo. Talvez tenha acontecido por razões pessoais. Meu catolicismo era, naqueles dias, de orientação apostólica romana, eu acabara de retornar de uma temporada de seis meses na Itália, e tinha uma sede de amizade que correspondeu a um livro dedicado ao "Amigo divino muito desejado". O capítulo *"A respeito de alguns amigos"* contém algumas das páginas mais lindas de Rolfe; e, mais uma vez, a abertura me pareceu um apelo pessoal. Senti-me atraído, é claro, pela imagem que o livro dava de uma vida livre, como obra de arte e aparentemente sem preocupações no ambiente da Roma que eu tanto amava. Maior do que isso, entretanto, era a sugestão de que essa personalidade interessante sofria em segredo e procurava um amigo que pudesse "compreendê-lo".
O que será que nos atrai à personalidade de um escritor que conhecemos apenas por meio dos livros? Ele pode ter a capacidade de nos entreter, emocionar ou impressionar com sua habilidade de descrever a psicologia de seus personagens, mas o que principalmente queremos encontrar nele é a compreensão e a simpatia pelas desilusões e pelas bofetadas da sorte, que fazem parte de nossa vida. Desse modo, às vezes, um escritor suscita em nós uma série de vibrações tão pessoais que sentimos que ele partilhou o nosso sofrimento e deu forma à dor há muito tempo guardada em nosso coração, nunca expressado

antes. Isso foi o que senti ao ler o livro; e, nesse caso, Corvo foi ainda mais longe: ele parecia encorajar o leitor a segurar a mão que ele lhe estendia em sua própria sede de amizade. Eu também sentia a mesma necessidade e dei-me conta de que podia oferecer a amizade que ele tanto procurava; mesmo sabendo que era como dar um tiro no escuro, escrevi ao Barão Corvo, aos cuidados de John Lane. Não esperava uma resposta, mas Rolfe respondeu: "Não sei se devo agradecer ao senhor pela carta ou detestá-lo. Agradecer ao senhor pela esperança que me traz ou detestá-lo pela ilusão que vai criar. Por ter acrescentado algo ao meu desespero. Fico feliz por você ter gostado do meu livro; mas você me assusta quando fala de seus conhecidos. O que isso tem a ver comigo? Será que você ainda não me conhece? Se realmente não me conhece, imploro que o senhor pergunte sobre mim aos meus treze piores inimigos, cujos nomes e endereços anoto aqui. Até que você faça isso, não posso responder à sua carta. Eu fugi secretamente e quero viver sozinho. Dediquei meu livro ao Amigo Divino, muito desejado. Não sei se esse amigo é você ou alguma outra pessoa no mundo."
Naturalmente, recusei-me a escrever aos treze inimigos de Rolfe e escrevi para ele falando que certamente os teria achado detestáveis, egoístas, prontos para misturar coisas divinas a seus interesses pessoais. Neguei que estivesse sendo influenciado por alguns dos meus conhecidos católicos que eu havia mencionado em minha carta. Disse também que queria conhecer Corvo tal como ele era, sem levar em consideração a opinião alheia.
Lembro-me de que cheguei a acrescentar (eu era muito novo naquela época) que o mistério do magnetismo pessoal era imperscrutável, mas que, se nosso encontro tivesse dado certo, eu estaria disposto a ser para ele o Amigo Divino e reivindicaria esse título até a morte.

Implorei a Rolfe que confiasse em mim.
Depois de tudo isso, Rolfe venceu sua desconfiança e me visitou no meu estúdio, em Westminster. Assim que ele chegou, eu me dei conta de que era bem diferente de como eu havia imaginado. Pessoalmente, era baixo e magro; usava óculos que acentuavam sua expressão míope e tinha um jeito tímido e distanciado, sem dúvida devido, como descobri depois, ao medo e à desconfiança, que eram parte de seu personagem. Ele me confidenciou fragmentos de sua história, sobretudo suas experiências no Scots College, em Roma. Fiquei impressionado quando soube de sua pobreza. Fiquei chocado ao descobrir que um homem que tivera um séquito de servidores e morara em um palácio aristocrático e viajara pela costa italiana por lazer estivesse reduzido a escrever as *Crônicas da Casa de Bórgia* "em condições de escravidão". Pelo que ele disse, entendi que não estava em posição de pedir a justa remuneração por seu trabalho, então sugeri a ele que contratasse um agente para representá-lo. Eu tinha visto no jornal que Stanhope Sprigge saíra da editora em que trabalhava e tinha passado a trabalhar como agente literário independente. Eu me ofereci para falar com Sprigge em seu nome. Ele concordou e acabei conseguindo despertar o interesse de Sprigge. Mas, quando vi Rolfe novamente, ele parecia muito perturbado com a descoberta de que Sprigge era católico e membro de um sodalício em Brompton. Provavelmente, ele suspeitava que, atrás da minha proposta, houvesse alguma razão obscura. Assegurei-lhe, firmemente, que eu não tinha relação alguma com jesuítas nem mantinha outras ligações secretas e, então, ele se tranquilizou. Porém, mais tarde, durante nossas caminhadas e conversas, ele voltou a repetir que, sempre que recebera alguma ajuda, fora para mantê-lo "trancado seguramente em algum lugar", e que mesmo aqueles jesuítas que não faziam parte do

complô não hesitariam, de maneiras sutis e invisíveis, em "colocar uma pedra em seu caminho".
Ele realmente tinha coisas muito duras a dizer sobre seus companheiros de religião. De acordo com ele, aqueles homens se comportavam em sua existência terrena como se não acreditassem numa vida após a morte, e ele sentia um desejo inconfessável, embora prazeroso, de vê-los "queimar no inferno algum dia". Quando as coisas começaram a dar errado para ele, seu ressentimento explodiu e ele pensava "alguém vai ter de pagar por isso". A ambição de sua vida sempre fora ser padre e ele não conseguia aceitar que o tivessem impedido. Em geral, ele tinha uma opinião péssima sobre os padres, e falava com desprezo do tipo de conversa que era comum entre eles, e ele mesmo contava histórias vagamente indecentes daqueles religiosos. Suas descrições dos colegas que haviam estudado na Scots College, e do reitor, monsenhor Campbell (que tinha confiscado dele uma *nécessaire* com artigos luxuosos, com a desculpa de que se travava de uma vaidade mundana), eram impiedosas.
Rolfe me visitou várias vezes em minha casa na Elms Road, em Clapham Common. Certa vez, durante um almoço, perguntei a ele se já tinha se casado. Sua resposta foi evasiva.
Ao piano, Rolfe se revelou um músico sensível. Ele adorava Guilherme de Norwich, o menino santo, e tinha composto um hinozinho adorável em sua homenagem. Queria transpor a música, mas eu a esqueci.
A propósito de Elms Road, acabei de lembrar que, em *Adriano VII*, Rolfe me caricaturou como Alfred Elms, o pintor cujos quadros alcançaram um sucesso comercial que eu nunca tive. Minha esposa, instintivamente, o detestava e não hesitava em chamá-lo de mentiroso, parasita e sexualmente anormal. Ela dizia que Rolfe lhe causava arrepios.

Rolfe enrolava seus próprios cigarros e, quando tinha dinheiro, pedia a uma pequena tabacaria em Oxford para preparar uma "mistura Corvo". Esse preparado tinha um aroma denso e encorpado, sem dúvida devido ao tabaco da Lataquia. Ele adorava a riqueza da língua italiana. Era divertido ouvi-lo elogiar a versão italiana de Ben Hur. Ele falava muito pouco de literatura em geral. Preferia fechar-se na sua atmosfera, embora, de vez em quando, citasse, com admiração, frases particularmente felizes. Emprestou-me o manuscrito do esboço de um romance fascinante, *Don Tarquinio*, que é a crônica de um dia na vida de um aristocrata romano.

Mais tarde, ele me mandou o manuscrito de outro livro, o diário apócrifo de um padre italiano, Dom Gheraldo, que estava a serviço de um nobre da Renascença. Com frequência ele falava sobre o livro e citava passagens ali contidas. Ele inclusive me falou de suas intenções de dedicar a mim essa obra extraordinária. Deixo para outros a tarefa de falar sobre Rolfe de uma forma mais aprofundada, mas o que acho importante destacar é que um mosaico tão maravilhoso de detalhes só podia ser a consequência de uma longa e minuciosa observação da realidade em condições bastante favoráveis. Nas minhas cartas, tentei sondar cautelosamente seus métodos criativos. A análise do processo criativo é uma das questões humanas mais fascinantes, e a técnica bizarra e elaborada de Rolfe despertava muito minha curiosidade. Onde ele encontrava seu material? Era inegável que ele amava, com uma enorme capacidade de compreensão, o período da história italiana em que se desenrolou o enredo de Dom Gheraldo; apesar disso, não pude deixar de me perguntar quanto disso era invenção, quanto era poder de adivinhação e quanto era uma elaboração sistemática de fragmentos e notícias reunidos de todas suas leituras. Sobre tudo isso, Rolfe não falava uma palavra; mas, uma vez, em resposta a uma carta em que eu formulava a hipótese de uma intervenção mediúnica, ele praticamente admitiu que sua capacidade intuitiva tinha de esperar por uma conjuntura favorável para dar certo.

É possível que a ideia de Dom Gheraldo tivesse sido sugerida a Rolfe por mim, incidente que ele mesmo relatou que ocorrera em Roma, enquanto esteve hospedado no palácio dos Sforza-Cesarini. Alguns pedreiros que estavam quebrando o pavimento do térreo para instalar um sistema de aquecimento descobriram, por acaso, uma masmorra profunda. Dá para imaginar o estado de grande excitação quando um dos pedreiros desceu nela e descobriu um esqueleto. Os restos mortais foram trazidos à luz e se reparou que o crânio havia sido perfurado. "Essa é a prova de que se tratava de um padre", disse Rolfe, e me explicou que essa forma de assassinato era reservada aos sacerdotes. O protagonista de *Dom Gheraldo* morre exatamente dessa maneira.

Mais de vinte e cinco anos depois, li um ensaio de Shane Leslie em que ele descreve uma visita feita por Rolfe a W. T. Stead: "Stead, antes de considerar o talento literário de Rolfe, deu uma moeda na qual o barão havia tocado à médium dele, Julia, que, do outro cômodo, exclamou: 'Ele é um impostor, ele tem um buraco na cabeça'. Então, Stead fez com que ele pudesse sentir o seu crânio, e eu senti nitidamente que havia um buraco! Rolfe foi imediatamente dispensado e pelo menos uma vez ele foi vencido por poderes mais sinistros do que os dele".

O veredicto de Julia, "Ele tem um buraco na cabeça", me surpreendeu muito. Seguramente, havia mais que uma simples coincidência nisso? Seria Rolfe uma reencarnação de Dom Gheraldo, ou ele teria injetado tanta realidade psíquica na vida de um fruto de sua imaginação que ele se identificava com ele?

Por falar nisso, é uma pena que *Dom Gheraldo* (não tenho

certeza absoluta de que era esse o nome, acho que Rolfe também o chamava de *Um retrato ideal*) esteja perdido. Talvez você seja capaz de rastrear esse fruto exótico da fantasia de Rolfe, algo ímpar entre os outros livros dele, pela variedade da invenção verbal. Nunca soube se ele cumpriu sua promessa de me dedicar o livro, pela simples razão de Rolfe haver decidido romper comigo, e esta deve ser a conclusão das minhas lembranças esparsas.

MALDIÇÃO

Queria poder escrever valdição![10] Mas minhas recordações se concluíram mesmo como uma espécie de maldição. Eu nunca soube muito acerca das negociações de Rolfe com Stanhope Sprigge, mas fiquei sabendo que o manuscrito de um livro dele fora perdido. Rolfe me pediu para enviar a ele uma lista das pequenas quantias que eu adiantara em nome dele. Depois que fiz isso, recebi um cartão-postal escrito com tinta de cores diferentes com a seguinte conclusão: "Quando o manuscrito que me foi roubado por seu cúmplice Sprigge for devolvido, vou pensar em acertar suas contas".!!!

11
UMA ESTRANHA COLABORAÇÃO

Mais uma vez, a sorte que me ajudara durante minha pequisa veio ao meu auxílio. Grant Richards, cuja memória foi para mim uma fonte inexaurível de notícias, mencionou o nome de Sholto Douglas como um amigo de Rolfe. O nome Sholto não é muito comum na família Douglas; apesar disso, eu havia conhecido três pessoas com esse nome. Um deles, eu tinha visto apenas uma vez, em um almoço na casa do amigo Vincent Marrot, um almoço que se tornou memorável graças a uma garrafa de vinho Madeira do ano de 1803. Intuitivamente, eu sabia que o Sholto Douglas que eu havia encontrado até então era o mesmo que Grant Richards conhecia. Confiante em minha suposição, escrevi a ele, e fiquei feliz em saber que eu não me enganara.

Brunswick Place, 27
Hove, Sussex

Caro senhor Symons,
Lembro-me perfeitamente bem da alegre noite em que tive o prazer de conhecê-lo e, desde então, esperava que pudéssemos nos encontrar de novo. No momento não estou morando em Londres. Tenho um trabalho curioso: estou encarregado de ensinar um rapaz de dezessete anos que, depois de aprender a ler e escrever com sete anos de idade, tirou férias por dez anos. A ignorância dele é

abismal. A princípio, achei que não iria conseguir, mas depois acabei por ficar imensamente interessado e espero ajudá-lo a ir bem longe.
Mas estou esquecendo de responder às suas perguntas. Sei muito pouco a respeito do Corvo. Li *À sua imagem e semelhança* há muito tempo, talvez em 1902. Escrevi a Corvo por intermédio de sua editora, pedindo mais informações sobre as lendas de Fioravanti e Guerino. Ele respondeu em italiano, explicando que não podia enviá-las a mim. Eu escrevi em francês e, dessa vez, ele me respondeu em latim. Então, enviei a ele uma longa carta em grego, depois da qual continuamos nossas correspondências em inglês. Por muito tempo, ainda, não o encontrei pessoalmente, mas decidimos começar uma colaboração. O que me lembro, depois de muito tempo, é que ele alterou uma série minha chamada *Resenhas de livros não escritos* que eu havia preparado sem, contudo, conseguir vendê-la para ninguém. Na minha opinião, ele danificou a série, mas eu tenho de admitir que conseguiu vendê-la para a *Monthly Review* e que não quis nenhuma remuneração por isso. Começamos a trabalhar numa história satírica de imperadores cruéis: na verdade, era eu quem escrevia tudo e Rolfe fazia as alterações, com as quais eu não concordava. Ele até trabalhou numa tradução que eu havia feito dos poemas de Meléagro de Gadara. Mas nada disso foi publicado e, no final, acabamos por brigar. Ele fez mudanças com as quais eu não concordava e eu exigi meu manuscrito de volta. Corvo recusou, dizendo que, depois de todo o trabalho feito por ele, o texto também era dele. Consegui o manuscrito de volta, junto com a maioria das cartas que eu escrevera para ele, em troca de todas aquelas que ele me escrevera. Bom, acredito que nós dois estávamos errados. Não fui suficientemente tolerante com seu temperamento idiossincrático e caprichoso. Em outras palavras, faltou

senso de caridade de minha parte. Corvo não era como os outros homens e eu errei em tratá-lo como uma pessoa qualquer e julgá-lo a partir de critérios normais.
Uma única vez eu tive o privilégio de vê-lo no seu pobre alojamento em Hampstead. Não era um ambiente adequado para um homem como ele: um quartinho comum, com algumas estantes e fotografias, principalmente de sua autoria. Acho que ele tinha uma ideia exagerada do próprio talento como desenhista; uma vez, ele me contou que fora ele quem desenhara as capas (não muito bonitas, na minha opinião) de *Don Tarquinio* e *Adriano VII*. Sua cultura clássica não era de primeira. Seu latim tinha erros e seu conhecimento do grego era comparável ao de Shakespeare. Quanto ao italiano, também me lembro de que uma vez ele cometeu um erro básico. Mas ele conhecia bem a história italiana: ali também ele tinha um modo quase perverso de não aceitar as opiniões alheias, às vezes discordava só por discordar, por exemplo, em sua análise dos personagens de Alexandre VI e Júlio II. Duvido de que essas recordações esparsas serão úteis para você. O fato é que eu sabia muito pouco sobre ele, provavelmente porque ele não queria que eu soubesse mais. Ele sabia muito mais de mim do que me contou sobre si mesmo. Acho que ele nunca aceitou o fato de eu não ser católico.
Estarei em Blackheath na primeira quinzena de janeiro. Será um prazer encontrá-lo, se o destino assim ajudar. Talvez possamos jantar juntos...

Atenciosamente,
Sholto Douglas

Depois de ler essa carta, não pude deixar de pensar mais uma vez na obstinada excentricidade que representava o traço mais típico de Rolfe. Quem, senão ele, entraria numa colaboração epistolar com uma pessoa desconhecida? Uma colaboração, ainda por cima, que tinha como objetivo a tradução de uma língua que ele mal conhecia? Que tipo de versão dos imortais poemas de Meléagro podia resultar disso?, curioso, escrevi para Sholto Douglas, pedindo que me emprestasse o manuscrito; mas, infelizmente, depois de procurar em vão, ele me falou que devia estar perdido ou fora destruído. Para me consolar da decepção que eu talvez tivesse expressado com muito exagero, Douglas entregou em minhas mãos as cartas que Rolfe lhe havia devolvido depois da briga que os dois tiveram. Conhecendo a história dessa correspondência, foi uma experiência estranha acompanhar, através dela, a dissolução de uma amizade entre dois espíritos afins que não haviam encontrado uma linguagem em comum. Essas cartas deviam significar muito para o solitário Rolfe, e o breve resumo de Sholto Douglas não faz jus à importância delas. Onde estava, eu me perguntava, o restante da correspondência? Perdida com os manuscritos, temo; uma das coisas que lamento sobre a minha pesquisa é que, embora tenha achado quase tudo que procurei, essas cartas a Sholto Douglas se perderam.

As primeiras cartas de Douglas que pediam informações, como qualquer outro leitor poderia pedir a um escritor de quem ele gostasse, não eram muito interessantes; a mesma coisa pode ser dita das cartas em francês e grego; mas, de uma carta posterior, eu me dei conta de que, como em Oscott e Holywell, Rolfe afirmava que havia estudado em Oxford e lamentava ter sido expulso de lá. Nesse ínterim, "Meu caro senhor" logo se tornou "Querido amigo". "Você me pergunta muitas coisas", escrevia Douglas, "que poderiam ser resumidas em uma só pergunta: 'Quem é você?', eu sou um homem sem dúvida bem mais velho do que você (na realidade, Rolfe tinha 40 anos e Douglas, 28); digo isso porque acho que você envelheceu muito rapidamente entre as primeiras histórias de Toto e a publicação de *À sua imagem e semelhança*. Sou um preceptor que trabalha o suficiente para reduzir sua pobreza a um nível tolerável. O que eu faço é injetar na mente confusa de meus alunos o princípio de raciocínio". "Minha primeira tutoria foi fácil e muito bem-sucedida; a segunda foi difícil e um fracasso que me ensinou muitas coisas que nunca mais esqueci. Aprendi, por exemplo, que sou apenas a versão masculina de uma governanta; que tenho de me conter e falar somente quando alguém fala comigo. Tento ser educado e ter a mesma opinião religiosa do meu empregador. Como aquilo que os outros esperam que eu coma e só fumo quando e onde os outros esperam que eu fume. Adoro as menininhas e não tenho excentricidades. Sou apaixonadamente interessado em brinquedos mecânicos e críquete; sou particularmente bom no críquete. Por causa de tudo isso, posso afirmar que sou um excelente preceptor."

Em troca dessas confidências, Corvo enviou ao amigo que ele não conhecia uma cópia da matéria do *Aberdeen Free Press*. A resposta foi encorajadora. "O recorte de jornal que você me enviou é um material interessante para um estudo sobre a calúnia, gostaria de lê-lo na frente de um espelho, para descobrir o que há por trás dele." Depois disso, Rolfe sugeriu que se encontrassem. Douglas parecia inseguro. "Deveríamos dar esse passo? Com certeza eu dou o meu melhor nas cartas. E você?" Apesar da hesitação, eles se encontraram. "Querido amigo, eu tinha formado uma imagem curiosamente errada de você. Não esperava de maneira alguma a gentileza e a humanidade que transparecem atrás de seus óculos." Até então, tudo corria bem.

Sholto Douglas não percebera que a carta que ele havia escrito em grego tinha impressionado Rolfe profundamente. Recém-saído de seus estudos sobre os Bórgia, Rolfe ainda estava imbuído do espírito da Renascença, quando o fato de conhecer o grego era um teste para um cavalheiro de verdade. Corvo tinha mergulhado no estudo dos clássicos com todo o ardor de um amador. Ele queria aprender coisas novas e, ao mesmo tempo, esconder o fato de que era um novato que só possuía um conhecimento superficial da língua. O contato com a grande cultura de Sholto Douglas era uma experiência luminosa que Rolfe aceitou, sem trair, com isso, as próprias limitações. A tarefa estava ao seu alcance, já que ele tinha familiaridade suficiente com os autores Latinos para dar uma impressão de erudição através dos comentários sobre os livros que ele lia e admirava. Quanto ao grego, o idioma não lhe era completamente desconhecido. As páginas das histórias de Toto são cheias de adaptações do léxico grego. Essa era uma forma de ostentar conhecimentos que ele não tinha, mas no mesmo espírito de Edgar Allan Poe, que se deliciava em revisar e corrigir as traduções do alemão, embora seu conhecimento da língua fosse menor do que o de Rolfe em relação ao grego. Ambos possuíam um sentimento verdadeiro pela literatura, comparado ao qual a erudição é apenas uma luminária apagada.

Quando Rolfe descobriu que Douglas guardava, em uma gaveta, um certo número de manuscritos inacabados e uma tradução inédita de Meléagro, ficou contentíssimo e pediu logo para lê-los. Mas, nessa estranha correspondência, uma coisa era pedir e outra bem diferente, conseguir. Douglas era um provocador hábil e possuía um senso de ironia e humor que testaria de forma dura a seriedade de seu amigo. Em resposta a uma longa carta sobre Ausônio, por exemplo, em vez do comentário racional que Rolfe solicitava, ele enviou uma invectiva contra Southsea, nos seguintes termos: "Tudo é sem graça e emplastrado; esplanadas, passeios, mulheres pintadas, pavilhões e chá Lipton. Imagine a lama que sobrava na beira depois da maré alta, seque-a e faça tijolos com ela; com esses tijolos, construa uma maldita cidade de casarões, junte uma esplanada e plante árvores por todo lado; decore com realejos e píeres. e encha-a de bondes elétricos... então, caia de joelhos e se compadeça de mim." Rolfe não achou nenhuma graça e pediu de novo o Meléagro e os outros manuscritos.

Passado um tempo, ele os conseguiu com esse aviso: "Há um número suficiente deles para fazer um boi morrer de rir. Minha cabeça devia ser feita de couro para fazer sapatos quando escrevi essas coisas." O pacote que recebeu continha todos os escritos mencionados por Sholto Douglas em suas cartas. Havia algumas *Resenhas de livros não escritos* muito rústicas, cujo títulos já dão uma ideia: *Reportagens sobre a campanha na África do Sul*, de Maquiavel; *Vida de Carlyle*, escrita por Johnson; *De moribus et populis Americae*, de Tácito; *A história da Inglaterra*, de Heródoto; *A Gramática dos inconformistas*, do Cardeal Newmann. Havia também o início de um livro que consistiria em estudos de trinta imperadores romanos: Carino, Heliogábalo, Cômodo, Pertinax e outros escritos num só fôlego, uma mistura de Carlyle com Edgar Saltus, com títulos como *Um colosso do quarto de dormir* e *Um cabrito disfarçado de padre*. Douglas mostrava-se cético quanto ao valor deles e descrevia seu estilo da seguinte forma: "Eu inventei um novo método para escrever que é uma receita para o fracasso. Basta pegar três adjetivos, um dos quais sem sentido e os outros dois tais que não possam ser usados na alta sociedade; construa ao redor deles uma frase, se possível na segunda pessoa do singular (isso te permite começar pelo sujeito e arrumar as outras palavras para que fluam bem), termine todas as terceiras frases com um ponto de exclamação e pronto!" Por fim, havia a versão do Meléagro.

Sozinho em seu alojamento sombrio de Hampstead, Rolfe começou a revisar e dar formato a esse material muito incipiente e conseguiu melhorá-lo, a ponto de certo número de *Resenhas de livros não escritos* ser publicado na *Monthly Review*. Rolfe havia inventado alguns novos tópicos: *Cartas de Lorde Chesterfield a Pierpont Morgan*, *Oração de Cícero em defesa de Joana d'Arc*, "*O épico dos Bórgia*, de Marlowe". "Você transformou meu lixo em literatura com seu maravilhoso talento ático", escreveu entusiasticamente Douglas. Na realidade, Rolfe não havia conseguido tanto assim, e as *Resenhas de livros não escritos* continuam a ser uma obra que não vale a pena redescobrir, embora, como em tudo o que Rolfe tocou, contivesse ideias interessantes. Por algum tempo, o livro sobre os imperadores romanos parecia mais promissor, e os dois colaboradores encontraram fontes obscuras e esquadrinharam volumes antigos para encontrar novo material. Mas, quando o divertimento da pesquisa terminou, Douglas perdeu a confiança no próprio trabalho. "Tenho escrito por quatro dias com toda a diligência de que sou capaz e provei a mim mesmo que não sei escrever." "Oh, é muito triste", e acrescentou alguns dias depois, "agora sei o que aconteceu: escrevo como Carlyle. Eu me dei conta disso enquanto trabalhava em Cômodo. Até hoje, não ousei confessá-lo nem a você, nem a mim mesmo. Faz seis meses que li *A Revolução Francesa* e, enquanto isso, devia ter me desintoxicado. Devia ter lido alguns antídotos. Whitman, por exemplo, Ésquilo, Cirilo, Tourneur e Tácito. Ou talvez eu devesse me dedicar a um emético, como Gibbon?" Por último, Douglas implora: "Meu amigo, você realmente quer que eu continue me torturando ao extrair de mim essas banalidades? Nem você pode tirar delas algo de bom. É tempo perdido. Continuo só para agradar a você: queria que você me desse autorização para interromper". No final, Rolfe concordou com o fato de que as dúvidas de Douglas tinham fundamento; e *Trinta imperadores* sobrevive só no limbo das obras inacabadas.

    Sobrava a tradução de Meléagro, que, entre os três projetos, era aquele que mais interessava a Rolfe. Ele se sentia lisonjeado só de pensar que traduziria, mesmo que só parcialmente, do grego, e começou a examinar minuciosamente o texto de Meléagro, com o dicionário nas mãos, na esperança de deixar uma marca pessoal no rascunho de

Douglas. O problema é que ele conseguiu fazer isso bem demais. No começo, as críticas de seu colaborador foram moderadas: "O metro sáfico que você usa não convence o ouvido. Acho que ficaria melhor usando os jâmbicos. O ritmo que você escolheu é elaborado demais, e isso te causa dificuldade, a ponto de eu encontrar na leitura mais do Rolfe do que de Meléagro: isso é um erro". Quanto mais Rolfe se entusiasmava com seu trabalho, mais as relações se desgastavam. Uma das coisas que mais irritava Douglas era a mania de Rolfe de usar ortografias e transliterações totalmente pessoais. Ele escrevia *"public"* com a arcaica letra k final, e seu excesso de precisão o induzia a escrever "Kypris" ou "Kupris", em vez do normalmente aceito "Cypris". Da mesma forma, ele preferia "Meléagros", em vez da transliteração mais comum "Meléagro". Sholto Douglas primeiro reclamou fracamente e depois foi ficando indignado com o "pedantismo gritante" de seu colaborador. "Não. Não. Não. O objetivo é traduzir Meléagro. Recuso-me a aceitar plágios de Rolfe e chamá-los de Meléagro. Você pode usar eufuísmos, se quiser, mas não pode oferecer uma versão falsa de um poema inteiro." Rolfe também foi acusado de exibir uma cultura de segunda mão. Além disso, "um estudo detalhado de sua versão só vem a confirmar a minha primeira impressão, de que você não conseguiu encontrar a verdadeira alma de Meléagro, e seu ouvido o levou em uma direção errada, induzindo-o a erros que você cometeu por amor ao requinte; errar por amor à simplicidade seria mais perdoável". Outras repreensões se seguiram quando o manuscrito, alterado de forma profunda, foi devolvido ao autor. "Não me oponho à forma de trabalhar, mas meu caro, caro amigo, um de vocês é Meléagro e o outro não é: você é livre para pensar que Meléagro estava esteticamente errado e não devia terminar o poema como terminou: mas isso não pode justificar seu desejo de mudar seu sentido." Finalmente, Douglas, que, apesar de ter consciência de sua falta de talento como escritor, possuía uma consciência de acadêmico muito mais ativa do que a de Rolfe, explodiu: "passei os olhos por algumas partes de sua nova versão, e o material me deixou tão nervoso que eu mal consigo falar. Eu quero pegar um lápis azul e riscar tudo. Estou simplesmente em prantos por isso. Ah, por que discordamos assim? Que erro fatal foi o meu enviar o manuscrito para você. Eu daria tudo para voltar àquele dia e não ter cometido esse erro. Será que tenho que falar para você todas as alterações que considero necessárias? Ou você confia tanto em si mesmo que devo enviar o manuscrito de volta intocado e deixar tudo em suas mãos?".

Isso foi o fim. Rolfe havia aturado as críticas de Douglas com uma paciência da qual eu não sabia de que era capaz, sem dúvida por respeito a uma cultura que ele reconhecia como superior à dele; mas, diante de uma crítica tão extrema, seu orgulho ficou ferido, e a amizade e a correspondência chegaram ao fim, embora, aparentemente, não houvesse ressentimento de nenhum dos lados.

Por trás dessa controvérsia literária, as cartas revelam, às vezes, aspectos obscuros. Numa delas, Douglas fica feliz com o fato de os oficiais de justiça não perturbarem mais a paz de Rolfe; em outras, evidentemente, conhecendo a pobreza de seu amigo, Douglas anexava pequenas quantias de dinheiro, supostamente para pagar pelos selos, pelo papel e por outras despesas afins. Enquanto o tradutor azarado caçava a palavra mais adequada no dicionário, a sombra da miséria obscurecia as nuvens sobre sua cabeça.

Enquanto a parceria com Sholto Douglas passava por altos e baixos, e Rolfe se tornava especialista nos mistérios do grego e de Meléagro, engajou-se em outra tarefa literária tão surpreendente quanto essa, e rompia com outro amigo. O amigo era Temple Scott, que, como o leitor deve lembrar, havia deixado a Inglaterra para desempenhar a função de agente de John Lane nos Estados Unidos, levando consigo a bênção de Barão Corvo e sua esperança para que os leitores americanos conhecessem sua obra. Temple Scott estava disposto a levar adiante essa tarefa, no que estivesse ao seu alcance.

Os livros através dos quais o público americano viria a familiarizar-se com Corvo era *À sua imagem e semelhança*, e uma nova tradução de Omar Khayyam. O segundo projeto, por um lado, se devia a uma recomendação de Harland e Kenneth Grahame, e pelo outro, à vasta popularidade que a versão de FitzGerald obtivera. Ao esquecimento em que aquela obra-prima persa tinha caído, seguia-se agora uma grande popularidade; várias edições haviam saído por diversas editoras. O *Rubaiyat* se encaixava bem no temperamento de uma geração rebelde contra os dogmas religiosos; e o pensamento pagão de Omar dava uma forma poética ao novo materialismo que se seguia às teorias de Darwin. Várias versões "comparadas" e "ilustradas", feitas por pessoas que achavam que se sairiam melhor do que a clássica tradução de FitzGerald, ou que simplesmente queriam ganhar um pouco de dinheiro, inundaram o mercado. Poucos dos "novos" tradutores sabiam algo de persa; mas essa circunstância parece não ter representado empecilho. De qualquer forma, não impediu Rolfe.

A mina que havia fornecido uma fonte comum a esses ousados tradutores era a tradução francesa de todas as quadras de Omar, feita por J.B. Nicolas, um funcionário público francês que havia passado muitos anos no Oriente. FitzGerald, por sua vez, havia traduzido apenas cento e um versos; a maioria dos outros tradutores ingleses havia seguido seu exemplo, apresentando apenas uma seleção das quadras, aquelas que tinham sentimentos e ideias afins. A ideia de Rolfe, muito boa em si, era fazer a primeira tradução para o inglês das quatrocentos quadras traduzidas por Nicolas. Se alguém o tivesse desafiado, Rolfe seria capaz de extrair significado até mesmo a partir do original persa; em comparação, a tarefa que ele estava começando era fácil.

Seguindo o conselho de Temple Scott, que seria o autor do Prefácio, John Lane aceitou publicar o livro, adquirindo os direitos por vinte e cinco libras. Corvo completou sua tarefa no prazo, e sua tradução publicada em 1903 leva muitas marcas da excentricidade do autor. Nathan Haskell Dole, um orientalista americano contribuiu com a introdução do livro, observa: "Frederick Barão Corvo se revela um tradutor magistral. Ele frequentemente penetra nas filigranas decorativas da tradução francesa para encontrar algo que se aproxima da maravilhosa concisão e densidade de Omar. Em uma passagem, por exemplo, com uma engraçada falta de humor, escreve que o rouxinol fala *'dans un langage approprié à la circostance'*, a tradução inglesa é 'sussurra-me com a língua apropriada.' O tradutor frequentemente usa palavras gregas com muita habilidade, como no verso 'Inicie-se em todos os mistérios, agora, pois por quais novas orgias deves ansiar', que é grego do início ao fim e revela de forma elegante, a obscenidade do texto persa. A expressão *'un verset plein de lumière'* é traduzida de forma eficaz como um 'verso diafótico'; a luz é Astrarche, a rainha das estrelas. Ele fala de 'tranças loiras virginais' e, com uma intuição realmente genial, transforma a palavra grega *agapema*, que significa 'o objeto do amor' e que é neutra, em um nome próprio muito lindo: 'a garganta de Agapema'.

Talvez esses elogios sejam merecidos, mas, com certeza, apenas um leitor entusiasta pode ler com prazer a tradução de Rolfe. Além das peculiaridades de suas transliterações, que dessa vez Sholto Douglas não podia impedir, há um peso formal que a escrita criativa de Rolfe torna apenas tolerável. Um exemplo: "Se um estranho lhe for fiel, trate-o como um parente; se um parente traí-lo, trate-o como um estranho". Outro exemplo: "Deus, moldando a argila do meu corpo, sabia o que eu faria. Não sou culpado sem a sua conivência. Poderá ele, portanto, no dia do Juízo Final, deixar que eu queime no inferno?". Entretanto, Rolfe estava muito satisfeito com sua tradução, e esperava que ela tivesse sucesso. "Os filisteus", escrevia para Temple Scott, "amam a escuridão fácil. Não deixe que a primeira impressão o induza ao erro. Seguindo estritamente as regras filológicas, eu inventei um novo conjunto de palavras inglesas que expressam o significado do texto persa usando a língua grega, pois elas atingem os olhos e, no mesmo instante, o cérebro. Qualquer um pode entender o significado de *Hubrístico*; a referência no glossário mostrará que se trata do epíteto que Homero usa para os pretendentes de Penélope, jovens rudes, embriagados, libidinosos e alegres. Em uma palavra: descarados, mas dito de uma forma mais pregnante". Infelizmente, se aquele "qualquer um" significava o leitor médio, ele com certeza não tinha condição de entender. Lane não queria enfrentar a ulterior despesa de imprimir o glossário; assim, os "arquelenismos" de Rolfe (como um crítico depois os chamou) não foram apreciados pelos filisteus, apesar de terem divertido os estudantes apaixonados por palavras excêntricas. Essa complicada nova versão de Omar foi um fracasso completo, tanto na Inglaterra como no Estados Unidos. Rolfe, em vez de assumir a responsabilidade pelo fracasso, culpou Temple Scott e Lane. "Em Londres, achei que ele merecia pena e caridade", escreveu-me Temple Scott, "na carta que me escreveu em Nova Iorque eu o achei mal-agradecido e desrespeitoso pela gentileza e pela ajuda que eu dera a ele. Descobri que ajudá-lo era uma tarefa difícil. Havia nele uma acidez inata que arruinava qualquer contato humano; e essa acidez não podia ser adocicada, mesmo que ele quisesse; e tenho certeza de que ele queria fazer isso. Eu cessei minha correspondência com ele quando percebi que ele estava se tornando desconfiado de forma ofensiva, e que era impossível satisfazer suas exigências".

Antes da ruptura final, entretanto, Rolfe enviou a seu amigo um bom número de cartas que continham elementos interessantes: "Não se dê o trabalho de me contar sobre a sua viagem", escreveu logo depois da partida de Temple Scott, "esse é o hábito mais entediante dos viajantes. Quando eu viajava e tinha amigos (*passez-moi le mot*) que me pediam notícias, depois das primeiras cartas, eu me descobria falando as maiores mentiras. O relato de viagens fica logo muito entendiante e você é obrigado a inventar". "Eu não imito ninguém", escreveu em outro momento de expansividade, "eu me limito a cultivar minhas idiossincrasias e isso me torna original". E continuando: "Envie para mim mais revistas de literatura e jornais se puder, qualquer coisa que me impeça de perder a sanidade. No final das contas, preciso de muito pouco para me divertir; e, apesar disso, nunca me divirto. E um homem que não se diverte não pode ser sério".

O tom dessas cartas era, na maioria dos casos, amigável; mas, ao menor sinal de tensão, Rolfe mostrava as garras:

> Na noite passada recebi sua carta desagradável datada de VII de junho.
> Desagradável, por causa das várias heresias abomináveis que a correspondência contém.
> *Item*: que você agora me conhece.
> Ninguém me conhece. Nem eu me conheço. Eu sou o que sou a cada momento, totalmente concentrado em uma coisa e, depois, totalmente concentrado em outra. E você alega que me conhece? *Anathema sint!*
> *Item*: que você não possui imaginação.
> Isso não é verdade. Sua carta o desmente. É tudo imaginação. *Anathema sint!*
> *Item*: que eu estou satisfeito com meu livro sobre os Borgia.
> Isso não é verdade. Podia ter saído três vezes melhor.

Teriam sido necessários mais setenta e oito medalhas, uma viagem a Roma, Milão, Ferrara, além de mais dois anos de trabalho. É só uma coisa pequena, insatisfatória e pretensiosa. *Anathema sint!*

Item: que eu sou um sibarita luxuoso.
É uma acusação diabólica. Isso mostra quanto as calúnias insidiosas do *Aberdeen Free Press* influenciaram até mesmo você. As pessoas são acostumadas a classificar. Só sabem classificar. É muito fácil acusar uma pessoa fora do comum de ser um sibarita. Tenha a gentileza de notar que eu não sou. Detesto morangos, e mal suporto aspargos. Eu realmente me orgulho de ter gostos difíceis, mas o que procuro é pequeno e simples. Não me importo excessivamente com comida nem com roupas. Prefiro omeletes, verduras e um roupão ao luxo, o que não é natural. Imploro aos deuses surdos que me deem um clima bom, livros, pedras preciosas, um bom banho, cinco escravos e minha alma desnuda. Mas morangos e aspargos... *Anathema sint!*

A carta mais interessante enviada a mim por Temple Scott define a atitude de Rolfe em relação ao amor e à paixão:

Às vezes fico espantado diante daquela coisa estranha que as pessoas chamam de amor. Seria absurdo negar a existência desse sentimento porque, de vez em quando, deparamos com um homem ou uma mulher cuja vida é ligada à vida de outra pessoa de uma forma que escapa à nossa compreensão. Essas pessoas conseguem tolerar a presença contínua do outro. Deve haver algo por trás disso!
Acho esse fenômeno muito engraçado. Aprecio bastante o prazer carnal, mas gosto de mudar de vez em quando. Até

mesmo os perdizes ficam cansados depois de alguns dias. Só os hipócritas e os burros criticam os prazeres carnais; mas fico estupefato diante daqueles que chamam de sagrado aquilo que é puramente natural. Acho que, dessa forma, eles acabam por enganar a si mesmos. Assoar o nariz (nunca aprendi a fazer isso) é uma necessidade natural. Mesma coisa com o coito. Porém, este último é chamado de sagrado, e o primeiro passa despercebido. Por que alguém tem de dar mais importância a um que ao outro? Não considero o problema muito interessante. As pessoas acham que isso é perversão. E, vulgarmente, confundem o geral com o particular. Sem dúvida, cada instante de nossa vida passado sem contemplar a graça divina é perversão. Mas é um pecado perdoável porque o amor verdadeiro sabe perdoar.
Em suma, exceto do ponto de vista carnal, eu não consigo entender o amor de um homem por uma mulher; mas, caso se trate de amor carnal, entendo, sim. Além do amor carnal, é possível haver apenas certa correspondência de gostos ou certa simpatia física ou espiritual.
Quanto a mim, apodreço nas minhas correntes, a vida só olha por um instante pela janela da minha prisão, mas passa direto. Uma armadura de indiferença gélida me envolve e ninguém tenta penetrá-la. Estou sozinho, à margem de tudo.

A neurose peculiar que acometia Barão Corvo o afastava dos amigos e de todas as potenciais fontes de renda. Ele ainda tinha uma casa, o quarto em Hampstead que Slaughter havia oferecido a ele. Mas Slaughter fora embora para servir o exército na guerra da África do Sul e não voltara. Seu lugar como benfeitor de Rolfe agora tinha sido tomado por Harry Bainbridge, um jovem químico que, por mais de dois anos, o ajudou de várias formas e muito amigavelmente. Mas Bainbridge também deixara a casa de

Hampstead e Rolfe se viu numa situação desesperadora.[11] De uma forma ou de outra, ele deve ter ganhado ou pedido emprestado pequenas quantias de dinheiro; mas é difícil saber como. Mais ou menos naquele período, ele conseguiu o apoio de J.B. Pinker, um conhecido agente literário; e, reanimado pela recomendação, tentou em vão publicar *Dom Gheraldo* (que agora se chamava *Don Renato*), a tradução de Meléagro e as *Resenhas de livros não escritos*, que escrevera em colaboração com Sholto Douglas. Desistira de qualquer desejo de glória: "Não procuro a fama literária, apenas o sucesso comercial", explicou a um leitor de uma editora que examinava seus livros não publicados; "O que procuro é uma editora com que eu possa realmente colaborar. Darei à editora das minhas obras total liberdade para inventar um personagem e atribuir a ele a autoria dos livros. Eu mesmo estaria disposto a encontrar um nome para esse personagem, se um nome pode servir para algo". Estava claro que o nome dele, Barão Corvo, não servia para nada.

O que ele mais desejava, acima de tudo, era qualquer virada da situação que lhe permitisse tornar-se independente. "Estou passando por um período terrível de preocupações econômicas", escreveu a um correspondente nos Estados Unidos:

> Meus ouvidos zumbem incessantemente e, às vezes, é como se minha cabeça tivesse virado chumbo. Tenho um gosto ruim na boca e minha língua está aveludada e ressecada. Não toco em álcool faz anos. Só fiquei bêbado uma vez na vida, e isso foi por acaso, quando eu tinha seis anos. A cada dia minha capacidade de pensar diminui, acho quase impossível desenvolver qualquer atitude intelectual, até mesmo as conversas, desde a hora em que acordo até a hora do chá. Consigo conversar, escrever, mas são apenas ações mecânicas. Para isso, não há cura, a não ser descanso e a ausência de preocupações.

Se conseguisse essas duas coisas, eu poderia sair dessa situação. Não tenho um amigo no mundo que possa me ajudar. Os mecenas não existem mais, ou pelo menos nunca os encontrei. Os críticos elogiam meus livros e todo dia alguém prevê um imenso sucesso comercial deles: mas ninguém jamais teve a ideia de investir um pouco de dinheiro em mim, para me manter vivo e me permitir alcançar o sucesso prometido. Mil libras (digo o primeiro número que me passa pela cabeça). Nada além disso; um valor fixo que eu possa receber de uma só vez seria suficiente para espanar as teias de aranha que estão me mantendo preso e me proporcionar confiança, a força e a sensatez necessárias para usar meu talento. Não tenho ninguém com quem contar, e isso me mata.

O segredo reside na quantia fixa. Isso é essencial. As pequenas quantias são mais do que inúteis; deixando-me exasperado e me irritam, porque prolongam a agonia sem trazer nada realmente bom. Com um pequeno capital, eu poderia pôr fim aos meus constrangimentos, dormir por um mês numa praia ensolarada e tirar de minha cabeça os pesadelos horríveis desses dias; e então voltaria a trabalhar com energia renovada, sabendo ter algo que me amparasse sem ter de desistir de uma caminhada quando tivesse vontade, só para poupar o couro dos sapatos ou uma camisa limpa e um colarinho para quando tiver de visitar uma editora ou cuidar de minha mãe e de minha irmã. Isso dará a você uma ideia vaga das restrições que me atormentam.

Enquanto vagava por Londres nessas condições, fazendo contatos, mas não fechando contratos, com editoras que recusavam qualquer acordo, um antigo amigo de turma o encontrou por acaso e sentiu compaixão pelo escritor faminto. Esse amigo fora alertado sobre Rolfe por Kains-Jackson, ao qual respondeu da seguinte forma:

Você não entende nossa atitude em relação a Corvo. Ele tem medo dos outros homens, tem medo de toda publicidade, tem medo até da luz do dia. Bem, nós decidimos aceitá-lo assim como ele é, sem preconceito, e dar-lhe uma nova chance. Esquecemos os últimos vinte anos de sua vida; os outros, pelo contrário, se recusam a esquecer. Por isso, F. e eu somos as únicas duas pessoas no mundo em quem Corvo acredita e consegue confiar. Nós o salvamos de si mesmo, ignorando, de propósito, qualquer coisa que haja de errado nele, e ele reage corajosamente a essa nossa atitude. Não podia esperar nada diferente por parte do homem que eu conheci e amei anos atrás. Para nós, ele continua sendo F. W. Rolfe, sem outras identidades. Naturalmente, ao nos expor dessa maneira, vamos correr um risco; mas alguém tem de arriscar alguma coisa se quiser chegar ao milagre da cura. E é isso que nós queremos... Ele diz que não ousa encontrar você ou outras pessoas amigas de Gleeson White. Acho que é porque você sabe demais... É claro que Corvo é uma espécie de pária raivoso, amargo e perseguido; ele se comportou mal com o mundo e agora tem medo dele. Ele estragou a própria vida; o que queremos é injetar uma nova esperança nele, ainda que ele não mereça isso; ele não nos magoou e nós não o magoaremos: essa é a primeira vez que ele compreende isso em dois seres humanos; não se preocupe com minha amizade com Corvo, posso garantir que o motivo fundamental para me aproximar dele foi um sentimento de sincera compaixão por seu terrível estado. Nem seus conselhos, nem sua influência, contam para mim. Não posso me permitir ser excêntrico, mas não me importo de servir de alavanca.

Mas até esse amigo bem-intencionado foi rejeitado depois de um breve período. E Barão Corvo, mais uma vez, se encontrou sozinho em sua miséria. A roda de sua vida havia completado outro ciclo: como Íxion, ele era igualmente pobre, sem amigos, sem perspectivas e afastado do mundo tanto quanto na época em que trocara a Itália pela Inglaterra, em 1890, ou Holywell por Londres, em 1898. Mas a resolução desesperada que já havia mantido Rolfe vivo em meio a tantas dificuldades ainda não se esgotara: encontrou um refúgio de suas decepções e arrependimento em si mesmo e, aceitando seu destino de solidão, encontrou a força necessária para recomeçar do zero outra vez. Pela quarta vez, ele deixava para trás o passado para construir uma nova vida. Para fazer isso, precisava de um novo nome; e "já que havia decidido", como escreveu ao irmão, "considerar como se nunca tivessem existido os anos de labuta sob o pseudônimo", ele abandonou o título de Corvo da mesma forma como o havia adotado: com certeza, esse nome não havia trazido sorte alguma. A partir daquele momento, ele passou a assinar "Fr. Rolfe". A abreviação "Fr." significava Frederick; mas, em sua cabeça, aqueles que interpretavam erroneamente como *"Father"* (Padre) estavam apenas reconhecendo a marca daquela vocação divina que a Igreja não tinha conseguido enxergar.

12
INTERREGNO

A essa altura, eu podia dizer que conhecia suficientemente bem o personagem. A resposta para quase metade das perguntas que eu fizera a mim mesmo no começo da minha pesquisa estava nas minhas mãos. Eu havia descoberto as etapas da longa sequência de desgraças, das quais Rolfe tinha procurado alívio escrevendo *Adriano VII*, o primeiro fruto de sua nova vida. Um homem feliz não poderia escrever um livro assim: faltar-lhe-ia o impulso. Em seu *roman à clef*, Rolfe havia dramatizado as desventuras de sua vida e tinha conseguido tornar reais seus sonhos e suas esperanças. Através dessa projeção paranoica de si mesmo, havia desabafado todo o seu ressentimento contra aqueles que, na realidade ou apenas em sua cabeça, o haviam ofendido, "tirando de seu peito um peso insuportável". Todo o ressentimento que ele tinha guardado por anos, contra o padre Beauclerk, contra John Holden, contra Trevor Haddon, contra os companheiros de turma do Scots College, contra o autor da matéria do *Aberdeen Free Press* e contra seus superiores eclesiastas, tudo foi vingado nesse livro. Rolfe saiu dessa escrita revigorado, como um pecador depois da absolvição, pronto, sem perceber, para outro giro da sua roda de tormento. Mas o alívio não podia ser duradouro. Na vida de um homem, há um enredo recorrente, ora difícil de descobrir, ora evidente na superfície: mas, tanto no primeiro como no segundo caso, esse enredo é desenhado internamente. Até o fim deste livro, o enredo de Rolfe será, espero, suficientemente claro, se já não está. Não é o momento para um julgamento definitivo sobre sua personalidade distorcida; e nem acho necessário investigar se ele seria capaz de encontrar uma solução duradoura para suas angústias. Por enquanto, assim como o gato que rumina a grama, ele tinha encontrado sozinho sua própria cura, e o tempo faria com que suas desgraças fossem renovadas, mergulhando-o em novas amizades e novas desventuras. Devemos lembrar, entretanto, que Rolfe, com *Adriano VII*, fizera muito mais que acertar contas antigas. Nesse livro assombrado, ele havia se expressado: ele era muito mais que o homem ingrato que as pessoas viam nele, muito mais que o impostor sem escrúpulos, muito mais do que o homossexual egocêntrico de Aberdeen, de Holywell e de Roma. Em *Adriano VII*, há grandeza, genialidade e a verdadeira marca de uma personalidade única e vital. Aqueles que estão dispostos a condená-lo deveriam reler a súplica do *Prooimion* antes de emitir seu veredicto.

Eu tinha nas mãos, como disse, a resposta para cerca de metade das perguntas que tinha feito a mim mesmo depois de ler *Adriano VII* e as cartas de Millard. Sabia como a obra-prima de Rolfe fora escrita, e que tipo de homem era o autor; mas o resto ainda esperava por uma solução: o que tinha acontecido com os manuscritos perdidos? Quais circunstâncias tinham levado à morte de Rolfe em Veneza? A busca ainda não estava encerrada.

Os parentes de Rolfe não foram retratados em *Adriano VII* como seus outros conhecidos. Em vez disso, ele buscou e obteve reconciliação. Não parecia haver nenhum impedimento à sua *vita nuova:* e, quando seu romance encontrou uma editora, menos de um mês depois de ter sido concluído, pareceu verdadeiramente que ela começaria sob os melhores auspícios. "Essa é a primeira obra de Fr. Rolfe", escreveu ao seu irmão; e dessa vez ele obtivera boas condições. Além do valor inicial, o autor receberia um xelim por cada cópia vendida além das primeiras seiscentas. "Tenho razões para acreditar que Chatto e Windus é outro nível de editora, em comparação com Lane and Richards", escreveu muito sério para o irmão, mal suspeitando de que esse novo negócio acabaria de uma forma ainda pior do que os outros. Mas, pelo menos dessa vez, ele não se abandou às absurdas esperanças que havia depositado nos livros anteriores. "Atualmente", escreveu para Herbert Rolfe, "estou passando pela depressão que sempre se segue à publicação de um livro. Uma parte de mim foi arrancada, e eu me sinto fraco como uma parturiente. Depois de um tempo, a natureza vai repor o que saiu de mim. Mas, por uma semana, estarei totalmente destruído. Enxergo isso como uma aposta que eu fiz", acrescentou mais tarde. "Nunca fiz questão de ler as resenhas de meus outros livros e, sabendo o que sei agora, por experiência própria, sobre a arte de resenhar, a inteligência, assim como a boa-fé dos críticos, com certeza não vou procurá-las, não vou me preocupar com elas ou me deixar influenciar por elas. Sei que fiz o melhor que pude; se o que fiz não foi bom o bastante, tentarei de novo."

A única pessoa que deu à obra-prima de Rolfe o devido valor foi Henry Murray. "É um livro", escreveu ele, infelizmente, com otimismo injustificado, "pelo qual é lícito prever um grande sucesso, um livro que tem momentos extraordinários, sem nunca deixar de ser admirável". Murray citava longos trechos para ilustrar as qualidades da obra, e elogia com coragem a inteligência, o estilo e o enredo. Mas, apesar desses elogios, e dos de outros críticos, *Adriano* ainda não conquistou o espaço que merece na história da literatura inglesa. Padre Martindale, da Companhia de Jesus, que Rolfe tanto temia, observa: "Sobre o livro todo, é lançada a uma luz inquietante; sua força epigramática é contínua e é possível sentir a presença de uma corrente subterrânea de paixões pessoais incandescentes". Quanto à minha própria impressão, eu a descrevi no primeiro capítulo. Outro que ficou deslumbrado com seu fascínio foi D. H. Lawrence, que escreveu: "Esse livro fica entre os testemunhos de nossa época e não pode ser desconsiderado. Se é o livro de um demônio, como seus contemporâneos escreveram, é o livro de um homem realmente possuído pelo demônio, não de um *poseur*. Se é uma obra refinada, é refinada de uma forma autêntica e vital".

Rolfe acreditava em anjos da guarda; mas o dele devia estar cansado demais para protegê-lo de novos infortúnios. No outono de 1903, enquanto estava trabalhando em *Adriano VII*, entrara em contato, através de um anúncio de um jornal, com um homem que mais tarde ele descreveria como "um coronel obeso cor de magenta com um bigode preto desbastado e um sotaque galês." Tratava-se do Coronel Sir Owen Thomas, que mais tarde se tornaria o General Sir Owen Thomas, que tinha servido com distinção na guerra contra os bôeres, e, naquela época, era conselheiro da Companhia Imobiliária de Rodésia. Nesse cargo, ele recolhera uma grande quantidade de dados e notícias a respeito dos prospectos de exploração pecuária e agrícola na Rodésia, e agora desejava transformar tudo isso num relatório a ser submetido aos administradores da companhia e, subsequentemente, em um livro que pudesse ser publicado. Infelizmente, o coronel não tinha talento algum para a escrita e, portanto, ele estava procurando uma pessoa capaz de transformar suas anotações em uma obra literária. Rolfe parecia exatamente o homem de que ele precisava; e eles fecharam um acordo; um acordo cujos termos eram muito vagos, provavelmente para dar tempo a Rolfe de avaliar a quantidade necessária de trabalho.

Hoje não é possível estabelecer em que medida Rolfe contribuiu, mas, sem dúvida, com a sua ajuda, o relatório foi entregue e, logo depois, o livro foi publicado. O livro possui, em muitas passagens, a marca do estilo excêntrico de Rolfe: que tinha transformado as vinte páginas de anotações do coronel em um volume de quinhentas páginas. Qualquer que tenha sido sua contribuição (mas parece certo que trabalhou por pelo menos oito meses), o coronel lhe ofereceu como única remuneração uma quantia que, somada a pagamentos anteriores, mal chegava a cinquenta libras, um valor não excessivo. Rolfe não tinha investido muitas esperanças em *Adriano VII*; pelo contrário, suas expectativas a respeito do trabalho para o coronel Thomas eram mais ambiciosas, e, dessa vez, não se contentaria em desabafar com algumas cartas sarcásticas. A *vita nuova* que ele havia começado exigia algo mais para atenuar sua decepção: e, sob o conselho de seu agente literário Pinker, o caso foi colocado nas mãos de um importante escritório de advocacia.

Eu tive a sorte de conhecer pessoalmente o advogado que se ocupou de sua causa. Churton Taylor se lembrava muito bem do caso, e por uma razão válida. O homem mais calmo pode ficar furioso diante de certas provocações; o homem mais prudente pode ser tentado por uma especulação. Foi o que aconteceu com Taylor quando encontrou Rolfe, que devia estar em plena forma em termos de seu poder de persuasão, pois, depois de expôr sua queixa, conseguiu convencer o advogado de Lincoln's Inn Fields. Rolfe era o homem mais excêntrico que ele havia conhecido. Por aproximadamente duas horas, ele escutou a história de suas desgraças e de suas esperanças, de seus falsos amigos e dos maravilhosos livros que poderia escrever se tivesse recebido a paz e o reconhecimento merecidos. Em defesa do que estava contando, Rolfe mostrou *Adriano VII* e as resenhas mais favoráveis sobre o livro, junto com a grande árvore genealógica dos Bórgia, que, pelo menos aparentemente, parecia um projeto de grande valor. O que precisava, explicou Rolfe, era de uma pessoa que assumisse a responsabilidade de receber seus direitos autorais e que administrasse seus negócios, garantindo-lhe, em troca, uma pequena renda que o liberasse das preocupações materiais enquanto escrevia. Por incrível que pareça, depois de algumas conversas, Rolfe conseguiu de Taylor a promessa de que não apenas se empenharia em apoiar a causa contra o coronel Thomas, como também daria ao seu cliente o necessário para viver até a prolação da sentença. Por uma vez, a eloquência foi compensada, ou talvez o anjo da guarda de Rolfe estivesse de bom humor naquele dia.

Mas o interesse de Taylor pelo azarado escritor não podia cegá-lo a respeito do êxito incerto de seu processo e, mediante sugestão do próprio Rolfe, ele aceitou, como honorários da causa e em troca do dinheiro que ele estava adiantando, a cessão dos direitos autorais de *Adriano VII* e de um certo número de obras ainda não publicadas, inclusive aquele diário de um padre que Rolfe havia mostrado a Haddon, e a tradução de Meléagro (da qual, porém, Rolfe afirmou deter os direitos de apenas um terço).

O mandado judicial foi emitido em 6 de agosto de 1904: "o querelante requer do réu como quitação da remuneração devida a ele por seu trabalho e esforço literários" a quantia de novecentos e noventa e nove libras, nove xelins e seis pences, que resulta de "cerca de mil e cinquenta horas de trabalho, a dez xelins e seis pences a hora", usadas para escrever e revisar *Prospectos de desenvolvimento agrícola e pecuário na África do Sul*, o livro do coronel Thomas. Dessa vez também, como havia acontecido na disputa com o padre Beauclerck em Holywell e na correspondência com Grant Richards, não pude deixar de notar quanto Rolfe destruía qualquer possibilidade de simpatia com a extravagância de seus pedidos. Não satisfeito com o fato de pedir quase mil libras, ele também declarou: "Antes de outubro de 1903, o querelante vinha dedicando uma quantidade considerável de tempo e trabalho à redação de uma história geral da família Bórgia sob a forma de uma árvore genealógica comentada... e levando em consideração que o querelante negligenciou esse trabalho para se dedicar à obra em pauta, o réu prometeu verbalmente e garantiu que procuraria um comprador por um preço líquido não inferior a duas mil libras." Em um momento de otimismo, Rolfe incluiu no mandado esse valor também, além do valor que já estava pedindo.

De toda forma, qualquer que fosse o êxito da ação judicial de Rolfe, ele não tinha nada a perder, pois, dificilmente, sua posição seria pior do que aquela em que se encontrava antes do início da causa. Enquanto esperava a audiência, ele se sustentaria graças a livros que, até aquele momento, não haviam representado para o autor uma mina de ouro, nem de cobre. Rolfe tivera sorte em encontrar Taylor; mas sua sorte foi mais longe do que isso. Adiamentos contínuos prolongaram o período da ação, os meses se passaram e o assunto ainda não havia sido discutido em uma audiência. E, quando o dia da audiência chegou, o coronel Thomas, que era um homem de negócios que vivia viajando, pediu um adiamento. Parecia mesmo que a pausa de tranquilidade que tanto Rolfe desejara e durante a qual ele poderia escrever obras-primas, livre de preocupações econômicas, se materializara de verdade.

O início do ano de 1905 se deu com ele ainda aproveitando a experiência, que era nova para ele, de uma renda fixa: de fato, a causa ainda não estava encerrada, assim como os pagamentos de Taylor. Naquele interregno, que o beneficiou tão inesperadamente, Rolfe não ficou à toa; começou a escrever um novo livro e fez novas amizades. O novo livro, concebido a partir de uma ideia de Temple Scott, foi vividamente descrito numa longa carta a Herbert Rolfe:

ST. Alphege, Broadstairs,
Ilha de Thanet
XV de março de 1905

Caro H.
Não estou muito bem. Minha língua está como a pele de uma doninha. As preocupações sempre me afetam dessa forma. Portanto, hoje estou relaxando, e o resultado é uma carta para você. Depois do almoço, devo estar melhor.

Sempre coloco a data em minhas cartas. A vida é muito curta para datar meras anotações também. O livro que mostrei a você no Natal é *Don Tarquinio*. Faço de conta que foi escrito por Tarquinio Santacroce, um atraente e atrevido jovem patrício de Roma que foi banido porque, doze anos antes, a família dele foi excomungada por Xystus III. O livro descreve tudo que Tarquinio faz durante seu "dia sortudo", no mês de março de 1495, enquanto ele se encontra secretamente em Roma sob a proteção do Cardeal Príncipe Ippolito d'Este, que tinha dezessete anos, alguém conhecedor de lutadores, corredores, acrobatas e todos os tipos de destreza físicas. Durante essas 24 horas, ele conhece Lucrécia Bórgia e seu irmão Giaffredo; percorre 26 milhas, disfarçado, com uma mensagem cifrada impressa em suas costas para César Bórgia (e, graças a ele, este último consegue escapar do Rei Carlos VIII da França, que o mantinha como refém); casa-se com Hersilia Manfredi e consegue de forma tão eficaz ganhar os favores do Papa Alexandre XI (Bórgia) que Sua Santidade concorda generosamente em revogar a excomunhão da família Santacroce; ele passa por tantas aventuras que seria impossível mencioná-las aqui. Você pode formar uma ideia do enredo a partir de um esboço que eu fiz para uma peça, alguns meses atrás. Escrevi esse livro em duas versões. Primeiro, como se fosse a obra de Don Tarquinio mesmo, explicando, no

Prefácio, que seria absurdo alegar que, entre o século quinze e o século vinte, não houvesse um denominador comum e que, portanto, o primeiro não pudesse dialogar com o segundo; pois existe um denominador comum: é a natureza humana. Essa versão foi escrita num estilo bem estranho; tão estranho e tão repleto de detalhes históricos, raros e desconhecidos que é provável que o típico crítico que se acha perspicaz erre feio e proclame que meu assim chamado romance não é nada mais, nada menos, do que um documento histórico autêntico. Na segunda vez, escrevi o livro como se tivesse o manuscrito original de Don Tarquinio diante de mim; e, porque "o século quinze não tem como dialogar com o vinte", eu me comportei como um romancista moderno que gosta de usar gírias e contei a história com minhas próprias palavras, com um número de citações tiradas do "manuscrito original" suficiente para conferir verossimilhança. Nessa versão, naturalmente, há uma quantidade excepcional de reflexões do ponto de vista do século vinte, que, na minha cabeça, colaboram com a narrativa, deixando-a mais vivaz. Ambas as versões, entretanto, são distintamente fascinantes e instrutivas; e eu me apresso em assegurar a você que só são instrutivas no sentido de que tratam de pessoas, ambientes, modos de vida e de pensar jamais representados até agora. E minha descrição se desenrola em largos toques de mestre, com detalhes apenas suficientes para torná-la brilhante: se meus leitores querem aprender, eles podem aprender; caso contrário, eles se divertirão e acharão o texto interessante mesmo assim. E agora vem a parte engraçada do negócio. Enviei para a Chatto a primeira versão, mantendo a segunda versão na manga, caso a primeira não agradasse. Mas eles gostaram — e à primeira vista! E se ofereceram para publicá-la nos mesmos termos parecidos de *Adriano VII*, mas com a percentagem dos direitos valendo a partir da venda de quinhentos e, não de seiscentos exemplares. Eu agradeci de uma forma fria; e disse que talvez eles apreciassem escolher entre as duas versões, de modo que enviei para eles a segunda versão (na minha opinião, a melhor). A editora se derramou em agradecimentos pela cortesia, e é assim que as coisas estão neste momento. Estou curioso para saber qual versão eles vão escolher.

Mas o que eu gostaria que você notasse é que essa é mais uma confirmação do que sempre afirmei de várias maneiras, ou seja, que, quando estou em condições de escrever com calma, de apresentar meu manuscrito de maneira adequada (ou seja, escrito numa bela caligrafia, num papel de qualidade e encadernado em tecido com um dos meus lindos desenhos em preto e branco na capa), de enviá-lo de forma igualmente apropriada, consigo sempre obter o que quero. Estou convencido de que o único modo de ter sucesso é continuar fazendo isso sem parar, até que as editoras se conscientizem da existência das minhas obras e acabem por pedir meus livros diretamente. Eu já falei que comecei quatro novos livros: *O Rei do bosque* (um romance sobre o bosque sagrado de Diana em Nemi, que eu conheço perfeitamente, onde o padre (*Rex Nemorensis* ou *Flamen Dianae*) era um escravo fugitivo que tinha de roubar o Galho de Ouro (o visco) do carvalho que crescia no bosque sagrado e matar seu predecessor); a *Duquesa Attendolo* (a história do incrível namoro da Duquesa Sforza e de seus quatro casamentos legais no intervalo de um mês com o Duque, seu esposo); *O passado de Rose* e *Marfim, macacos e pavões* (que são sucessores de *Adriano*).

Ainda me correspondo com o padre Beauclerck (o homem mais estúpido e congenitamente desonesto que Deus já criou) e com o padre R. H. Benson (que me apresentou a outro católico chamado Eustace Virgo, que não apenas alega que concorda comigo sobre tudo, como também afirma que quer me ver como Papa, como Adriano VII!). Mas todas essas pessoas são católicas; e eu nunca encontrei um católico honesto. Quanto mais perto se chega da Igreja, mais insuportável fica o mau cheiro. Eles podem disfarçá-lo com incenso, como se faz com outros odores com permanganato de sódio; mas o fedor está sempre lá, e é uma *porcheria* nojenta. De qualquer forma, se algum desses demônios acha que pode me enganar e se safar disso, está errado. Eu sou muito doce e gentil com eles, mas inexorável; passo para eles quanta informação merecem e com que possam alimentar seus pensamentos deles. É horrível, não é? Posso dizer isso para você porque você tem bom senso. Mas, apesar de tudo, se eu não fosse católico, não seria coisa alguma. Não consigo explicar. É estranho, mas, por isso mesmo, verdade... Um abraço para todos vocês.

Seu irmão afeiçoado,
Freddy

Os quatro livros que Rolfe diz, em sua carta, haver começado estão perdidos ou inacabados. *Don Tarquinio* foi publicado no final de 1905. Na folha de rosto, em destaque, está o subtítulo "Romance fantasmático e catalético"; e o prólogo afirma tratar-se da transcrição de um manuscrito original escrito por Don Tarquinio Santacroce (por volta de 1523-27), para a edificação de seu filho Próspero, "faina escrita nos momentos de tempo livre por um homem de energia ilimitada, ansioso para se expressar". Don Tarquinio escreve numa mistura macarrônica de italiano, grego e latim; mas a pretensa tradução não segue estritamente a forma pedante de seu falso original; ponto em que ele difere da descrição que Haddon havia feito dele.

No primeiro capítulo, a verdade é definida como "aquela que todo homem pode adquirir por meio dos sentidos plenamente desenvolvidos"; e a história é um privilégio das testemunhas oculares. Daí o objetivo de Don Tarquinio de recriar o "dia sortudo", quando ele conseguiu a revogação da excomunhão imposta aos membros de sua família como punição por um assassinato.

Don Tarquinio não pode ser considerado um exemplo de erudição obtida de forma superficial: o conhecimento de Rolfe é evidente em cada página, através de um número excessivo e irritante de notas de rodapé; mas elas são pouca coisa em comparação ao estilo e ao enredo altamente pessoais, que se tornam ainda mais fascinantes em uma segunda leitura. Como exercício de habilidade de escrita, ou seja, a arte de dizer somente o que se quer dizer, *Don Tarquinio* pode servir de modelo; como também é o modelo na arte de evocar, sem sentimentalismos, a atmosfera de uma época. E esse romance "fantasmático" tem o mérito também de ser uma imagem refletida através de "sentidos plenamente desenvolvidos". Rolfe exalta uma variedade incrível de formas. "Os pajens, envolvidos da ponta dos pés até os pulsos e a garganta por librés que parecem peles vermelhas com brasões costurados nos tabardos, desdobraram na proa a cruz dupla de ouro e o alto gonfalão dos Este." "Os jovens, cujos cabelos brilhavam como crisálidas à luz de uma vela, juntaram-se à nossa marcha." O Cardeal Ippolito d'Este compara dois acrobatas cuja pele é amarela como "a casca de abóboras beijadas pelo orvalho reluzindo à luz do sol". Tudo o que é corpóreo é enfatizado de todas as formas. A cor da pele dos remadores indianos "parece a cor de um campo de trigo maduro, quando um zéfiro delicado balança os caules no sol, desvelando as papoulas pela metade: mas os olhos deles eram como poças de tinta, sem fundo, sobre uma madrepérola brilhante, lindos e completamente desprovidos de inteligência". O vestido azul-marinho da heroína é bordado por olhos felinos dourados. Depois de nadar, o protagonista é ungido com azeite no qual foram maceradas violetas, e come cabeças de galo com alface e ovos de codorna com figos. Os reflexos da vela no piso de madeira encerada e no teto parecem estrelas brilhantes num mar obscuro. Sobre um pajem impertinente, ele fala que tem "o rosto de um belo demônio branco emoldurado por uma teia de cabelos cor de manteiga". Não sabemos a opinião de Herbert Rolfe a respeito desse épico da carne policromado, que o seu irmão lhe dedicara; mas os críticos destacaram seus muitos méritos em termos muito lisonjeiros: "Uma riqueza extravagante de invenções exóticas e ironia". "Um brilhante *tour de force* que podia ter saído de Boccaccio." "Um romance de excepcional interesse e dramaticidade." "Um domínio absoluto da língua." "O vívido brilhantismo verbal do livro é surpreendente." Esses recortes foram cuidadosamente enviados pelo autor exultante a Churton Taylor. O anônimo jornalista do *Times* que citei no segundo capítulo oferece elogios mais elevados e fundamentados: "É típico de Rolfe dominar um vocabulário suntuoso e não degradado pelo uso vulgar. Ele amava a magnificência purgada do exibicionismo; conseguiu realizar esse ideal na pequena e negligenciada obra-prima *Don Tarquinio*, em que a tripla chama da Renascença, corpórea, intelectual e espiritual, arde com uma incandescência cruel mas generosa. Quem consegue esquecer a visão final do grande Papa Bórgia abrindo a cornucópia de sua clemência com o gesto digno de Jove com uma tiara, e se recolhendo para o descanso da tarde 'como o sol doador de vida, que se afunda, glorioso e áureo, em seu sono no mar'?"

13

O INTERVALO FELIZ

O leitor talvez se lembre de que, no começo da minha busca, um tal de Pirie-Gordon escreveu para mim e me fez a proposta de um encontro para falar sobre o Barão Corvo. Por uma série de infortúnios, um longo período se passou antes que pudéssemos marcar um encontro; mas, no final, isso aconteceu.

Teria sido, talvez, sua caligrafia pequena e fina que me levou a esperar que ele fosse um homem pequeno e elegante? Minha visita era, ao contrário, um homem corpulento de dois metros de altura, com ombros de atleta e aspecto de camponês. Aparentava uns quarenta e cinco anos e parecia achar graça do fato de eu ser muito novo (na época, eu estava com vinte e poucos anos), e, ao mesmo tempo que o fantasma de Rolfe tivesse, inesperadamente, reaparecido. Mal pude acreditar em meus ouvidos quando, em resposta à minha primeira pergunta, "Conheceu Rolfe pessoalmente?", ouvi a seguinte resposta: "Conheci, sim: sou Calibã, o último de seus colaboradores". O que se seguiu pode-se facilmente imaginar: conversamos por horas a fio. Pirie-Gordon era o elo perdido entre a idade adulta de Rolfe e seus últimos anos. Ele me falou, sem amargura, sobre a forma como Rolfe tinha retribuído a ajuda e a hospitalidade que a família Pirie-Gordon lhe oferecera de bom grado. Ele me deu uma ideia da amizade de Rolfe e Robert Hugh Benson, e de como tinha acabado. E me explicou as razões pelas quais Rolfe se mudara para Veneza, um lugar ao qual ele nunca mais voltaria. E, no momento de se despedir, entregou em minhas mãos um bolo de cartas de Rolfe cujo interesse ultrapassava o de todas as cartas que eu conhecia, à exceção daquelas que Millard me dera. Com uma espontaneidade que achei bem característica dele, Pirie-Gordon declarou que eu fosse o guardião dessas cartas, para sempre.

Graças a vários encontros com ele e depois de examinar minuciosamente as cartas, consegui reunir todos os elementos e assisti a outro giro da roda a que Rolfe estava amarrado.

Rolfe e Pirie-Gordon se encontraram pela primeira vez em Oxford, numa noite de verão de 1906. Rolfe conseguira um emprego do qual estava gostando: morava no Jesus College, atuando como secretário do doutor Grantham, o antigo diretor da escola de Grantham. (Pouco antes de sua morte, o doutor Hardy disse a Shane Leslie: "Eu gostava muito da personalidade de Rolfe. Apesar de suas pequenas idiossincrasias, ele sempre foi um amigo bom e leal, minha família o considerava *persona grata,* sem dúvida. Eu o fazia trabalhar duramente: nos dois anos em que fiz parte dos comitês que avaliavam os graduandos, Rolfe costumava ler as dissertações para mim por seis ou sete horas por dia, e tudo isso por dois meses seguidos consecutivos." A propósito do latim de Rolfe, é interessante notar que, nessa época, com a ajuda do doutor Hardy, ele escreveu uma longa acusação, em estilo ciceroniano contra os católicos de sua época e a enviou para o Papa Leão XIII.)

Pirie-Gordon era membro do Magdalen College, no qual frequentava um curso de pós-graduação em história. Entusiasta da literatura, ele acabara de ler, com muita admiração, as *Crônicas da Casa de Bórgia*; e, assim que descobriu que o autor do livro, que agora usava o nome de Rolfe, trabalhava no Jesus College, visitou de surpresa seu alojamento. Mesmo desejando não ser notado, Rolfe tinha muita vontade de fazer nova amizades interessantes e não dispensou o inesperado admirador; e, entre os dois, nasceu uma amizade sincera. Eles tinham muita coisa em comum: Pirie-Gordon era, para a idade dele, rico; estava interessado no século quinze, o preferido de Rolfe, e tinha acabado de voltar de uma longa viagem a Florença, Roma, ao sul da Itália, ao norte da África e à Espanha. Mais que isso, ele tinha um gosto considerável por roupas de qualidade, e seu vasto guarda-roupa deixou uma grande impressão no pobre autor, que sabia muito bem o que significa usar as mesmas roupas o ano todo. Acima de tudo, Pirie-Gordon tinha um plano ambicioso, que não podia deixar de fascinar um intelectual cansado de suas peregrinações; e, para realizá-lo, pediu a ajuda de Rolfe.

O projeto tinha a ver com a fundação de uma ordem semimonástica, mas secular, que, por meio de esforços conjuntos, mas desinteressados, de seus membros, promoveria o conhecimento e a cultura. Nada podia corresponder melhor aos desejos de Rolfe do que esse projeto, e ele mergulhou nele com um entusiasmo especial, pois o enxergava como um substituto do sacerdócio. O fogo de sua ambição artística se reacendeu, e ele começou a desenhar bandeiras, estandartes, emblemas e lemas para a nova ordem. A amizade deles acabara de começar, fazia menos de um mês, e Pirie-Gordon, com aquela espontaneidade que, como eu mesmo notei, ainda fazia parte dele, convidou Rolfe calorosamente para passar umas férias na casa de seu pai, no País de Gales. Como era de se esperar, Rolfe hesitou antes de voltar para a região em que lhe haviam acontecido tantos infortúnios, e tentou se justificar falando que não tinha roupas adequadas para uma estada no interior; mas seu jovem amigo não desistiu e persuadiu a própria mãe a reiterar o convite, através de uma carta muito lisonjeira. Depois de uma semana de indecisão, Rolfe, por fim, aceitou; e ele, que às vezes se gabava de ter morado no País de Gales em um abrigo para pobres, deixou Oxford para a hospitalidade do senhor de Gwernvale.

Inesperadamente, ele causou uma ótima impressão na família Pirie-Gordon. Não apenas porque era amigo do filho, mas também porque, em um momento de entusiasmo, por estar hospedado em um lugar tão confortável, conseguiu achar frases muito charmosas: eles haviam gostado dele pelo que ele era, e ele foi acolhido melhor do que esperava. Nessa atmosfera agradável, Rolfe se soltou e confessou aos seus anfitriões suas esperanças e seus problemas. Ele contou, mais ou menos por alto, a pitoresca história de sua existência: suas ambições de se tornar padre, o tratamento injusto que o impedira de se dedicar ao sacerdócio, a perseguição por parte de seus inimigos católicos, o comportamento desonesto do coronel Thomas. Falou de seus processos em andamento e da mesada muito escassa paga pelo doutor Hardy. Os Pirie-Gordon, que admiravam seus livros, ficaram sensibilizados com essas confissões e demonstraram empatia por suas angústias. No prazo de uma semana, toda a família o chamava de Adriano.

Talvez Rolfe nunca tenha sido tão feliz quanto naquele mês de verão em que morou em Gwernvale. Apesar da suposta dificuldade no que dizia respeito às roupas, seu guarda-roupa incluía um smoking de veludo cinza que lhe permitia aparecer como um personagem misterioso e elegante aos jantares dos Pirie-Gordon e de seus vizinhos. Nessas ocasiões, sempre fazia um sucesso enorme, conversando sobre assuntos incomuns com uma espontaneidade que impressionava seus interlocutores. Um de seus assuntos favoritos era um anel estranho que ele tinha em sua mão direita, e no qual era encastoada uma espora que servia, como ele mesmo explicou, para se defender de eventuais tentativas de sequestro e que ele começara a usar desde que os jesuítas haviam tentado sequestrá-lo. Se eles tentassem de novo, como era totalmente esperado, ele rasgaria, com sua mão armada, a sobrancelha do seu agressor; e ele, cegado pelo sangue que jorraria da ferida, estaria à mercê de quem devia ser sua vítima. Esse anel, junto com outros que ele usava pendurados no pescoço numa correntinha, eram feitos de prata, e à noite eram cuidadosamente colocados em enxofre em pó, para preservar a pátina opaca no tom certo. Ele afirmava também que entendia a linguagem dos gatos; e os fatos confirmavam sua afirmação: quando, sob a luz da lua, ele começava a murmurar suas frases mágicas no jardim, todos os gatos da casa e dos vizinhos abandonavam suas aventuras para se esfregar, ronronando, em suas pernas.

Os dias não eram menos agradáveis do que as noites. Eles transcorriam, em sua maior parte, em caminhadas pelos campos, mergulhando no rio Usk, ou tomando banho de sol em um pomar cercado por um muro, enquanto a regra da Ordem estava sendo definida, tomando, mais tarde, a seguinte forma definitiva:

> Convencidos de que é desejável honrar as virtudes que floresceram naquele período da história comumente chamado de Idade Média, e que é necessário pô-las em prática, na esperança de que seja possível alcançar com mais sucesso a sabedoria; convencidos também de que a fé católica é compatível com busca de conhecimento nas letras e artes humanas.
> Persuadidos de que os indivíduos podem aspirar à sabedoria da melhor maneira quando se juntam a outros indivíduos com desejos e aptidões similares.
> Nós, os fundadores, tendo em nossas mentes o ideal medieval de uma ordem militar monástica dedicada ao culto a Deus, independente, na medida em que não tolera interferências em sua esfera embora se sujeite às leis, na medida em que se submete à supremacia do monarca em cujo domínio está sediada, fundamos e instituímos

agora e para sempre a ORDEM DA SANTÍSSIMA SOFIA, constituída, organizada e consagrada, à maneira da Idade Média, no culto a Deus, e em busca da Sabedoria por meio das letras e artes humanas. E, com esse fim, pretendemos providenciar para nós mesmos um ou mais sedes nas quais a regra da nossa Ordem possa substituir a lei do país, comprando uma ilha, ou outro território, sobre o qual essa nossa ordem possa exercitar a supremacia necessária para alcançar seus objetivos. E, até que isso não aconteça, pretendemos manter uma sede conveniente, na qual a regra desta nossa ordem pode ter valor compatível com nossas obrigações religiosas e com nossa lealdade ao monarca reinante; e colocamos a nossa ordem sob a proteção da gloriosa e sempre abençoada trindade da Virgem Santa Maria, do Apóstolo São Pedro e de São Jorge, padroeiro da cavalaria.

Além dessa regra geral, foi elaborado em detalhes um esquema organizacional. Eles imprimiram papéis com os cabeçalhos desenhados por Rolfe e mandaram fazer uniformes, desenhados por Pirie-Gordon. Esperando a aquisição da ilha, Gwernvale foi escolhida como sede temporária.

Mas os dois amigos tinham planos mais concretos. O jovem Pirie-Gordon fizera muitas tentativas malsucedidas de escrever livros e, num momento de intimidade, ele os mostrara a Rolfe. Entre eles, estava um romance confuso, concebido em Harrow, que contava a história de um homem que, revivendo seu passado, chegava a identificar a si mesmo com Odisseu; e um ensaio (que concorrera ao prêmio Arnold, sem sucesso) sobre a vida e os tempos de Inocêncio, o Grande. Em ambos, Rolfe declarou que havia elementos de alta qualidade; e sugeriu, de forma vaga, uma colaboração, ou melhor, insinuou isso. Os Pirie-Gordon ficaram contentes com a possibilidade de os projetos do filho se concretizarem; o próprio Harry, como todos os iniciantes, morria de vontade de ser publicado. Os dois amigos começaram a trabalhar nesses dois livros e também em um terceiro mais ambicioso que os outros, uma espécie de reconstrução da história "como ela deveria ter sido, e poderia facilmente ter sido, mas na verdade não foi". O título desse romance, como aprendi com a alegria de uma descoberta, era *Artur de Hubert*! Rolfe se comprometeu a escrever a maior parte dele, enquanto Pirie-Gordon ficou encarregado principalmente pela história da reencarnação (cujo título era *O destino do andarilho*) e pelo estudo sobre Inocêncio que ele tinha escrito para o prêmio Arnold durante sua viagem para Roma e Amalfi.

Os meses se passaram. Rolfe havia voltado para Oxford, ainda como secretário do doutor Hardy; Pirie-Gordon viajou para o exterior e a colaboração continuou por correspondência; enquanto isso, o processo foi mais uma vez adiado.

Mas tudo tem seu fim — os adiamentos de um processo também. Mais de dois anos depois, no dia 17 de dezembro de 1906, a ação contra o coronel Thomas foi discutida e, depois de uma breve audiência, na qual Rolfe assistiu a uma investigação profunda de seu passado e qualquer oposição dele foi rejeitada, foi dado um veredicto que estabeleceu que ele perdera, condenando-o ao pagamento de todas as despesas.

"Eu me sinto", o litigante azarado escreveu a um amigo, "exatamente como se tivessem batido no meu corpo inteiro com pau de rádica, especialmente em meu rosto, pescoço e mãos, sinto-me contundido e ferido pelos olhares que, na sala do tribunal, me crivaram durante quarta-feira. Acho que me comportei como um grande tolo, não tão tolo quanto meus advogados, mas um tolo. Muitas coisas que deviam ter sido incluídas foram omitidas: existia um rascunho feito por Thomas que, comparado ao meu manuscrito e ao livro impresso, teria mostrado quanto do trabalho era

dele e quanto era meu; deveriam ter feito uma espécie de inventário para mostrar a que se referia o honorário de vinte e cinco libras sobre o qual havíamos concordado no começo e o que, na realidade, saiu do meu trabalho..."
Essa causa perdida foi para Rolfe o que Moscou foi para Napoleão, mas Rolfe se dera conta disso.

Ele voltou para Oxford, não totalmente desanimado e, já que os homens precisam sempre manter viva a esperança, ele começou a ter esperança com *Artur de Hubert*: "É um trabalho complicado", escreveu ele, "mas será diferente de qualquer livro já escrito. E, no final, valerá a pena. Eu avanço muito devagar e continuo a reescrever o que já havia escrito. Estou começando agora a conhecer os personagens; mas, à medida que avanço, altero tudo tão radicalmente que não deixarei você ver a história antes que esteja terminada. Não vou me dedicar a nada além disso. Guarde bem em sua cabeça o que estou dizendo."

Alguns de seus cartões-postais da época são muito engraçados: "Você tem alguma objeção contra Lady Maud de Braose ser trancada numa masmorra e alimentada com caudas de bacalhau, dois por dia, até que ela, salgadinha, morra por puro desprazer? Podem cantar para ela o réquiem no décimo primeiro dia.

Sobre Oxford, que ele devia conhecer melhor do que qualquer outra cidade, escreveu a outro correspondente:

> Essas provas (trata-se da Honour School of Litterae Humaniores) têm sido uma experiência única. Fizemos História Antiga, Lógica, História Romana e Traduções. Os trabalhos dos estudantes são terríveis: escritos da forma mais vulgar, vergonhosa, na caligrafia mais incrível e cheios de infinitivos partidos ao meio.[12] Perguntei ao Hardy o que eu deveria fazer com esses crimes contra a língua inglesa, e ele respondeu, serenamente "Pode desconsiderá-los silenciosamente".

Eu me dei conta de que esse método do silêncio funciona bem.
Eis o porquê.
Qualquer coisa que um homem faça de bom, ele não pode aprendê-la através de um mestre, mas através de seu próprio trabalho.
Quem quer escrever de verdade em um bom inglês no final vai conseguir; e seu trabalho terá o mérito supremo de ser único.
Por isso, a gloriosa Alma Mater de Oxford faz bem em não banir os *split infinitives*. Ela ensina você a aprender por si mesmo, e isso é tudo e não há nada mais a fazer.
Mas que lugar adorável! Eu a chamo de cidade da eterna juventude. Tudo o que não é vivo é cinza e antigo: *colleges* antigos, jardins e rios ensolarados. E tudo é música, antífona e canto. Você conhece o tipo de voz que eu chamo de baixo-virgem? O baixo ressonante e reticente de um rapaz de vinte anos que, por um só dia a mais, não conhece a mulher? Escutei isso na última terça-feira e senti uma nova emoção. Sua raridade extrema, seu florescer efêmero, tudo isso é mais precioso do crisópraso entalhado. Eu poderia muito bem viver aqui e fazer boas obras em uma paz divina.

Enquanto isso, a amizade continuou. Na Páscoa seguinte, Rolfe hospedou-se em Gwernvale mais uma vez. Seu compromisso com Hardy havia terminado, e como não tinha para onde ir, os Pirie-Gordon o convidaram para ficar na casa deles, mais ou menos de forma permanente. Os pais tinham partido para uma viagem no exterior; e, quando Harry voltou a Oxford, Rolfe ficou sozinho com os empregados, exercendo as funções de patrão. Nesse ínterim, o ensaio sobre Inocêncio, o Grande, foi concluído e podemos nos perguntar se Rolfe tinha ficado um tanto irritado quando a editora

Longmans, Green & Co. aceitou, sem problemas, o livro de seu jovem protegido. Ele se consolou, não sem malícia, batizando Pirie-Gordon de "Calibã", em referência àquela passagem de *A tempestade*, em que Próspero diz:

...Tive piedade de ti,
Não me poupei canseiras para ensinar-te a falar, não se passando uma hora
em que não te dissesse o nome disso ou daquilo:
quando tu (selvagem),
Não sabias nem mesmo o teu próprio significado, emitias apenas gorgorejos, tal como os brutos, de palavras várias dotei-te às intenções.

Seu pecado da inveja era perdoável, pois as editoras mais, uma vez, demonstravam uma inexplicável (pelo menos era assim que ele pensava, e com razão) indiferença às suas obras. Procurou até mesmo Grant Richards (a quem ele havia prometido uma "inimizade cruel e eterna"), mas sem sucesso:

Caro senhor Grant Richards,
Se o senhor porventura desejar um ou mais livros meus, espero que não hesite em pedi-los. Ficaria feliz em renovar minha última oferta, se o senhor concordar. Por favor, só tenho boas intenções.
                                    Atenciosamente,
                                    Fr. Rolfe

Numa carta posterior, ele ofereceu outro ramo de oliveira:

Tenho dois romances datilografados e o manuscrito de um livro de poemas prontos para publicação; até o final do ano, terei mais dois romances. Eles estão à disposição de qualquer editor (e sinto que o destino faria a melhor escolha se fosse você) que me ofereça os direitos de quinze por cento sobre os primeiros mil exemplares e um valor proporcionalmente maior a partir daí.

Consegui descobrir quais eram esses livros oferecidos a Grant Richards graças a uma carta que Rolfe escreveu à senhora Pirie-Gordon:

> Tenho em minha mesa, aguardando publicação, *As Canções de Meléagro de Gadara,* em grego e inglês, a única antologia completa que existe; *Resenhas de livros não escritos,* uma série de vinte e quatro ensaios espirituosos, eruditos, mas acessíveis, sobre assuntos divertidos, como *A vida de Napoleão, escrita por Júlio César,* um romance sobre as relações de Don Tarquinio, intitulado *Don Renato* (ou *Um conteúdo ideal*), e um romance moderno sobre a amizade e a vida literária, intitulado, *Nicholas Crabbe* (ou *Um e os muitos*).

Na época da minha busca, eu achava que nenhum desses livros teria sobrevivido. É surpreendente o fato de nenhuma editora ter publicado, pois as condições oferecidas por Rolfe não eram exorbitantes e se tratava (como espero conseguir provar ao leitor daqui a pouco) de obras muito mais interessantes que a maioria dos livros que eram publicados naquela época. Mas a sorte e os tempos estavam contra ele.

Mas pelo menos a respeito de alguma coisa a sorte lhe fora favorável, ajudando-o a encontrar bons amigos, como os Pirie-Gordon. Durante todo o ano, Rolfe permaneceu em Gwernvale. "Aqui estou", escreveu para sua mãe, "vivendo confortavelmente, graças à hospitalidade dos meus amigos, escrevendo freneticamente sem ganhar um *penny* até agora". "Sem ganhar um *penny*" era verdade pura. Ele não recebera nenhum direito autoral de *Adriano VII* nem de *Don Tarquinio* e, enquanto Taylor começava a ficar preocupado com seu investimento, Rolfe começava a ficar ansioso sobre seu futuro. Ele estava beirando os cinquenta. No começo de 1908, escreveu de Gwernvale uma longa carta à senhora Pirie-Gordon, que ainda estava no exterior:

> Cara senhora Pirie-Gordon,
> Permita-me, em primeiro lugar, desejar à senhora um feliz Ano Novo, do fundo do meu coração; a única razão pela qual ainda não escrevi para agradecer pelo seu presente de Natal é que, dia após dia, eu esperava poder enviar à senhora notícias de um certo tipo. Mas nenhuma notícia chegou; e não posso esperar mais. Mal posso dizer quão profundamente comovido fiquei com a cruz *ankh* de prata que a senhora me deu de presente. Ao recebê-la, logo me dei conta de quanto a senhora e Harry devem ter pensado em mim antes de adivinhar meus desejos mais secretos. Tudo nela prova esse ponto de vista: a cruz em si, o tamanho, o metal, e, acima de tudo, seu adorno, como nunca antes eu vira numa cruz, com meu signo de câncer, minha lua, a forma alongada, todas as coisas que a tornam minha e só minha. Ninguém nunca mostrou tanto interesse em mim, nem um conhecimento tão exato e íntimo dos meus desejos mais secretos e ainda não expressos. E isso tudo me deixa sem palavras. Obrigado, mesmo: mas agradecer expressa apenas muito pouco do que eu sinto.
> Em cima da cruz, a senhorita Handley colocou lenços de seda japonesa com a letra R e meu brasão bordados em vermelho. E, mais uma vez, fico sem palavras.
> E tudo isso me fez perceber as mil formas, pequenas e grandes, como vocês prestam atenção em minhas palavras para adivinhar meus gostos e desejos e, assim, satisfazê--los. A senhora sabia que até ganhei como sobremesa de

Natal um bolo decorado com angélicas?
E não posso fazer nada adequado em troca. Essa impossibilidade faz com que esses favores se tornem difíceis de aceitar. Mas o que os torna ainda mais difíceis de aceitar é saber que vocês, amigos queridos e generosos, que têm me hospedado por mais tempo que nenhum católico sonharia em fazer, estão deixando, inconscientemente, meu fardo mais pesado. Vocês estão me dando coisas de que eu gosto tanto que será difícil me separar delas. Estou convencido de que há outra alternativa para mim senão me afastar de tudo. E eu sei que meu instinto vai me fazer batalhar e lutar para retê-los; tudo terá de ser arrancado de mim e será terrível a cada vez. Estou suplicando, tornem tudo isso mais fácil e não compliquem plantando sementes em mim que as circunstâncias depois rasguem pela raiz macia. Não se trata de ingratidão, de modo algum, senão a mais sincera gratidão: pois, agora que eu sei o quanto vocês são ávidos em me agradar, posso dizer livremente qual seria a forma de me agradar mais. Portanto, digo, não me deem nenhum objeto de luxo do qual será penoso afastar-me, me ajudem a viver de uma forma que nada possa ser tirada de mim.
... Pedi a Taylor para me dar um adiantamento para que eu possa continuar a escrever. Se ele tivesse aceitado, eu pediria que vocês me acolhessem na sua família, permitindo-me contribuir com tudo o que eu tenha ao fundo comum, até quando estivesse em condição de ganhar o suficiente para quitar minhas dívidas. Eu pediria que me deixassem viver aqui, de um modo muito mais simples do que vivo agora, sem que ninguém tenha que se ocupar de mim, para que eu seja uma ajuda, e não um transtorno, deixado no meu cantinho para fazer meu trabalho. Se esse projeto pudesse ser realizado, tenho certeza de que meu progresso seria bom e contínuo. Mas Taylor, embora não tenha recusado em definitivo, me deixou sem

resposta faz quinze dias, e esse adiamento contínuo das minhas esperanças me deixa doente. Estou realmente cansado dessa situação. E agora, que tenho tantos projetos no forno, sou obrigado a largá-los sem ter a menor energia para enfrentar novamente vinte anos terríveis como os que já enfrentei. Não poderia, mesmo que quisesse. Não há mais ninguém que se importe comigo. Não vale a pena. Enquanto isso, eu me arrasto, esperando até que uma coisa ou outra aconteça.

Mas, qualquer que seja a conclusão de tudo isso, por favor acredite em mim quando digo que sou muito grato a vocês três e à senhorita Handley pela hospitalidade, generosidade, tolerância e pela mais autêntica amizade. Por todo o tempo que fiquei aqui, vocês me fizeram sentir em casa.

Sim: agora, que pus isso por escrito, tenho a sensação de que estou apaixonado, muito apaixonado, por aquela ideia, que é como uma luz clara num caminho obscuro: mas não tão apaixonado que não pudesse parar de amá-la se qualquer um de vocês não gostasse dela. É claro que ela tornaria minha vida incrivelmente fácil e que, desse ponto de vista, trata-se de um projeto egoísta. Eu teria o lar mais seguro e agradável junto a pessoas que gostam de mim e que me consideram parte da família, contente com suas fortunas e aflito com suas desgraças; como você está perfeitamente ciente, não tenho ninguém de quem cuidar e ninguém que cuide de mim. Você talvez tenha percebido que o calor humano não expressado me faz mal. E é claro que, com essa segurança e esse carinho me sustentando, eu poderia trabalhar como um vulcão em erupção. E, se eu continuar a escrever e terminar os vários livros que comecei, é claro que acabarei por ser bem-sucedido, mais cedo ou mais tarde. E, quanto à prática da minha religião (no dia de Natal eu andei até Aber e voltei, em jejum, exceto por uma laranja que comi na volta), eu realmente poria ordem na minha vida. Arranjaria uma bicicleta em algum lugar, aprenderia a andar e iria à missa nos domingos e feriados. E seria uma grande satisfação para mim poder fazer isso regularmente, sem ter nada a ver com os católicos. Mas não se trata só de um projeto egoísta. Se fosse só isso, eu não teria mencionado nada, nem mesmo teria permitido que isso ocupasse minha mente, de modo algum. A senhora sabe que posso realmente ser útil de alguma forma e (eventualmente) devolver (mesmo não compensando a gentileza que vocês demonstraram por um homem à deriva) as despesas que causei. Sabe, há só uma coisa que eu quero neste mundo. E talvez nunca a terei. Por isso, estou isento de qualquer ambição. Sou velho demais e estou cansado demais para me importar com a fama. O único prazer que me permito é comover os outros. Prefiro produzir minhas encenações nos bastidores. Ali, há mais espaço para a ginástica que me interessa do que no palco, onde os jovens suam e lutam para receber o aplauso do público. Ah, sim! Eu seria bem mais útil nos bastidores, como um juiz, como uma pessoa que tem o papel menos evidente do trabalho e com a qual se pode contar. Vocês me acharam frio e me concederam sua amizade. Sobre esse último ponto, acho que me tornei até caloroso demais. A senhora gostou da minha ideia? Se Taylor ajudar, posso esperar para discutir o aspecto econômico com seu marido, na esperança de ele aceitar? Não hesite em dizer não. Eu entenderia. Mas diga sim se isso for possível.

Rolfe não foi rejeitado. A senhora Pirie-Gordon, que talvez o entendesse melhor do que ele mesmo se entendia, respondeu que não havia necessidade de "discutir o aspecto econômico", ou "os termos definitivos", já que ela (e toda a família) estava feliz com o fato de Rolfe ficar em Gwernvale como hóspede; quanto à parte mais sombria da carta, que citarei mais tarde, a senhora Pirie-Gordon foi igualmente cuidadosa. Não há dúvida de que, se tivesse querido, Rolfe podia continuar a morar com os Pirie-Gordon por muitos anos ainda. Mas, no horizonte de sua existência, estavam aparecendo novas rixas e novas amizades: uma combinação que, em poucos meses, o levaria à Itália, a Veneza, à morte: ou seja, ao começo de sua última *"vita nuova"*. Antes disso, entretanto, dois golpes de sorte o acometeram, apesar de ele acabar não se beneficiando muito de nenhum deles. O primeiro foi a aceitação, por parte de uma editora de Maiden Lane, a Francis Griffiths, das duas obras inéditas para as quais ele havia procurado um comprador por muito tempo: *Don Renato*, o diário de um sacerdote, que havia impressionado tão poderosamente Trevor Haddon, e a tradução de Meléagro, produzida em parceria com Sholto Douglas. O segundo golpe de sorte foi consequência do primeiro: Taylor aceitou, com a garantia das novas publicações e de um seguro de vida, fazer um adiantamento de um pouco mais de cem libras (ele já tinha adiantado duzentos, mais as despesas legais). No formulário da proposta de seguro, Rolfe anotou seu nome completo: Frederick William Serafino Austin Lewis Mary Rolfe, e o explicou dessa forma: "Fui batizado em 3 de janeiro de 1886, em St. Aloysius, Oxford, recebendo os nomes 'Frederick William'. O nome 'Serafino' me foi conferido pelo bispo Hugh Macdonald, na Catedral de Aberdeen, no dia em que pronunciei os votos na Ordem Terceira de São Francisco. Os nomes 'Austin Lewis Mary' me foram conferidos pelo cardeal Manning, na capela do vicariato, em Westminster, no dia da minha confirmação". Infelizmente, esses inesperados golpes de sorte se tornaram inúteis, por causa da briga com Robert Hugh Benson e suas consequências."

14

ROBERT HUGH BENSON

Para entender a importância da amizade de Rolfe com Robert Hugh Benson, precisamos voltar um pouco na história. Ela precedeu aquela com Pirie-Gordon, pois começou em fevereiro de 1905, quando Benson enviou ao autor de *Adriano VII* uma carta cheia de elogios entusiasmados.

Llandaff House, Cambridge

Caro senhor Rolfe,
Espero que o senhor permita que um padre expresse sua gratidão por *Adriano VII*. Acho impossível dar ao senhor uma ideia do prazer que esse livro me proporcionou, de mil formas diferentes, e quão profundamente me tocou. Eu o li três vezes e, a cada vez, diante da fé profunda e cativante de que é imbuído, fiquei impressionado.
O senhor mesmo diz que, onde não há desacordo, não há ação (só que o senhor expressa esse conceito de uma forma muito melhor), e, naturalmente, há coisas que eu enxergo de um modo diferente. Talvez seja impertinente que eu diga isso; mas espero que me perdoe, levando em conta a grande admiração que sinto pelo senhor, que me ensinou o valor da solidão e muitas outras coisas. Posso dizer que tenho muitas esperanças de que o senhor publique outro livro em breve. Apenas suplico que deixe

a amargura de lado. (Espero que o senhor também me desculpe por isso.) Acredito que atualmente o senhor esteja na Itália; e me pergunto se há algo que eu possa fazer pelo senhor aqui na Inglaterra. Vou com alguma frequência a Londres e ficaria contentíssimo em fazer algo, nos limites de minhas possibilidades.

Atenciosamente,
Robert Hugh Benson

Quando Robert Hugh Benson escreveu essa carta, tinha 34 anos, portanto era onze anos mais novo que o autor desconhecido cujo trabalho ele elogiava. Benson havia reconhecido muito de si mesmo e de seus interesses no devaneio de George Arthur Rose. Seu temperamento tinha muitos aspectos em comum com o de Rolfe. Em ambos, havia a mesma energia frenética e ambos haviam se convertido à fé católica; outro elemento em comum era o interesse pela escrita e pela arte. Mas suas vidas tinham seguido trajetórias distintas. Rolfe, como o leitor já sabe, era um autodidata que havia juntado, a muito custo, uma bagagem cultural bastante idiossincrática, da qual se gabava; havia sido maltratado pela vida, tinha suportado muitas privações e sempre tinha cumprido o papel de um pária. Havia algo de sinistro nele, misturado a muitas boas qualidades; mas, apesar disso, tinha uma personalidade forte e original, e possuía uma grande variedade de talentos. Benson, por outro lado, descendia de uma família de proprietários de terras de Yorkshire, à qual o passar das gerações trouxera riqueza e poder além de certa tradução cultural. Seu pai era um homem com uma personalidade imperial, ou talvez imperiosa, um grande organizador e um intelectual requintado, que, depois de uma carreira que só conhecera o sucesso, se tornara Arcebispo de Cantuária. Todos os seus filhos passaram a ser notados e notáveis no mundo. Arthur

Christopher Benson, depois de uma carreira como professor em Eton, tornou-se diretor do Magdalene College, em Cambridge, e ficou famoso como curador e editor do epistolário da Rainha Vitória e como ensaísta. Edward Frederick Benson foi autor de vários romances bem-sucedidos, era considerado uma autoridade quanto aos personagens e aos escândalos da época vitoriana e sobrevivera aos seus irmãos. Margaret Benson também foi escritora. Até Martin, o primogênito, que morreu enquanto ainda era estudante, era reconhecido em Winchester por sua inteligência extraordinária e precoce.

Robert Hugh, ou Hugh, como passou a ser chamado, nasceu em 1871, o último expoente dessa progênie brilhante. Em Eton, distinguiu-se por sua expressiva imaginação, pelo temperamento exuberante e indiferente aos estudos e por sua vitalidade única. Após terminar os estudos com sucesso em Cambridge, onde praticava hipnose e outras extravagâncias semelhantes, manifestou a intenção de se alistar no serviço civil indiano, mas, com uma mudança repentina, que era típica dele, ficou imbuído de ardor religioso e se tornou sacerdote. Menos de dez anos depois, converteu-se à fé católica. Sua conversão, tratando-se do filho do Arcebispo de Cantuária, provocou muitas discussões nos círculos anglicanos. Talvez a maior diferença entre ele e Rolfe era que, enquanto o último passara a vida procurando, em vão, um público próprio, Hugh Benson, em casa, na escola, em Cambridge e na Igreja, sempre pôde contar com um auditório seu. Havia também outra diferença: Rolfe era um escritor nato que não obteve sucesso, enquanto Benson, que não tinha um verdadeiro talento literário, conseguiu tornar-se um autor famoso.

Em 1905, pouco tempo depois de escrever para Rolfe, o padre Hugh voltou para Cambridge, onde fora estudante, dessa vez como padre da Igreja Católica. Rapidamente, ele se tornou uma das personalidades mais conhecidas da cidade. A decoração de seu quarto causava muita admiração (no sentido teológico); e o mesmo pode ser dito de seus sermões; assim, seu brilhante senso artístico e seus insólitos interesses intelectuais o tornaram um ponto de referência entre os estudantes, que se deixam levar facilmente pela fé e pelos extremos. Muitos diretores dos *colleges* o temiam porque uma caminhada com ele era vista como um passo na direção da religião católica.

A amizade — e a correspondência — com Rolfe, que se seguiu à leitura por parte de Benson de *Adriano VI, foi um dos eventos mais importantes* na vida de ambos; o biógrafo de Benson, padre Martindale, revela a grande influência que, por algum tempo, Rolfe exerceu sobre ele. Infelizmente, não podemos acompanhar de perto essa amizade em seus momentos bons e ruins; porque, quando, graças a Leslie, fui apresentado ao padre Martindale, ele me disse que todos os papéis que ele havia consultado para a biografia tinham sido devolvidos, logo depois, a A. C. Benson. Escrevi para E. F. Benson, o único sobrevivente da família, mas descobri que a correspondência com Rolfe não estava entre os papéis de Arthur Benson no momento de sua morte e que, portanto, presumivelmente, fora destruída por ele, por ser considerada irrelevante, depois que a biografia do irmão fora terminada. Felizmente, o padre Martindale transcreve muitos fragmentos em sua biografia de Benson; e, a partir dessa e de outras fontes, consegui reunir tudo o que sobrou dessa amizade intensa mas infrutífera.

Qual foi a resposta desconfiada de Rolfe à primeira carta do padre Benson? Sabendo de sua desconfiança em relação aos padres católicos, é fácil imaginar que foi ambígua e cautelosa. Só uma frase sobreviveu. Comentando a afirmação de Benson, de que *Adriano VII* lhe ensinara o valor da solidão, Rolfe acrescentou: "Posso dizer que, por experiência própria, também sei quanta dor pode infligir quando é imposta". Em pouco tempo, o entusiasmo e a sinceridade de Benson quebraram a barreira da reserva de Rolfe. Em maio, Benson escreveu que *Adriano* estava entre os três livros dos quais nunca desejava separar-se, embora propusesse, ao mesmo tempo, rever alguns trechos sobre os socialistas que lhe pareciam sórdidos demais. Mas Rolfe recusou, e Benson aceitou não alterar o romance que os aproximara. Daquele momento em diante, teve início uma correspondência que o padre Martindale (provavelmente a única pessoa ainda viva que a leu) descreve como "elaboradamente engraçada a princípio, mas, depois, terrivelmente desprovida de qualquer humor, especialmente por parte de Benson, que era emocionalmente muito afetado por ele", e cheia de "ressentimentos, reconciliações, explicações e confidências". Dessa vez, Rolfe encontrara um correspondente epistolar à sua altura. As cartas iam e voltavam em um ritmo diário: e apenas esse aspecto seria suficiente para se entender quanta importância Benson dava à nova amizade — ele mesmo, que costumava dizer aos seus amigos mais íntimos que não tinha tempo para escrever para eles mais de uma vez por mês. Ele confessou a Rolfe que vivia brigando com seus melhores amigos; e Rolfe, em troca, fez seu horóscopo, e atribuiu a agressividade de ambos à influência dos astros.

Acho improvável que alguém conheça as circunstâncias do primeiro encontro deles. Ambos relutavam em se encontrar pessoalmente, com receio de uma decepção. Mas parece que essa preocupação não tinha fundamento, já que, em agosto de 1905, eles partiram juntos para uma caminhada pelos campos, ambos munidos de: "pouco mais que uma camisa, uma escova de dentes e um breviário", com a intenção de evitar as cidades grandes e de ficar nas pensões do interior. Nada sabemos do itinerário deles, mas podemos imaginar as intermináveis conversas sobre literatura e liturgia, os relatos que Rolfe fazia sobre suas desventuras e esperanças, bem como as referências de Benson sobre seus projetos. A amizade sobreviveu a esse teste muito árduo e, na verdade, foi solidificada por ele. Os amigos de Benson ficaram perplexos (alguns até consternados) com a influência que Rolfe parecia exercer sobre ele. O senhor Vyvyan Holland, o inteligente tradutor de Julian Green, escreve o seguinte:

> Em 1906, enquanto eu era estudante em Cambridge, por um breve período, tive o prazer de conhecer, de perto, o padre Hugh Benson, e a lembrança mais vívida que tenho dele tem a ver com a influência que um homem misterioso chamado Rolfe parecia exercer sobre ele. Padre Benson descrevia Rolfe como um homem tranquilo, gentil e sereno, com uma grande capacidade intelectual, que passava a maior parte de seu tempo ocupado com estudos obscuros em Oxford. Eles se comunicavam com muita frequência.
> Naquela época, o padre Benson estava profundamente absorvido em todo o tipo de questões relativas a magia, necromancia e espiritualismo, e dedicava uma boa parte de seu tempo às leituras sobre esses assuntos. Ele tinha ficado profundamente impressionado com a habilidade de Rolfe de fazer horóscopo. De acordo com Benson, Rolfe era capaz, conhecendo o lugar exato, as horas e os minutos do nascimento de alguém, de desenhar um esquema de conduta para sua vida futura, detalhando até mesmo quando seria bom fazer uma viagem ou investir dinheiro. O padre Benson confessava que ele mesmo seguira escrupulosamente as condições de seu horóscopo; e dizia que era evidente que Rolfe dedicara muito tempo ao estudo dos astros, que descobrira vários livros poucos conhecidos sobre o assunto, entre os quais um de autoria de Albertus Magnus, e que provavelmente conhecia a astrologia melhor do que qualquer outra pessoa.
> De longe, a história mais interessante que Benson me

contou a esse respeito foi um experimento de "magia branca" que fizera a pedido de Rolfe. Um dia, Rolfe escrevera num estado de enorme empolgação, dizendo que havia descoberto, em seu livro do Albertus Magnus ou em algum manuscrito medieval, instruções para fazer algo acontecer. Naquele momento, ele não podia revelar do que se tratava, mas implorou ao padre Benson que fizesse o experimento.

O experimento consistia principalmente em repetir algumas rezas e seguir um período de contemplação religiosa, e o padre Benson não viu mal algum em executá-lo. Também havia certas regras a respeito das horas em que ele tinha de acordar e ir se deitar, e algumas comidas e bebidas que precisavam ser evitadas. Lembro que qualquer tipo de bebida alcoólica era proibido. Esse regime de coisas teria de durar cerca de dez ou quinze dias.

Ao fim do período prescrito, o padre Benson me contou que vira nitidamente uma figura branca cujas feições não eram bem aparentes avançar, a cavalo, até o centro de seu quarto e lá ficar parada por cerca de meio minuto, para depois se esvair lentamente. Ele imediatamente escreveu para Rolfe descrevendo o que acontecera, e Rolfe respondeu, transcrevendo em sua carta, a passagem do livro que continha as instruções. O trecho dizia que, se as instruções fossem seguidas à risca, depois de dez ou quinze dias, o experimentador veria o "cavaleiro cavalgando em sua direção com a viseira abaixada". Benson me mostrou o trecho e parecia profundamente impressionado com as últimas palavras, que explicavam por que ele não conseguira distinguir as feições do cavaleiro.

Relatei essa história tal como me foi contada. Acredito que o padre Benson, naquela época, se dedicava um pouco demais ao misticismo e se encontrava muito nervoso. Entretanto, é certo que, sem dúvida, ele acreditava ter visto o cavaleiro, assim como achava a transcrição de Rolfe autêntica e fiel ao original. Uma coisa, sem dúvida, é possível dizer: que a história mostra quão grande era a influência de Rolfe sobre o padre Benson.

Algum tempo depois, os dois amigos combinaram de trabalhar juntos em um livro. Benson sugeriu que morassem juntos em dois *cottages* vizinhos, mas sem se encontrar antes das duas e trinta da tarde, a hora em que ele ficava tolerante e tolerável. Decidiu-se que o assunto do livro seria São Tomás de Cantuária, herói de uma história romântica narrada conforme a técnica favorita de Rolfe, ou seja, como se fosse transcrita a partir de uma crônica contemporânea apócrifa. A proposta prometia dar a Rolfe muitas vantagens. Primeiro, o nome de Benson já era bem conhecido, e seus romances geravam vendas maiores do que Rolfe poderia esperar. Em segundo lugar, e mais importante, o fato de o nome de Rolfe aparecer junto ao de Benson na capa do livro podia ajudar bastante a restaurar a benevolência das autoridades católicas, que o viam com certa desconfiança, como um homem que fora alvo de ataques em um jornal, que fizera papel de vilão no escândalo de Holywell e que escrevera *Adriano VII*. Em terceiro lugar, esse fato consagraria, em uma ligação visível, sua relação com um padre que poderia facilmente torna-se bispo — hipótese em que Benson prometera, às gargalhadas, que um de seus primeiros atos seria ordená-lo sacerdote. Justamente por essas razões, Rolfe se recusou a aceitar a porcentagem dos cinquenta por cento que Benson oferecia, equânime, e se contentou com um terço dos eventuais lucros resultantes do livro sobre São Tomás.

Conforme o acordo, Benson escreveria a maior parte do livro, enquanto Rolfe faria a pesquisa necessária. Uma parte desse livro, que nunca foi publicado, ainda sobrevive e é bem diferente da descrição que Benson faz dele em uma carta :

10 de maio de 1906

1) Na minha opinião, a história deveria ser contada pelo monge, mais ou menos da mesma maneira que Don Tarquinio e Richard Raynal fazem, como se fosse uma tradução do francês antigo. 2) As mulheres não deveriam ter papel algum, exceto o amor platônico do monge por uma menina de dez anos, que ele acredita ser como a Nossa Senhora, mas que acaba por se revelar inteiramente sem alma (?). 3) O livro deveria ser escrito a pedido do rei, quando o monge já conta com uma idade avançada, como todas as biografias. 4) O monge deveria ter visões artísticas fortes e vívidas, e dedicar-se à sua comunidade e a algum tipo de artesanato... 5) Quanto ao esquema geral, deveria conter apenas citações do livro dele, com alguns comentários cáusticos nossos, poucas notas de rodapé e uma boa quantidade de crônica escrita em nossas próprias palavras. Isso vai nos possibilitar concentrar toda a atenção no elemento descritivo e divulgar as reflexões místicas exatamente como acharmos que devem ser divulgadas. Além disso, podemos escrever interlúdios históricos de maneira afiada e ampla, o que será de um alívio agradável no que diz respeito às partes mais abstratas do texto. 6) Meu ponto de vista sobre o livro é que seu verdadeiro objeto estético tem de aparecer só através dos jogos de luzes dos vários personagens. Dessa maneira, no final, teremos pelo menos três perspectivas distintas: a do monge, a sua e a minha. 7) Quanto ao esquema do livro, sugiro que tenha três partes.
Primeira parte. Começa com a partida do nosso homem, Gervásio? com quinze anos de idade, para ser pajem do Lorde Chancellor. (Felizmente, Tomás tinha bastante intimidade com seus empregados; confira Thomas de Bosham.) Logo depois, Tomás se torna arcebispo, e a

primeira parte termina com a cena de sua consagração, em 1162.

Segunda parte. Começa com a descrição de São Tomás. Gervásio é admitido como noviço no Convento de Christ Church; ele se liga a Tomás; vai com ele para Northampton; tumultos; fuga de Tomás; Gervásio diz adeus a ele em Sandwich, em 1164.

Terceira parte. Seis anos se passaram. O último Natal, chegada de Tomás. Martírio. Primeiros milagres.

Por favor, mande-me logo os comentários, pois estou começando a me aquecer a esse respeito. Por favor, lembre-se também de que meu método, uma vez começado, é trabalhar rápido como um relâmpago e depois descansar. Não aguento trabalhar continuamente. Por ora, vou ler muito.

Um acordo sobre os termos de colaboração foi firmado em agosto de 1906, quando Rolfe ainda estava na casa dos Pirie-Gordon. Por uma razão ou por outra, entretanto, o trabalho de verdade não começou de imediato. Benson sempre tinha muito trabalho e Rolfe estava ocupado com seus compromissos de Oxford e com seu processo judicial.

Quando a causa prolongada por tanto tempo foi, enfim, discutida, em 17 de dezembro daquele ano, Benson estava presente na audiência, e viu seu amigo ser submetido a um duro interrogatório e reduzido ao desespero. Talvez fosse de se esperar, de um ponto de vista humano, que os sentimentos de Benson quanto à conveniência de Rolfe como colaborador não mudassem. Mas não foi assim. O primeiro ímpeto de admiração pelo autor de *Adriano VII* estava já enfraquecendo.

No ano seguinte (1907), contudo, enquanto Rolfe se encontrava em Gwernvale com tempo de sobra, o projeto foi retomado: "Uma vez", escreveu Benson, "você me disse que o enredo era seu ponto fraco. Acho que há verdade nisso. O que você sabe fazer (meu Deus e como sabe fazer!) é construir uma situação quando tem à sua disposição todos os elementos. Você é um pintor de vinheta, um retratista, não um pintor de paisagem; um compositor de acordes, não de progressões... Portanto, estou aberto à colaboração... Durante o verão, acho que talvez consiga pensar no enredo". O enredo foi elaborado, Benson estava aquecido de novo e a colaboração teve início. Rolfe fez todo o tipo de anotações, de frases técnicas, vinhetas e observações sobre os costumes em um pequeno caderno que ia e voltava entre os dois romancistas. Ele mandou descrições e rascunhos de vestimentas, mapas e planos dos lugares, detalhes da vida monástica em Cantuária, e tudo o que podia alimentar a fúria literária de seu colaborador. Algum tempo depois do fim de setembro, Benson leu, em voz alta, o começo do livro para o padre X, que "deu gargalhadas de prazer". Enquanto isso, Rolfe também estava escrevendo freneticamente capítulos alternados.

No mês de outubro, *São Tomás*, embora inacabado, estava bem avançado. Àquela altura, inesperadamente, Benson escreveu a Rolfe sugerindo uma alteração no acordo original; ou, nas palavras desse último, "ele deixou a máscara cair".

Ele explicou que, em sua última estada em Londres, seu agente literário, cujo nome não disse, o avisara de que o romance teria vendas muito maiores se o nome de Benson aparecesse na folha de rosto sozinho. Em consequência, já que o objetivo principal de ambos era ganhar mais dinheiro, ele propunha a Rolfe que *São Tomás* fosse publicado sob o nome de Robert Hugh Benson, e que haveria uma nota de agradecimento pela contribuição de Rolfe. O acordo sobre a divisão do lucro ficaria inalterado, ou seja, Rolfe receberia um terço. A proposta, sem dúvida, não era lisonjeira, e Rolfe, naturalmente, se opôs. A questão foi discutida novamente. Benson ficou chateado com essa enésima recusa e ofereceu a Rolfe tudo que ele escrevera e descobrira até aquele momento, com pleno consentimento para que o publicasse sob seu nome. Mas, fazendo essa proposta, sabia que Rolfe a rejeitaria, como de fato fez. Benson não quis mais ouvir razão nenhuma e, no final, embora relutante, Rolfe teve de ceder.

Quando Rolfe aceitou os novos termos, a alteração no projeto inicial reavivou com toda a força sua mania de perseguição. Não se pode negar que pelo menos dessa vez sua decepção tinha fundamento, já que o dinheiro era apenas uma das vantagens que ele esperava da colaboração; mas, como sempre, ele exasperou seu desgosto, até tomar as proporções de um pesadelo, e começou a ser de novo, como o Zero de Holywell, perseguido pelos padres e rodeado por inimigos. Ele exprimiu esse ponto de vista numa carta enviada à senhora Gordon:

> Cara senhora Gordon,
> É horrível dizer à senhora o que acho de Benson. Tão horrível que estou me obrigando a não chegar a uma conclusão definitiva sobre ele. Diante de mim, tenho as ações dele; e não quero expressar ou até mesmo formar uma opinião definitiva a esse respeito. A senhora sabe que começamos a trabalhar no livro sobre São Tomás em agosto de 1906. Tratava-se de uma proposta inteiramente dele. Ele dizia que, se escrevêssemos um livro juntos, isso me reabilitaria publicamente no ambiente católico, as editoras ficariam mais interessadas em minhas obras e eu poderia ganhar uma quantia decente. Foi ele próprio quem escolheu o assunto e me ofereceu a metade dos lucros. Fiquei tão agradecido que recusei a metade, e só aceitei um terço; e prometi dar o meu melhor para que o livro saísse inteiramente como ele queria. Nada de mais aconteceu até o último outono, quando ele, de repente, começou a me escrever cartas cheias de raiva. Fiz o meu melhor para acompanhá-lo, até que, um dia, Benson exigiu, em um tom peremptório, que eu assinasse um acordo concordando que apenas seu nome deveria constar como autor do livro.

Explicou que seu agente (cujo nome ele se recusa a me dizer) falara que, dessa forma, ele ganharia muito mais e assegurou que a minha parte seria de "várias centenas de libras, com cem já no momento da publicação". Essa proposta era radicalmente diferente do nosso acordo inicial. A única ambição que tenho é a de ser independente, e o acordo original me ajudaria nesse sentido. A nova proposta me tornava um parasita à mercê da caridade alheia, coisa que detesto com todas as minhas forças...
A senhora sabe que Benson me consolou em minhas desgraças, dizendo que eu não precisava mais me preocupar com a ideia de voltar para o abrigo ou dormir na rua. Ele sempre me assegurou de que, se tudo desse errado, ele me abrigaria, de bom grado em sua casa. Consegui convencê-lo de que eu queria ser uma ajuda, e não um fardo, e lhe mostrei mil formas como eu poderia me tornar não apenas independente, mas também estar em posição de dividir meus lucros com ele. E agora, vendo-me sem meio de subsistência até mesmo para continuar meu trabalho, relutantemente decidi voltar a contar com ele. Ele teve a coragem de dizer que me acolher em sua casa o deixaria de coração partido e causaria fortes inconveniências pessoais; e, da maneira mais brusca possível, ofereceu-me, por oito xelins por semana, a posição de caseiro em sua casa isolada, a duas milhas de Buntingford. Lá, eu deveria viver absolutamente sozinho, cuidando do jardim e do galinheiro, e, para ir à missa, deveria caminhar por duas milhas e pegar o trem. Ainda por cima, destacou, de todas as formas, que eu não deveria considerar-me seu hóspede, mas um empregado pago; e pede uma garantia que me obrigue a descontar o dinheiro da viagem para lá, dos meus primeiros pagamentos.
Tudo isso me deixa sem fôlego. Nunca imaginei uma coisa assim. Não fiz nada para merecer esse tratamento. E não posso explicar isso muito bem a não ser por uma

hipótese que me recuso a levar a sério. Os padres católicos agiram dessa forma muitas vezes antes; e acredito que o único objetivo deles era me destruir, espiritual e fisicamente. Não conseguiram, e não vou permitir que consigam. Qualquer coisa, menos isso. De qualquer forma, o efeito do comportamento de Benson tem sido que estou com tanto medo dele que nem sei como descrever; toda a minha antiga desconfiança dos padres se reacendeu e mostrou suas garras.
O que aconteceria comigo se eu me colocasse totalmente nas mãos deles? Não sei. Mas eu temo o pior, principalmente porque, dessa vez, se trata de uma pessoa que eu considerava um verdadeiro amigo e a quem havia confiado, sem reservas, todos os meus segredos.

Felizmente, possuímos algumas cartas que mostram o ponto de vista de Benson sobre a questão:

Vicariado católico, Cambridge

Caro senhor Pirie-Gordon,
Posso escrever francamente a respeito de Rolfe? Não sei se ele lhe disse que tivemos uma briga. Os detalhes não importam; mas eu queria deixar claro qual é a minha posição em relação à questão.
Em minha última carta a Rolfe, que deve ter sido entregue a ele na última terça-feira, eu pedia desculpas por ter expressado as coisas de uma forma desajeitada e embaraçosa, e assegurava, por escrito e enfaticamente, que não o considerava um "patife", como ele parecia suspeitar. Além disso, eu propunha que ele viesse no próximo mês para uma casa que acabei de comprar. Ofereci a casa a ele por seis meses, com jardim, horta, galinhas, ovos e alguns xelins extras por semana para pagar as despesas necessárias; também disse que mobiliaria alguns cômodos para

ele e adiantaria a quantia necessária para as despesas da viagem. Foi uma carta absolutamente amigável e escrita com simpatia. Pedi que ele respondesse até ontem, já que preciso procurar logo por um caseiro, se ele não viesse. Não recebi resposta alguma.
Não posso continuar implorando a ele que aceite esse tipo de coisa. Ele está bastante furioso comigo, eu acredito. Ficaria muito agradecido se o senhor conseguisse convencê-lo de quanto ele está sendo tolo por agir dessa forma, quando, na verdade, só há amizade de minha parte. Não diga, entretanto, que a sugestão partiu de mim. Seria possível também falar a ele sobre os planos dele e de repente perguntar: "Você escreveu ao Benson?" e, se ele responder "Não adianta de nada", então diga "Muito bem, então eu escrevo", e depois fazer isso de verdade, qualquer coisa que ele diga?
Parece-me que talvez dessa forma ele se dê conta de quão tolo é continuar assim, acreditando estar abandonado e ter sido traído e tudo o mais. Por favor, perdoe-me por escrever para o senhor, mas realmente não posso esperar mais do que três ou quatro dias. Se eu não receber uma resposta até lá, terei de contratar um caseiro de vez. Se o senhor puder me dar uma esperança de que é provável que Rolfe aceite, posso adiar alguns dias...

Atenciosamente,
R. H. Benson

A versão que Benson deu sobre as causas do desentendimento deles não é substancialmente diferente da de Rolfe:

Ao propor ao meu editor uma colaboração com Rolfe, ele respondeu dizendo que não a aceitaria. Ele queria um livro escrito só por mim, pelo qual ele me ofereceu uma soma considerável, destacando que não poderia absolutamente oferecer a mesma quantia por um livro escrito em colaboração. Transmiti isso a Rolfe, convencido, é claro, de que ele nem sonharia em insistir para que seu nome aparecesse ao lado do meu. O que sugeri foi que seu nome fosse mencionado no prefácio, algo como uma "ajuda inestimável" etc., e que nosso acordo monetário continuasse como antes. Dessa maneira, Rolfe teria recebido uma soma muito maior do que aquela que ele podia esperar.

Benson não foi justo nem consigo mesmo nem com Rolfe, insistindo em que o dinheiro teria sido a razão essencial do desentendimento deles; na verdade, se sua justificativa tivesse de ser interpretada ao pé da letra, teria sido irrelevante. Ele tinha feito um acordo com Rolfe; o fato de ele poder obter condições melhores para si mesmo, alterando os termos daquele acordo, não era motivo válido para alterá-lo, se seu colaborador preferia deixá-lo inalterado. Não há razão para duvidar de que o editor desconhecido tenha oferecido, de verdade, mais dinheiro, caso aparecesse somente o nome de Benson; mas havia outras razões que compeliam Benson a desistir da colaboração com Rolfe. Seu irmão Arthur já fora previamente avisado de que esse novo amigo era um homem perigoso e sem crédito; agora vários padres também começavam a insistir para que ele interrompesse aquela amizade. As palavras deles ganhavam maior peso depois do interrogatório no caso de Thomas (no qual Benson estivera presente). Todos esses motivos compeliram Benson a agir contra Rolfe; mas, podemos assim supor, ele não queria, caridosamente, que Rolfe interpretasse essa decisão como causada por uma incompatibilidade entre eles, de modo que tentou jogar a responsabilidade por sua desistência nas costas do editor.

Trata-se de uma suposição, mas tudo sugere que as coisas aconteceram exatamente assim.

Os esforços do bem-intencionado Pirie-Gordon para reconciliar os dois revelaram-se infrutíferos:

> Caro senhor Pirie-Gordon,
> Agradeço muito ao senhor, mas não vejo o que poderia fazer agora se Rolfe insistir em me tratar como o pior de seus inimigos. Se eu escrevo para ele usando um tom amigável, ele não responde, e pensa que minha atitude é uma espécie de suborno para acalmá-lo. Se escrevo o que está na minha cabeça, ele me acha um bruto. A terceira e única solução é que eu não escreva mais até que ele decida me escrever. Não vejo outras possibilidades. Pessoalmente, acho que Rolfe me tratou de uma maneira impressionante... Para não dizer pior.
> Mas estou perfeitamente disposto a agir como amigo e continuar o livro sobre São Tomás assim que tiver tempo. Só que agora o pedido para isso terá de vir dele. Enquanto isso, guardarei os capítulos que ele escreveu na esperança de que ele dê um passo nessa direção.
> Embora não de uma forma clara, consigo imaginar seus pensamentos; mas ser tratado como um editor fraudulento é absurdo demais e ofensivo demais para que eu possa enviar a ele outras propostas sem perder minha dignidade. E, mesmo que enviasse, Rolfe enxergaria qualquer ação minha como um complô contra ele. Do ponto de vista financeiro, seria, para mim, muito vantajoso interromper a colaboração com ele. Por causa disso, também lhe ofereci o livro inteiro, se ele quiser tirá-lo de minhas mãos.
> Estou começando, francamente, a duvidar, pela primeira vez, que Rolfe sinta alguma simpatia por mim de verdade. Não vejo, de fato, como suspeita e simpatia podem coexistir.

Quanto aos problemas que ele causou, sempre estive perfeitamente ciente de que os católicos o detestam e não confiam nele. Foi justamente para reabilitá-lo que não escondi minha simpatia por ele (posso dizer, sem falsa modéstia, que gozo da estima dos católicos). Não dou a mínima sobre o que os outros pensam..
É *absolutamente falso* que alguém vigie Rolfe ou o persiga. Na verdade, aos olhos dos católicos, é como se ele nem existisse. Certamente, os católicos que o conhecem não confiam nele; mas ele também os ignora. É puro egoísmo da parte dele pensar que eles prestam a mínima atenção nele.
Nutro por ele grande compaixão. Faria tudo o que estivesse ao meu alcance; mas considero sua atitude de desdenhoso isolamento, que me faz lembrar de Rose, em *Adriano VII*, algo intolerável e absurdo. Ninguém vai querer se esforçar para subir até o topo de sua soberba. Ele é seu próprio inimigo. Eu, não; queria ser seu amigo. Mas é porque tenho pena dele, e não porque eu ache que ele é alvo de uma conspiração universal.
Esperarei pelo desenrolar da história e, nesse ínterim, guardarei os capítulos até que Rolfe decida me escrever dignamente mais uma vez.

Atenciosamente,
R. Hugh Benson

Nesse caso, ele deve tê-los guardados por um bom tempo. A roda do destino havia concluído mais um giro; mais uma vez, a vida de Rolfe se aproximava de uma crise. Havia vários fatores que a provocaram. Em primeiro lugar, em Oxford, ele tinha pequenas dívidas que, embora pequenas, não estava em condição de pagar. Em segundo lugar, como já vimos, ele havia brigado com o Benson. Em terceiro lugar, a complacência de Taylor tinha chegado ao limite e, por último, os Gordon haviam decidido que, no

Natal seguinte, a casa de Gwernvale ficaria fechada até que voltassem de uma viagem ao Oriente. Rolfe se deu conta de que tinha chegado o momento de partir: e os meios para isso se encontravam ao alcance de suas mãos.

15

O EXÍLIO VOLUNTÁRIO

Entre aqueles que escutavam com interesse e com uma admiração quase relutante os monólogos e as críticas mordazes de Rolfe em Gwernvale, estava o professor R. M. Dawkins, que, naquela época, era diretor da Escola Britânica de Arqueologia, em Atenas, e que agora era titular da cadeira de Grego Moderno em Oxford. Em 1907, ele voltara à Inglaterra para reformar uma pequena propriedade recém-herdada em Breconshire e, sendo vizinho deles, frequentou por um tempo a casa dos Pirie-Gordon. Em uma dessas visitas, ele conheceu Rolfe; e, como ele mesmo escreve: "Fiquei imediatamente impressionado com sua personalidade; não pela cultura, que era superficial, nem por sua história, que era pitoresca, mas por sua especial intensidade pessoal, que despertou minha curiosidade e meu interesse". Mais tarde, depois da inevitável briga, Rolfe descreveu o professor Dawkins em seu estilo colorido e perverso, acrescentando, entre parênteses: "ele sabia mais do que qualquer um a respeito da arqueologia grega no mundo; em sua inteligência, havia de vez em quando, algo de interessante".

Na verdade, Rolfe sentiu-se atraído, como um pedaço de ferro é atraído por um ímã, por essa fonte infinita de conhecimento, alguém que, ainda por cima, era proprietário de terras e, portanto, aos olhos de Rolfe, rico; o professor Dawkins, por sua vez, que tinha aquela inclinação para a contemplação científica típica dos homens de cultura elevada, sentiu-se atraído e se divertiu com aquele desconhecido extravagante, com sua mistura de superstição e de poder pessoal, que falava de astrologia como se fosse uma ciência exata e que atribuía suas desgraças às influências das estrelas. Apesar de Rolfe enganar os outros, também era verdade que ele era a primeira vítima de seus próprios enganos; e isso, como também os outros elementos de sua contraditória máscara, representava um enigma fascinante para o cético professor. Talvez fosse a própria capacidade de Rolfe de enganar a si mesmo que despertava a simpatia e o interesse de quem o conhecia. Em uma de suas primeiras cartas a Dawkins (após o retorno deste último de Atenas, houve uma troca de cartas entre os dois), Rolfe escreveu:

> Minha dificuldade, à medida que vou envelhecendo, não é tanto de encontrar novos amigos, mas de manter aqueles que os deuses me mandam em profusão. Se não conseguirmos retribuir a cordialidade, os amigos se afastam de nós; e é quase impossível cumprir o papel de amigo, aquele papel que desejamos arduamente cumprir enquanto somos obcecados, distraídos e literalmente destruídos aos pedacinhos pela luta em continuar a usar a máscara da alegria, que disfarça nossa luta pela sobrevivência. Por isso, observarei com muito interesse para ver por quanto tempo eu e você conseguiremos continuar amigos. Não tenha medo de que eu seja a pessoa que vai destruir tudo. Não. Quando tudo acabar, diga a si mesmo que foi só a crueldade das estrelas que tirou da minha mão a minha extremidade da corda. E não se surpreenda porque eu passo meu tempo dançando sobre vulcões, se é que pode chamar isso de dançar... Estou dizendo tudo isso ao senhor porque, caso eu não responda às suas cartas, vai saber que não é vontade que está faltando, mas, sim, possibilidade. Quando as coisas

pioram, tenho o hábito de vestir um terno de veludo, um cachecol azul e um pseudônimo e de fugir para me esconder até que ventos mais favoráveis me tragam de novo para o ar livre.

Nas cartas que se seguiram, Rolfe falou do risco de ficar sem teto a qualquer momento: Gwernvale estava prestes a ser fechada, e Benson (obviamente, a história inteira foi contada de novo desde o início) "me largou como se eu fosse lixo". O "professor de Grego de lábios carnudos" ficou comovido com essas confidências: é preciso lembrar que ele não sabia nada sobre Rolfe além daquilo que os Pirie-Gordon lhe haviam relatado (e eles naturalmente descreviam seu hóspede de uma forma positiva, já que não estavam cientes de nada de negativo sobre ele, salvo o fato de que era pobre e excêntrico) e o próprio Rolfe. Diante da oportunidade de ajudar um homem em dificuldade, e ao mesmo tempo, ter uma companhia agradável, Dawkins sugeriu que Rolfe fosse para Veneza junto com ele naquele ano, e se ofereceu para adiantar o dinheiro necessário. "Ele devia me pagar de volta", escreve o professor Dawkins, "escrevendo relatos da viagem". "Estava disposto a arriscar uma pequena quantia pelo prazer e pelo interesse de sua companhia e, naturalmente, não esperava rever esse dinheiro."

Fizeram planos juntos: Rolfe estava incrivelmente animado e agradecido, e acrescentou muitas torres aos seus castelos no ar. Havia boas razões para essa animação, para usar uma expressão que costumava ser corrente naquela época, ele tinha uma afinidade eletiva com a Itália, e uma verdadeira devoção pelo sol, por sua história e por sua língua. A sua única estada em Roma tinha feito dele um barão (pelo menos no papel) e havia marcado sua personalidade com algo mais profundo acerca da lembrança da intensidade do sul da Europa. E agora ele estava voltando a visitar o país que amara por tanto tempo, e o amava ainda mais porque todos os fracassos em sua terra o repeliam em sua direção.

Frederick Rolfe, preparando-se para viajar ao exterior, era um espetáculo curioso. Ele tinha mudado muito em comparação à época em que era um rapaz com "rosto bonito, delicado" que havia escandalizado as autoridades da Scots College, por causa de suas excentricidades de esteta, e cativado a duquesa idosa com seu charme. Naquele tempo, fora ele quem escolhera a tonsura; agora, aos quarenta e nove anos, sua cabeça estava coberta por um restolho cinzento, aparado rente. Na época, ele havia arrumado, só Deus sabe como, uma mala enfeitada de prata; agora, em sua segunda viagem, sua bagagem consistia em um cesto de roupa grande, fechado por uma barra de ferro e um cadeado, um tipo de bagagem que parecia ser feito de propósito para despertar as suspeitas dos oficiais da alfândega. Mas ele era o mesmo Rolfe de sempre, que tentava dar um ar excêntrico às ações mais triviais; usava no pescoço um crucifixo de prata tão largo e pesado que, para amenizar a irritação da pele, usava, debaixo da camisa, uma camada protetiva de plástico; ou usava uma caneta tinteiro que tinha pelo menos três vezes o tamanho daquelas normalmente vendidas nas lojas. "Tenho absoluta certeza", observou seu companheiro de viagem, "que, durante a guerra, os serviços secretos da Europa inteira teriam brigado para saber qual deles deveria fuzilar Rolfe como espião. Sua esquisitice era sempre incrivelmente ostentada".

Rolfe também não mudara em relação à sua propensão a contrair dívidas e sua atitude em relação ao dinheiro alheio. Oficialmente, ele não fora para Veneza como convidado do professor Dawkins, mas como alguém que havia tomado emprestado dinheiro que logo devolveria. Já que a intenção dele (ou melhor, sua esperança) era devolver o que quer que gastasse, ele não via razão para poupar; e seu anfitrião (de fato, e não só formalmente) logo descobriu que a visão que Rolfe tinha da diversão incluía um grande número de "frivolidades requintadas" extremamente caras, como também comidas e vinhos de altíssima qualidade. Rolfe reagiu às reclamações de Dawkins com uma espécie de "vitimismo dramático". Apesar da sutileza que Rolfe se orgulhava de possuir, ele ficava perdido nas questões mais singelas. Como ocorrera por ocasião dessa viagem. Dawkins, longe de ficar contente com as formas agradáveis de gastar dinheiro que Rolfe descobria continuamente, ficou desconcertado quando se deu conta de que seu hóspede esperava viver como um príncipe, à sua expensa. Então, inventou uma desculpa e anunciou ao seu companheiro que queria ir para Roma, para examinar alguns antigos manuscritos gregos (uma alternativa aos prazeres venezianos que certamente não atrairia Rolfe); e, alguns dias depois, partiu, desejando-lhe boa sorte e deixando com ele dinheiro suficiente para ficar em Veneza um pouco mais e, em seguida, voltar para a Inglaterra. Os dois amigos nunca mais se encontrariam; na verdade, nenhum dos amigos ingleses de Rolfe chegou a revê-lo vivo, embora todos tenham continuado a receber, por um tempo, com arrepio, suas cartas escritas numa linda caligrafia.

    Sozinho em Veneza, Rolfe recomeçou a ir atrás de seus sonhos. O sol brilhava na cidade dos canais e o pobre andarilho sempre havia amado a água e a luz do sol. Além disso, agora ele tinha dinheiro no banco. Não muito; mas, para um homem que sempre vivera a crédito, até mesmo trinta libras (esse era mais ou menos o valor à sua disposição) representavam uma boa quantia. Não é difícil imaginar como ele passava seus dias. Certamente, nadava muito, alugou um *sandalo* e aprendeu a remar à maneira veneziana, técnica que não era fácil. Ele se dirigia, em seu italiano antiquado e cheio de erros, a qualquer pessoa que estivesse perto dele, desde os empregados do hotel até os jovens pescadores, mas especialmente a esses últimos. Ele fazia de tudo para satisfazer o prazer dos olhos. Durante toda a vida, Rolfe se mostrara muito sensível às aparências externas das coisas. E agora, naquela velha cidade, onde havia muito para ver, ele se permitia abandonar a uma orgia de formas.

Rolfe nos deixou um testemunho de suas primeiras impressões venezianas:

> Vim para Veneza em agosto, para umas férias de seis semanas, e vivi, trabalhei e dormi sempre na minha *barcheta*. Parecia que, usando minha vontade e fantasia, eu podia enganar o outono e o inverno. O efeito desse tipo de vida fez com que eu me sentisse com não mais de vinte e cinco anos de idade em tudo, exceto quanto às experiências inúteis e às decepções importantes. A exuberante plenitude de uma saúde vigorosa, a capacidade física para suportar, de bom grado (ou até com alegria) as dificuldades, uma atividade intelectual imperturbável, um apetite maravilhoso, as noites de sono sereno, delicado e sem sonhos, como o de uma criança, tudo isso consegui ganhar (com uma felicidade indescritível) só por estar sozinho com o sol e o mar. Tomava banho de mar seis vezes por dia, começando ao amanhecer e terminava quando o pôr do sol envolvia toda a lagoa em chamas de ametista e topázio. Entre nós, confesso que sou culpado por levantar várias vezes, em plena noite, e entrar no mar para nadar por uma hora inteira sob a luz clara de uma grande lua dourada, *plenilúnio*, ou sob os reflexos cintilantes das estrelas. (Ó meu Deus, como é divino este lugar!) Quando tinha vontade de mudar de cenário e de ancorar em algum lugar diferente, remava com meus dois *gondoglieri*;[13] e não há nenhum exercício físico que possa dar a alguém a elegância, a postura e a figura de um jovem e esbelto Diadúmeno, como o remar de pé, à maneira veneziana. É maravilhosamente difícil;

mas não há nenhum outro exercício que injete energia no corpo de um homem como o movimento de se agachar para frente, produzindo um delicioso cansaço durante a noite. Sem mencionar o fato de que eu escrevia sem problemas por sete horas ao dia. Há algo melhor do que isso? Um dia fiz provisão em Burano e, ao pôr do sol, remamos à procura de um ancoradouro para passar a noite. Imagine um mundo crepuscular, sem nuvens e com um mar achatado, um mundo feito de heliotropium, de violetas, lavanda, com faixas de cobre lustrado e cravejado de esmeraldas derretendo pelos lados, dentro do azul sem fundo, dos olhos das penas do pavão quando faz a roda, enquanto a lua nasce cor-de-rosa como madrepérola. Nesse ambiente mágico, nós três dirigíamos a *barcheta* preta, solene, silenciosamente, ao morrer do último eco da Ave-Maria.

Lentamente, chegamos ao norte de Burano, entramos na lagoa aberta e remamos em direção ao leste até o ponto marcado por cinco *pali*, onde o canal amplo desenha uma curva em direção ao sul. Havia algo tão sagrado, tão solenemente sagrado naquele silêncio noturno, que eu não queria ser perturbado nem mesmo pelo suave movimento dos remos. Eu era o dono do espaço e do tempo. Não havia compromissos urgentes a serem cumpridos. Eu podia ir aonde quisesse, na hora que bem entendesse, rapidamente ou lentamente, longe ou perto. E escolhi o perto e o devagar. Fiz mais do que isso: a paz da lagoa naquele exato instante era tão indescritivelmente linda que nasceu dentro de mim o desejo de não fazer absolutamente nada a não ser ficar sentado e absorver minhas impressões, imóvel. É dessa maneira que nascem os pensamentos nobres e novos.

O canal largo em que navegamos é como uma estrada principal. Sempre o vi repleto de *sandalos* dos pescadores *buranelli*. Os *vaporetti*, tanques-batelões de água fresca

para Burano, barcos carregados de todo o tipo de mercadoria, com frequência perturbavam a paz. Meu desejo era encontrar um canal menor, longe, longe. Nós estávamos (como eu disse) em um ponto em que o canal traça uma curva em direção ao sul, marcada pelas *cinque pali*. Do lado oposto, perto da ribeira, começa a longa linha de *pali* que mostra a profundidade até Ricevitoria dei Treporti; e ali mesmo, no começo da linha, avistei a boca de um canal que parecia perfeito para mim. Entramos nele: por duzentos ou trezentos metros, ele seguia em direção ao nordeste, e depois se dobrava como um cotovelo para o noroeste. Parecia um canal adequado, talvez com quatro metros de largura, com duas barreiras cheias de lama, cobertas com nardo aquático por mais ou menos dois pés acima da marca de altura da água.
Aproximamo-nos da margem, perto da curva, fincamos dois remos na areia, um na proa e o outro na popa, e atracamos ali.
Baicolo e Caicio pegaram os jogos de damas e os cigarros, e começaram a jogar, falando baixinho na popa; eu permaneci sentado, imóvel, banhando minha alma naquela paz, até que a noite caísse e Selene aparecesse alta no límpido céu cor azul-safira. Depois, Baicolo e Caicio acenderam os *fanali* e desenrolaram sobre a *barcheta* a lona impermeável; então, fizeram uma sopa *parmentier* para comermos com polenta e com nosso vinho. E, quando os travesseiros de paina já haviam sido colocados no convés com os sacos de dormir leves em cima deles, demos um último mergulho, fizemos nossas preces e fomos dormir. Baicola na proa, com seus pés na direção dos meus, chegando quase ao meio do barco, e Caicio na popa, com seus pés quase em cima do meu travesseiro.
Acordei logo depois do nascer do sol: era uma aurora de opala e fogo; os meninos ainda dormiam profundamente. Dobrei a lona, levantei silenciosamente a âncora

e subi na popa para remar no ar úmido da manhã, em busca de um lugar adequado para meu primeiro mergulho do dia. Sobre esse ponto, sou muito exigente: é preciso ter águas profundas, o mais profundas possível, porque eu sou mesmo o que os venezianos chamam de *"appassionato per l'acqua"*. Além disso, detesto, imensamente, me sujar de lama e algas, e sujar as unhas do pé mais do que as da mão. E, com minha miopia congênita, vejo mais nitidamente na água profunda do que na água rasa, como se usasse um monóculo. Deixei a *barcheta* deslizar ao longo da correnteza, enquanto, ao lado da popa, sondava o fundo com o longo remo, tanto na direção da ribeira como no meio do canal. Em nenhum ponto, conseguia tocar o fundo: isso significava que a água tinha mais de quatro metros de profundidade. Nem preciso dizer que dei um grito de alegria que despertou de seu sono o sensual Baicolo (para que preparasse o café), e o fiel Caicio (para que pegasse o remo e impedisse que a *barcheta* se afastasse); depois, mergulhei e me regozijei na água verde e cristalina. Senhor, como é linda a vossa suave água salgada quando roça a carne!

Mas trinta libras não podem durar para sempre, mesmo quando a vida é barata, e o pequeno estoque de cédulas, aos poucos, se esvaiu. Rolfe escreveu para Taylor e para os Gordon pedindo dinheiro. O primeiro enviou vinte e cinco libras, e o segundo, doze libras e dez xelins mas, ambos expressaram o desejo de conhecer seus projetos.

Projetos! Ele não tinha nenhum. Ele queria viver ao sol, saborear o perfume que exalava de cada tijolo da cidade de São Marco; queria continuar com suas conversas e suas caminhadas, imbuir-se do espírito e da beleza de Veneza. Mas as pessoas colocavam pressão e ele não podia sobreviver apenas de sensações bonitas. Assim, ele inventou um "projeto". O talento fotográfico demonstrado nos velhos tempos veio em sua ajuda, e ele sugeriu que poderia montar uma loja em Veneza e ganhar a vida vendendo fotografias bonitas aos turistas, enquanto, em seu tempo livre, ele escreveria os livros que o tornariam rico. Essa proposta alarmou os Pirie-Gordon. As poucas coisas que eles sabiam de Rolfe eram suficientes para ter certeza do absurdo de seu projeto, mas também para entender que, se o tivessem criticado abertamente, teriam obtido o único resultado possível: fortalecer sua determinação. Assim, numa carta cheia de diplomacia, Harry propôs ao seu colaborador que voltasse para a Inglaterra, a fim de discutir juntos sobre o projeto e de avaliar qual seria o valor necessário para montar um pequeno negócio. De má vontade, Rolfe concordou. "É frustrante ter de gastar tempo e dinheiro para ir a Inglaterra à procura de capital", escreveu numa carta, "mas me dou conta de que é o jeito. Então, podem aguardar minha chegada daqui a pouco... e até lá terminarei *Artur de Hubert* e escreverei aquele maldito livro com Benson, e farei o que for necessário para voltar para Veneza, em fevereiro de 1909. Mas tenho de dizer que a ideia de que devemos começar de forma modesta me repugna imensamente. Para que haja sucesso, deve-se começar da maneira como se pretende continuar". E pediu também, e obteve, o dinheiro para a passagem de volta. Dawkins lhe emprestou mais quinze libras. Mas sua partida para a Inglaterra continuou a ser adiada. A princípio, pediu desculpas, falando que Dawkins, por causa de sua tacanhice, deixara com os *gondolieri* uma impressão tão ruim sobre os ingleses que ele mesmo se sentira obrigado a consertar o problema por conta própria; depois, ele confessou ter usado o dinheiro da passagem para pagar a conta do hotel. E por fim:

> No domingo passado, quando tudo estava pronto, e eu já estava com o bilhete na mão, apareceu, de repente, uma

conta de vinte libras para pagar. Não tinha dinheiro; escrevi à única pessoa que conhecia em Veneza, mas ela se recusou a me ajudar. E, assim, encontro-me em uma situação lastimável por mais uma semana, com quarenta *palanche* por dia para viver; enquanto isso, chegaram novas contas para pagar e agora, para sair daqui, estou precisando de trinta e duas libras. Tenho certeza de que serão suficientes. Como disse, até agora consegui manter uma reputação honrada e meu crédito está intacto. Fugir de forma clandestina, ou em desonra, estragaria as bases excelentes que estabeleci aqui para um negócio futuro... Não consigo terminar *Artur de Hubert* sem antes conversar com você sobre várias questões de heráldica e bom gosto; e tenho medo de, nos próximos dias, ficar sem dinheiro ou amigos ou futuro, neste país. Esse pensamento me atormenta.

Seus amigos na Inglaterra começaram a ficar perplexos com suas manobras. Eles sabiam que ele não tinha dinheiro e que, sem dinheiro, ele não podia ficar em Veneza; ainda assim, parecia determinado a ficar lá. O verão, mesmo na Itália, não dura para sempre. Rolfe havia deixado de lado o barco e se mudara para um hotel, cuja conta crescia a cada dia. O que fazer? Pirie-Gordon esperava ansioso, o retorno dele, para terminar o livro que tinham começado juntos: parecia inútil mandar mais dinheiro — isso serviria apenas para adiar ainda mais a partida. Benson talvez desejasse um pouco menos o retorno de seu colaborador. Cansado de esperar, ele tinha usado suas anotações e as de Rolfe sobre São Tomás como base para uma pequena biografia que estava prestes a ser publicada em seu nome.

Então, Rolfe concentrou todas as suas esperanças em Taylor, convencido de que ele, que uma vez concordara em lhe emprestar dinheiro em troca de uma garantia baseada em uma apólice de seguro, não teria dificuldade em fazer a mesma coisa agora. Porém, mais uma vez, Rolfe interpretou mal a situação. Taylor fizera aquele empréstimo como uma última possibilidade e aceitara a apólice de seguro como uma garantia, *faute de mieux*, para conter a perda em que toda a transação parecia fazê-lo incorrer. O efeito positivo daquele encontro de quatro anos antes, no Lincoln's Inn Field, esgotara-se fazia tempo; e o advogado não tinha recebido nem um *penny* com *Adriano* ou *Don Tarquinio*, havia perdido qualquer confiança nos livros de Rolfe. Ele enxergava a apólice de seguro (com razão, como os eventos demonstraram) como a última e única esperança de ser reembolsado. E sabia que provavelmente teria de pagar os prêmios por muitos anos. Então, diante do novo pedido de dinheiro vindo de Veneza, escreveu somente para comunicar que não podia adiantar mais recursos.

Até mesmo nessa hora, Rolfe recusou-se a voltar para os amigos que lhe teriam assegurado o que precisava para viver.

"Falei para Taylor", escreveu para Harry Pirie-Gordon, "que, se ele desistir agora, vai perder tudo o que fez até hoje. Se ele não se importar com isso, é problema dele. De qualquer modo, estou cansado de construir casas pelo segundo andar. E não vou tentar mais. É na hora das necessidades que vemos quem são os verdadeiros amigos..."

"Tenho o hábito de ver as coisas dessa maneira. Há um pequeno *ospedale* inglês em Giudecca, a equipe é inglesa, os pacientes, em sua maioria, são marinheiros. Vou até lá toda tarde de *sandalo* e levo os convalescentes para um pequeno passeio ao sol. Eles têm uma opinião ótima a meu respeito. Assim como a diretora, Miss Chaffey, e agora Lady Layard também (Rainha da Inglaterra em Veneza), que adora o hospital. Mas eu não quero as atenções deles. Para que serve fazer novos amigos se a qualquer momento, você pode ser denunciado para a *questura* por causa das

dívidas? Não sei qual é o valor da minha dívida no hotel. Sempre queimo as contas, já que não consigo pagá-las."
O que se podia fazer por ele? Uma prova da sinceridade da amizade do jovem Pirie-Gordon é que, nem mesmo naquela ocasião, ele perdeu a paciência com seu colaborador errante. "Não posso deixar de pensar", escreveu para Taylor "que temos que fazer algo por Rolfe"; e sugeriu que ele, Benson e Dawkins enviassem todas as semanas, por intermédio do advogado, uma pequena quantia (quarenta e cinco liras, naquela época aproximadamente duas libras) para o hotel de Rolfe, suficiente para permitir-lhe viver modestamente em Veneza, por mais três meses, com a esperança de que, nesse ínterim, ele voltasse para a Inglaterra.

A proposta se revelou inútil. O dono do hotel de Rolfe se recusou a considerar tal acordo antes que a dívida contraída até então, de aproximadamente quarenta libras, fosse quitada; e avisou a Taylor que os gastos de Rolfe (que "não eram excessivos para um cavalheiro com recursos modestos") somavam o dobro do valor proposto. Foram trocadas várias cartas com explicações, mas não foi possível chegar a um acordo aceitável, e, no fim das contas, as quantias destinadas a Rolfe foram devolvidas aos três remetentes: Benson, Pirie-Gordon e Dawkins.

A roda do destino havia girado mais uma vez. Rolfe estava no caminho de fazer novos amigos, mas parecia que os antigos não tinham o direito de esquecê-lo. A habitual artilharia de cartas cheias de insultos entrou em ação. Se sua loucura era evidente, não era, por isso, menos trágica. Mais uma vez, enganado por sua visão distorcida das coisas, ele se viu no papel de herói do drama de *O um e os muitos*. Suas energias estavam focadas primeiro em Benson, que recebia quase diariamente páginas repletas de injúrias, nas quais ele era chamado de apelidos cuidadosamente escolhidos por suas verdades ofensivas ou suas meias-verdades. Entre elas, uma era dominante: a acusação de ser um "sadimaníaco".

Outra mágoa da qual Rolfe reclamava era que, quando esses amigos antigos haviam combinado de devolver cada um as cartas do outro, Benson tinha recebido aquelas que escrevera para Rolfe, mas, temendo o tom violento de Rolfe, e que cartas ainda piores pudessem se seguir, tinha guardado como garantia, aquelas que Rolfe lhe escrevera. Graças a esse fato, anos depois, o padre Martindale teve a oportunidade, que me foi negada, de ler a correspondência completa, que passava do fervor ao frenesi, do carinho ao ódio.

O segundo alvo do ataque foi Taylor. Sua culpa principal era de lhe ter cortado os suprimentos; mas quase tão ruim quanto isso, aos olhos de Rolfe, era o fato de ter escrito ao dono do hotel veneziano propondo um pagamento semanal. "Você teve total liberdade na gestão dos meus negócios", escreveu a ele, em um tom a princípio ameno; "se eles são improdutivos, isso só pode dever-se à sua má administração. Mesmo que os tenha gerenciado mal antes de você assumi-los, eu conseguia extrair alguma coisa deles. Mas você parece não ter feito nada... Estou ainda esperando para saber se você deu algum passo para despertar a atenção das editoras a respeito dos meus livros... Sua incapacidade de respeitar o acordo devia ter aberto meus olhos para enxergar sua indiferença em relação aos meus interesses. Acredito que minha situação atual se deva inteiramente à sua negligência... Desse modo, gostaria de revisar completamente a natureza do nosso acordo, e de transferir as minhas obrigações e recursos para um administrador mais competente. Gostaria de saber se você tem algo a sugerir a esse respeito". Não chegou, nem poderia chegar, sugestão alguma, de modo que Rolfe se recusou a entregar as provas de seus dois livros no prelo (*Don Renato* e *Meléagro*) e denunciou esses fato à Associação dos Editores.

Enquanto isso, nem Pirie-Gordon foi negligenciado. Ele recebeu um bilhete curto (anexo a uma carta do dono do hotel em Veneza, que, desesperado, ameaçava chamar a polícia caso não efetuassem o pagamento da conta dele) insinuando que somente uma remessa telegráfica salvaria o exilado voluntário da prisão. O blefe não deu certo; não mandaram dinheiro algum, fosse por telegrama ou por qualquer outro meio: portanto, uma carta posterior informava o seguinte:

> Estou agora exclusivamente engajado em morrer da forma mais lenta, pública e irritante possível, para todos vocês que alegam ser meus amigos mas nunca demonstram. Desde sábado (hoje é quinta-feira) consegui mendigar dois almoços, terça e quarta, e um chá todos os dias à tarde. Também roubei algumas nozes e laranjas. Não durmo em uma cama desde sexta-feira. No próximo domingo, terei exaurido todas essas coisas agradáveis. Daí, roubarei o *sandalo* do Clube Bucintoro, como sempre, e darei umas voltas na lagoa, levando as duas bandeiras inglesas e escrevendo um diário elaborado do meu calvário; e, com meu passaporte e uma variedade das cartas de vocês, covardes, esperarei o fim. Vocês me expuseram ao ridículo e receberão o troco.

A principal contradição dessa atitude era que, para efetivá-las, Rolfe tinha realmente de morrer; e, como ele sabia muito bem, o suicídio não era seu estilo. Apesar de suas considerações macabras e da miséria extrema a que ele se reduzira agora, ainda se agarrava à vida e ao crédito alheio. Sem dúvida, ele "deu umas voltas" na lagoa no *sandalo* do Clube; mas, ainda assim, ele voltou. O que ele fez de verdade foi copiar a carta em seu caderno de cartas. Era importante, na guerra de palavras que estava começando, por meio desse bombardeio de longo alcance, que ele não se repetisse.

16

O PÁRIA VENEZIANO

O que acontecia, nesse ínterim, em Veneza? A carta ameaçando Pirie-Gordon com o suicídio era datada de abril de 1909; Rolfe conseguira passar seu primeiro inverno em Veneza graças a uma habilidosa manipulação de desculpas e crédito. Foi um feito impressionante; mas esse crédito tinha muitos suportes. Em primeiro lugar, quando podia, Rolfe pagava generosamente, dando a ideia de que não ficaria sem dinheiro por muito tempo. Em segundo lugar, os donos dos hotéis em localidades onde há um fluxo turístico ligado às estações acolhem, de bom grado, os residentes fixos; e, já que "Mister Rolfe" tinha manifestado sua intenção de ficar permanentemente, o senhor Barbieri, proprietário do Hôtel Belle Vue et de Russie, não tinha desejo algum de perder esse cliente, sem um bom motivo. Além disso, Rolfe recebia muitas cartas da Inglaterra, a maioria escrita em papel grosso e timbrado; ele mostrava as cartas mais promissoras ao dono do hotel, que via que esse inglês tinha amigos que o protegiam. Mas a prova mais convincente da veracidade do que seu excêntrico hóspede afirmava, ou seja, de ter bens na Inglaterra que em breve gerariam uma renda, foi uma carta formal do advogado Taylor (com um cheque anexo como adiantamento) na qual se oferecia a Rolfe, da parte de Benson, Dawkins e Pirie-Gordon, uma pensão regular por três meses. A raiva de Rolfe ao ouvir essa proposta foi genuína e impressionante; mas a devolução do dinheiro, na qual ele insistia, foi ainda mais impressionante; e o senhor Barbieri ficou convencido de que, com um pouco de paciência, ele seria pago. Assim, ao longo do inverno, continuou a dar comida e teto a crédito ao excêntrico inglês.

Foi naquele inverno, em 28 de dezembro de 1908, que aconteceu o famoso terremoto de Messina, resultando em milhares de pessoas desabrigadas. Na qualidade de membro do Clube Real de Remo Bucintoro, Rolfe teve um papel importante nas medidas de socorro organizadas pelos cidadãos de Veneza. Os barcos do Clube (um deles sob os cuidados de Rolfe) iam de casa em casa, e nas lojas, pedindo comida, roupas e material de construção para as vítimas. Rolfe passou duas semanas ocupado e feliz, carregando várias mercadorias, cascos de semolina, frascos de vinho, cobertores e roupas velhas para o quartel de San Zaccaria, que fora convertido em um depósito temporário.

Sua admissão no Clube Bucintoro se devia a um episódio engraçado, causado por sua paixão pela natação e pelo remo à "maneira veneziana". Um dia, no Grande Canal, ele pegou uma curva rápida demais e caiu na água enquanto estava fumando um cachimbo. Ao nadar vigorosamente debaixo d'água, ele veio à superfície inesperadamente, longe de seu barco; tinha uma expressão solene e o cachimbo ainda na boca. Subiu de volta no *sandalo*, sacudiu calmamente o tabaco de seu cachimbo, encheu novamente com o conteúdo da sua algibeira, que, sendo de borracha, mantinha o conteúdo seco; pediu fogo e prosseguiu em seu caminho depois de falar apenas uma palavra: "*Avanti*". Os venezianos que haviam assistido à cena ficaram encantados com a impassibilidade dele; a história do incidente circulou, e essa fama, além de seu fervor aquático, bastou para que lhe fosse oferecida a possibilidade de se tornar membro do Clube, um privilégio útil, já que ele podia usar os barcos do Clube e os espaços da sede.

Ao longo do inverno, enquanto a tolerância do senhor Barbieri durava, Rolfe se tornou uma figura muito conhecida no Hôtel Belle Vue. Apesar de se manter bastante isolado, ele era constantemente visto armado com sua enorme caneta-tinteiro e seus livros manuscritos de formatos estranhos (entre eles, ainda sobrevive um que mede duas vezes o tamanho do papel almaço com uma largura padrão; mas os outros manuscritos também, embora de tamanhos não exagerados, eram incomuns). Muitas pessoas haviam notado a beleza de seus manuscritos, sua gentileza quando levava, de barco, os convalescentes por toda Veneza e sua paixão pelos esportes aquáticos; ele se tornou, como em Holywell, um homem misterioso por causa de uma reticência que parecia quase uma ostentação. Naturalmente, os outros hóspedes ingleses, e também os ingleses que não estavam hospedados no hotel, começaram a nutrir alguma curiosidade a respeito de seu compatriota reservado. Entre esses curiosos, destacava-se o cônego Lonsdale Ragg, capelão anglicano da colônia britânica em Veneza.

O cônego estava passando o inverno com sua esposa no Hôtel Belle Vue, trabalhando na versão final de um ensaio sobre história eclesiástica, intitulado *A igreja dos apóstolos*. O cônego e a senhora Ragg se interessaram por aquele autor taciturno (porque essa era sua reputação) que, por semanas a fio, parecia tentar evitar a companhia deles. Um desejo tão intenso por privacidade só podia ser quebrado pelo próprio Rolfe, e de fato, um dia, ele o quebrou. Deixou na recepção um bilhete escrito de forma elegante, com frases breves e formais convidando-o para uma conversa.

Quando eles se encontraram, Rolfe explicou ao cônego as razões de sua discrição e do bilhete. Ambos se deviam, explicou ele, às dificuldades causadas principalmente pela falta de escrúpulos de seu agente na Inglaterra, e depois pela perfídia de seus amigos; enquanto sua situação continuasse complicada, ele preferia não fazer novas amizades.

Mas as coisas haviam chegado a um estágio tal que o desespero o tinha impelido a se aproximar de um homem que, embora professasse uma fé diferente, era, no final das contas, um cristão e um inglês, e (provavelmente) seria capaz de compensar sua ignorância abismal a respeito dos negócios, dando conselhos sobre a melhor atitude a ser tomada. Como convidado do casamento de Coleridge, o cônego não tinha "outra escolha a não ser escutar".

Rolfe, então, relatou fatos que o leitor já conhece, mas apresentou-os de um ângulo bem diferente. Seus problemas haviam começado, segundo essa versão dos fatos, quando ele perdera a causa contra o coronel Thomas. Para arcar com os custos do processo, explicou ao cônego muito interessado, ele fora obrigado a empenhar sua obra presente e futura, em benefício de seu advogado, que fora encarregado de recolher os direitos gerados por vários livros, fornecendo ao autor o necessário para viver. Vieram à tona as cartas de Taylor que comprovavam essas assertivas. Mas agora Taylor, movido pela própria avidez e pelos conselhos maldosos de Robert Hugh Benson e dos Pirie-Gordon (que queriam forçá-lo a escrever livros para eles), havia deixado de pagar o combinado e de enviar a ele os relatórios dos royalties. Por meses a fio, continuou Rolfe, ele suportara essa tirania, recusando-se a voltar à Inglaterra para fazer papel de "ghost writer", para que outros ficassem famosos, e decidiu ficar em Veneza, onde se sentia bem e sentia que podia fazer um bom trabalho. Para resistir à chantagem na qual o queriam prender, penhorara tudo o que podia penhorar e todos os recursos que ele guardava no banco haviam acabado. Ainda assim, não conseguira, na última semana, pagar sua conta, e agora ele estava sendo ameaçado de despejo do hotel. O que ele deveria fazer?

O cônego Ragg, embora lisonjeado com a referência ao seu faro para os negócios, tinha ficado (naturalmente) sem graça e não sabia o que dizer. Rolfe, no entanto, já tinha uma resposta pronta. O que ele precisava, salientou, era de um novo agente que desfizesse a confusão de seus negócios, tirando-os das garras de seu agente atual, e depois os administrasse devidamente para que ele recebesse aquela renda, cuja falta o atirara na sarjeta. O cônego concordou que essa solução, se possível, seria excelente e prometeu pensar no assunto.

Em que medida Rolfe acreditava nessa versão distorcida dos fatos? De certo modo, ele acreditava nela completamente. A psicologia da paranoia agora é bem documentada, embora não seja bem compreendida. Trata-se, em parte, de uma versão extrema da normal tendência humana de acreditar em certas coisas, mesmo sabendo que são falsas. Quem não afasta e esconde até de si mesmo certos fatos desagradáveis que, se fossem aceitos conscientemente, afetariam, de forma negativa, o curso da vida? O covarde que planeja atos de heroísmo, em vez de admitir para si mesmo a própria covardia, é um exemplo bastante conhecido desse fenômeno, assim como o ladrão que continua tendo respeito por si próprio e mantém a ilusão de ser uma pessoa honesta. Essa habilidade de suprimir o que a mente considera desagradável de lidar é uma característica fundamental da personalidade, e se revela naqueles preconceitos dos quais não nos libertamos, apesar de saber que são falsos. Dentro de certos limites, isso é uma coisa boa. Mas há casos em que as circunstâncias da juventude, ou os infortúnios da idade adulta, estendem, perigosamente, os limites dentro dos quais esse poder pode ser exercitado sem risco; e, assim, surge uma "ideia fixa" que, apesar de todas as provas contrárias, torna-se o ponto a partir do qual qualquer raciocínio avança. Tudo o que não é compatível com essa ideia fixa, e com suas consequências, é simplesmente visto como não existente ou falso.

Podemos ver um perfeito funcionamento dessa fraqueza mental nas confidências feitas por Rolfe ao cônego

Ragg. Rolfe tinha, é bem verdade, várias "ideias fixas"; mas aquela que o dominava nesse período de sua vida (cuja causa eu, mais tarde, espero identificar) era que seus livros *tinham* de fazer sucesso e, se não fizessem, qualquer fracasso se devia ao "ódio maligno dos seus inimigos". Todo o seu comportamento com Taylor foi condicionado por essa crença. Quando recebia a tão falada "mesada", ele achava que o advogado podia ter certeza de que seria pago, já que adquirira os direitos desses livros que *tinham* de fazer sucesso. Quando os pagamentos cessaram, em grande medida pela simples razão de que os direitos autorais esperados não haviam gerado alguma renda, Rolfe quis procurar uma explicação para esse fato (que não podia ser negado) em alguma intervenção humana; e logo achou. Se seus livros não vendiam como deveriam vender, era culpa, em primeiro lugar, do editor que, evidentemente (essa foi a sugestão que o demônio da paranoia, sempre à espreita, deu), tinha razões obscuras para não promover e investir nas vendas. Da mesma forma, se seu agente não cobrasse o editor até que cumprisse sua tarefa, era mais uma vez porque, por razões obscuras, o agente decidira não fazê-lo. Quanto mais Rolfe pensava no comportamento de Benson e de Taylor, mais se convencia de que tinha razão.

Essa convicção lhe deu muita força quando relatou seus infortúnios ao seu novo benfeitor, pois o cônego Ragg se tornara o seu benfeitor. Embora tivesse algumas dúvidas sobre alguns detalhes da história de Rolfe, aceitou-a essencialmente como verdadeira. Na verdade, ele ficou tão convencido que tomou a iniciativa, no final das contas um pouco arriscada, de assegurar ao dono do hotel sobre a boa-fé de Rolfe; desse modo, a ameaça de despejo foi adiada. Quando essa ameaça surgiu novamente, o próprio cônego, que, nesse ínterim, tinha ficado fascinado com aquele êxule intenso e solitário, garantiu pessoalmente a diária de Rolfe por um tempo. "Havia algo extremamente atraente nele, e também algo que repelia", escreveu-me o cônego Ragg de Bordighera, onde uma carta minha em que lhe pedia informações o localizara; "e a atração era dominante quando ele a deixava ser. Ele me deu a impressão de ser um homem genial, ou algo muito parecido com isso. Ficamos amigos e conversamos sobre literatura por horas a fio. Ele insistiu para que eu usasse, para o livro em que eu estava trabalhando, um sistema de pontuação que ele alegava provir de Addison. Logo depois, ele deixou o hotel e eu não o vi mais por um tempo".

Dizer que Rolfe "deixou o hotel" era um eufemismo gentil: na verdade, ele foi expulso. No final de abril, suas dívidas superavam cem liras, e o senhor Barbieri não quis esperar mais. Nem permitiria que o devedor pegasse sua "bagagem". Para Rolfe, tivera início um calvário: privado até mesmo de seus cadernos, de dia, vagabundeava sem rumo a pé ou de barco e, de noite, dormia num barco emprestado do Clube Bucintoro. O Clube se tornou, na verdade, seu quartel-general. Por sorte (da literatura e não dele), durante sua estadia no Hôtel Belle Vue, ele havia terminado o *Artur de Hubert*.

Aquele trabalho muito discutido continuava a ser o assunto de uma ácida correspondência entre ele e seu colaborador. Até mesmo Rolfe achava difícil enxergar Harry Pirie-Gordon como um "inimigo": preferia pensar nele como alguém desviado pelo perverso Benson. "Ó, que fraco você é por se deixar influenciar por pessoas que têm outros interesses, em vez de se manter fiel ao colaborador que você escolheu espontaneamente", escreveu para ele, e seu remorso era sincero. Entretanto, assim que ficou pronto, o *Artur de Hubert* foi enviado a Pirie-Gordon na Inglaterra com a suposição de que ele poderia publicá-lo imediatamente; Rolfe, estava desesperado. Mas não chegou o cheque que ele tanto desejava; em vez disso, ele descobriu que o romance ao qual era tão apegado fora passado para um crítico quacre, para que o editasse e aumentasse suas chances de encontrar uma editora. Rolfe logo enviou uma violenta carta de protesto contra "seu quacre... entrando e pondo o nariz no meu lindo jardim católico". "A ideia de que você está brincando, quando quer, com a *magnum opus* de um homem faminto é demais para aguentar", acrescentou. Trocaram mil cartas. Nenhum acordo fora feito a respeito da divisão de quaisquer ganhos que pudessem surgir dos dois livros escritos por Rolfe e Pirie-Gordon, e agora qualquer proposta levava Rolfe à fúria. Ele não aceitaria a metade, ele não aceitaria o valor total dos royalties, ele não queria que seu nome aparecesse nos livros, mas não dizia o que queria. "Não durmo em uma cama nem troco de roupa há quinze noites", escreveu; "só Deus sabe onde vou dormir hoje à noite. Chove e faz frio. Nas duas semanas passadas, almocei cinco vezes, jantei duas vezes, consumi três cafés da manhã, além dos chás da tarde. Faz trinta e nove horas consecutivas que eu não como nem bebo. Não tenho mais a mesma resistência da época da minha perseguição católica. Naquela ocasião, eu era 12 anos mais novo. Mas minha vontade não enfraqueceu". Rolfe, enfim, se convenceu de que Pirie-Gordon também estava conspirando com Benson contra sua paz, e enviou esse ultimato incoerente:

> Essa é a última chance que eu dou a você e à sua gente de se comportar de forma correta e me tratar decentemente. Eu tratarei vocês da maneira mais generosa se vocês aceitarem essa oferta; caso contrário, nada vai me deter, assim como nada me deteve quando arruinei, deliberadamente, meu próprio livro sobre os Bórgia, assim como nada me deteve quando eu, deliberadamente, fui parar no abrigo por razões parecidas. Serei bastante franco com você. Vou fazer uma circular a todas as editoras a respeito de *Artur de Hubert* e do outro livro, para que eles nunca sejam publicados, e voltarei de uma vez

para o abrigo em Crickhowel e morrerei. Lá, eu vou morrer ou vou dar ao seu pai o prazer de me mandar para a cadeia. Recebi suas ameaças. Agora você tem as minhas. Não como desde quinta-feira ao meio-dia. Não tenho chances de comer antes de domingo, às oito da manhã. Não tenho um teto sobre a minha cabeça, nem cama para dormir. A partir de domingo, posso contar apenas com uma refeição por dia, por três dias. Depois disso, vou agir.

Uma carta ainda mais explosiva se seguiu a essa, para lembrar ao remetente que o terceiro dia de graças estava se aproximando, "Uma facada nas costas no escuro", escrevia a carta, "é aquilo que invariavelmente o ódio dá ao desdém". Rolfe, entretanto, nunca explicou o que queria, nem o que (além de um cheque substancial e imediato) ele consideraria comportar-se "de forma correta". Sua fúria o levou ao ponto de se reportar ao cônsul britânico, pedindo repatriação para a Inglaterra; mas o terceiro dia passou e ele ainda estava em Veneza. Quanto a *Artur de Hubert*, Pirie-Gordon fez a única coisa que achava que podia fazer: lavou as mãos quanto aos dois livros que ele havia ajudado a escrever e enviou de volta os manuscritos ao seu desorientado colaborador. Uma dessas raridades literárias, *O destino do andarilho*, foi publicado em seguida; porém o mais importante dos dois, *Artur de Hubert*, nunca mais foi visto ou mencionado. É claro que pedi por mais detalhes sobre esse livro, e o resumo que ele me enviou fez com que eu lamentasse sua perda mais do que nunca:

46 Addison Avenue, W. 11
Caro Symons,
Eis um resumo de *Artur de Hubert* do jeito que estava quando trabalhei nele pela última vez — talvez Corvo

o tenha mudado —, temo ter esquecido alguns pedaços aqui e ali. Como se trata, de forma explícita, de "uma crônica", Artur se casa muito cedo na trama, como ele faria na vida real naquela época, em vez de esperar até o último capítulo para se casar com a mulher amada, como seria o caso se fosse um romance. O estilo foi feito para ser uma variante mais intensa daquela do *Itinerarium Regis Ricardi* e de *Guilherme de Tiro*, e no que diz respeito à minha colaboração, pode ser que haja uma influência de Maurice Hewlett.

Com os melhores cumprimentos,
Harry Pirie-Gordon

ARTUR DE HUBERT
(Até onde me lembro)

É uma história experimental, do tipo "como podia ter sido", cuidadosamente organizada; os personagens históricos incluídos nela se comportam da maneira que teriam agido nas circunstâncias imaginadas pelo conto.
Artur, Duque da Bretanha, em vez de ser assassinado pelo Rei João, foge graças à ajuda Hubert de Burgh e se refugia entre os cruzados, naquilo que resta da Terra Santa. Apesar de todos os obstáculos, ele se casa com Iolanda, a herdeira do reino de Jerusalém (que, na verdade, se casou com o idoso João de Brienne) e, assim, se torna rei de Jerusalém por conta da esposa. Em um ataque repentino contra os sarracenos, reconquista Jerusalém. Seu melhor amigo é o seu primo bastardo Fulke, o filho do rei Ricardo com Jeovana Saint-Pol (confira *Ricardo Sim e Não*, de Maurice Hewlett). Depois de muitas aventuras, Artur retorna e reconquista o ducado da Bretanha, e se une ao rei da França numa investida contra João, prestando homenagem à coroa francesa em nome da Normandia, da Aquitânia e de Poitou como herdeiro direto do rei

Ricardo. Depois da morte de João, estoura uma guerra civil na Inglaterra. Os barões são divididos em três campos: os partidários de Henrique, filho de João; os partidários de Luís, filho do rei da França; e os partidários de Artur, apoiados por Hubert de Burgh, que agora era Conde de Kent e justiceiro da Inglaterra. A disputa pelo coroa entre os dois pretendentes britânicos é decidida em um combate entre Artur e Henrique (que, na história, é um pouco mais velho do que realmente era na época, para tornar o combate menos desigual). Artur ganha, é proclamado rei da Inglaterra, além de Jerusalém, e logo começa a caça aos partidários do príncipe francês para expulsá-los do país, mas ele é morto nessa operação. Assim, terminava a história, mas pode ser que Corvo tenha alterado o final. Havia muito do "ambiente" da época, estudada com muito cuidado e uma boa dose de heráldica. Muita atenção foi dispensada aos relatos da guerra da Palestina e Inglaterra.

Os sofrimentos de Rolfe naquele período não eram imaginários. Ele participava das reuniões da segunda à noite, na casa de Horatio Brown (biógrafo de John Addington Symonds, e um dos personagens mais conhecidos na colônia inglesa em Veneza) por amor, como ele diria mais tarde, aos sanduíches que ficavam no aparador; mas ele ficou ofendido com algum comentário sem importância e não perdeu a oportunidade de fazer uma insolência, publicamente, ao indignado Brown. "O verão está terminando e a lagoa está chuvosa. Mas eu estou bem", escreveu em tom sarcástico num cartão-postal a Pirie-Gordon. As autoridades do hospital inglês no qual tinha ajudado um ano antes também o deixaram irritado, possivelmente por não concordarem com seus frenéticos pedidos de ajuda. Ele se resumiu a oferecer seus serviços aos poucos residentes ingleses com quem ainda não havia brigado:

Reale Società Canottieri Bucintoro
Senhor,
Peço licença para me candidatar a uma vaga de segundo gondoleiro. A má administração da minha propriedade literária por parte do meu agente inglês e a traição de certos falsos amigos me compelem a buscar um meio de subsistência imediato e permanente. Infelizmente, não posso dar referências quanto ao meu caráter nem quanto à minha habilidade, embora eu seja razoavelmente conhecido em Veneza. Estou disposto, portanto, a trabalhar sob regime de experiência por uma semana; e garanto que o senhor ficará satisfeito. Peço o favor de uma resposta rápida e (se possível) favorável.
Continuo sempre obediente e humilde à disposição,
FR. Rolfe
Senhor Williamson

Não se sabe se alguém teve coragem de dispor do seu trabalho obediente. No auge de seu desespero, ele foi salvo pelo cônego Ragg.

Conheci-o por acaso e descobri que ele estava reduzido a dormir ao ar livre, em um belo "manto marcial" com o qual ele se iludia parecer com o duque de Wellington. Era muito orgulhoso e reservado, portanto difícil de ajudar. Com alguma boa desculpa, eu o convidei para jantar comigo num restaurante.
A visita do monsenhor Robert Hugh Benson a Veneza me deu a chance de discutir o problema de Rolfe; Benson e eu passamos a noite inteira juntos numa gôndola, mas nada de concreto saiu daquele encontro. Benson tinha até medo de abordar o caso.
Em nossas últimas semanas em Veneza, antes de partir para a Inglaterra, costumávamos morar no Palazzo Barbaro. Nossa bagagem, à espera de ser enviada, ficara

no apartamento que estava vazio. Então, fizemos Rolfe acreditar que estaria nos servindo se dormisse no apartamento em vez de ao ar livre. Das etiquetas já coladas na bagagem, ele descobriu nosso endereço futuro na Inglaterra.
Longe de se sentir agradecido pelos favores recebidos, ele parecia ressentido. Ficou chateado comigo, acho, porque o apresentei a um representante de Rothschild em Paris, um homem que todos os meus amigos admiravam e que, acreditava-se, podia resolver seus problemas financeiros, se eles tivessem solução. Eles se encontraram e tiveram uma conversa, e depois, por motivos que nunca entendi, Rolfe ficou cada vez mais amargo conosco.
Por algum tempo, após a nossa volta à Inglaterra, recebemos cartões-postais repletos de insultos, aos quais achamos melhor não responder, e às vezes cartas sem selos que recusamos receber. Alguns meses depois, não ouvimos mais falar dele.

Entretanto, o cônego Ragg tinha, sem perceber, ajudado Rolfe mais do que pensava. Em março, pouco antes de a paciência do senhor Barbieri se acabar, ele o apresentou a um amigo, o doutor van Someren, que se fixara em Veneza com sua jovem esposa americana. A essa altura, o contato entre eles não foi mantido; mas, numa tarde de junho, depois de os Ragg terem voltado para a Inglaterra, Rolfe se encontrou com o doutor e lhe disse com franqueza que estava passando fome.

Depois de conhecer a vida de Rolfe, é impossível continuar a ser cínico a respeito da natureza humana e de sua tendência à benevolência. Ao longo de sua vida, ele foi ajudado por pessoas que não tinham razão alguma para se importar com ele, exceto com seu sofrimento, com sua miséria, e com a destreza que ele demonstrava até mesmo nas situações mais difíceis. O episódio de van Someren confirma isso. O caridoso doutor ouviu com horror a história das andanças de Rolfe e o fato de que ele não podia contar com um teto, e instantaneamente decidiu que era seu dever ajudar; então, insistiu que, alguns dias depois, o escritor desamparado fosse morar em sua casa, onde lhe disponibilizaria um quarto. Na verdade, naquele momento, essa solução não seria muito inconveniente para ele, já que a senhora van Someren estava esperando um bebê e as enfermeiras já ocupavam todos os quartos. Portanto, ofereceram a Rolfe o patamar do primeiro andar; a escadaria era de mármore e um inquilino anterior havia usado uma divisória para formar um pequeno quarto. Não havia lareira, o quarto podia ser aquecido apenas com um *scaldino*, mas, de qualquer forma, Rolfe teria um conforto maior do que jamais esperaria voltar a ter.

Sentindo-se mais seguro, agora que tinha um teto sobre a sua cabeça, o degradado, se tornou novamente charmoso. O doutor e a senhora van Someren consideravam sua companhia fonte contínua de prazer. O tempo havia enriquecido sua capacidade de conversar. "Você já viu serpentes saindo das órbitas de uma caveira?", essa era uma de suas perguntas mais eficazes ao contar sua exploração de algumas ilhas nas lagoas, em uma das quais ele encontrara esqueletos de soldados austríacos abandonados ali, depois da guerra da libertação. Ele falava dos pores do sol violetas, das rápidas auroras que ele havia observado de seu barco, e conhecia todo o tipo de anedotas curiosas sobre seus jovens gondoleiros, inclusive um que ele definia como "um tigre com sorrisinho afetado". Contava também da noite escura em que suas meditações melancólicas haviam sido interrompidas por sua detenção por ser um espião. Mas, na maior parte do tempo, essas conversas interessantes aconteciam durante as horas da refeição. Ele passava o resto do tempo em seu quarto, ocupado trabalhando num novo livro, cujo assunto ele não queria revelar até que estivesse concluído.

Embora sempre fosse melindroso, especialmente a respeito de pequenas coisas, ele não incomodava e quando, depois do nascimento da filha, o doutor van Someren achou melhor que a jovem mãe mudasse de ares e a levou embora com a filha, Rolfe foi deixado sozinho com os empregados.

Sozinho nesse apartamento, caído do céu, no amplo Palazzo Mocenigo-Corner, com suas paredes grossas de pedra rústica que o faziam lembrar-se de quem as havia construído na época dos Bórgia, Rolfe assumiu, mais uma vez, o controle de sua vida, ou seja, recomeçou a brigar e a buscar incessantemente um sócio. Não desistiu da ideia de infligir sofrimentos aos seus "inimigos": denunciou Benson ao bispo; Taylor à Ordem dos Advogados; Pirie-Gordon à Associação dos Editores. No entanto, as simples denúncias não eram suficientes para ele: sua raiva exigia armas mais poderosas. Os vizinhos cordiais que conhecera em Gwernvale, por exemplo, ficaram chocados com cartas desse tipo:

> PARTICULAR E PESSOAL
> Palazzo Mocenigo-Corner,
> Veneza
>
> Caro senhor Somerset,
> Não tenho a arrogância de afirmar que o senhor me conheça suficientemente bem para que eu possa pedir sua amigável intervenção; mas ficaria muito grato se o senhor conseguisse colocar no lugar dele o responsável da igreja local, E. Pirie-Gordon, e seu filho, o qual se comportou de forma reprovável comigo. E.P.G. está perfeitamente ciente da conduta do próprio filho; e, na verdade, parece aprovar. C.H. Pirie-Gordon, sem motivo algum, me fez brigar, um ano atrás, com meus agentes na Inglaterra; consequentemente, eles pararam de se comunicar comigo e retiveram o dinheiro recebido das editoras nos últimos três anos. Por essa razão, encontro-me desamparado aqui

em Veneza. E, desde agosto de 1908, tenho apenas uma muda de roupa. Estou vivendo e dormindo no patamar de uma escadaria nesse barracão que é o Palazzo Mocenigo. Antes de encontrar este abrigo, perambulei pela cidade muitas noites, com o tempo bom e debaixo de chuva. Fiquei seis dias consecutivos sem comer e passei fome por semanas, alimentando-me exclusivamente de dois pães (a três *centesimi* cada) por dia. Suportei situações extremas de penúria, próximas da prisão e do L'asilo dei senza tetto. Todos os meus recibos de empréstimos, por penhor do Monte di Pietà, expiraram e só restou um. De vez em quando, consigo um emprego como gondoleiro particular; atualmente, corto e serro madeira, trabalho como separador de seiva, acendo o fogo das caldeiras e as vigio. Minha mãe na Inglaterra, aos 75 anos, ainda trabalha para sobreviver; minha irmã ficou cega, e não nos encontramos há três anos. Enquanto isso, os Pirie-Gordon não aparecem e friamente se recusaram a me enviar as coisas que deixei em Gwernvale, em agosto de 1908, a não ser que eu pague pelo transporte. Trata-se de roupas, instrumentos de trabalho, uma grande quantidade de manuscritos inacabados, tudo o que eu tenho no mundo, manuscritos que podiam gerar renda há muito tempo. Considerando tudo o que fiz pelos Pirie-Gordon no passado (é suficiente mencionar a novela *Inocêncio, o grande*, que eu tirei de C.H.C.P.G., do qual ninguém tinha ouvido falar, e que editei, transcrevi e imprimi), não consigo entender por qual razão eles querem (em primeiro lugar) me arruinar (a ponto de eu não poder pagar o transporte das minhas coisas) e (em segundo lugar) reter meu trabalho de uma vida, meus manuscritos e minhas anotações com que eu teria podido, faz tempo, ganhar o necessário para pagar o transporte deles e resolver minha situação. Não quero interferir nas relações cordiais que o senhor mantém com os Pirie-Gordon, mas, se uma

palavra oficial de reprovação oficial pudesse impeli-los (nem que fosse de forma moderada) a se comportar com mais decência, eu ficaria feliz.
Atenciosamente
Fr. Rolfe

Nem mesmo isso foi suficiente para ele. Rolfe anunciou sua intenção de circular uma obra pornográfica em italiano, francês e inglês, a ser publicada em Paris por 50 francos, com as iniciais R. H. B. na capa e o brasão dos Pirie-Gordon, e uma nota para explicar que o livro fora escrito e aprovado pela Ordem da Santíssima Sofia, que Rolfe havia fundado com Pirie-Gordon nos dias felizes em Gwernvale. Os van Someren voltaram das férias e encontraram seu hóspede sempre discreto e ocupado com seu trabalho; eles mal podiam adivinhar a bizarra teia que ele estava tecendo em sigilo.

Foi então que ele começou aquela correspondência com um amigo na Inglaterra (que agora é falecido, e não será nomeado aqui), que me impressionou tanto quando Millard me mostrou pela primeira vez. Ao reler essas cartas assustadoras à luz do que eu soube depois, parece-me que Rolfe nunca chegara tão baixo quanto no período em que as escreveu. Sua ingratidão a respeito daqueles que o haviam ajudado, as injúrias que dirigia aos amigos, seus esforços motivados pelos ressentimentos, sua sede de vingança contra aqueles que ele imaginava que o tivessem ofendido, tudo isso pode ser explicado e quase desculpado. Ele tinha, verdadeiramente, motivos para se ressentir contra um mundo que o rejeitara e que lhe dava muito pouco em troca de seu talento e dos livros que demonstravam isso. Seu ressentimento contra Benson não era completamente infundado. Mas, se podemos acreditar naquelas cartas abjetas, Rolfe havia começado a levar, em Veneza, uma vida que nenhuma injustiça podia justificar. Não era tanto o fato que ele se tivesse autonomeado abertamente o patrono daquele submundo da homossexualidade, que existe em qualquer cidade. Mas o fato de haver se tornado um corruptor inveterado de menores e um sedutor de inocentes; ele pedia dinheiro ao seu rico cúmplice, primeiramente para engodar meninos que ele subornava, agindo como alcoviteiro para o momento em que seu amigo visitasse Veneza. Nesses longos relatos sobre suas explorações e feitos sexuais, não havia vestígio algum de escrúpulos ou arrependimentos; e os detalhes são tão precisos que, para poder enviar essas cartas pelos correios, ele precisava ter muito cuidado para dobrá-las de tal forma que a parte escrita não transparecesse pelo papel fino do envelope.

Apesar das precauções, ele não conseguiu disfarçar, por muito tempo, esse aspecto de sua existência. Vários gondoleiros avisaram à senhora van Someren que seu hóspede era um indivíduo miserável; e mais rumores preocupantes chegaram aos ouvidos do marido. Mas Rolfe demonstrava uma discrição e uma indiferença tais, que seus anfitriões não prestaram atenção aos relatos e acharam que se tratava de mentiras. O senhor van Someren até lhe ofereceu uma pequena quantia para os selos e o tabaco. No final do inverno, Rolfe ainda trabalhava com afinco em seu novo livro. Ele tinha passado a residir no Palazzo Mocenigo em julho de 1909 e, na primavera de 1910, ainda estava lá. Foi então que, com uma decisão infausta, impelido por sua natural vaidade de escritor, concordou em satisfazer a curiosidade, igualmente natural, da senhora van Someren, que pedia que Rolfe a deixasse ler os manuscritos.

Ela fizera numerosas tentativas em vão, mas ele havia sempre, educadamente, resistido. Entretanto, numa tarde, de repente, ele cedeu, e pôs nas mãos dela um calhamaço grosso de folhas densamente escritas que era a primeira parte de seu livro, sob a condição de ela nunca contar ao marido. A condição foi aceita; mas, quando a senhora van Someren começou a ler, deu-se conta de que não conseguiria manter a promessa. À medida que ela lia aquelas páginas escritas com tinta vermelha, percebeu que todos os seus amigos, uns após os outros, eram expostos ao ridículo de forma impiedosa naquele "romance da Veneza moderna", intitulado *O desejo e a busca pelo todo*. Com um talento perverso e brilhante, Rolfe integrara, na história de Nicholas Crabbe, sua vida e suas cartas; e no papel de protagonista, o próprio Rolfe aparecia como maltratado e perseguido pelos membros da colônia inglesa em Veneza. O livro não estava terminado e, com seu conteúdo enormemente difamatório, jamais poderia ser publicado; mas, além disso, era absolutamente impossível que a amiga de Lady Layard, do cônego Ragg, de Horatio Brown e, em geral, de todos os ingleses residentes em Veneza, trilhasse responsabilidade por uma obra semelhante, abrigando seu autor para que pudesse terminá-la. A senhora van Someren falou tudo isso, de imediato, a Rolfe, e acrescentou que deixaria ao marido a decisão sobre qual atitude tomar. Quando descobriu a maneira como sua hospitalidade fora retribuída, o doutor deu um ultimato: o manuscrito deveria ser abandonado, ou Rolfe teria de deixar a casa. A decisão do autor foi igualmente imediata: na manhã seguinte, ele levou seus poucos pertences e seu precioso manuscrito para o Clube Bucintoro e passou aquela noite vagueando pelas ruas. Tudo isso acontecera no início de março e fazia muito frio. Um mês depois, Rolfe ficou gravemente doente e foi levado àquele hospital, que ele tinha atacado tão amargamente no livro. Por causa do frio e da falta de comida, ele havia contraído uma pneumonia. Recebeu a extrema-unção, mas sobreviveu.

17
O ÚLTIMO BENFEITOR

O leitor provavelmente vai se perguntar como descobri tantos detalhes sobre a vida de Rolfe em Veneza. Talvez seja suficiente dizer que o professor Dawkins, a senhora Van Someren, o cônego Ragg e outras pessoas entre aquelas que citei ainda estão vivos. Com maior ou menor dificuldade, consegui localizar todas essas pessoas e, de cada uma, obtive fragmentos do quebra-cabeças que mais tarde reuni nos dois capítulos anteriores. Além disso, eu tinha outra, e mais importante, fonte de informação.

Talvez seja útil lembrar que, na carta de Pirie-Gordon ao *Times Literary Supplement*, que fora um dos pontos de partida da minha busca, havia alusão ao fato de que o manuscrito perdido de *Artur de Hubert* acabara nas mãos de um clérigo anônimo amigo de Rolfe; e que, mais tarde, os diretores da editora Chatto e Windus se haviam recusado a me mostrar o romance veneziano de Rolfe sem a sua autorização. Desde o começo, empreendi todos os esforços possíveis para encontrar esse senhor, que, como fiquei sabendo, estava vivo. Consegui seu nome, com alguma dificuldade, através de Herbert Rolfe; então lhe escrevi para pedir algumas informações e uma entrevista. Por meses, enviei uma carta após outra, mas meus pedidos não obtiveram resposta; mais tarde, eu soube, pelos diretores da Chatto e Windus, que suas cartas sobre assuntos comerciais haviam tido o mesmo destino. Eu me dei conta de que o nome de Rolfe, com certeza, não era a senha certa para conseguir a atenção do reverendo Stephen Justin, de modo que resolvi procurar outro caminho. Escrevi-lhe mais uma carta para anunciar minha chegada iminente à sua casa paroquial, que ficava a duzentos e cinquenta quilômetros de Londres; ele logo me respondeu para me dizer que o dia que eu tinha proposto não era o melhor. A troca sucessiva de cartas não parecia sugerir a possibilidade de um encontro; assim, no final, enviei um telegrama: "Chego ao meio-dia", e parti antes de minha decisão ser anulada por outro telegrama.

Minha insistência foi mais do que recompensada. A relutância do pároco em falar sobre Rolfe, e sobre o que se dizia a respeito dele, esvaiu-se com a minha presença, e depois do almoço eu o ajudei a pegar de um depósito no qual tinham ficado guardados, intocados, por treze anos, os inéditos literários de Frederick Rolfe. É possível imaginar com que emoção examinei as cartas, os cadernos de anotações, os manuscritos e os *memoranda* que meu anfitrião havia preservado sem nunca dar atenção a eles. Entendi as razões de sua indiferença.

Justin conhecera Rolfe no outono de 1910, no Hôtel Belle Vue. A maneira como Rolfe havia conseguido voltar a morar no hotel do senhor Barbieri é uma questão que não posso afirmar ter resolvido. De qualquer forma, é provável que, depois da sua doença, alguém tenha organizado uma espécie de abaixo-assinado em seu benefício, também para arcar com os custos de sua volta para a Inglaterra, e que, entre as pessoas que contribuíram de bom grado, havia muitas que Rolfe atacara em seu livro. De acordo com essa versão, de que não tenho certeza, Rolfe aceitou o dinheiro arrecadado, mas recusou o bilhete do trem, e voltou ao Hôtel Belle Vue. Seja como for, não há dúvida de que, no dia de seu aniversário de cinquenta anos, Rolfe ainda se encontrava no Belle Vue, intensamente ocupado, como sempre, escrevendo, e imerso, como de hábito, em uma densa e sarcástica correspondência. O animal que escolhera como seu símbolo era o caranguejo que, embaixo de sua carapaça, tem um coração bem macio e se aproxima de seus objetivos por meio de movimentos oblíquos, e que, quando é atacado, pinça e rasga com suas garras enormes; mesmo assim, a tarântula seria uma comparação mais adequada, já que costumava ficar à espreita, esperando seu próximo benfeitor. Sem suspeitar de nada, Justin entrou em sua teia.

Dessa vez, a amizade não seguiu seu curso habitual. Rolfe não fez nenhum pedido direto de ajuda. Talvez a experiência anterior lhe tivesse ensinado que os métodos precipitados não servem para nada. Mas ele falou longamente do fato de que, sem dúvida, teria obtido grande sucesso literário se suas mãos não estivessem amarradas pelo contrato com Taylor; e talvez, pela primeira vez em sua vida, ele foi ouvido sem nenhum pingo de incredulidade. Justin era um daqueles homens cuja familiaridade com os negócios é bastante escassa, um homem a quem nenhuma experiência amarga ensinara a desconfiar das propostas financeiras das outras pessoas. O problema era simples: Rolfe precisava de alguém disposto a investir uma pequena quantia e esperar alguns anos para que o investimento gerasse retorno. E Rolfe parecia estar convencido de que a questão era mesmo simples. Segundo ele, a complicação só surgia da relutância pouco cristã da maioria dos ricos para correr risco, mesmo sabendo que isso geraria um lucro para eles e evitaria sofrimentos infinitos para um semelhante seu que vivia na pobreza.

Alguns meses antes, pouco antes do colapso de Rolfe, os editores Rider & Co. haviam escrito, oferecendo-se para publicar *O destino do andarilho*, um dos livros escritos em colaboração com Pirie-Gordon. Em condições bem razoáveis. A parte que cabia a Rolfe já fora cedida a Taylor, e ele, consequentemente, recusou a oferta. Eles lhe fizeram uma oferta ainda maior, e essa também foi recusada. Por essa razão, a editora devolveu o manuscrito, "com muito pesar", sugerindo que ele mesmo decidisse as condições para que o livro fosse publicado. Mas Rolfe, evidentemente, tinha decidido que, se ele não podia receber os lucros gerados por seus livros, ninguém mais poderia recebê-los e não respondeu à proposta. Mas, como apontou a Justin, era uma pena estragar uma oportunidade tão única!

Após muitas conversas desse gênero, Justin, quase timidamente, sugeriu que, já que era provável obter, num futuro próximo, certa quantia para investir, ele poderia usá-la em benefício de ambos, tornando-se, assim, o sócio que Rolfe tanto procurvava. Não é preciso dizer com quanta prontidão Rolfe aceitou a proposta. Ficou decidido que, ao retornar à Inglaterra, Justin encontraria Taylor e lhe perguntaria qual valor ele queria para liberar Rolfe de seus compromissos.

Com essa maravilhosa carta na manga, e com suas melhores condições de moradia após o retorno ao Belle Vue (que hoje não existe mais: era um excelente hotel pequeno, bem localizado, perto da Piazza San Marco), Rolfe ficou menos ácido nas correspondências que enviava à Inglaterra. Escreveu a Taylor, que tinha reclamado do "tom" de suas cartas:

> Caro senhor,
> Acabo de receber uma oferta de uma editora inglesa para a publicação imediata de *O destino do andarilho*; essa obra (como se lembrará) continua a ser objeto de denúncia feita à Associação dos Editores, já que me foi roubada por seu cliente H. Pirie-Gordon. Penso que é meu dever lembrar ao senhor, já que até hoje não vejo razão alguma para levantar a proibição. Espero sinceramente que o "tom" desta comunicação seja digno de sua valiosa aprovação.

Atenciosamente,
Fr. Rolfe

Ele escreveu outra carta – impressionante, mesmo para ele — ao professor Dawkins, que, em resposta a uma carta anterior, escreveu:

Caro Rolfe,
Voltando de viagem, encontrei sua última carta. A "recompensa" que você me deu por tê-lo ajudado tem sido uma série de cartas violentas, e quando Pirie-Gordon me pediu para ajudá-lo e eu mandei dinheiro a ele, você me acusou de conspirar com ele contra você. Não desejo servidão; mas essa "recompensa" não é exatamente o que eu esperava, e a resposta para se agi ou não de sangue frio é que agi em um momento de raiva. Acredito que eu tenha recebido todas as suas cartas, e a câmera também, e achava que já tivesse agradecido pela devolução. Sua última carta parecia levemente menos hostil; se por acaso ela representar um ramo de oliveira, eu aceito de bom grado.
Com meus melhores cumprimentos,
R. M. Dawkins

Rolfe não podia perder uma oportunidade assim; enquanto escrevia sua resposta, ele deve ter sentido a alegria que John Holden notara em Hollywel, enquanto ele se preparava para "acabar com ele com a minha sátira":

Meu caro Dawkins,
Não sei o que responder à sua última, do dia 24 passado. A pneumonia que contraí, ao perambular pela praia do Lido, naquelas noites frias de março, me causou maior dano do que eu imaginava. E esses últimos 21 meses foram indizivelmente horríveis para mim, e a situação não

mostra sinais de melhora. Não consigo imaginar uma maneira de escrever-lhe sem ofendê-lo e sem parecer que estou pedindo sua amizade e seu dinheiro, duas coisas que eu quero tocar, mas que não tocarei nem mesmo com pinças, a não ser que me sejam oferecidas, voluntária e espontaneamente. Fiquei feliz em saber que você agiu em um momento de raiva. Não consigo me lembrar, de jeito algum, de ter em algum momento pedido ajuda, exceto quando, em setembro de 1908, pedi abertamente para você me ajudar a encontrar uma vaga como gondoleiro. No que diz respeito ao dinheiro que o senhor me mandou entre setembro e novembro de 1908, juro que nunca imaginei que estivesse esperando uma "devolução", sabe, eu sempre senti muito prazer em dar; e a "devolução", em forma de palavras, atos ou dinheiro, sempre estragou o prazer que sentia; tenho cometido uma injustiça com você, ao supor que esteja no meu nível em termos de excentricidade; disso, me arrependo. Quanto ao pedido de Pirie-Gordon, tente entender as circunstâncias. Benson e Pirie-Gordon alegavam ser meus melhores amigos, ricos, influentes e devotados. Meu agente Taylor tinha os direitos de todos os meus livros e ele também era o beneficiário do meu seguro de vida, no valor de quatrocentos e cinquenta libras, em troca de seu compromisso de me garantir uma renda mensal. Em dezembro de 1908, eu estava precisando de dinheiro. Pirie-Gordon disse que obrigaria Taylor a cumprir seu dever. Taylor me considerava um escritor escravizado que podia explorar impunemente. Benson usava seu poder espiritual para me obrigar a escrever a maior parte de um livro (livro no qual ele aparecia como único autor), sob as mesmas condições que seriam oferecidas se eu escrevesse apenas um terço dele e meu nome aparecesse ao lado do dele, em destaque. Pirie-Gordon estava na posse de todas as minhas roupas, meus livros, minhas ferramentas de trabalho, as anotações feitas durante toda a minha vida, quatro manuscritos interrompidos pela metade e o manuscrito de duas obras escritas em colaboração, sendo nove décimos meus e um décimo seu. Em vez de fazer meu agente cumprir o combinado, em vez de tentar vender esses dois livros completos (que representam dois anos de trabalho meus), ele falou com você e com Benson, sem que eu soubesse ou consentisse para fazer de mim um homem que pede a caridade alheia e para me manter parado aqui. Então, ele usou meu agente para administrar suas subscrições e tudo isso pelas minhas costas. Agora, você fica surpreso com o fato de que, assim que eu soube disso, rejeitei a coisa toda com "violência"? Pode ser que eu tenha sido violento, mas não me arrependo nem um pouco disso — apesar de não gostar de magoar as pessoas. De qualquer modo, a coisa era impossível... Por favor, considere o estado em que eu me encontrava... sem amigos, sem roupas, sem dinheiro. (Você reclama da palavra "conspiração". Lamento tê-la usado. Mas foi Pirie-Gordon quem a usou primeiro para definir o acordo entre ele, Benson, Taylor e você.) Muito bem, eu me reduzi a morar num *sandalo*, passei fome por seis dias consecutivos, depois de ter levado todos os meus abençoados pertences para o Monte dei Pegni, mentindo o tempo todo para esconder dos venezianos minha miséria. Não fique surpreso se eu estava, e estou, louco de raiva de todos vocês, que, com um teto sobre a cabeça, uma cama para dormir e refeições regulares, puderam me abandonar à minha própria sorte, deixando-me nos tormentos horríveis e humilhantes aos quais estava, inevitavelmente, exposto... E puderam, em sua situação e conhecendo a minha, colocar-se contra mim! (É um consolo saber que você, Dawkins, agiu em um momento de raiva. Que bom que não lhe causei mal algum, como devia ter feito se eu pensasse que você agiu a sangue frio: como Benson, a quem denunciei ao seu arcebispo, prejudicando-o para sempre; como Pirie-Gordon, que denunciei à Associação dos Editores por ter roubado meu trabalho etc.; como Taylor, a quem denunciei à Ordem dos Advogados e à empresa de seguros).

No outono de 1909, bem como no inverno, vivi no patamar, praticamente ao ar livre, de uma área de serviço, cortando e carregando lenha, e trabalhando como mensageiro. Mesmo assim, consegui escrever outro livro que ofereci como garantia a Barbieri (em troca da minha dívida), se ele me desse algum refúgio no qual eu pudesse trabalhar. Os insultos e os olhares de desprezo que aturo são indescritíveis. Vivo numa toca escura, em um térreo que dá para um beco pequeno e estreito, onde o sol nunca entrou, onde capturei 61 ratos desde junho; tive de servir os empregados, e não tenho viva alma com quem conversar, nem roupas para trocar desde agosto de 1908. E assim por diante. Mas você não agiu a sangue frio, mas em um momento de raiva. Ó, meu Deus! Hostil? Não. Não sou hostil com quem não me roubou o trabalho, meus meios de subsistência, meus instrumentos profissionais. Um ramo de oliveira? Não: se estendesse um ramo de oliveira, eu me consideraria um covarde derrotado, um parasita, um engolidor de sapos, o folgado em potencial que você pensa que eu sou. Você teve a chance de ganhar um amigo, alguém à sua altura. E você a jogou fora. Ambos saímos disso perdedores. Mas fui eu quem sofri.

R.

Semanas e meses se passaram; o inverno de 1910, o terceiro de Rolfe em Veneza, estava prestes a terminar; nos últimos dias de janeiro de 1911, ele foi de novo expulso do hotel. Adoeceu mais uma vez, mas, dessa vez, ele se recuperou sem precisar ser internado. Na ocasião do seu colapso anterior, a Rainha Alexandra da Inglaterra, visitando Veneza e o hospital em que ele estava internado, falara palavras de conforto àquele homem aparentemente moribundo. Apiedado pela segunda expulsão de Rolfe, o recepcionista italiano do hotel escreveu para "implorar à sua Majestade que dirigisse seu interesse ao escritor inglês, Sr. Rolfe, que, impedido de pagar seus custos de moradia desde a última primavera, agora perambula como um mendigo na ilha de Lido, durante esse frio inclemente". A generosa rainha mandou dez libras por intermédio do cônsul inglês, que achou por bem não deixar o beneficiário convalescente saber a proveniência do dinheiro. O verão chegou, e Rolfe ainda estava vivo.

No meses seguintes, ele parece ter sobrevivido de orgulho e brigas com a forte determinação de não morrer. Escrevia de um sótão, ou de uma gôndola, medindo, com cuidado, seus insultos, e demonstrando-se, mais do que nunca, um mestre na arte da nuance depreciativa. "O senhor não deve se ofender", escreveu ironicamente à Taylor, "quando digo que nunca teria acreditado que um escritório responsável de advogados pudesse fazer uma admissão tão humilhante e ridícula de sua incapacidade de agir no interesse de um cliente, como o senhor faz na carta de 7 de julho, pela qual eu agradeço" e, em outra ocasião: "Essa é uma carta mais formal do que aquela à qual meu senso de ridículo e minha indignação por sua estupidez me obrigaram a escrever ontem". A Pirie-Gordon, escreveu, indignado: "Tenho um emprego? Não. *E não vou ter.* Como posso arranjar um emprego vestido de farrapos e chinelos, e sem ter uma lapela para pôr o lenço? Era sua responsabilidade conseguir-me um emprego, meses atrás". Então, foi novamente a vez de Taylor: "O conjunto de asserções infundadas e de tentativas de blefes que você, de maneira indevida, usa para se dirigir a mim só serve para confirmar sua inabilidade de maneira mais nítida". Algumas vezes, ele usava sarcasmos mais elaborados: "Como um erastiano inocente, e como um agente que não carrega culpa alguma, você pode não saber que o doutor São Afonso de Ligório escreveu em sua *Teologia moral* esse axioma...". Só Deus sabe o que ele escreveu para Benson! Às vezes, ele variava a nota tentando comover Pirie-Gordon à reconciliação:

> ... E, apesar de essas coisas amáveis estarem me divertindo, aí estão vocês, hipócritas, com sua grandiloquência e dignidade, criminosos e terríveis, diante daquele que vocês saquearem e tentaram destruir. Por que vocês continuam a me considerar alguém assim tão horrível? Pelo amor de Deus, tentem alcançar o picos do ponto de vista cósmico e cômico. Vocês deveriam atravessar o Vale das Sombras. O Reino da Luz Branca só pode ser alcançado se não depois de atravessar a Ravina do desespero Ultravioleta. Subam no Cone Cômico e, de passagem, deem uma olhada em si mesmos. Observem suas translações sem sentido e sua rotações ilógicas sob outra perspectiva. Deem fim ao seu aborrecimento; saiam e venham na azul azul azul (turquesa, safira e às vezes índigo) lagoa. Deitados ali, manchem o ar luminoso. O fígado sobe até os olhos, e o coração desce até os sapatos. Aqueles que não conseguem mudar de ideia correm risco de não ter ideias. Somente a alegria mantém os homens sãos. Ó, sim — e a Vida é a Mente se divertindo. Bem, e agora?

Escreveu dúzias de cartas, todas venenosas e todas diferentes, rebaixando-se só raramente ao nível de insulto banal. Uma delas começava assim: "Criatura perfeitamente cretina"; outra terminava: "Com as mais amargas execrações". "Seu fiel inimigo" talvez fosse sua forma preferida de concluir as cartas. Com frequência, acrescentava a seguinte nota: "Nada disso tem valor legal, e reservo todos os direitos dessa comunicação e de todas as anteriores". Enquanto isso, seu orgulho permanecia intacto. Um dia, ele deparou com o doutor van Someren, que ouviu seus relatos dos novos ultrajes e das dificuldades. Rolfe mencionou a quantia de oitocentas liras (por volta de trinta libras) como o valor necessário para a sua salvação. Por acaso, o doutor, que estava voltando do banco naquela hora, tinha em seu bolso essa exata quantia. Comovido com essa coincidência, ele entregou o dinheiro a Rolfe. No dia seguinte, o dinheiro foi devolvido com a seguinte mensagem: "Não posso dar a um hipócrita a satisfação de um gesto tão teatral".

O resgate veio inesperadamente pelo correio, da Inglaterra. Justin escreveu dizendo que havia encontrado Taylor, que parecia um homem bastante razoável. Em consequência, ele estava certo de que o acordo financeiro planejado poderia ser fechado. As formalidades legais levariam tempo; enquanto isso, o sacerdote enviou ao seu sócio um adiantamento.

Então, começou, para Rolfe, um insólito período de prosperidade. Suas obrigações com o senhor Taylor foram desfeitas (em condições muito generosas, o que deve ser dito, em justiça ao muito difamado Taylor. Ele havia emprestado mais de quatrocentos libras a Rolfe, sob a fiança de seus livros, e abriu mão de todos eles por menos de um quarto desse valor). Dessa forma, o caminho estava aberto para o homem que sempre alegara que, se ele tivesse tempo e dinheiro, escreveria e escreveria, e não faria nada além de escrever. Tempo e dinheiro, foram dados e ele não fez nada: era tarde demais. Começou alguns trabalhos, depois recopiou a sátira veneziana de um modo mais acurado e, já que não havia mais impedimentos, aceitou a oferta para *O destino do andarilho*. Ao longo de 1912, ele recebeu cheques e mais cheques do seu sócio (ou vítima) da Inglaterra; e gastou todo o dinheiro sem pensar no amanhã, desordenadamente e sem restrições. Ele, que tinha passado fome, alimentando-se só de pães de três centavos, que havia implorado para ser empregado como segundo gondoleiro, agora se exibia ao longo dos canais com um barco novo (um privilégio geralmente reservado à realeza) e quatro gondoleiros. Os remos da sua gôndola foram pintados por suas próprias mãos, e também pintou seus cabelos (ou melhor, o que restava deles) de vermelho. Os longos dias de misérias e roupas não trocadas eram compensados abundantemente agora e em Veneza todo mundo falava de suas extravagâncias: havia boatos de que seu quarto era repleto da mesma seda dos mantos dos cardeais, suas velhas dívidas estavam pagas e ele se movimentava com plena liberdade; mas seus pedidos de dinheiro eram incessantes. Escrevia para pedir cinquenta libras, depois, novamente, cinquenta libras, depois mais cinquenta; tornou-se uma sanguessuga grudada nos bolsos de seu patrocinador.

Talvez ele sentisse, instintivamente, que seu tempo era curto. Mesmo assim, ele viveu por tempo demais. No início de 1913, os fundos de Justin se haviam exaurido; ele enviara muito mais de mil libras, não havia recuperado nenhum *penny* dos livros de Rolfe; e, embora com alguma relutância, Justin se resignou a perder aquilo que tinha emprestado, e avisou ao perdulário (ele ignorava completamente como o dinheiro era gasto. Só estava ciente do valor total) que não podia continuar. Será que aquele escritor obcecado imaginara que aquele fluxo dourado seria inesgotável? De qualquer forma, parece que ele não guardou nenhum centavo para se prevenir desse fim, e suas desventuras recomeçaram.

Eis a última carta que escreveu para Justin:

Meu caro amigo,
Estou num estado horrível. Acredito, de verdade, que é o meu fim, se eu não conseguir ajuda imediata.
As últimas duas semanas foram uma sequência de

infortúnios. Tenho literalmente lutado pela sobrevivência no meio de uma série de tempestades. Imagine o que significa morar em um pequeno barco que está alagando, todo coberto por musgos e mexilhões que se acumularam depois de um verão, tão pesado que fica impossível movê-lo a remo, e que se comporta como um embriagado quando há ventania e tempo ruim. Asseguro-lhe que não é brincadeira. E as tempestades surgem nessa lagoa em dez minutos, deixando-nos sem tempo para alcançar o porto. Muitas vezes, acontece de precisar lutar por cinquenta ou sessenta consecutivas. Resultado: perdi por volta de trezentas páginas do meu novo manuscrito de *Artur de Hubert*. Uma parte ficou toda oleosa por causa de uma lâmpada que caiu em cima dele; os ventos e as ondas levaram o resto. Estou reescrevendo-o quando posso, mas é terrível dizer que uma espécie de névoa cinzenta ronda a área embaixo dos meus olhos; é a plena exaustão. Nos últimos dias, tenho estado ancorado perto de uma ilha deserta, Sacca Fisola, não muito longe da civilização a ponto de ficar sem água potável, mas isolado o suficiente para morrer sozinho no barco, se necessário for. Bem, para lhe demonstrar o quão exausto estou, francamente, digo que estou em pleno desespero. É esse o meu dilema. Serei bastante direto. Se eu ficar no meio da lagoa, o barco pode afundar, conseguirei nadar talvez por algumas horas, e depois serei comido vivo pelos caranguejos. Quando a maré está baixa, a areia pulula deles. Se eu ficar ancorado perto de uma ilha, devo manter-me constantemente acordado: porque, no momento em que paro de me mover, sou assaltado por bandos de ratos nadadores, que, no inverno, ficam tão vorazes que atacam até o homem se ele é inerte. Tentei isso. E fui mordido. Ó, meu caro amigo, você não pode imaginar quão hábeis, destemidos e ferozes eles são. Eu havia colocado duas correntes na proa e na popa, e com uma corda

podia sacudi-las quando fosse atacado. Por duas noites, a engenhoca funcionou. Os ratos subiam pela corrente da âncora e, quando avançavam, eu sacudia as correntes e ouvia o barulho das bestas pulando na água. Mas, depois, eles se acostumaram ao barulho. Eles me morderam nos dedos do pé, e eu acordava gritando e tremendo de medo. Eis então o que eu fiz. Estou perfeitamente preparado para perseverar até o fim. Então, levei a embarcação a um *"squero"* para ser consertado. Isso vai levar uns quinze dias. Quando ela estiver pronta para o mar de novo, sairei e enfrentarei meu destino com ela. Enquanto isso, vivo a crédito no Cavalletto. Durmo e como o suficiente para escrever dia e noite até restaurar as trezentas páginas faltantes de *Artur de Hubert*. Quando eu terminar, o barco estará pronto. Cederei a você os direitos desse manuscrito e o enviarei a você.
Meu caro amigo, estou terrivelmente sozinho e cansado. Não haveria chance de você me dar uma mão?

Seu, como sempre.
R.

E esses horrores seriam reais, ou inventados, na esperança de um novo cheque? A carta não tem data precisa, mas pode ter sido escrita no começo de setembro de 1913; no dia 26 de outubro, a morte substituiu Justin como o último benfeitor de Rolfe.

O Cônsul Britânico, Gerald Campbell, foi chamado para recolher os pertences do morto, e escreveu ao irmão dele:

> Ultimamente seu irmão estava com boa saúde e disposição; no sábado, à noite, depois de jantar no restaurante de sempre, no Hotel Cavalletto, deixou o local por volta das nove horas com um amigo, o senhor Wade-Browne, que morava em seu quarto de hotel. No domingo, Wade-Browne o chamou, mas, ao não receber resposta, pensou

que ainda estivesse dormindo. Por volta das três da tarde, ele apareceu em seu quarto e encontrou o irmão morto na cama. Ele estava completamente vestido e parece que morreu enquanto desamarrava os cadarços, de modo que caiu da cama, derrubando a lâmpada, que, felizmente, apagou-se. Um médico inglês foi chamado mas não pôde fazer nada além de ajudar o senhor Wade-Browne a notificar as autoridades e chamar o médico que, habitualmente atendia seu irmão. A polícia chegou durante a noite e transferiu o corpo para o necrotério do hospital, trancando o quarto em seguida. Na manhã seguinte, o médico do hospital atestou que a causa da morte tinha sido, com muita probabilidade, enfarto. O diagnóstico foi, consequentemente, confirmado.

Ao pesquisar os papéis do morto em busca do endereço de seus parentes, o cônsul, horrorizado, encontrou cartas, desenhos e cadernos capazes de causar centenas de escândalos, o que somente mostrou o que a vida de Frederick Rolfe tinha sido. Do ponto de vista financeiro, a situação era bastante caótica. Herbert Rolfe, que tinha viajado da Inglaterra para organizar o enterro do irmão, não conseguia entender muito; apesar da ajuda de Justin, Fr. Rolfe morreu, assim como viveu, insolvente. Pediram a Horatio Brown para ler e avaliar o valor da sátira de Veneza inédita, mas Brown se recusou a fazê-lo; por último, todos os papéis não comprometedores foram enviados ao seu principal credor, o desafortunado Justin.

Como um toque de ironia final, o *Aberdeen Free Press*, aparentemente esquecendo-se do ataque perpetrado quinze anos antes, escreveu o epitáfio de Rolfe.

A MORTE EM VENEZA DE UM CIDADÃO INGLÊS
FREDERICK ROLFE

Um telegrama da Reuter de Veneza nos informa que Frederick Rolfe, de Londres, um escritor especializado em assuntos históricos, foi encontrado morto em seu quarto por um amigo.
Frederick Rolfe é, provavelmente, Frederick William. S. A. L. M. Rolfe, o autor de *Crônicas da Casa de Bórgia*, *Adriano VII* e outras obras.
Rolfe era muito conhecido em Aberdeen. Estudara no seminário da Scots College, em Roma, mas depois abandonou a carreira clerical. Através da intervenção do senhor Ogilvie-Forbes, ele veio para Aberdeenshire, e residiu por muito tempo em Boyndlie. Depois, foi morar em Aberdeen, onde se tornou bem conhecido nos círculos literários e musicais. Subsequentemente, voltou a morar em Londres, onde escreveu prolificamente sob o pseudônimo de "Barão Corvo", e alcançou considerável notoriedade graças a um artigo publicado em uma revista mensal: *Como eu fui enterrado vivo*. Em Londres, era muito estimado por sua cultura literária e por seu talento como escritor. Foi um homem de gênio e personalidade extraordinários, notável escritor, músico e artista.

18
EPITÁFIO

A existência errática tão abruptamente encerrada de Frederick Rolfe levanta questões às quais não é fácil responder. É muito difícil explicar o gênio ou o talento: eles existem e os aceitamos como aspectos da força criativa. Em parte, o poder artístico e a sensibilidade são inatos em todos os homens; a palavra "gênio" é, de hábito, o termo que consideramos mais adequado para denotar esses seres excepcionais nos quais, inexplicavelmente, esse poder atinge desenvolvimento pleno. E Rolfe foi um gênio derrotado.

Está fora das possibilidades de um biógrafo explicar as capacidades e atitudes artísticas da pessoa sobre a qual ele escreve (desde que a pessoa as possua), mas é possível reconstruir a personalidade em que essas características nasceram e se desenvolveram. Assim, embora a energia peculiar de Rolfe escape de nossa análise, os eventos exteriores de sua vida e suas reações podem ser estudados e compreendidos.

A chave para entender sua personalidade complexa é sua anormalidade sexual, ou seja, Rolfe era um desses homens desafortunados em que os impulsos da paixão se desviam de seu caminho natural. Quais eram as causas dessa anormalidade, com frequência tão desastrosa para aqueles que foram suas vítimas, esse é um assunto ainda muito debatido entre os especialistas. Felizmente, não é necessário, no âmbito dessa busca, decidir se se trata de um defeito congênito, de uma doença do espírito ou, então, de uma fixação ligada a uma fase juvenil pela qual a maior parte da humanidade passa e da qual emerge sem dificuldade. O fato de Rolfe haver tido um nascimento tão difícil, foi considerado pela família, talvez com certa razão, a origem de suas excentricidades. Mas, embora a investigação das causas possa ser negligenciada, é essencial, se quisermos entender Rolfe, a percepção de que ele não escolheu sua condição; ela tomou conta dele desde os primeiros anos de vida e ele nada podia fazer para mudá-la.

A história da Grécia Antiga e da Renascência Italiana demonstra que o sentimento homossexual não é um obstáculo ao desenvolvimento da personalidade ou um empecilho que impeça uma vida bem-sucedida; mas Rolfe viveu na Inglaterra vitoriana e certamente devia ter percebido, talvez desde a adolescência, que essa sua inclinação entrava em conflito com o mundo no qual ele vivia. Naquele momento, tem início o longo dilema da vida ele.

Seu temperamento o levava, instintivamente, a escolher o ensino como carreira. Através dele, ele podia satisfazer seu interesse pelos garotos jovens, que ele provavelmente ainda não identificara como uma forma de sensibilidade. Mas, embora a natureza de seu sentimento ainda não fosse conscientemente reconhecida, sob a superfície, seu subconsciente não podia ignorá-la. O invisível conflito interno se resolveu, senão na consciência de sua própria natureza, pelo menos na consciência da própria diversidade. Ou seja, ele percebeu que não era como as outras pessoas.

O fato de um homem como Rolfe sentir atração pelo sacerdócio é perfeitamente compreensível. Depois de entrar no grupo daqueles que haviam abraçado, voluntariamente, o celibato, sua anormalidade se tornava, se não um vício possível, um sinal de vocação. Foi assim que nasceu no jovem estudante, cuja inadequação para a carreira eclesiástica era reconhecida por quase todos os seus parentes, a aspiração ao sacerdócio. Apesar da incredulidade daqueles que o conheciam naquela época, não há razão para supor que Rolfe não tenha sido sincero em sua convicção de que nascera para a túnica talar. E talvez ele tivesse mesmo. Talvez, se tivesse chegado à ordenação, ele fosse capaz (com algum apoio externo) de renunciar a qualquer inclinação sexual e de enxergar essa renúncia como o efeito natural de seu privilégio. Sua juventude teria transcorrido numa atmosfera de devoção. "Quando eu era um rapaz protestante de quinze anos, era muito devoto. Ia me confessar, tirava o rosário, usava *O jardim da alma* como um livro de rezas. Alguns anos depois, traí minha vocação, fiz besteiras, mas nunca desisti de meu dom divino. Aos vinte e quatro anos, levei a coisa bem a sério. Aos vinte e cinco, entendi, de repente, que estava no caminho errado... que Pedro tem a chave. Dei-me conta disso num sábado de manhã em Oxford; e, logo depois, no domingo, fiz minha homenagem a Pedro... um jesuíta me acolheu na igreja no espaço de 24 horas."

Infelizmente (ou, no fim das contas, felizmente), também havia em sua natureza o talento e a necessidade de se expressar. Essa necessidade (como Vincent O'Sullivan observou com inteligência) encontrou uma forma de expressão nas extravagâncias que o levaram à dívida, bem como à sua paixão por literatura e pintura. Foi justamente por causa dessa sua excentricidade que seus superiores concluíram que ele não tinha vocação, e mandaram-no de volta para o mundo dos homens comuns.

A rejeição deve ter representado um grande golpe para Rolfe. Ele sabia muito bem que não podia passar despercebido entre os homens comuns (pois ele não era um homem comum), e tinha colocado toda a sua energia na dignidade e no mistério da vida espiritual. O que ele podia fazer? Havia somente um caminho, ou seja, negar a justiça daquele veredicto; afirmar que tinham sido os atenienses que o haviam perdido e não ele que perdera os atenienses; e ele tomou o caminho mais fácil. Foi o primeiro estágio da paranoia que moldaria sua vida. Ao argumento de que era uma pessoa fora do comum (fato que seu inconsciente não podia ignorar), ele criou, aos poucos, a imagem fantástica de um Rolfe cuja anormalidade consistia em possuir uma vocação sacerdotal, atrapalhada, injustamente, por aqueles que deveriam suportá-la. Cito suas próprias palavras: "Acredito que alguém tenha mentido, mesmo sem querer, que alguém tenha errado de uma forma desajeitada e que todos os interessados estavam determinados a não assumir o próprio erro ou a atribuí-lo, exclusivamente a mim. Um erro, um erro justificável, foi cometido, já que sou uma pessoa fora do comum e meus superiores pareciam um bando dos gansos mais vulgares e estúpidos produzidos nesse hemisfério; e, por meio de desculpas e intimidações, por meio de qualquer meio concebível e dissimulado, o erro foi perpetuado". Nesse estado mental, ele voltou para a Inglaterra e, nesse estado mental, ele criou o pseudônimo de Barão Corvo. Esse artifício disfarçava a decepção de que ele, que tinha partido para Roma com o objetivo de assumir o título de reverendo, voltara de lá simplesmente como o senhor Rolfe.

Se sua carreira como pintor tivesse sido coroada com sucesso, o tempo talvez suavizasse a dor de sua rejeição. Mas ele fracassou, e passou de uma situação difícil para outra ainda pior, de Christchurch a Aberdeen e Holywell. Ele não podia esconder de si mesmo esse outro fracasso; mas, aos seus olhos, esse fato poderia ser explicado só de uma forma, ou seja, que não apenas seus superiores, mas *todos* os católicos, de alguma forma e sem razão, estavam conspirando contra ele, ou estavam prontos a conspirar contra ele a qualquer momento. Eis, novamente, suas próprias palavras: "Sou um católico apostólico romano que nem fala com os outros católicos romanos, pois acho a fé confortável, mas os fiéis, insuportáveis... Estou desesperadamente aterrorizado pelos católicos; nunca conheci um (com apenas uma exceção) que não fosse um difamador (nos dois sentidos dados por Heródoto) ou um opressor dos pobres (no sentido do Salmo 109; 15) ou um mentiroso". Esse era o segundo estágio de sua *paranoia*.

As circunstâncias o obrigaram a levar uma vida de repressão, até que encontrou aquele extraordinário controle sobre seu semblante e sobre sua capacidade de conversar, que John Holden notou em Hollywel. Seriam essas aventuras em Rhyl verdadeiras, ou seriam faz de conta, para disfarçar, mais uma vez, seu temperamento real? Se Rolfe realmente procurou mulheres na rua, talvez tenha sido um esforço desesperado de sua parte para combater seus sentimentos anormais; mas esse esforço falhou.

No final, ele encontrou o verdadeiro caminho para expressar seu talento e se tornou escritor em Londres. Defendeu seu próprio caráter tentando reabilitar os Bórgia, porém, mais uma vez, suas esperanças foram frustradas. Sua obra não lhe trouxe nem descanso nem dinheiro; ele só conseguia viver acumulando dívidas. "Permaneço trancado em meu quarto durante dez meses por ano. Minhas únicas diversões são as saídas ocasionais, à procura de pérolas no British Museum, uma hora para a missa e um passeio em Hampsted Heath nos feriados, uma hora por dia de exercícios físicos de halteres, conforme o método de West Point. E, durante dois meses por ano, geralmente estou em Oxford (para ser mais preciso, com mais frequência em um barco do que em Sanford Lasher) lendo provas. Mas não tenho contato algum com as outras criaturas. Eu as detesto, mas as desejo ao mesmo tempo".

À medida que ia ficando mais velho, a consciência da falta de satisfação emocional tornou-se cada vez mais intolerável. Seu deboche do amor (a carta endereçada a Temple Scott), e sua afirmação de saciedade representavam, tenho certeza, o desdém que a raposa tem das uvas que estão fora de seu alcance. Rolfe fala de si mesmo em *Adriano*: "uma pessoa esmaecida, desgastada, tímida, com cara de padre", mortalmente temeroso dos homens, que desprezava e invejava ao mesmo tempo. Para atrair a atenção deles, não disfarçou seus sentimentos nas *Histórias de Toto*, mas não conseguiu encontrar "o amigo divino muito desejado" nem em Sholto Douglas, nem em Trevor Haddon. Ele lutou para fazer da colaboração um sucedâneo do afeto. Assim, ele criou o padrão de sua vida.

Ele tentava exorcizar o passado com iniciativas sempre novas, sem perceber que carregava em si a causa de suas desventuras. Ele descreveu situações impossíveis, nas quais personagens ambíguos derretiam aquela casca de gélida discrição que "somente um coração já morto foi capaz de aquecer". Será que nem ao menos existiu aquele coração morto? Rolfe era incapaz de converter seus sonhos em realidade; mas, pelo menos, ele pôde expressar sua decepção, já que não conseguia expressar seus desejos. "Desse ponto de vista, ele se tornou dono de si mesmo, confiante, forte e potente." Seu amor proibido era seu ponto fraco, mas o ódio podia torná-lo forte. Essa foi a terceira fase.

A amizade com Benson foi, em comparação com as outras, mais profunda. O solitário Rolfe fora descoberto, elogiado e considerado superior por um homem que havia alcançado o porto desejado e ilusório das Ordens Sagradas, e que podia representar o meio para conseguir a panaceia da qual Rolfe nunca havia desistido completamente. No começo, ele acreditou. Depois, quando Benson se recuperou de seu primeiro entusiasmo e reafirmou sua supremacia natural, a ternura de Rolfe também diminuiu; e, quando ele foi (ou melhor, se sentiu) "traído", interrompeu a ligação literária (que, para ele, significava muito mais do que escrever em colaboração um livro), e sua simpatia se tornou raiva, para a qual Veneza representou uma catarse violenta, porém inútil.

Em Veneza, ele conseguiu finalmente satisfazer sua paixão. Não deixou a máscara cair, mas qualquer repressão se dissipou. E ele se abandonou àquele amor que o dinheiro e a bajulação podiam comprar. Mas, até o último instante, nunca desistiu de suas manias, que ainda eram necessárias para compensar as decepções de uma vida. Recompensou a ajuda com escárnio, e a gentileza, com ingratidão; seria injusto, entretanto, analisando sua existência, recusar admirá-lo e sentir piedade por ele. É muito difícil ser imparcial com Frederick Rolfe. Ele tinha tantos talentos, e era um homem muito ativo; mas o que ele tinha para vender não encontrava preço justo no mercado. Seus livros brilhantes, escritos numa prosa elegantíssima e em mil cores brilhantes, com as tintas que ele usava, trouxeram pouquíssimo dinheiro e nenhuma segurança. Ganhou trinta libras pela *Histórias de Toto*, nem cinquenta pela história sobre os *Bórgia* para traduzir *Omar*, vinte e cinco; para os demais, nada. Ele nunca, durante toda a sua vida, recebeu um *penny* sequer por *Adriano VII* ou por *Don Tarquinio*, porque as editoras decidiram que não haveria royalties para as primeiras seiscentas cópias, de modo que, quando Rolfe morreu, nenhum desses livros arrecadou dinheiro para ele. Uma recompensa miserável, deve-se reconhecer; e não é de se maravilhar que ele tenha se vingado, da maneira que pôde, de um mundo que o ignorava, e ignorava o que ele tinha a oferecer; e que os livros pelos quais os leitores o conhecem sejam apenas uma pequena parte dos livros que poderia ter escrito, e menos da metade dos que realmente escreveu. Por trás de sua fúria e falta de escrúpulos sobre questões de dinheiro, por trás da sua insistente e absurda ideia segundo a qual estaria certo que o artista viva à custa dos outros, por trás dos excessos em cuja direção sua natureza o impelia, havia uma alma intensa que manteve viva sua fé e expressou suas aspirações numa linguagem unicamente linda.

Ele era capaz de gentilezas inesperadas. Em 1928, recebi uma carta que me fez esfregar os olhos de tão incrível porque, embora fosse endereçada a mim, a caligrafia era, evidentemente, de Rolfe. Estava quase assustado quando a abri.

London Hospital
Whitechapel, E. 1

Caro senhor,
Talvez o senhor fique surpreso, e provavelmente ficará interessado em saber que a caligrafia de Frederick William Rolfe não morreu com ele. Quando eu tinha 6 ou 7 anos, Rolfe costumava frequentar a casa dos meus pais. Lembro-me dele como um homem que tinha um jeito encantador com crianças; sabia tudo de magia e encantamentos, usava anéis estranhos e contava histórias fascinantes.
Ele me escreveu algumas cartas, por ocasião de meus aniversários, que eram bem diferentes de todas as outras que recebia, tanto em termos de conteúdo bem como de caligrafia, que foram guardadas num armário antigo. Eu tinha mais ou menos 16 anos quando voltei a encontrá-las. Naquele tempo, minha caligrafia era quase ilegível, sem forma, muito pequena e feia. Fiquei tão impressionado com a beleza da letra de Rolfe que imediatamente comecei a copiá-la. Em dois meses, estava na posição de imitá-las sem problema e, em um ano, ela se tornou minha caligrafia habitual; infelizmente, como você pode notar, sua elegância única se perdeu ao passar para a minha mão.

Atenciosamente,
John Bland

Não é só o mal que os homens fazem que sobrevive à morte deles. Rolfe merece um epitáfio melhor do que a tardia reparação feita pela *Aberdeen Free Press*. Quem poderia escrever palavras mais belas do que as suas "rezem pelo repouso da sua alma. Ele estava tão cansado"? Ou, como escreveu uma vez a um amigo que o acusou de egoísmo: "Egoísta? Sim, egoísta. O egoísmo de uma estaca quadrada em um buraco redondo".

19
O DESEJO E A BUSCA PELO TODO

Justin me emprestou muito gentilmente todos os seus papéis relativos a Rolfe. Naquele período, por acaso, fui convidado, quase sem aviso prévio, para fazer um discurso depois do jantar em um clube no qual eu fora aprovado recentemente como membro. Com minha cabeça cheia de Fr. Rolfe e de detalhes de sua vida, e com minha escrivaninha coberta de folhas com a sua caligrafia, minha escolha foi, inevitavelmente, "Frederick Barão Corvo". Escrevi um ensaio de pouco menos de cinco mil palavras sobre sua obra e vida pessoal e o li, devidamente, diante de um público que incluía Shane Leslie e outros admiradores de literatura marginal. Cito esse episódio não porque seja importante, mas porque causou um incidente entre mim e Herbert Rolfe.

Durante minhas investigações, o advogado Rolfe mantivera uma atitude distante, se não indiferente. Em nosso primeiro encontro, ele me emprestou, como já falei antes, várias cartas e, na hora em que as devolvi, ao me agradecer, ele fez a seguinte observação: "Com certeza, você entenderá que, embora esse assunto seja de meu interesse, por enquanto posso dedicar a você só pouquíssimo tempo". Nas cartas seguintes, ele elogiou minha dedicação, embora, fosse possível entender, tivesse dúvidas quanto ao resultado do meu trabalho. Essas dúvidas se tornaram certezas quando enviei a ele a cópia da minha palestra. Eu dissera que Fr. Rolfe vivia, nas lembranças de seus contemporâneos da Scots College, como um fanfarrão; que, nos últimos anos, tinha "caído em desgraça" e havia "deixado algumas cartas que Arentino poderia ter escrito a Casanova"; e que sua atitude sobre questões de dinheiro mostrava, às vezes, "falta de honestidade". Essas observações, segundo o advogado Rolfe, eram "gratuitas, desnecessárias e incongruentes". Quanto a mim, parecia-me que podia, e com razão, usar expressões ainda mais duras de propósito, e que a minha integridade literária teria sido comprometida se eu tentasse atenuar a verdade, como se eu acreditasse nela; e, numa carta que talvez eu tenha escrito sem muito tato, disse isso. O advogado Rolfe não concordou e, no final, declarou:

Não desejo ser um empecilho para a publicação dos fatos principais da vida triste de meu irmão e, naturalmente, não tenho autoridade para me opor à questões de crítica literária. O que busquei enfatizar para você é que, por razões já explicadas, decididamente oponho-me a qualquer "publicação" de qualquer assunto que, implícita ou explicitamente, impute desonestidade ou imoralidade ao meu irmão. E direi mais: contrariamente ao que suas cartas me parecem sugerir, os parentes dele nunca tiveram, nem têm agora, qualquer indicação, muito menos provas, de que ele tenha sido culpado de qualquer uma das duas. Eu e eles acreditamos que Rolfe foi o filho e o irmão que conhecíamos, e ninguém mais. Agora, ele está nas mãos do Criador de todos os homens, e sob o seu perdão. Lá o deixaríamos. Tenho certeza de que você entenderá que seu artigo, se continuar inalterado, nos causaria dor e sofrimento, e tenho confiança em que você, consequentemente, revisará o que escreveu. Anexo uma lista das passagens para as quais chamei a atenção anteriormente... Apesar de lhe mandar essa lista, devo dizer-lhe, infelizmente, que preferiríamos que o artigo inteiro ficasse restrito ao relato biográfico, por mais que isso possa ser doloroso, e às observações da crítica literária. O que escrevi acima é para me resguardar de qualquer manifesto de aprovação do seu trabalho.

Essa confirmação da atitude do advogado Rolfe me fez entender, mais do que nunca, que isso questionava um princípio sobre o qual eu não podia aceitar transigir de forma alguma. Também tomei ciência de que ele se opunha até mesmo a qualquer publicação póstuma de *O desejo e busca pelo todo*; enquanto minha opinião era — e é a de que a posteridade devia a esse autor desafortunado pelo menos a homenagem de ler o último livro dele. Escrevi isso para ele e, assim, nossas correspondências tiveram fim. Só me faltavam, para fazer mais descobertas, os papéis de Justin.

Quando conheci Justin e fiquei sabendo dos detalhes da morte de Rolfe, imaginei que minha busca tivesse acabado. Não era assim. Embora a mala que levei comigo para Londres estivesse repleta de cartas e cadernos, graças aos quais passei a conhecer Fr. Rolfe ainda mais de perto, além de preciosidades fascinantes, como seu livro de bolso, que continha cartas cuidadosamente preservadas remetidas pelo Conde César Bórgia, e com seu cartão de visita gravado com caligrafia italiana florida, ainda sobravam omissões fundamentais. Depois de o advogado Taylor ter assinado o ato notarial, dando a Rolfe novamente o direito sobre sua obra, esse último transferiu sua propriedade a Justin; que, como verifiquei, examinando seus documentos, atualmente era o proprietário legal de todas as obras não publicada, das quais tinha ouvido falar: *Don Renato*, *Artur de Hubert*, *O desejo e busca pelo todo*, *Canções de Meléagro*, *Um e os muitos*. Embora esses livros pertencessem a Justin (deve-se admitir que ele pagara um preço muito alto), e o direito de publicá-los coubesse a ele, o único do qual ele possuía o manuscrito era apenas *O desejo e busca pelo todo*. Em relação aos outros livros, eu não estava mais perto de satisfazer minha ansiedade de pôr as mãos sobre eles do que estive quando soube de sua existência. Concluí que, na época da morte de Rolfe, eles deviam estar espalhados pelo mundo, esperando pelo veredicto das editoras às quais ele os havia submetido, ou então deviam ter sido esquecidos, como é o caso daquele manuscrito que tinha ficado no cofre da editora Chatto e Windus por mais de dez anos. Haveria esperança de encontrá-los? Manuscritos que não são pedidos de volta não são guardados para sempre; talvez aqueles livros estranhos, que haviam custado tanto sofrimento ao pobre Rolfe e pelos quais ele tinha feito tantos pedidos extravagantes, tivessem se perdido para sempre, destruídos por mãos descuidadas que não valorizavam sua qualidade não comercial.

Pelo menos eu havia recuperado a sátira veneziana, à qual Rolfe devia sua expulsão do Palazzo Mocenigo; e, já que ele quase morrera devido aos sofrimentos subsequentes, pode-se dizer que ele quase deu a sua vida por esse livro. É, com certeza, como Swinnerton escreveu, uma "história linda e muito cativante"; e sabendo, como eu sabia, das circunstâncias ocultas nas entrelinhas, estava fascinado pelas suas páginas calorosas tanto quanto estivera pelas de *Adriano*. O protagonista, Nicholas Crabbe, é claro, representa o próprio Rolfe; ou melhor, como Rolfe se via. "Nicholas Crabbe, cansado (a ponto de querer fazer algo violento) dos gritos e dos rugidos de um professor de grego muito vermelho que o destruíra", "partiu de Veneza no fim de novembro. Ele seguiu sozinho, com seu mapa e seu barco de carga de seis toneladas, e navegou para o sul da costa italiana sem nenhum plano de ação, exceto o de aproveitar, por inteiro, sua própria companhia, evitando escrupulosamente qualquer tipo de conversa com outros seres humanos". Como é possível ouvir a voz de Rolfe nessa abertura! Crabbe, em seu amplo barco, com casco achatado e proa atarracada, aparece vivo nas páginas seguintes, de modo tão claro quanto George Arthur Rose, em *Adriano*. Navegando à vontade, levando a bandeira da Inglaterra até os horizontes amplos e livres, o aventureiro solitário vê, do mar, as luzes de Messina e Reggio se apagarem, no grande terremoto de 1908. Uma onda enorme chacoalha seu barco como se fosse um brinquedo, mas ele sobrevive à tempestade. Chocado e comovido, ele busca um abrigo tranquilo para refletir sobre os eventos, "talvez por algumas horas, talvez por semanas, talvez pela vida inteira". Porém, na angra na qual ancora, ele não encontra paz, mas ruína: casas derrubadas, morte e horror. Naquele desastre, somente uma alma sobrevive: uma jovem de delicada beleza arrapazada. Ele a resgata.

Mas, depois de encontrá-la, Crabbe fica perplexo e não sabe qual será o próximo passo. Ele não sabe nada sobre as mulheres; sempre as tratara como deusas em nichos. Após ver que essa pequena menina não tem nenhum ferimento grave, ele a leva de volta para a praia. Uma hora depois, apavorada com aquele lugar devastado, sem amigos, não tendo para onde ir, ela nada de volta para o barco e implora, com a devoção de seus dezesseis anos, perante seu salvador, que a deixe entrar. E, quando o igualmente solitário Nicholas recusa seu pedido de ajuda e responde, cruelmente, que a levará de volta para a praia na manhã seguinte, ela se atira ao mar para ser resgatada uma segunda vez.

Na manhã seguinte, a menina conta ao seu dono (pois é isso que ela insiste que ele é) sua história. Ela se chama Ermenegilda Falier, é órfã, completará dezessete anos em três dias, e seu pai, um gondoleiro, sempre a tratou como um menino, apelidando-a com nomes masculinos e, antes de morrer, fizera com que ela se tonasse uma remadora versada. Então, ela foi levada por seu tio para viver na fazenda dele, e ali também vestia roupas de garoto e tinha o cabelo curto. Agora, que o terremoto destruíra a fazenda e matara seus parentes, ela não tinha nenhum laço humano; e, com todo o fervor passional de seu caráter italiano, ela pede a Crabbe que lhe permita continuar com ele. "O que ele devia fazer com ela? O que, em nome de Jesus, ele faria com ela?"

Sua docilidade, sua beleza, seu conhecimento do mar, mas, sobretudo, sua aparência arrapazada, com pouco peito, sugerem uma ideia a Nicholas. "Ao descrever a ginástica fatal em que sua mente se engajou nessas últimas horas, percorrendo as ondas na escuridão, ele sempre dava uma ênfase particular sobre a influência de sua perfeita e fenomenal aparência arrapazada — mas não sobre sua assexualidade, nem masculinidade, mas sua qualidade arrapazada. Ela realmente parecia um rapaz: ela conseguia fazer, e fazia bem, o trabalho de um rapaz, e era competente nesse aspecto. Não havia nada nela que inspirasse uma paixão qualquer, sexual ou de outra natureza: ninguém podia deixar de notar e admirar sua vitalidade, sua franqueza, sua força moral; entretanto, em outros aspectos, como rapaz, ela não era nada de mais. Um rapaz conhece e expressa sua virilidade inquieta, uma menina continuamente expressa sua feminilidade. Ermenegilda Falier não se encaixava em nenhuma dessas duas categorias." Muito bem. Já que ela desejava isso tão intensamente, e que conseguia manter o papel, seria um rapaz, seu empregado: Zildo, não Zilda. Ele se comportaria como devia, e ela faria o mesmo.

Depois da decisão tomada, ele volta com "Zildo" para Veneza, a fim de se ocupar de seus compromissos; Crabbe torna-se de novo Rolfe. "Deve-se entender que ele já tinha fugido de duas carreiras, e estava muito bem assentado na terceira. É claro que um homem com seu semblante, com aquele jeito, aquele talento, aquela vocação, deveria ter sido sacerdote. Em outro lugar, está escrito por que ele não foi. A culpa sequer era dele." Em vez de padre, ele se tornara escritor; a situação era exatamente a de Frederick William Rolfe. Acontece, portanto, de ele ter dois amigos, Benson e Pirie-Gordon: Bonson e Peary-Buthlaw, no romance. "O reverendo Bobugo Bonson era um pequeno Crisóstomo gago, com tanto jeito de ter estudado em Cambridge quanto um personagem de Vaughan, com a cara do Chapeleiro Maluco, saído de *Alice no País das Maravilhas*, e o aspecto de um estudante de Eton que loucamente para de se esforçar no que diz respeito ao Espírito Santo, mas usa colarinhos de papel e um chapéu alpino de palha preta. Por meio de romances sensacionalistas e de pregações ardentes, ele conseguira dinheiro suficiente para comprar uma casa de campo, onde ele tinha a ambição de fundar um instituto privado (não uma ordem religiosa) que seria usado para o esmagamento das individualidades, cujos pedaços ele pretendia juntar como bem entendesse... Ele não aspirava exatamente à criação de fato: mas certamente nutria a ideia de que vários erros graves deviam-se à sua ausência durante os eventos descritos no primeiro capítulo do Gênesis." "Não tenho a intenção de ser dogmático sobre esse ponto; limito-me a levantar a hipótese de que, segundo Bobugo, o erro na criação do homem consistia em tê-lo dotado de sentidos." Esse era, para Rolfe, um juízo quase caridoso. Pirie-Gordon e Taylor são descritos com a mesma parcialidade. Como num espelho sombrio, Rolfe, em seu último livro, mimetiza os detalhes de sua vida, os incidentes que o levaram à Itália. Todos esses estranhos episódios, que descrevi em sua luz verdadeira, são relatados e distorcidos pelo ponto de vista do louco que os vivenciou. Nicholas Crabbe suporta a traição de seus amigos falsos, a agonia da esperança traída, a falta de teto e comida em Veneza; mas, sempre encorajado e apoiado, embora não estivesse ciente disso, por sua afeição crescente por Zilda, e a dela por ele. O enredo, no sentido formal, não existe; figuras de pesadelos aparecem e desaparecem; entretanto, o livro tem uma forma. Rolfe derrama nela, com o frenesi e a decepção de sua vida real, a beleza e a satisfação que confortaram seus últimos dias em Veneza; e, por trás da poeira e das lágrimas de sua raiva, há sempre a beleza mutante da lagoa, e a beleza imutável da Igreja.

Elaborar um resumo mais amplo não faria justiça ao livro, que é precioso, mais por sua textura que pela sua forma, mais por sua intensidade que por sua mensagem, um livro que é o testamento de uma personalidade atormentada, mais do que uma história. Eis o último autorretrato que Rolfe fez de si mesmo:

> Nicholas Crabbe, sendo Nicholas Crabbe, era tão duro quanto implacável — por fora. Tolerava as injúrias, as humilhações, as perdas mais terríveis sem despentear um único fio de cabelo. Ele já não tinha mais nenhum. Até seus inimigos (o que significava todos os homens e mulheres com quem ele teve intimidade) reconheciam, espontaneamente (nos seus momentos menos entusiasmados), que nada, em nenhum momento, podia afetar seu modo de andar e porte serenos, que eram cruéis e sem pena, e completamente autocentrados, de maneira abominável; e seus inimigos atribuem isso a uma soberba inata. Naturalmente, eles eram apenas idiotas e imbecis. O que esperar de um homem completamente fechado como um crustáceo, na armadura rígida das experiências? Um sujeito semelhante não dispõe de meios para externar seus sentimentos, exceto por suas patas curvas que capturam, ferozmente, e talvez seus olhos frios e sem piedade. Crabbe era detestado pelas pessoas que tinham o hábito de demonstrar seus sentimentos. Ele não sabia expressar o que sentia. E por isso ele nunca mostrava seus reais sentimentos. Mas os palermas tinham uma ideia diferente dele... eles achavam que sua casca quebrável, mas que não se podia envergar, era a sua forma de se expressar, uma forma de se expressar horrível, porque não revelava absolutamente nada; e então, quando (inesperadamente) as garras curvas e, até então, silenciosas agarravam e pinçavam e rasgavam e aniquilavam a presunção, com uma violência súbita e aterrorizante, que

manifestava alguma sensibilidade espantosa escondida dentro dele, os referidos palermas ficavam gravemente chocados ou irritados, e (quando eram clérigos) ficavam aflitos ou profundamente tristes. Aflitos, sim, senhor! O que dizer dos tormentos de Crabbe, que ninguém considerava, já que não os viam?

Rolfe conseguiu dar um final mais feliz à sua sátira do que aquele que lhe foi reservado pelo destino; Nicholas e Zilda acabam por se tornar a mesma pessoa e, então, "o desejo e a busca pelo todo foram coroados e recompensados pelo amor".
Embora estivesse feliz por ter encontrado a autobiografia veneziana, ainda desejava descobrir aqueles romances medievais em que Fr. Rolfe havia incorporado a erudição histórica da qual sentia tanto orgulho; e meu desejo se tornara ainda mais pungente ao ler a descrição que ele faz em *O desejo e busca pelo todo*, de *Artur de Hubert*.

Releu o que já escrevera. Parecia tão acima do ordinário quanto queria que estivesse — a história-como-não-foi-mas-poderia-muito-bem-ter-sido. Por exemplo, não há evidência direta do misterioso assassinato de Artur Fitz-Geoffrey, Duque de Armórica, cometido ou instigado por seu tio malvado, João, ou na ocasião do assassinato dele. O jovem Artur era, por direito, rei da Inglaterra, não só por ser primogênito, mas também pela vontade do Rei Ricardo Coração de Leão. Consequentemente, era muito necessário a João (que lhe usurpara a coroa) que ele desaparecesse. E ele de fato desapareceu em Rouen. E a João é atribuído o assassinato dele. Mas vamos dizer que ele não desapareceu realmente, que ele não foi assassinado, que ele, na verdade, escapou de seu tio malvado, a história da Inglaterra (como a conhecemos por intermédio dos cronistas monásticos) teria sido completamente diferente. Essa era a ideia de Crabbe. O jovem Artur não tinha nem sido assassinado. Com a ajuda de Hubert de Burgh, escapara dos perseguidores enviados para matá-lo, escapara de João quando esse assassino tentara afogá-lo no Sena e conseguira fugir (semicrucificado) do Giwen de Bristol, a quem João-Judas o vendera por trinta mil moedas de prata. Inocêncio III, aquele pontífice de aço astuto, com olhos estrábicos como os de um cabrito, apesar de estar muito agitado por causa do rapaz, não conseguia, naquele momento, antever as manobras políticas que poderiam depor o velho e rico João (que tinha a posse da coroa da Inglaterra) e colocar em seu lugar o pobre e jovem Artur (que até então não tinha nada no seu nome). Artur, consequentemente, num acesso de raiva angevino, foi e obteve feitos na Terra Santa, como o caminho mais curto para obter o afeto precioso de Inocêncio, retornando (como fez o Rei Consorte de Jerusalém) a tempo de encontrar o papa, entediado com as atrocidades de João e feliz demais (agora) para fazer a coisa certa. Armado com touros e tudo o mais, e apoiado por Conde Hubert de Burgh, almirante e guarda e governador da Inglaterra, Artur conquistara a Inglaterra, levara João ao santuário do seu mosteiro Cisterciano de Beaulieu, guerreara com o jovem Henrique Lackland (comumente chamado de Henrique III) para conseguir a coroa na penosa batalha de Oxford; e reinara com grande glória até o ano do Nosso Senhor de 1225. A história de tudo isso foi escrita, na morte do Rei Artur, pelo velho Hubert de Burgh, condestável da Torre, que tinha feito e sido tudo o que era possível na Inglaterra num espaço de mais ou menos sessenta anos, e (já numa idade extremamente avançada) naturalmente se iludia de saber mais sobre os fatos do que um mongezinho chamado senhor Matthew (originário de Paris), que se limitara a escutar as fofocas e a espiar pelo buraco da fechadura de seu monastério, escrevendo depois essas coisas desse modo obtidas naquilo que teve a insolência de chamar de *A crônica da Inglaterra*. Tudo isso — a narrativa terrivelmente circunstancial de Hubert de Burgh, enriquecida pelo conhecimento pessoal de homens famosos e infames, de detalhes de homens de estado, heráldica, arqueologia, amor, esperteza, tristeza, humor, coragem, sofrimento, todos os interesses e atividades humanos elevados e nobres, iluminados inteiramente pela força da penetração e *páthos* e poder sobre sua própria personalidade — foi incorporado num manuscrito escrito num latim muito pessoal, que Nicholas Crabbe dizia ter descoberto na Torre de Londres, e afirmava haver traduzido em colaboração com seu amigo [Pirie-Gordon].

Um livro incrível, pelo visto. Mas onde se encontrava? Após ter sido recusado pelos editores Chatto e Windus, o manuscrito foi enviado, segundo a orientação de Rolfe, a um amigo na América; mas todas as cartas mandadas a esse amigo eram devolvidas ao remetente: "Mudou-se para outro endereço". Por um ano, tentei encontrar, em cada buraco e cantinho que minha imaginação e meu conhecimento sugerissem, o esconderijo dos livros perdidos de Rolfe, mas sem sucesso. No final, abandonei a busca. Estava confiante de que, em algum lugar, eles existiam: eu esperaria até que, com o tempo, uma mudança de maré os trouxesse à superfície.

Há outro livro de Rolfe sobre o qual não me debrucei detalhadamente: aquele em que a editora Rider e Filho havia manifestado interesse imediato, pouco antes de o autor conhecer Justin; esse livro foi publicado (única forma tangível daquela "parceria financeira") em 1912, sete anos depois do seu predecessor, *Don Tarquinio*. Esse trabalho, em colaboração, mantém em sua folha de rosto, a inscrição

"O destino do andarilho, memória escrita sobre papiro de alguns episódios ocorridos em uma das vidas anteriores de Nicholas Crabbe." Aqui eram apresentados por Próspero e Calibã (as ilusões sarcásticas de Rolfe sobre Pirie-Gordon, mencionado no Capítulo 13, deram origem ao nome). Apesar do pseudônimo duplo, a orelha diz que o livro é "o trabalho de um acadêmico das letras clássicas, e um autor de gênio e originalidade, que esconde sua identidade sob o *nom-de-plume* de Próspero e Calibã"; e o catálogo da editora, encadernado no fim, dá o nome de Rolfe, sozinho, como seu autor. Não há certamente nenhum traço de "genialidade" nessa obra medíocre, que narra, em primeira pessoa, as aventuras de Nicholas Crabbe, de Crabs Herborough, em Kent, que, depois de conhecer os encantamentos mágicos do Egito antigo, tenta usá-los para entrar em contato com os mortos. Seus poderes mágicos o abandonam num momento crucial, e Crabbe é levado através do tempo até uma encarnação passada, em que foi Odisseu. A passagem que descreve a tradução conta com o toque do melhor de Rolfe, mais do que qualquer outro trecho. "Diante dos meus olhos eram representadas as histórias dos mortais de muitas raças diferentes... reis e rainhas e imperadores e republicanos e patrícios e plebeus passando em uma ordem inversa pelo meu olhar... O Tempo voltava para trás em panoramas enormes. Grandes homens morriam antes de alcançar a fama. Reis eram depostos antes de sua coroação. Nero e os Bórgia e Cromwell e Asquith e os jesuítas curtiam a infâmia eterna e depois começavam a merecê-la. Minha terra natal... se transformava na Bretanha bárbara; o Bizâncio se tornava Roma; Veneza se transformava em Altino Henetiano; a Hélade, em inúmeras migrações. Os golpes matavam e depois eram desferidos." Embora haja frases interessantes, o livro, como um todo, é um fracasso, tornado pesado pelo contínuo pedantismo e por notas de rodapé insuportavelmente jocosas. Podia ter concluído, considerando a deterioração evidente nesse livro, que os anos finais de Rolfe foram marcados pelo declínio de sua potência literária, se *O desejo e a busca pelo todo* e aquelas impressionantes cartas de Veneza não mostrassem enfaticamente o contrário.

20
O FIM DA BUSCA

Em 1927, meu amigo Millard morreu. Minha busca pelo Barão Corvo estava paralisada havia meses; com o falecimento de Millard, parou por completo. Às vezes, depois do jantar, eu lançava um olhar contemplativo para as pastas e os papéis que tinha comprado do Reverendo Stephen Justin; outras vezes, lia novamente aquelas dolorosas cartas de Veneza; reli *Adriano*; e, com cada vez mais frequência, eu me perguntava se alguma vez reencontraria os manuscritos perdidos do escritor desafortunado e talentoso que ocupara minha mente por tanto tempo. Mas nada disso aconteceu; e eu não progredia; não que tivesse perdido o interesse, mas faltava o incentivo para continuar uma busca que, por ora, eu não tinha como fazer avançar. A única esperança que sobrara dentro de mim era a beleza incomum dos manuscritos de Rolfe; de fato, achava improvável, julgando por aqueles que já vira, que qualquer pessoa que tivesse olhos fosse capaz de jogar fora papéis desse gênero.

Finalmente, numa bela manhã de primavera, chegou uma mensagem, perguntando se eu encontraria um tal de senhor Gregory, que tinha vindo me visitar da parte de Shane Leslie e queria me fazer algumas perguntas a respeito de Barão Corvo. Gregory (como foi formalmente anunciado o senhor Maundy Gregory) era um homem rechonchudo, rubicundo, de estatura média, na casa de seus cinquenta anos, com uma flor cara em sua lapela, um ar de riqueza sólida, um sorriso afável, uma corrente de relógio brilhante, boas roupas e (como notei quando ele se sentou) sapatos muito bonitos. Ele me explicou o motivo de sua visita dizendo que tinha lido as obras de Barão Corvo com uma admiração fanática, e meu artigo (publicado por Desmond MacCarthy, após o meu desentendimento com Herbert Rolfe) com muito entusiasmo; e, tendo encontrado Leslie por acaso, esse último o havia aconselhado a me procurar, e que eu poderia fornecer-lhe informações adicionais. Dessa forma, sua visita tinha sido suficientemente explicada; ainda assim, uma certa cautela em seu comportamento, seu ar de modernidade, muito além da mera curiosidade literária, pareciam sugerir algo mais. Instintivamente, senti que esse personagem esplêndido teria algum papel relevante em minha busca; mas não podia imaginar quão completamente ele se identificaria com ela.

Mostrei-lhe os manuscritos de Corvo, que eram o motivo de sua visita; sua admiração era evidente e (pelo visto) ilimitada. Ele contemplava as cartas e os livros que eu mostrava a ele com aquela inveja sincera que é, para o colecionador, a forma mais agradável de lisonja. As cartas multicoloridas, endereçadas a Grant Richards, lhe inspiravam respeito, e a correspondência de Veneza o deixava quase intimidado. Minha reserva desapareceu diante dessa afabilidade ao mesmo tempo tão tenaz e cheia de tato, assim como a névoa diante do sol; comecei a gostar de Gregory.

Então, com uma timidez curiosa e um tanto atraente, meu visitante perguntou se eu consideraria vender a ele um de meus tesouros menos importantes. Ele não podia esperar, admitiu, que eu fosse me desfazer de quaisquer dos manuscritos principais; mas talvez eu pudesse ceder um fragmento ou uma cópia? Dinheiro não era um problema, acrescentou, enquanto virava, quase com arrependimento, as páginas de O *destino do andarilho*, na bela caligrafia de Corvo. Na verdade, eu não tinha nenhum desejo específico de vender nada naquela manhã; mas alguma coisa, naquela alusão dele a uma imensa riqueza, que foi acompanhada por um desafio peculiar em seu olhar, levou-me a oferecer-lhe, mais como brincadeira do que com sinceridade, um pequeno poema composto por Rolfe que estava em sua mão, dizendo: "Você pode levar isso por vinte libras". Sem hesitar, Gregory levou sua mão ao bolso; tirou uma grossa carteira de bordas douradas e a abriu; pegou quatro notas de cinco libras de um maço impressionante e murmurou: "Eu lhe sou imensamente grato".

Estava tão perplexo quanto deleitado. Pelo preço que cobrei a Gregory por esse único poema, minha estante de manuscritos de Corvo valia mais de mil libras, uma consideração agradável para um homem pobre. Mas eu sabia perfeitamente que eles não valiam essa soma e que eu havia cobrado demais pelo poema. Eu disse isso a ele, mas não adiantou: Gregory deu um sorrisinho misterioso e repetiu que dinheiro não era problema para ele, e que ele estava muito feliz com a chance de adquirir um exemplar único da obra de seu autor preferido.

Despedimo-nos depois de conversar por mais de uma hora, com desejos mútuos de simpatia, e ele aceitou um convite para almoçar comigo alguns dias depois. Enquanto eu o levava até a porta, vi um táxi que estava à sua espera; sem dizer uma palavra, meu visitante entrou nele. "Meu Deus!", exclamei, "esse táxi esperou por você esse tempo todo?", "Ó, sim", respondeu Gregory, "Ele é meu, entende?". Ele se despediu com gentileza e, sem dar direções ao motorista, o carro partiu.

Liguei para Shane Leslie perguntando o que ele sabia desse amigo impressionante, mas não descobri muita coisa. Shane conhecera Maundy Gregory em um jantar de amigos e, quando o assunto chegou a Corvo, ele havia mencionado meu nome. Esperei, com muito interesse, por nosso próximo encontro.

Gregory chegou pontualmente (foi a única vez durante o período em que nos frequentamos). Champagne parecia a bebida apropriada a uma pessoa tão dispendiosa, e não me surpreendi quando ele admitiu preferi-lo a todos os outros vinhos. Tentei, diplomaticamente, descobrir algo sobre meu hóspede. Seria dono de uma empresa de táxis? Não, explicou ele, só de um, que, nesse momento, o esperava lá fora. Ele o usava, em vez de usar um carro privativo, porque um carro esperando do lado de fora de uma porta era facilmente reconhecível, enquanto um táxi passava despercebido. Mas por que ele precisava passar despercebido?, perguntei. Não deu uma resposta direta, mas presumi que havia razões importantes pelas quais os movimentos de Maundy Gregory não pudessem atrair muita atenção.

De várias formas, durante o almoço, eu me dei conta de que estava falando com um homem bastante rico e influente. Não era tanto sua cigarreira de ouro (um presente do rei da Grécia), ou suas abotoaduras maravilhosas (esferas de platina cobertas com diamantes), nem a linda pérola negra em sua gravata que causavam essa impressão de vasta riqueza, mas a implicação por trás de tudo o que ele dizia, de que, o que quer que ele desejasse fazer ou possuir, estava ao seu alcance se pudesse ser comprado com dinheiro. Ele não demonstrava qualquer relutância para falar sobre si mesmo. Por exemplo, disse-me que almoçava todo dia no Ambassador Club, nunca sozinho, e que todo dia, às doze e quarenta e cinco, duas garrafas de champagne eram postas no gelo para ele. Descobri que ele possuía dois iates, uma casa em Londres, outra à beira do rio e um apartamento em Brighton. Sem a menor ostentação, ele me disse que sua biblioteca continha muitos livros raros, e sua adega, muitos vinhos bons. De todas essas coisas, falava com muita tranquilidade, e com jeito amigável, quase lisonjeiro, como se daí em diante eu pudesse fazer parte daquela abundância.

A respeito de Corvo, ele ouviu a minha história sobre os

manuscritos perdidos com muita atenção, e declarou que o problema era simples. Até aquele momento, eu havia encontrado muitas dificuldades porque tivera de contar somente com meus próprios recursos; agora, pelo contrário, com seu apoio ilimitado, ele tinha certeza de que tudo que eu procurava seria recuperado em pouco tempo. Entendi que ele considerava a publicação das obras inéditas de Corvo, e o estabelecimento de Corvo em seu devido lugar, como um autor de prestígio, tarefas dignas de grande interesse, e que eu podia contar com ele em termos de qualquer quantia razoável para avançar nesses objetivos. Foi um almoço memorável e prazeroso.

Uma semana depois, voltamos a nos encontrar. Dessa vez, eu era o convidado dele. O local de encontro foi o Ambassador Club, que nunca antes visitara, mas que agora tinha ampla oportunidade de admirar, já que Gregory chegou com uma hora de atraso. Ele estava quase sem fôlego, pediu mil desculpas e explicou que tinha ficado detido no Buckingham Palace, com compromissos urgentes. O almoço certamente mereceu aquela longa espera. Uma multidão de respeitosos garçons orbitava em torno da nossa mesa, enquanto pratos deliciosos apareciam e desapareciam. O champagne fluía em grande quantidade, seguido por charutos e brandy. Durante o almoço, fiquei sabendo de mais coisas inesperadas. Gregory contava com a amizade íntima de Lorde Birkenhead; ocupava um posto importante nos serviços secretos; era amigo de muitas casas reais, e estava, na verdade, ativamente engajado em promover a restauração de várias. Suas abotoaduras não eram menos resplandecentes que as anteriores, apesar de não serem redondas, e dessa vez sua cigarreira de ouro não levava a inscrição de um rei, mas do Duque de York. Falamos por horas a fio. Fiquei muito surpreso quando, às quatro da tarde, olhando em volta o restaurante magnífico, mas que agora estava vazio, Gregory sussurrou em tom de confidência: "Naturalmente, sou eu o dono deste lugar". Depois eu soube que isso, como a maioria das coisas que ele me falou, era mesmo verdade.

Nosso encontro seguinte foi no escritório dele em Whitehall, ao qual fui chamado por telefone para comparecer. Ao chegar lá, reparei, com interesse, que aquela era a sede da *Whitehall Gazette*, da qual, como vim a saber depois, Gregory era não só editor, mas também dono. As escadas e a antessala não eram impressionantes, mas isso só destacava ainda mais seu escritório extraordinário, para o qual fui conduzido depois de uma longa demora. Lembro-me bem, que, assim que entrei, avistei meu excêntrico conhecido sentado numa cadeira larga atrás de uma mesa abarrotada de retratos autografados da realeza, muitos telefones e um painel de indicadores que bipavam ou acendiam luzes coloridas. Depois de ter recebido um copo de Tio Pepe, Gregory me explicou a razão de seu convite. Ele queria comprar as cartas venezianas; eu estaria disposto a vendê-las? Por quanto?

Naquele momento, eu precisava de dinheiro (desde que eu era estudante, minhas necessidades excederam meus recursos), e eu estava disposto a vender. A questão era qual preço pedir. Já que o dinheiro "não era problema" para Gregory, fixei o preço em cento e cinquenta libras, exatamente seis vezes o que havia pagado ao pobre Millard por elas. Longe de fazer objeções a isso, meu anfitrião questionou (sem o menor traço de ironia) se eu estava pedindo o suficiente para documentos tão extraordinários; e, depois de ter sido convencido de que sim, abriu a gaveta de sua escrivaninha e retirou de um grosso pacote quinze notas de dez libras. O pacote não tinha diminuído significativamente de tamanho com a transferência e eu calculei que, naquela mesa, devia haver, no mínimo, cinco mil libras. Mais um Tio Pepe, e depois saí por uma porta dupla acolchoada com tranca, para o ar da noite. Ele não me fez assinar recibo algum; e, só uma semana depois, tive oportunidade de entregar as cartas.

Então começou uma série de banquetes (acho um pouco difícil chamá-los simplesmente de almoços), nos quais volto a pensar até agora com surpresa. Gregory era, invariavelmente, o anfitrião; estava, invariavelmente, atrasado; a comida e o vinho eram invariavelmente de primeira classe, e eram pedidos sem qualquer consideração do preço. Com frequência, havia outros convidados — na maioria das vezes, secretários de embaixadas e oficiais, algumas vezes chegavam a uma dúzia de pessoas, apesar de normalmente almoçarmos *tête à tête*. À medida que fui conhecendo-o melhor (e, no fim, eu já o conhecia muito bem), passei a ter mais simpatia por esse homem misterioso. A riqueza considerada do ponto de vista abstrato parecia-me quase inexistente: um homem com muito dinheiro no banco, e que gasta muito pouco, não é um homem rico, mas pobre, do meu ponto de vista. Maundy Gregory parecia concordar comigo. Amava as coisas visíveis, e os resultados físicos da riqueza, e nele havia um misto de gosto de novo rico e deleite de artista. Ele tinha ao menos uma dúzia de cigarreiras de ouro, e nunca usava a mesma por dois dias consecutivos; suas joias pessoais (peças únicas e de grande valor) eram suficientes para abastecer uma loja. Ainda assim, apesar de falar muto de si mesmo, nunca consegui entender qual era sua profissão, nem a origem de sua renda. Ele gastava numa proporção fantástica. O garçom que trazia seu chapéu ou charuto recebia dois xelins de gorjeta; e o resto da sua vida era organizado segundo essa escala. E todos os seus pagamentos eram feitos com notas bancárias novíssimas e estaladiças. Ele parecia realmente, por seu comportamento e extravagância, possuir uma casa de moeda privada.

Depois de muitos meses, durante os quais a hospitalidade de Gregory parecia tão ilimitada quanto seu bolso, fui chamado para almoçar com ele com uma antecedência menor do que a habitual para discutir "negócios muito urgentes". Ele estava atrasado e calado quando chegou; concluí que ele estivesse esperando por algo. Chegou com o café e, sem dizer palavra, colocou em minhas mãos uma cópia encadernada de *Don Renato, ou Um conteúdo ideal*, aquela obra perdida de Fr. Rolfe tão admirada por Trevor Haddon.

Ela certamente mereceu aqueles elogios. Trata-se da obra que mais reflete a personalidade desse autor extraordinário, ou seja, uma obra que ninguém mais poderia escrever. As marcas inconfundíveis de seu estilo fascinante e sobrecarregado (o estilo de *Don Tarquinio*, não o de *Adriano*, o de Barão Corvo, não de Fr. Rolfe) são proeminentes da primeira à última página. Como esse "romance histórico" talvez não esteja disponível para o leitor por muitos anos, escolho aqui, ao acaso, alguns trechos do mosaico de estranha erudição e invenções linguísticas que nele estão contidos. A carta dedicatória (a Trevor Haddon, exaltado como *Apistophilis Echis*) começa da seguinte forma:

> Estas são as palavras de um livro que eu, Frederick William, filho de James, filho de Nicholas, filho de William, filho de Robert, escrevi em Londres e em Roma. Porque você — ó, pintor — incessantemente me perturba com inquisições a respeito das fontes do meu conhecimento estranho de fatos arcaicos extraordinários, porque você me transforma incessantemente com o olhar atento de suas sobrancelhas cretenses, e me molesta com solicitações para que eu, de homem para homem ou (de vez em quando) de artífice para artífice, mostre ao senhor as Quatro Causas dos meus feitos, e especialmente que eu lhe diga como faço meus feitos (e você sabe quantos e quão raros eles são) —, dou-lhe este livro.
> Uma vida como a de um anacoreta, como a de um eremita, retirado do mundo de homens de fala articulada, mundo que, por um tempo, me deixou inábil para expressar

pensamentos, credos, opiniões verbais, por outro, me tornou um escravo da caneta, uma condição muito detestável. Por essa razão, o tempo e a paciência humana acabariam antes que eu possa satisfazer-lhe pela palavra que falo: mas os treze meses que passei escrevendo, e as sete noites ou três dias (quando seu estúdio talvez estivesse obscurecido pela neblina de Londres) que você passou lendo, tornarão clara para você uma das fontes do meu conhecimento.

Ainda assim, quanto à sua pergunta hipotética sobre Como a Coisa é Feita, sou incapaz de fornecer um apotegma. É um hábito meu, quando quero saber algo sobre um assunto, fazer muitas perguntas a especialistas; e, com as respostas recebidas, responder a mim mesmo. Esse método apresenta vantagens e desvantagens. Em geral, ele é satisfatório e eu não conheço outro melhor. Na verdade, duvido de que um artífice conseguiria responder à sua pergunta, de forma oral ou por escrito...

Mas, desde que você começou a me questionar, ponderei sobre você e sobre suas perguntas; e, já que eu mesmo, desde a minha juventude, trabalhei com minhas próprias mãos muito duramente para obter um pouco de conhecimento, não quero privar um artífice tão ávido e tão delicado do conselho e da assistência que me foram negados. Porque os homens (como eu os conheço) sempre lhe dirão o que acham que você deveria saber e nunca lhe darão o que você deseja, nem lhe dirão o que você deseja conhecer. Talvez eles não possam fazê-lo. Pode ser que também eu venha a falhar. Mas tentarei.

Seguem, então, três notas a respeito das Causas Formais, Materiais e Eficientes da narrativa; a primeira é uma discussão entre editores quanto à forma e à condição dos romances históricos; a segunda é uma descrição daquela duquesa ítalo-inglesa que foi muito importante na primeira parte da vida de Rolfe. ("Ficará evidente para você", diz ele, "que, quando um personagem tão grande e gentil age com cortesia com um clérigo obscuro, um estudante plebeu, sem modos, autodidata, completamente antipático mental e fisicamente, e manifesta um interesse tão profundo em seus trabalhos a ponto de abrir-lhe seus arquivos: autorizações, breviários, diários, contas e os mais variados manuscritos que uma família aristocrática pode acumular em, vamos dizer, mil anos, não é improvável se adquirir muito conhecimento, não é improvável que se coletem excertos muito preciosos. Você precisa admitir isso").

Depois de admitir isso, Rolfe descreve a resposta da Causa Formal, sua descoberta de um quarto volume, encadernado em capa robusta, envolto num pergaminho branco contendo seiscentas páginas de papel fino e opaco. Esse é o diário de Dom Gheraldo, um padre romano a serviço dos Santacroce, escrito entre 1528 e 1530, numa mistura macarrônica de grego, latim e italiano, que eu já tinha encontrado em *Don Tarquinio*. De qualquer forma, o padre vai mais longe do que o príncipe, porque as anotações são escritas imitando vários estilos, tanto clássicos como italianos. A tradução desse volume imaginário forma a parte essencial do livro de Rolfe.

Nenhum escritor se obrigou a uma tarefa tão difícil. Ele, ou melhor, Dom Gheraldo, em suas anotações, conta uma história: ele mostra, por meio de trejeitos vagarosos e felinos, o caráter do padre visto do ponto de vista interior; e, ao mesmo tempo, tenta criar em inglês um equivalente para a mistura verbal do pretenso original. E consegue, embora o esforço para reproduzir a linguagem macarrônica de Dom Gheraldo torne o livro quase ilegível. Felizmente, ele oferece um glossário, para que seja possível entender, sem dor de cabeça, o significado exato que ele quis extrair daquelas construções (como "argutas", "desaurado", "investita", "sortífigo", "excandescência", "galbário", "certosiano", "insuladez", "supérrimo", "macilento", "afreado", "dicalculoso", "pavoniano" e "toroso"). Mesmo assim, *Don Renato* não é um livro para se ler de uma vez só, mas para se mergulhar aos poucos por horas a fio, quando a mente puder ser estimulada por quebra-cabeças de ingenuidade verbal, por meio de passagens como esta:

> Naquela pedra insensível, Don Lelio estava deitado, quase inconsciente, sua forma envolvida por uma ligadura, marmóreo em sua imobilidade branca. Seus membros esguios, que, até uma hora antes eram tão aptos e flexíveis, agora estavam distorcidos por tremores e frios como a neve. Seus lábios já estavam lívidos; eles revelavam a pureza dos dentes trincados e continuamente estridentes. Na garganta pálida, uma veia palpitava em ritmo decrescente. As manchas celestes apareciam abaixo das pálpebras trêmulas dos olhos semicerrados. Como pétalas de rosa sob a brisa, até as narinas estremeciam. A inconfundível palidez abominável da sobrancelha florescia, onde os macios cabelos cesarianos estavam úmidos com o alvorecer da respiração da Morte.

E a passagem que citei é clara e simples, em comparação à maioria das passagens dessa fantasia, em que figuras brilhantes "se reclinam no barco sob a frondosidade dos sicômoros", depois de um jantar *al fresco* "no *ilicet* umbroso à beira do lago". Mas, depois de se esforçar e quando se domina o vocabulário pedante, o leitor descobre que vale a pena. Toque após toque, Fr. Rolfe (ou o Barão Corvo, como ele se chamava quando escreveu esse livro), constrói seu personagem central, o de um padre amante do conforto e das palavras, supersticioso e, ao mesmo tempo, erudito, e mostra o que era a vida cotidiana numa grande família da Renascença, e a mentalidade do século dezesseis. Talvez esse estudo, em mármore e âmbar, deva tributos a *The Ring and the Book*; certamente Browning teria adorado *Dom Gheraldo*, com seus remédios medievais ("Hoje, ao odioso Dom Tullio Tripette, dei um frasco de humor de eufórbia — *Euphorbia polygonifolia* —cozido com sal, para que se livrasse das verrugas"); que se aplica com olhar paternal e benevolente aos princípios morais dos pajens, com que ele se banha, nu, sob o luar; um personagem que anota, com satisfação, os bons pratos do dia ("No jantar, um prato lindo de pepinos frescos cultivados fora da estação, cozidos, esvaziados e recheados com carne e verduras, e fritos em óleo virgem. Muito gostoso"); para quem a água não é quente ou fria, mas gélida ou cálida; um homem que, frequentemente, repreende a si mesmo no seu diário — "Gheraldo, Gheraldo, Gheraldo, cuide de seu estilo". Talvez, para essa mistura de humanidade e humor, de sabedoria e *naïveté*, não exista mais hoje em dia um público como aquele que existia quando o livro foi escrito; mas a posteridade certamente deve a Fr. Rolfe a homenagem de uma edição econômica de *Don Renato, ou Um conteúdo ideal*.

Naturalmente, fiquei muito surpreso que Gregory tivesse sido bem-sucedido naquilo em que eu havia falhado; e implorei que revelasse como ele havia recuperado a obra-prima mais pedante de Rolfe. Ela fora encontrada por um de seus "agentes", que, por custos consideráveis, seguiu as pistas atrás da gráfica original e, das profundezas de um porão infestado por ratos, conseguiu resgatar cinco cópias, as únicas sobreviventes da edição inteira. Poucos livros modernos têm uma história tão estranha quanto a de *Don Renato*. Foi escrito por volta de 1902, ou talvez antes, enquanto em Rolfe crescia o entusiamo pelos Bórgia; na verdade, se a referência a Roma, na dedicatória, for autêntica, talvez seja ainda anterior. Por anos, Rolfe guardou esse manuscrito, aperfeiçoando suas frases ricas e sua erudição oculta, mostrando-o, citando-o e oferecendo-o, de tempos em tempos, à tribo cega de Barrabás. Tratava-se de um desses "bens" não desfrutados com que, em 1904, ele convenceu Taylor a desafiar o Coronel Thomas. Até 1907, não encontrou uma editora suficientemente intrépida que quisesse publicar o livro. As primeiras provas chegaram ao autor, em Veneza, no ano de 1908, no começo da rixa com seus amigos ingleses. Quando a ruptura aconteceu, esse foi o primeiro livro denunciado por Rolfe à Associação dos Editores; e, embora essa sua proibição tivesse muito pouco peso legal, uma vez que ele já tinha assinado um acordo, contribuiu para retardar sua publicação. Meses se passaram e a gráfica faliu; as folhas impressas foram destruídas (se é que foram impressas mais do que algumas cópias, o que é incerto); até as provas desapareceram com o manuscrito, e todos os seus rastros afundaram nas águas do tempo, até que o mergulhador "agente" trouxe à tona, mais uma vez, essa pérola altamente artificial. Muito generosamente, Gregory presenteou-me com uma das cinco cópias preciosas; e, quando estou deprimido, mergulho em suas páginas elaboradas e, como Gheraldo, digo a mim mesmo: "Cuide do seu estilo".

Uma surpresa não pode acontecer duas vezes; mas a repetição de algo inesperado é, em si mesma, uma surpresa, e confesso que fiquei muito surpreso, mais uma vez, quando, uma semana depois, o "esguio" e sensível Gregory (tal como Rolfe provavelmente o chamaria) me mostrou o manuscrito da tradução de Meléagro que o Barão Corvo fizera com Sholto Douglas mais de vinte anos antes. Dessa vez, na verdade, Gregory foi mais longe. Era parte do plano de Rolfe que as páginas do livro viessem enfeitadas com pequenas cabeças e corpos gregos desenhados por ele mesmo, e que fossem impressas em tinta vermelha sobre papel amarelado. As provas daquelas vinhetas encantadoras estavam coladas nos lugares apropriados, no manuscrito; e, eis que, enquanto ocupava meu assento à mesa, ali, encostado junto à minha taça, estavam os próprios *clichês* feitos a partir dos desenhos de Rolfe. Quase considerei Maundy Gregory um mágico, após mais essa demonstração de seus poderes de descobrimento, eu disse isso a ele; mas ele rejeitou meu elogio, e deu a sua resposta de sempre, ou seja, que, com dinheiro, se é capaz de fazer tudo.

Quanto ao manuscrito, ele sofre dos defeitos que todas as traduções de poesia têm, ou seja, é uma tradução. Rolfe não era um FitzGerald, para que pudesse recriar em inglês uma nova obra de arte, baseada no original, mas sua versão é expressa numa prosa rítmica que tem sua dignidade e completude; e, de uma cuidadosa comparação com a tradução mais recente de Aldinton, deduz-se que Rolfe não cometeu erros de interpretação, mas esse mérito talvez fosse de seu colaborador. Cito dois exemplos:

> Pela enchente de cachos Amante-amorosos de Timo; pela pele-Balsâmica enganadora de Sono de Demó; pelas belas travessuras de Ilía; e pela lamparina Adversária do Sono, Bebe muitas Canções das minhas Alegrias; Ó, Amor, escasso Fôlego resta nos meus Lábios: mas basta dizer e até isso eu verterei.

> Uma doce Melodia, por Pã de Arcádia, cantas à tua Harpa, Zenófila, uma Melodia doce demais dedilhas. Para onde fujo de ti? Amores me dominam por todo o lado; e não me dar um momento para recuperar meu Fôlego. Tua beleza me enche de Desejo, tua Música também, a tua Graça, tua... que devo dizer? Tudo, tudo em ti. Ardo em Fogo.

Quando Rolfe e Sholto Douglas fizeram essa tradução, os versos de Meléagro nunca haviam sido publicados sozinhos com o texto em inglês; mas, nos vinte e cinco anos que se passaram desde então, outras mãos fizeram essa tarefa.

Talvez não haja mais necessidade de uma nova versão; entretanto, espero que, algum dia, esse monumento cuidadosamente construído pelo amor de Rolfe pela literatura grega tenha seu lugar na estante com suas outras obras. O dia em que Gregory me mostrou sua segunda descoberta foi, acho, o cume de seu entusiasmo por Barão Corvo. Gradualmente, seu esbanjamento de energia diminuiu, e nós nos encontrávamos cada vez menos para almoços fabulosos; mas, quando isso acontecia, suas abotoaduras e cigarreiras e broches de gravata coruscavam com o esplendor dos velhos tempos, e sua conversa era, como sempre, repleta de interesse e revelação. Desde que ele deixou a Inglaterra para viver no exterior, oito meses atrás, tentei obter notícias dele, mas sem sucesso; e tenho procurado em vão entre as cartas que recebo sua caligrafia vigorosa e quadrada. A lembrança dele fica como um meteoro incandescente no céu das altas finanças, um conhecido tão fantástico e improvável quanto as passagens mais extravagantes dos livros do estranho barão que ambos admiramos.

Encorajado por seus sucessos, retomei minhas pesquisas; dessa vez, foi a minha mão, e não a dele, que encontrou os dois testamentos restantes do trabalho mal-recompensado mas tenaz de Fr. Rolfe. Várias investigações nos Estados Unidos me permitiram localizar aquele amigo (Morgan Akin Jones) a quem o manuscrito de *Artur de Hubert* foi mandado, segundo a orientação do próprio Rolfe, pouco antes de sua morte.

Muito pode ser dito a respeito desse longo e fascinante produto da azarada amizade entre Próspero e Calibã, a qual, empossada de seus direitos de tinta e papel, ajudará a lustrar a reputação póstuma de Barão Corvo. Na primeira página, está escrito: "Respeitosamente pedimos clemência para o trabalho manual desse manuscrito. Ele foi composto de noite e de dia, num pequeno barco de pesca, na lagoa veneziana, com as interrupções naturais das tempestades, do mau tempo e por um ocasional e devastador cansaço". Apesar disso, é escrito numa caligrafia impecável, num papel de excelente qualidade, feito à mão, cruamente, mas solidamente montado (provavelmente pela mão do próprio autor) em pergaminho. Essa nota, com sua patética implicação, e o contraste estilístico com a magnificência incomum do manuscrito (que, nos dias de hoje, consiste em papel simples batido à máquina) fora um dois últimos convites por parte de Fr. Rolfe às editoras relutantes, diante das quais ele atirava suas pérolas.

Artur de Hubert é, de fato, a seu modo, uma pérola; mais uma vez, eu me perguntei por que nenhum daqueles a quem ele foi submetido se aventurou publicá-lo. Talvez porque fosse muito longo, ou muito estranho, ou cheio de muitas heráldicas ou de eventos, ou muito arcaico, ou bem escrito demais; pois ele é todas essas coisas. É o único exercício de Rolfe sobre a história inglesa, em cuja grande tradição ele um dia entrará. Já que falei de forma sucinta dos autores de *Artur de Hubert,* não é necessário dizer mais a respeito dessa obra-prima. John Buchan, que o leu para uma editora, escreveu a Rolfe: "Quanto mais eu olho para ele, mais o admiro, e mais convencido fico de que nenhuma editora inglesa poderia torná-lo um sucesso"; Maurice Hewlett, que o leu para outra editora, implorou a Rolfe que fizesse uso mais normal do seu grande talento. Essas recomendações chegaram tarde demais, quando restava a ele menos de um ano de vida, e quando só um holocausto de seus "inimigos" acalmaria sua cólera com o mundo e consigo.

A última das obras de Rolfe que veio à tona foi *Um e os muitos,* que está a meio caminho entre *Adriano VII* e *O desejo e busca pelo todo,* na trilogia autobiográfica em que Rolfe registrou sua vida adulta. Se o tempo realmente trouxer a ele a fama que seu caráter merecia, e que seu temperamento impediu esse exercício autobiográfico pode juntar-se aos dois outros impressos, apesar de aquele ser inferior a qualquer um desses como obra de arte. John Lane, Grant Richards e Henry Harland formam um trio de vilões desenhados pelas habituais pinceladas ácidas; e os inimigos menores que compunham os "muitos" também são reconhecíveis. Há muitas passagens brilhantes de ironia macabra, muitos belos parágrafos, muitas páginas reveladoras e outras de vaidade extrema. Porém, o pano de fundo é menos interessante do que de hábito, e a escala de seus personagens é pequena. Apesar disso, foi uma grande satisfação, para mim, descobri-lo no fundo de um armário de um agente literário, junto com outros manuscritos não devolvidos. Mas a satisfação maior era saber que todas as obras que tinham sido perdidas e deixadas na obscuridade foram reunidas por mãos carinhosas e que eu era ao único homem vivo neste mundo que lera todas elas, da primeira linha à última. Nada restava a ser descoberto; a busca estava encerrada. Ave, espírito estranho e atormentado, qualquer inferno ou paraíso lhe tenha sido destino para seu descanso eterno!

Notas

1. *Tradition and Experiment in Present-Day Literature* (vários autores). Oxford University Press, 1929.
2. No texto original: *tolotiloquence*, neologismo composto pelas palavras *eloquence* (eloquência) e *tolu* (bálsamo-de-tolu): "tolutiloquência"; *contortuplicate*, neologismo, união das palavras *contort* e *duplicate*: "contorceduplicar"; *incoronation* (latinismo, a palavra mais adequada em inglês seria *crown*): "encoroamento"; *noncurant* (latinismo): "indiferentista"; occession (neologismo, em inglês existe apenas: *cession*): "ocessão"; *digladiator* (neologismo, vem de *gladiator*): "digladiador". (N. do T.)
3. Essa troça é incorreta, *corvus* é "raven", e não "crow" (gralha); e foi "raven" (o corvo) que o Barão Corvo tomou como emblema.
4. A sigla Fr. corresponde a *Father*, equivalente à abreviatura em português Pr. ou Padre.(N. do T.)
5. No original, *Nowt*, jogo fonético de palavras com *nought*, zero, nada. (N. do T.)
6. Por uma questão de justiça, é preciso dizer que as acusações de Rolfe eram infundadas. Slaughter nunca administrou os negócios de Rolfe. Ele não fez mais do que visitar duas ou três vezes Grant Richards (como um amigo de Rolfe, não como seu advogado), na esperança de convencê-lo a deixar que Rolfe apresentasse seu livro a outra editora. Quando ficou claro que Grant Richards não desistiria de seus direitos, Barão Corvo reabriu as negociações diretamente com ele, despedindo seu "agente" (forma como,

sem gratidão alguma, chamava seu amigo).
7. No texto original *peridicolous*, neologismo que Rolfe inventou juntando os termos *perilous* e *ridicolous* ("peridicolo"). (N. do T.)
8. Devo a publicação dessas cartas à gentileza de Grant Richard, que não guardou ressentimento algum pela memória do homem que lhe prometera eterna inimizade porque cartas "aos cuidados" da editora haviam sido entregues a ele, em vez de recusadas. Como o leitor poderá ler daqui a pouco, longe de ser "eterna", a inimizade de Rolfe não durou tempo suficiente para impedi-lo de propor a Grant Richards, alguns anos mais tarde, uma nova aliança e novas publicações.
9. *Dat, dicat, dedicat* (dá, intitula, dedica). (N. do T.)
10. Jogo de palavras entre *maledictory* (maldição) e *valedictory* (latinismo que poderia ser traduzido como "discurso de despedida"): "valdição". (N. do T.)
11. Recentemente, Bainbridge escreveu uma autobiografia intitulada "Duas vezes sete". Nela, é possível encontrar suas recordações de Rolfe e algumas cartas interessantes.
12. *Infinitive split to the midriffe* (infinitivos partidos na altura do diafragma): jogo de palavras com *split infinitives*, ou seja, na língua inglesa, um infinitivo em que se insere um advérbio entre o *to* e o verbo (por exemplo: *to really like it*). (N. do T.)
13. Assim em italiano, no texto original (a grafia correta é *gondolieri*). (N. do T.)

Este livro foi composto pela Rádio Londres em FF Clifford e
impresso pela Stamppa em ofsete sobre papel
Pólen Soft 80g/m².